Knaur.

Knaur.

Über die Autorin:
Lynn Raven lebte in Neuengland, USA, ehe es sie für einige Jahre nach Deutschland verschlug. Zurzeit wechselt sie zwischen beiden Ländern hin und her. Als Autorin ist sie in der Urban und High Fantasy gleichermaßen zu Hause und ebenfalls unter dem Namen Alex Morrin erfolgreich. Besonders bekannt sind aber ihre sowohl bei Jugendlichen als auch Erwachsenen beliebten All-Age-Romane *Der Kuss des Dämons, Das Herz des Dämons* und *Das Blut des Dämons*.

LYNN RAVEN

Hexenfluch

Roman

Knaur Taschenbuch Verlag

Besuchen Sie uns im Internet:
www.knaur.de

Wenn Ihnen dieser Roman gefallen hat,
empfehlen wir Ihnen gerne weiteren spannenden Lesestoff aus unserem Programm – schicken Sie einfach eine E-Mail mit dem Stichwort »Hexenfluch« an: fantasy@droemer-knaur.de

FSC
www.fsc.org
MIX
Papier aus verantwortungsvollen Quellen
FSC® C083411

Originalausgabe Mai 2012

Ein Unternehmen der Droemerschen Verlagsanstalt
Th. Knaur Nachf. GmbH & Co. KG, München

Umschlaggestaltung: ZERO Werbeagentur, München
Umschlagabbildung: © Getty Images/Hiroshi Watanabe; © plainpicture/Arcangel; FinePic®, München
Satz: Adobe InDesign im Verlag
Druck und Bindung: CPI – Clausen & Bosse, Leck
Printed in Germany
ISBN 978-3-426-50560-1

2 4 5 3 1

1

»Wir waren nicht verabredet, Roland.« Mit langen Schritten marschierte Dr. Ella Thorens quer über das Parkdeck des *California Hospital Medical Center.* Er wusste, was sie davon hielt, wenn er weit vor Ende ihrer Schicht in der Notaufnahme auftauchte. Und immer wieder demonstrativ auf die Uhr sah, wenn sie an ihm vorbeikam.

»Dann sind wir es eben jetzt, Honey.« Roland Piers legte besitzergreifend seinen Arm um ihre Mitte und zog sie an sich. Und brachte sie damit prompt zum Stolpern. »Hoppla.« Er lachte leise. »Nenn mir nur einen guten Grund, warum du ein Abendessen mit mir ausschlagen solltest.« Da war ein Unterton in seiner Stimme, der sich fast drohend anhörte.

Ella schob ihn von sich weg, kramte den Autoschlüssel aus der Handtasche. Einen Grund? Nur einen einzigen? Sie konnte ihm ohne nachzudenken gleich mehrere liefern. Zum Beispiel, weil sie eine 36-Stunden-Schicht hinter sich hatte. Weil sie dreizehn davon im OP zugebracht hatte, in denen sie unter anderem zu verhindern versuchte, dass ihr eine junge Frau von noch nicht mal fünfundzwanzig auf dem Tisch verblutete, nachdem irgendein besoffener Vollidiot sich trotz mörderisch hoher Promillewerte hinters Steuer seines Wagens gesetzt hatte; in denen sie die inneren Organe eines Siebzehnjährigen zusammengeflickt hatte, der eindeutige Tätowierungen trug und sich dem Bericht der Polizei nach eine Messerstecherei mit dem Mitglied einer verfeindeten Gang geliefert hatte. Weil sie ihren Wagen heute Abend zu Tonio in die Werkstatt bringen musste, damit der endlich dafür sorgte, dass der Motor nicht mehr an jeder Ampel ausging. Und außerdem das Rücklicht reparierte, wegen dem sie gestern schon von einer Streife angehalten worden war – und sie sowieso schon viel zu spät dran war. Weil sie schlicht und ergreifend müde war und sich einfach nur nach einem heißen Bad und höchstens noch einer oder zwei entspannten Stunden vor dem Fernseher – mit oder ohne Roland – sehnte und ihr nicht der Sinn danach stand, sich noch einmal schick zu machen, um mit ihm essen zu gehen. Was sie ihm alles bereits gesagt hatte, als er sie vor gut zwei Stunden angerufen hatte, um ihr mitzuteilen, dass er heute Abend mit ihr ausgehen wollte.

»Zu dieser Patientin in South Central«, er verzog das Gesicht, »kannst du doch auch morgen noch.«

»Nein, das kann ich nicht.« Wann hatte er sich eigentlich in einen Vollidioten verwandelt? Beziehungsweise: Wann hatte er sich eigentlich in einen Vollidioten verwandelt, ohne dass sie etwas davon mitbekommen hatte? Sie ließ die Zentralverriegelung ihres Impala aufblinken, während sie an seinem Heck vorbei und zur Fahrerseite ging. Roland überholte sie und stemmte die Hand gegen den Türholm.

»Heißt das, irgendeine Wildfremde ist dir mal wieder wichtiger als ich?« Seine Stimme war mit jedem Wort ärgerlicher geworden. Ella biss die Zähne zusammen. Das hier war nur eine weitere Variation von: Dein Beruf ist dir mal wieder wichtiger als ich.

»Verdammt noch mal, Roland …«

»Wenn du mich jetzt wegen dieser Frau hier stehenlässt, sind wir geschiedene Leute, Ella.«

Sie verharrte abrupt, die Hand schon halb nach dem Griff der Autotür ausgestreckt. ›*Wenn du diesen Privatschnüffler*

nicht jetzt und hier anrufst und ihm sagst, dass er nicht weiter nach deiner Mutter suchen soll, dann verlässt du augenblicklich mein Haus.‹ Fast glaubte sie, die Stimme ihres Vaters über Rolands zu hören. Wenn … dann … Sie war damals in ihr Zimmer gegangen und hatte ihre Sachen gepackt. ›*Wenn du jetzt durch diese Tür gehst, dann brauchst du nicht wiederzukommen, dann bist du nicht mehr meine Tochter.*‹ Sie hatte ihren Vater seitdem nie wiedergesehen. Wenn … dann … Sie konnte die Worte nicht mehr hören. – Dumme Kuh, die sie war, hatte sie eine ganze Weile geglaubt, Roland sei anders. Sie legte die Finger entschlossen um den Griff, zog daran, hörte das Klacken des Schlosses. Nur dass auch er vor kurzem angefangen hatte, Symptome der Wenn-dann-Krankheit zu zeigen. Offenbar waren alle Männer so.
Roland nahm die Hand vom Holm, packte sie stattdessen am Arm und zerrte sie zu sich herum. Unsanft. Grob. »Hast du mich gehört, Ella? Wenn du …«
Sie zischte. Kein Mann fasste sie auf diese Weise an. »Ich habe dich gehört.« Mit einem Ruck machte sie sich los. »Weißt du, was? Ich habe morgen Vormittag frei. Komm vorbei und hol deine Sachen.« Er starrte sie an. Ella drängte ihn zurück, riss die Tür endgültig auf, pfefferte ihre Tasche auf den Beifahrersitz, stieg ein und rammte den Schlüssel schon in die Zündung, während sie noch die Tür hinter sich zuknallte. Der Motor jaulte auf. Roland sprang hastig aus dem Weg, als sie zurücksetzte, Gas gab und auf die Ausfahrt zuraste. Die Reifen ihres Impala quietschten auf dem Asphalt. Was er ihr hinterherbrüllte, verstand sie nicht. Es interessierte sie auch nicht.
Das war's. Keine Männer mehr in ihrem Leben.
Ein für alle Mal.

2

Der Stift zerbrach zwischen Alec MacCannans Fingern. Macht! Eine mörderische Detonation. Vollkommen unkontrolliert. Die aufflammte und sofort wieder verging. Und für den Bruchteil eines Atemzugs etwas zurückließ wie … Agonie. Er stand so rasch auf, dass die Klavierbank krachend umkippte, durchquerte hastig sein Loft, riss den Autoschlüssel vom Haken neben der Tür. South Central. Was auch immer da gerade geschehen war, es war in South Central. Und etwas sagte ihm, dass er keine Zeit verlieren durfte.

Auf der Treppe stieß er beinah mit David Monroe zusammen. »Was zum …«

Er drängte sich an ihm vorbei, ohne wirklich langsamer zu werden. »Ruf die anderen hierher. Wahrscheinlich brauche ich den ganzen Zirkel.«

»Was …?«

»Tu's einfach!« Die letzten beiden Stufen. Er nahm sie wie eine. Hinter sich hörte er David fluchen.

3

Schlaf!« …

Grelles Licht. Schatten davor. Stimmen. Schmerz.
»Was zum … Aber das ist doch … – Dr. Thorens? Dr. Thorens, können Sie mich hören?«
Eine Berührung am Handgelenk. Ihr war kalt.
»Dr. Thorens, sagen Sie etwas! Kommen Sie, Kindchen!«
Sie konnte nicht denken. Da war nur Schmerz.
»Dr. Jacobs! Dr. Jacobs, schnell! – In die Drei mit ihr! Tempo!«
Die Lichter glitten über ihr dahin. Dazwischen Gesichter. Verschwommen. Unscharf. Verzerrt.
»Reden Sie mit mir. Ella, bleiben Sie bei mir, hören Sie mich? Bleiben Sie bei mir. Alles wird gut. – Dr. Jacobs. Hier! Schnell. Es ist Dr. Thorens!«
… *Ein dunkler Raum. Zu viele Ecken. Sieben. Bunte Fenster. Ein Kreis auf dem Boden. In dem sie liegt. Stimmen. Murmeln. Ein paar zornig. Andere besorgt. Noch mehr Stimmen. Vertreiben die Kälte. Den Schmerz.*
»Schlaf!« …
»Ella? Was …? Heilige Scheiße!«
Eine andere Stimme. Sie sollte sie kennen. Jede Einzelne.
»Wie kommt sie hierher? – Offene Abominalverletzung. Thoraxtrauma. Massiver Volumenverlust.«
»Atmung eingeschränkt.«
… ein Ruck …
»Intubieren!«

»Herzfrequenz 180. Sättigung bei 75 Prozent.«
... die Lichter standen still ...
»Sauerstoff. 100 Prozent. – Vorsicht mit ihrem Arm. – Weiß irgendjemand, was passiert ist?«
... wurden mal heller, mal dunkler.
... Eine Gasse. Im Dunkeln. Die Laterne flackert. Mrs. Groner braucht ihre Medizin. Männer. Fünf. Baseballschläger. Und anderes. Licht auf Messern. Und Blut. Ein Mann geht zu Boden. Kommt wieder hoch. Ein anderer taumelt zurück. Einer hebt ein Messer. Der Mann sackt in die Knie. Ein Baseballschläger auf die Schulter. Knochen krachen. Dunkelheit wabert. Er geht wieder zu Boden. Sie schreit. ...
»Zugang gelegt. Infusion läuft.«
»Ein Mann hat sie hergebracht ...«
»Blutdruck 70 zu 40. Fällt.«
»3 Konserven. 2 FFP. – Verdacht auf Schädelfraktur. Stark verzögerte Pupillenreaktion. – Mehr Volumen! – Schnappt euch den Kerl und findet heraus, was passiert ist! Ich will wissen, wer sie so zugerichtet hat.«
Etwas zerriss. Es wurde noch kälter.
»Ella? Dr. Thorens? Bleiben Sie bei uns!«
Alles verschwamm noch mehr ...
»Ich habe Ihnen den Chefarztsessel nicht überlassen, damit Sie mir schon nach einer Woche wieder abspringen, verstanden? Nicht so. Sie sind doch sonst nicht der Typ, der klein beigibt. Also beißen Sie gefälligst jetzt auch die Zähne zusammen.«
... verwischte ...
»Blutdruck 60 zu 30. Fällt weiter.«
»Verdammt noch mal, bewegt euch! Wir müssen sie stabil kriegen.«
»Pneumothorax!«
»Thoraxdrainage! – Wo bleiben die Konserven!«

... Blut. Überall Blut. Dazwischen weiße Knochen. Schädelfraktur. Die Schulter gebrochen. Der Arm. Die Rippen. Stichwunden in Brust und Bauch. Helles Haar. Dunkelblond. Blut an seinem Ohr. Ein einzelner Tropfen. Das Licht fängt sich darin. Blitzt. ...
»Ich brauche ein Ganzkörper-CT!«
Wieder Berührung. Licht stach ihr in die Augen.
»Verdammt! Wie oft hat dieses Arschloch zugestochen?«
»Keine Pupillenreaktion.«
»Scheiße, Kleine, was hast -- angestellt? -- einem Bandenkrieg mit--mischt?«
Ein Piepen. Irgendwo. Kalt.
»Wo -- Teu-- bleiben die Kons--?«
Sie trieb auf der anderen Seite des Lichts. So kalt. Verzerrt. Alles. Da war Schmerz, der unter dem anderen Schmerz verging. Müde.
... Blut im Licht der Straßenlampe. So viel. Die Atemzüge schwach. Ein Gurgeln. Schaum auf seinen Lippen. Eine Rippe muss die Lunge verletzt haben. Es ist ein Wunder, dass er überhaupt noch lebt. »Hören Sie mich? Alles wird gut. Ich bin Ärztin. Ich werde Ihnen helfen. Keine Angst.« Ihre Fingerspitzen berühren seine Kehle, auf der Suche nach dem Puls. Es erwacht. Schmerz! Schreie. Ihre eigene Stimme. Die Nacht explodiert in nichts als Schmerz ...
Schmerz ...
»Bleiben Sie --- uns, Ella! Bleib-- --- bei ---!«
So müde. Jemand musste Sushi füttern.
»Kam--flim--!«
»3,5 Li--kain. U-- -- renal--. Defib -- la--. -weihun--. -- Nein, El--! N--n! Kämp--n Sie, Kl---e!«
Alles wurde dumpf, zu einem Rauschen; die Stimmen; das Piepen; weit entferntes Rauschen; Rauschen; graues Rauschen ... das verebbte.

4

Die Katze atmete panisch in dem Sack auf dem Boden, bewegte sich, suchte noch immer nach einem Fluchtweg, maunzte kläglich. Seine erste Liebesgabe an Majte war eine kleine Katze aus ihrem Stall gewesen. Dreifarbig. Mit Augen wie Bernstein. Sie war in der gleichen Nacht spurlos verschwunden, in der er das Haus in Brand gesteckt hatte. Eine ganze Zeit hatte er gehofft, sie wäre nicht in dem Feuer umgekommen.
Irgendwann war es egal gewesen.
Wie so vieles.
Nachdenklich betrachtete Kristen Havebeeg dieses andere Haus ein paar Meter weiter, quer über den Rasen. Es war nicht besonders groß. Zweistöckig. Weiß getüncht. Eine kleine überdachte Veranda mit einer Hollywoodschaukel. Gardinen in den Fenstern. Zwei Bäume im Garten. Apfel, soweit er das beurteilen konnte. Eine schmale Einfahrt mit Garage. – Typisch amerikanischer Vorort.
Das ganze Grundstück war umgeben von einer sauber gestutzten Hecke, die ihnen derzeit vor allzu neugierigen Blicken aus der Nachbarschaft Schutz bot. Nicht, dass kurz nach Mitternacht mit besonders vielen Zuschauern zu rechnen gewesen wäre. Ganz abgesehen davon stand das Haus hinter ihnen ohnehin leer und zum Verkauf.
Er war noch nicht in seinem Inneren gewesen. *Noch* nicht. Das hätte möglicherweise zu viel Aufmerksamkeit auf dieses bestimmte Haus gelenkt. Und seine Besitzerin. Was er um jeden Preis vermeiden wollte.

»Das ist es?« Die junge Hexe neben ihm rümpfte die Nase. »Es ist so …«
Bieder. Schmucklos. Unauffällig. – Heimelig? – Was für ein blödsinniger Gedanke.
»… spießig.« Geradezu angeekelt wedelte sie mit der Hand. Die kleinen Strasssteinchen auf ihren Fingernägeln blitzten. »Ich frage mich, was du mit diesem langweiligen Ding willst, Kristen.«
Das konnte er sich vorstellen. Nicht, dass er vorhatte, es ihr zu sagen. Sie warf ihr schwarzes Haar über die Schulter zurück und wandte sich in der Bewegung halb zu ihm um. Schlank und feingliedrig. Dunkle, leicht mandelförmige Augen. Asiatisches Blut. Hochbegabt. Intrigant und raffiniert. Männer verbrannten an ihr wie Motten in einer Kerzenflamme. Einer *ihrer* derzeitigen Lieblinge. War es tatsächlich erst zwei Jahre her, dass er sie für *sie* eingebrochen hatte?
»Wir haben einen Deal, Linda. Du tust, was ich will, und stellst keine Fragen.«
»Ja, ja, ich weiß.« Sie wandte sich endgültig zu ihm um, kam ganz dicht heran, legte die Hand auf seine Brust. »… und zur Belohnung habe ich dich eine Nacht in meinem Bett. Freiwillig.« Sollte ihr Augenaufschlag verführerisch sein? Die Art, wie sie sich die Lippen leckte, hatte mehr von Katze und Sahnetopf. Dass sie ihn mit dieser Aktion hier theoretisch auch noch erpressen konnte, machte die Sache für sie noch reizvoller. »Schade nur, dass ich vor den anderen nicht damit angeben darf. Marish würde Gift und Galle spucken.«
Er pflückte ihre Hand von seiner Brust und trat einen Schritt zurück. »Erst die Arbeit, dann das Vergnügen.« Wenn er sie nicht gebraucht hätte, hätte er nichts lieber getan, als ihr das Handgelenk zu brechen.

Linda stieß ein kleines, unwilliges Schnauben aus, hob dann aber die Schultern. Die Haut unter dem Trägertop war absolut makellos. »Also gut.« Ihr ohnehin knapper Rock rutschte noch ein Stück höher, als sie in die Knie ging und in ihrem Beutel kramte. Schweigend sah er ihr zu, verfolgte jede ihrer Bewegungen genau. Fast rechnete er damit, dass sie versuchen würde, ihn zu täuschen. Sie tat es nicht. Die Kräuter, mit denen sie den Dolch einrieb, nachdem sie ihn in Salz gereinigt hatte, die Beschwörung, die sie dabei sprach … Alles stimmte. Also glaubte sie denen, die behaupteten, dass er dazu tendierte, äußerst unschöne Dinge mit den Frauen zu tun, die ihn verärgerten. Zu Recht. Auch wenn seine Möglichkeiten begrenzt waren.

Doch als sie sich vorbeugte und den Dolch in den Boden stoßen wollte, packte er sie am Handgelenk. »Zieh ihn richtig!«

Empört kniff sie die Augen zusammen. »Du erwartest jetzt nicht ernsthaft von mir, dass ich einmal um dieses Haus herumkrieche, wenn ich einen Schutzkreis auch auf diese Weise ziehen kann.«

»Ich zahle. Also wird es gemacht, wie ich will. Zieh den Kreis richtig!«

Aus Empörung wurde Ärger. Ihr Blick sollte vermutlich einschüchternd sein. Er hob nur eine Braue.

»Wie der Kunde wünscht.« Mit einer fast schnippischen Geste warf sie erneut ihr Haar zurück. »Aber das kostet dich extra, Kristen.«

Seine Antwort war ein träges, arrogantes Lächeln.

Wie ein Schatten folgte er Linda um das Haus herum, ließ sie den Kreis korrigieren, wo sie ihn schlampig ziehen wollte, immer darauf bedacht, seine eigene Magie im Zaum zu halten, obwohl es ihn in den Fingern juckte, ihr den Dolch aus der Hand zu nehmen und den Kreis selbst zu beenden. Die ganze Zeit brannte der Bannfluch auf seiner Haut. Ihr übertriebenes Stöhnen, als sie den Anfang des Kreises wieder erreichten, ignorierte er.

»Fast geschafft. Gib mir die Katze.« Ihre Augen leuchteten, als sie ihn ansah. Blutmagie war für eine wie sie fast so gut wie Sex. In der Andeutung eines Schmollmundes schob sie die Unterlippe vor. »Bekommt ein braves Mädchen einen Kuss, wenn es hiermit fertig ist?«

»Wir werden sehen.« Er kniete sich neben den Sack, löste die Schnur, griff hinein. Die Katze machte ihm klar, was sie von dem hielt, was sie offenbar mit ihr vorhatten, und grub ihm die Krallen in die Hand. Kristen fluchte, erwischte sie dann aber doch im Genick und zog sie aus ihrem Gefängnis. Eine graugetigerte Sie. Riesige grüne Augen starrten ihn an. Die Pfotenspitzen sahen aus, als hätte sie sie in weiße Farbe getunkt. Katzenpfotennagellack. Beide Hinterbeine waren bis über die Knöchel weiß. So hilflos sie in seinem Griff auch war: Ihre Zähne waren gebleckt.

»Oh, was für eine Hübsche.« Linda trat heran. Der Dolch glänzte in ihrer Hand. »Leg sie auf den Boden.«

Die Katze fauchte, versuchte sich frei zu winden, kaum, dass ihre Pfoten die Erde berührten. Kristen hielt sie erbarmungslos fest – und bezahlte dafür mit noch mehr blutenden Kratzern. Linda kauerte sich neben ihn. Murmelte die letzten Zauber. Hob den Dolch. Und stieß ein Zischen aus, als die Katze unvermittelt davonschoss, in der Dunkelheit verschwand.

»Was zum ...«

Kristen hatte die Hand über ihrer um den Dolchgriff geschlossen, darauf bedacht, ihn selbst nicht zu berühren, drehte die Klinge. Eine knappe, harte Bewegung. Schneller, als Linda reagieren konnte. Die Spitze ging durch Haut

und Fleisch wie heißer Stahl durch Butter. »Ich habe etwas Besseres.«
Alles, was über ihre Lippen kam, war ein Keuchen.
Kristen fing sie auf, schob sich halb hinter sie. Noch ein Ruck. Die Klinge rutschte tiefer. Diesmal erstickte er Lindas Schrei mit seiner freien Hand. »Das Blut einer Hexe ist deutlich mächtiger als das einer einfachen kleinen Katze, Liebling. Findest du nicht? Und für diesen Kreis ist das Beste gerade gut genug.« Er zog den Dolch aus ihrer Brust. Aus ihrer Kehle kam ein würgender Laut. Ihr Blut tropfte von der Klinge. Auf genau die Stellen, auf denen er es haben wollte. Noch immer die Hand über ihrer um dem Griff und nach wie vor peinlich darauf bedacht, nicht selbst mit dem Dolch und damit dem Zauber in Berührung zu kommen, beendete er den Schutzkreis. Linda wurde immer schwerer. Lag schließlich schlaff in seinem Arm.
Er spürte das Beben in der Magie, als der Kreis sich endgültig schloss. Der Bannfluch regte sich auf seiner Haut. Für eine Sekunde wagte er nicht zu atmen. Bis da erneut nur das übliche, schwache Brennen war. Langsam stieß er die angehaltene Luft wieder aus, warf einen letzten Blick auf den Kreis. Perfekt. Niemand aus seiner Welt würde dieses Haus und seine Besitzerin jetzt noch für etwas Besonderes halten. Damit musste er nur noch alle übrigen Spuren auslöschen, um sicherzustellen, dass man die Bewohnerin auch in ihrem normalen Leben nicht mehr aufspüren konnte.
Er wischte den Dolch an Lindas Shirt sauber, steckte ihn in die Scheide zurück und warf ihn in ihren Beutel. Ihre Habseligkeiten würden ebenso spurlos verschwinden wie sie selbst. Das Blut der jungen Hexe klebte unangenehm an seinem Hemd und seinen Hosen. Nicht, dass das ein Problem wäre. Oder das erste Mal.

5

»Da ist sie. – Dr. Thorens, warten Sie!«
Ella drehte sich bei Patrics Ruf um. Der Pfleger kam mit langen Schritten auf sie zu, vermutlich, um nicht noch einmal quer durch den Krankenhauskorridor schreien zu müssen und sich dadurch Ärger mit Oberschwester Kate einzuhandeln.

»Da ist jemand für Sie, Doc«, verkündete er, noch immer ein gutes Stück von ihr entfernt, und wies grinsend mit dem Daumen hinter sich, während er gleichzeitig einem kleinen Kind auswich, das mit einem Plüschtier unter dem Arm aus einem der Krankenzimmer schoss. Erstaunt blickte Ella über die Schulter des jungen Pflegers den Gang hinunter. Sie wusste sofort, wen er meinte, denn sie erkannte den Mann in derselben Sekunde – auch wenn er jetzt einen maßgeschneiderten Anzug trug anstelle von Jeans und einem zerfetzten Hemd, wie er es bei ihrem ersten Zusammentreffen getan hatte, in der Straße bei dem alten Abbruchgelände. Als irgendwelche Gestalten versucht hatten, ihn umzubringen. Als dieses *andere* in ihr erwacht war, diese seltsame Kraft, die sie beinah getötet hatte. Mit einem lautlosen Heulen hatte es sich in ihrem Inneren geregt, kaum dass sie auf der Suche nach seinem Puls die Fingerspitzen gegen seine Kehle gedrückt hatte; unerklärlich, entsetzlich und machtvoll. Ein Blitzschlag in ihrem Inneren. Sie hatte gespürt, wie seine Wunden zu bluten aufhörten und sich schlossen, während sie zugleich auf ihrer Haut erschienen, wie seine Rippen heilten, während ihre brachen. Schmerz war durch ihren Körper gefahren und in ihrem Verstand explodiert und hatte nichts als Grauen und Finsternis zurückgelassen. Eine Finsternis, aus der sie erst im Krankenhaus wieder erwacht war. Orientierungslos. Inmitten von nervtötendem Piepen. Angeschlossen an alle möglichen Geräte. Nach Tagen in tiefster Bewusstlosigkeit. Mit Bildern in ihrem Kopf wie aus einem Traum. Die sich verrückt real anfühlten. Obwohl sie es nicht sein konnten.

Sie hatte ihre Krankenakte gelesen. Ihr war schlecht geworden, und sie hatte sich mehr als einmal gefragt, warum sie überhaupt noch am Leben war. Noch viel mehr hatte sie jedoch über eine ganz andere Frage nachgegrübelt; eine Frage, die ihr Angst machte: Wie sie überhaupt zu diesen Verletzungen gekommen war. Den Verletzungen, die sie bei *ihm* gesehen hatte. Dem Mann, der Patric gefolgt war und nun knapp vor ihr stehen blieb.

Eine junge Frau marschierte entschlossen den Korridor hinunter, Richtung Aufzüge, aber ihre Schritte wurden langsamer, als sie an ihnen vorbeiging. Unverhohlen starrte sie den Besucher an. Doch seine dunkelgrauen Augen blieben unverwandt auf Ella gerichtet.

»Dr. Thorens.« Er neigte leicht den Kopf. Ella musste ihre Reisetasche auf die andere Seite wechseln, um seine ausgestreckte Hand schütteln zu können. Ihr Arm protestierte bei der Belastung. Sie biss die Zähne zusammen. Sein Griff war fest und warm. In dem Grau seiner Iris waren grüne und braune Sprengsel zu sehen. Sein Blick ließ sie keinen Sekundenbruchteil los.

»Darf ich?« Sie glaubte den Duft eines herben Parfums wahrzunehmen, als er sich, ohne eine Antwort abzuwarten, vorbeugte und ihr die Riemen der Tasche abnahm. Nein, genau genommen hatte er ihr die Tasche bereits aus der Hand genommen, *bevor* er gefragt hatte. Eigentlich schon kaum, dass sie sie auf die verletzte Seite gewechselt hatte. Vollkommen überrumpelt überließ sie ihm ihre Sachen. Sein Haar war ein kleines Stück zu lang für eine hundert Prozent seriöse Frisur und ringelte sich dunkelblond und dicht über dem Kragen seines cremefarbenen Seidenhemdes. In seinem linken Ohrläppchen glänzte ein kleiner, tiefroter Stein. Sie erinnerte sich ... In der Gasse hatte sie ihn für Blut gehalten. Ein kurzes Lächeln offenbarte Ella, dass er sich ihrer Musterung sehr wohl bewusst war.

Sie schluckte und räusperte sich. »Ich bin froh, dass es Ihnen wieder gutgeht, Mr. ...«

»Havreux. Christian Havreux. – Ein Umstand, den ich nur Ihnen zu verdanken habe, Dr. Thorens.« Ella krümmte sich innerlich bei seinen Worten. Beinah wäre sie seinem Blick ausgewichen.

»Ich bin Ärztin. Ich helfe Menschen«, erklärte sie ihm mit bemüht fester Stimme.

»Ich wage zu bezweifeln, dass Ihre Tätigkeit es gewöhnlich beinhaltet, wildfremden Männern in dunklen Gassen mit Eisenstangen das Leben zu retten.« Wieder glitt ein halbes Lächeln über seine Lippen. Die Stange war das Erste, was ihr zwischen dem Schutt in die Hände gekommen war.

»Was hatten Sie eigentlich mitten in der Nacht in dieser Gegend zu suchen, Mr. Havreux?« Die Schärfe in ihrem Ton überraschte sie selbst. Waren seine Augen eben tatsächlich noch dunkler geworden? Was für ein Unsinn. Dann fiel ihr etwas anderes ein. »Havreux? Haben Sie etwas mit Havreux Enterprises zu tun?«

»Die Firma gehört mir. – Disqualifiziert mich das jetzt als Ihren Chauffeur?« Ihre erste Frage überging er vollständig.

»Chauffeur?«, wiederholte sie verwirrt und versuchte zugleich, ihren Schrecken darüber zu verbergen, dass der Mann, der da mit ihrer Tasche in der Hand vor ihr stand, einer der Reichsten der Stadt war. Und so öffentlichkeitsscheu, dass er ein regelrechtes Phantom war. Der einzig greifbare Beweis für seine Existenz war der Havreux Tower im Norden von Los Angeles, an dessen Spitze er – wenn man den Gerüchten glaubte – ein Penthouse bewohnte. Bilder von ihm? Fehlanzeige. Und jetzt stand er vor ihr. Mit ihrer alten Reisetasche in der Hand.

»Ich habe gehört, wie Patric Ihnen ein Taxi gerufen hat, und da dachte ich, dass ich Sie nach alldem zumindest nach Hause fahre. Deshalb habe ich mir die Freiheit genommen, ihm zu sagen, er soll es wieder abbestellen.« Er schien ihr scharfes Luftholen bei seiner Offenbarung gar nicht zu bemerken und wies den Korridor hinunter. »Wollen wir?«

Ellas Schrecken wich Unbehagen. Sie schüttelte den Kopf. »Ein Taxi wäre mir lieber. Ich muss noch einkaufen. Der Inhalt meines Kühlschrankes ist inzwischen garantiert ungenießbar. Und ich möchte Ihre Zeit nicht über Gebühr beanspruchen.«

Sein Lachen klang eher wie ein dunkles Schnurren, und Ella hatte den Eindruck, dass sich jede Frau im Gang bei dem Geräusch umdrehete. »Kein Problem!« Er streckte ihr auffordernd die freie Linke hin. »Sie sagen mir, wohin es gehen soll, und ich bringe Sie hin. Meine Zeit gehört ganz Ihnen. Verfügen Sie darüber, Dr. Thorens!« Als sie weiter zögerte, nahm er einfach ihre Hand und zog sie sanft, aber bestimmt zu den Aufzügen. Eine Sekunde überlegte sie, ob sie sich losreißen sollte. – Nein, er allein erregte schon genug Aufmerksamkeit – und ganz offensichtlich war Christian Havreux ein Mann, der es gewohnt war, dass man sich ihm nicht widersetzte.

Erst im Aufzug hielt er es für nötig, ihre Hand wieder freizugeben, und Ella brachte unauffällig ein wenig Abstand zwischen sie. Der kurze Blick, der sie traf, und das angedeutete Lächeln, mit dem er sie bedachte, sagten ihr sehr deutlich, dass es ihm nicht entgangen war.
Sein Wagen stand – verbotenerweise – nur ein paar Meter vom Eingang der Klinik entfernt auf dem Bürgersteig. Die Sonne spiegelte sich auf dem silbergrauen Lack des Mercedes-Cabriolet, als sie darauf zugingen. Beinah erwartete sie, irgendwo in der Nähe einen Chauffeur zu entdecken, doch Christian Havreux öffnete ihr die Beifahrertür selbst und wartete, bis sie eingestiegen war, ehe er den Wagen umrundete, ihre Tasche im Kofferraum verschwinden ließ und auf den Fahrersitz glitt.
»Wohin soll es gehen?«, fragte er, während er den Motor anließ, und nickte nur, als Ella ihm die kleine Mall nannte, in der sie gewöhnlich immer einkaufen ging.
Gekonnt fädelte er sich in den Verkehr ein und ordnete sich in die linke Spur ein, um bei der nächsten Gelegenheit abbiegen zu können. Die Sonne fühlte sich zusammen mit dem leichten Fahrtwind angenehm warm auf ihrer Haut an. Ella ermahnte sich selbst, dass dies der falsche Moment war, um die Augen zu schließen und sich in dem weichen Ledersitz wohlig entspannt zurückzulehnen.
»Es tut mir leid, dass ich mich nicht schon früher erkundigt habe, wie es Ihnen geht, Dr. Thorens. Aber als ich in die Gasse zurückkam, waren Sie verschwunden. Und es hat leider ein wenig gedauert, bis ich Ihren Namen herausgefunden hatte«, sagte er unvermittelt in das sanfte Brummen des Motors hinein.
Überrascht wandte sie sich ihm zu. »Ich dachte, Sie hätten mich in die Notaufnahme gebracht?« Alles, woran sie sich noch erinnerte, war der Schmerz, der durch ihre Hände

von seinem Körper auf ihren überzubranden schien und auf den eine alles verschlingende Dunkelheit folgte, aus der sie erst wieder in der Notaufnahme des *California Medical* zumindest ansatzweise aufgetaucht war.
Sie hatte mit den Schwestern gesprochen, die in jener Nacht Dienst gehabt hatten, um herauszufinden, wie sie dort hingekommen war, doch alles, was man ihr hatte sagen können, war, dass ein gutaussehender Unbekannter sie hereingetragen hatte, der allerdings wieder verschwunden war, noch ehe man seine Personalien hatte aufnehmen können. Oder erfahren, was überhaupt geschehen war. Die Polizei hatte umsonst nach ihm gesucht. Vor allem, da die Beschreibung der Schwestern im besten Falle vage war.
Havreux' Blick streifte sie nur kurz aus dem Augenwinkel, bevor er den Kopf schüttelte, während er gleichzeitig den Blinker setzte und abbog. »Als ich zu mir kam, waren die Burschen, die mich überfallen hatten, verschwunden, und sie lagen bewusstlos halb über mir. Ihr Puls war so schwach, dass ich ihn kaum fühlen konnte. – Ich habe versucht, Hilfe zu holen, allerdings ohne Erfolg.« Seine Mundwinkel verzogen sich. »Und als ich dann in die Gasse zurückkam, waren Sie nicht mehr da.« Erneut schaute er sie für einen Sekundenbruchteil an. »Ich habe mir Sorgen gemacht.« Er nahm eine Hand vom Lenkrad, fasste ihre und drückte sie kurz, ehe er sie sofort wieder losließ. Seine Berührung hinterließ ein seltsames Prickeln auf ihrer Haut, das wie der Hauch eines Streichelns ihren Arm emporzugleiten schien. Sie atmete tief durch und widerstand dem Verlangen, ihre eigene Hand auf die Stelle zu legen.
»Was hatten Sie dort überhaupt zu suchen, Mr. Havreux?«, fragte sie stattdessen. Darauf war er ihr immer noch eine Antwort schuldig.
Wieder traf sie ein Blick aus dem Augenwinkel, dann glaub-

te sie so etwas wie Schuldbewusstsein über seine Züge huschen zu sehen. »Ich war spazieren.«

»Spazieren?«, wiederholte sie fassungslos. »In dieser Gegend?«

»Ja, ich weiß. Man sollte mehr Verstand von mir erwarten. Aber an diesem Abend ...« Er hob die Schultern. »Ich musste irgendwie den Kopf freibekommen, und ich bin nicht der Typ, der dann stumpfsinnig auf einem Laufband in irgendeinem Fitnessstudio vor sich hin trabt. – Ich war so in Gedanken, dass ich irgendwo falsch abgebogen sein muss. Den Rest der Geschichte kennen Sie ja bereits. Und glauben Sie mir: Es tut mir verdammt leid.« Die Ampel vor ihnen schaltete auf Rot. Er stoppte an der Linie und sah ihr direkt in die Augen. »Aber was hatten *Sie* dort zu suchen?«

»Ich wollte nach einer Patientin sehen, die in dieser Gegend wohnt.«

»Zu meinem Glück. – Auch wenn ich sagen muss, dass es ziemlich leichtsinnig von Ihnen war, alleine dorthin zu gehen. Hätte Ihr Mann Sie nicht begleiten können?« Die Ampel sprang auf Grün, und er konzentrierte sich wieder auf den Verkehr, während er weiterfuhr.

Ella war dankbar dafür. So bemerkte er nicht, dass sie die Handflächen gegeneinanderpresste. Ein paar dahergesagte Worte, und da war es wieder, dieses verdächtige Ziehen in der Brust.

»Ich bin nicht verheiratet.« Sie schaffte es, absolut gelassen zu klingen.

»Nicht?« Er bog in die Seitenstraße ein, an deren Ende die Mall lag. »Aber einen Freund werden Sie doch haben, oder?«

»Ich bin Ärztin, Mr. Havreux. Mein Beruf ist mir sehr wichtig. Die meisten Männer können das nicht akzeptieren.« Zumindest nicht für längere Zeit.

Erneut wanderte sein Blick zu ihr. Der Ausdruck in seinen Augen war nicht zu deuten. Dann schaute er wieder nach vorne.

»Das klingt einsam«, sagte er nach einer kleinen Pause. Ella biss sich auf die Lippe. War es auch. Doch noch ehe sie ihm eine weitere nichtssagende Standardantwort geben konnte, schüttelte er kaum merklich den Kopf. »Es tut mir leid, Dr. Thorens. Ihr Privatleben geht mich nichts an. Entschuldigen Sie meine Indiskretion.« Verblüfft starrte sie ihn an. Bisher hatte sie in solchen Momenten in der Regel ermüdende Diskussionen über Kinder und den – offensichtlich irgendwo im Universum gesetzmäßig festgeschriebenen – Wunsch jeder Frau nach einem Ehemann und Familie führen müssen.

Eine Antwort blieb ihr erspart, da er gerade auf den Parkplatz der Mall einbog und seine Aufmerksamkeit endgültig auf die anderen Wagen, plötzlich zwischen den geparkten Autos hervorrennende Kinder und sich angeregt unterhaltende Frauen mit Einkaufstüten auf den Armen richten musste.

Wie durch ein Wunder fand er einen Parkplatz ganz in der Nähe des Eingangs, doch im selben Moment, als sie den kleinen Lebensmittelladen im vorderen Teil des glasüberdachten Einkaufszentrums betrat, wurde ihr klar, dass es ein Fehler war, Christian Havreux hierher mitzunehmen. Man kannte sie hier und wusste, dass sie sich zugunsten ihres Berufes für ein – überwiegendes – Singledasein entschieden hatte. Und nun tauchte sie mit diesem verboten gutaussehenden Mann auf, der ihr, ohne zu fragen, den Einkaufskorb aus der Hand nahm und ihr wie ein Schatten durch die Regalreihen folgte. Sie wurde mit überraschten – und zum Teil neidischen – Blicken bedacht, während sie sich daran zu erinnern versuchte, was sie alles

hatte einkaufen wollen. So wie Havreux den Inhalt des Korbes immer wieder musterte, musste ihre Auswahl ihm im besten Falle seltsam vorkommen.
Während sie bezahlten, starrte die Kassiererin Havreux mit unverhohlener Neugier an. Ella beeilte sich, ihre Kreditkarte einzustecken und den Laden so schnell wie möglich hinter sich zu lassen. Hier konnte sie sich in nächster Zeit nicht mehr blicken lassen.
Er trug ihr die beiden Einkaufstüten zum Auto, stellte sie auf den Rücksitz und öffnete ihr wie zuvor galant die Tür, ehe er selbst zur Fahrerseite wechselte. Ohne sie nach ihrer Adresse zu fragen, fuhr er los. Die erste Verblüffung machte einer unangenehmen Erkenntnis Platz. »Sie haben Erkundigungen über mich eingezogen?«
Er bedachte sie mit einem schnellen Lächeln. »Ich habe versucht, die Frau zu finden, die mir das Leben gerettet hat. – Ich hoffe, Sie nehmen mir das nicht übel?«, fügte er mit einem solchen Welpenblick hinzu, dass sie nur den Kopf schütteln konnte. Sein Lächeln vertiefte sich, und Ella glaubte für einen kurzen Moment, etwas darin zu entdecken, das verdammt nach selbstzufriedener, männlicher Arroganz aussah.

Als sie ihr kleines Haus in einem der Außenbezirke erreichten, wusste er, wie lange sie schon als Ärztin in der Notaufnahme arbeitete, wo sie studiert hatte, worüber sie ihre Doktorarbeit geschrieben hatte und dass sie mit *Ärzte ohne Grenzen* zwei Jahre in Südafrika gewesen war. Das Einzige, was sie über ihn herausgefunden hatte, war, dass er klassische Musik mochte – und selbst das nur, weil eine entsprechende CD in der Stereoanlage seines Mercedes gelaufen war und sie ihn darauf angesprochen hatte.
Er überließ ihr nur unter Protest die leichtere der beiden

Papiertüten. Und das auch nur, weil sie darauf bestand, damit er ihr gleichzeitig mit ihren Einkäufen auch ihre Reisetasche hineintragen konnte und nicht zweimal gehen musste. Als sie die Haustür geöffnet hatte und Havreux ihr durch ihr Wohnzimmer zur Küche folgte, fragte sie sich unwillkürlich, wie wohl seine Wohnung eingerichtet war. Ein wenig unbehaglich registrierte sie, dass sein Blick ebenso aufmerksam über die dunklen Holzmasken glitt, die sie aus Afrika mitgebracht hatte und die zusammen mit Fotografien der wildschönen Savannen die Wände schmückten, wie über das halb in die Wand eingelassene Aquarium, in dem es nur noch Korallen gab. Drei hölzerne, bemalte Giraffen bewachten den Durchgang zur Küche, während auf einem Wandregal ein Rudel unterschiedlichster, grob geschnitzter Tiere stand. Die jungen Männer eines Dorfes hatten sie ihr geschenkt, als sie herausgefunden hatten, wie sehr sie die Tiere Afrikas liebte.

In der Küche lud sie ihre Tüte auf dem Tisch ab und nahm ihm die zweite aus dem Arm. »Stellen Sie die Tasche einfach auf den Boden, ja?«

Er tat es mit einem leichten Nicken und blieb dann einfach im Türrahmen stehen. In seinem eleganten Anzug wirkte er in ihrer kleinen Küche vollkommen fehl am Platz. Ella räusperte sich. »Vielen Dank für die Chauffeurdienste – auch wenn es …«

»Gehen Sie heute Abend mit mir essen, Dr. Thorens.«

»Was?« Unwillkürlich wich Ella zurück.

Hastig schüttelte er den Kopf.

»Verstehen Sie mich nicht falsch. Ich möchte mich nur bei Ihnen bedanken. Ein Abendessen. Mehr nicht.« Er machte einen Schritt auf sie zu und streckte die Hand aus. »Kein Date. Keine Verpflichtungen. Nur ein Abendessen. – Bitte!«

»Aber …«

Ehe sie noch weiter zurückweichen konnte, stand er direkt vor ihr. Sie musste zu ihm aufschauen. Die Farbe seiner Augen hatte sich in dunkles, uraltes Silber verwandelt. Das *Andere* regte sich in ihr. Sie hörte seine Stimme nur noch wie aus weiter Ferne.
»Bitte. – Um acht. – Ja?«
Ella ertappte sich dabei, wie sie nickte. In den Tiefen seiner Augen glitzerte es, während ein Lächeln sich über seine Lippen legte und er gleichzeitig zurücktrat. Benommen blinzelte sie.
»Danke! – Ich hole Sie ab.« Er war schon halb an der Tür. »Bis um acht.« Damit war er endgültig hinaus. Sie hörte die Haustür ins Schloss fallen.
Noch immer wie betäubt sank Ella auf den nächsten Stuhl. Was war da eben passiert? Hatte sie tatsächlich zugestimmt, heute Abend mit Christian Havreux auszugehen? Er war einer der reichsten Männer der Stadt. Und sie hatte keine Ahnung, wohin es gehen würde.

6

Vor dem Haupteingang des Havreux Tower stieg Kristen aus dem Mercedes und warf die Schlüssel einem jungen Mann zu, der dienstbeflissen auf ihn zueilte. Mit langen Schritten überquerte er den halbrunden, kleinen Platz vor der flachen Treppe, in dessen Zentrum ein sichelförmiger Springbrunnen glitzernde Wasserfontänen in den Himmel spuckte.
Obwohl die Glasfront des Gebäudes die schon tiefstehende Sonne wie ein übergroßer Diamant spiegelte, lag alles in einem Radius von mehreren Metern um das Bauwerk herum in grauen Schatten. Ein Phänomen, das es nicht nur an diesem Ort gab – auch wenn es hier mit am ausgeprägtesten war. Hätte ein Wissenschaftler versuchen wollen, es zu erklären, er wäre gescheitert.
Kaum trat er in die Schatten, kühlte die Luft um ihn schlagartig um mehrere Grad ab.
Er ging zwischen den beiden mächtigen Sphinxen hindurch, die die Stufen auf zwei massiven Steinblöcken flankierten. Ihre mörderischen Klauen hatten tiefe Scharten in den grauen Basalt gerissen. Eine der beiden wandte den Kopf und sah ihn an, die gewaltigen Schwingen halb ausgebreitet, bereit, sich mit einem einzigen Schlag in den Himmel zu erheben – was sie, wie sie beide wussten, vermutlich nie wieder tun würde. Auch die zweite blickte jetzt zu ihm herüber. Kristen nickte den beiden zu, eine wortlose Geste des Respekts. Von den Menschen um ihn herum bemerkte es keiner – ebenso wenig, wie sie gesehen hatten, dass die

beiden Wächter des Havreux Tower gar nicht aus totem, reglosem Stein bestanden. Oder dass sich die Beine des jungen Mannes, der eben mit Kristens Mercedes zur Tiefgarage raste, in die falsche Richtung gebeugt hatten. Für die Bewohner L.A.s war der riesige Büroturm schlicht perfekte Architektur aus Beton, Stahl und Glas, mit einer atemberaubenden Eingangshalle, die sich über drei Stockwerke erhob. Er passierte die gläserne Drehtür und wandte sich nach links, dorthin, wo jemand ohne die Gabe nur eine massive Wand sah, die mit dem verschlungenen Emblem von Havreux Enterprises geschmückt war, und schritt auf die ausladende Freitreppe aus schwarzem Marmor zu, die in jene anderen Tiefen des Gebäudes führte. Im selben Moment, in dem er endgültig in die Schatten eintauchte und die Stufen hinaufzusteigen begann, trug er nicht länger den maßgeschneiderten grauen Anzug, sondern schwarze, eng anliegende, weiche Lederhosen, die nichts mehr verbargen. Das locker geschnittene Hemd aus schwarzer Seide, dessen Ärmel sich um seine Arme bauschten, stand über seiner Brust bis zur Mitte offen. Genau die Art Kleidung, in der *sie* ihn stets sehen wollte. Kitsch ließ grüßen.
Auf der Hälfte der Treppe kam ihm Marish entgegen. Sie vertrat ihm den Weg und warf ihre silberblonde Mähne über ihre Schulter zurück.
»Da bist du ja, Kristen. Du kommst spät«, tadelte sie ihn und schob gleichzeitig ihre Hand unter sein Hemd. Er spannte sich an, als sie mit ihren langen Nägeln über seine Brust strich, abwärts.
»Nimm die Hände weg, Marish.« Grob hielt er ihre Finger auf, ehe sie noch tiefer gelangen konnte, und stieß sie zurück. Wie hatte er damals nur so blind sein können.
Ihre grünen Augen verengten sich zu Schlitzen, während sie sich ein Stück weiter aufrichtete. – Wenigstens musste

sie immer noch zu ihm aufsehen. »*Sie* hat mir gesagt, dass ich dich heute Nacht haben kann. Und wenn mir der Sinn danach steht, kann ich dich zum Schreien bringen.«

Er bedachte sie mit einem dünnen, spöttischen Lächeln und hob eine Braue. »Ach? Tatsächlich?« Verdammt! Er brauchte diese Nacht für die kleine Ärztin.

»Ja, tatsächlich. Du solltest also vorsichtig sein.«

»Sollte ich das?« Verächtlich ließ er den Blick über ihren zierlichen Körper gleiten. Dann trat er so dicht vor sie, dass ein tieferer Atemzug genügt hätte, damit seine Brust ihre berührte. Ein Hauch seiner Magie glitt unter ihre Kleider, strich über ihren Bauch und zwischen ihre Beine. Marish schnappte nach Luft. Er verstärkte den Druck ein wenig, und sie stieß ein kehliges Seufzen aus. »Bist du sicher, dass *sie* meine Leine nicht vielleicht locker genug lässt, damit *ich dich* zum Schreien bringen kann, Marish – und das aus ganz anderen Gründen?«, raunte er so dicht an ihrem Ohr, dass sie seinen Atem spüren konnte.

»Du … du wagst es, mir zu drohen …« Die Worte kamen als Japsen über ihre Lippen, gefolgt von einem weiteren Stöhnen – das zu einem frustrierten Schrei wurde, als er sich abrupt zurückzog.

Erneut glitt sein Blick verächtlich über ihren Körper. Er lächelte auf jene träge, arrogante Art, die kein anderer außer ihm zu zeigen wagte.

»Du langweilst mich, Marish.«

»Mistkerl!« Sie wollte ihm ins Gesicht schlagen.

Er fing ihre Hand ab und hielt sie fest.

»Für dich doch immer, Liebling.« Sein Lächeln wurde kalt und grausam, während seine Magie durch seinen Griff floss. Marish stieß ein Keuchen aus und versuchte sich loszureißen. Der Bannfluch regte sich auf seinem Körper, grub reißend die Krallen in ihn. Nicht genug! Bei weitem nicht genug, um ihn in die Knie zu zwingen. Kristen wappnete sich, um dem Schmerz zu begegnen, und verstärkte seinen Griff ein wenig mehr. Marish wimmerte mit weit aufgerissenen Augen. Unvermittelt gab er sie frei. Sie taumelte zurück, ihr verbranntes Handgelenk in der anderen Hand geborgen, verfehlte eine Treppenstufe und stürzte.

»Das wirst du mir büßen! Ich werde *sie* darum bitten, dass *sie* dich zum Betteln bringt.« Die Worte waren eine Mischung aus Schluchzen und Fauchen.

Er lachte leise, während der Bannfluch die Krallen aus ihm nahm und wieder zur Ruhe kam. »Tu das, Marish. – Aber vergiss nicht, auch dafür zu sorgen, dass *sie* mich danach nie wieder in dein Bett schickt.« Ohne ihr noch einen Blick zu gönnen, wandte er sich ab und stieg weiter die Stufen hinauf.

Im vierten Stock schob er das doppelflügelige Portal auf, das am Ende des Korridors aufragte, und betrat den Raum dahinter. – Nicht, dass er sich die Mühe gemacht hätte anzuklopfen. Oder auf ein »Herein!« zu warten.

»Unverschämt wie immer, Kristen«, begrüßte ihn die nur zu vertraute Stimme Lyreshas von dem kleinen Erker aus, der für die Menschen unsichtbar auf den privaten Park blickte, der sich direkt hinter das Gebäude von Havreux Enterprises anschloss. Sie saß vor ihrem mannshohen Spiegel und sah ihm in dem schillernden Glas entgegen. »Verschwinde!« Mit einer unwilligen Geste verscheuchte sie den jungen Burschen, der zu ihren Füßen kauerte. Die bernsteingelben Augen weit aufgerissen, flüchtete er an Kristen vorbei aus dem Raum. Sie hatte also wieder Geschmack an Gestaltwandlern gefunden.

»Du wolltest mich sehen?« Er hatte ihren Ruf durch den Bannfluch gespürt, als er die kleine Ärztin nach Hause gefahren hatte.

»Komm her! Und schenk mir ein Glas Wein ein!« Ihre Aufmerksamkeit richtete sie auf etwas, das sie *in* dem Spiegel sah.
»Wie meine Herrin befiehlt!« Mit einem sardonischen Lächeln deutete er eine spöttische Verbeugung an, ging hinüber zu ihrem Schreibtisch und füllte einen der schweren Kristallkelche mit dem Gebräu, das sie als ›Wein‹ bezeichnete. – Allerdings war Wein in dieser fahlen Flüssigkeit nur eine Ingredienz von vielen.
Mit der Hand fuhr sie über den Spiegel, ließ den Zauber erlöschen, mit dem sie was auch immer in seinem Inneren beobachtet hatte, und wandte sich zu ihm um.
»So fügsam? Hast du etwas getan, das mir missfallen wird?«, erkundigte sie sich lauernd.
Er zuckte nonchalant die Schultern, während er den Raum durchquerte, und reichte ihr den Kelch. »Nicht, dass es mir bewusst wäre.« Aber er brauchte von nun an jede Sekunde, die sie ihn in die normale Welt entließ, für seine eigenen Pläne. Also würde er bis auf weiteres ein fügsamer Sklave sein. So fügsam, wie es ihm eben möglich war, ohne dass sie Verdacht schöpfte. Denn dass er es nach all der Zeit ausgerechnet jetzt aufgegeben hatte, gegen sie zu kämpfen, würde sie niemals glauben.
»Und warum hast du gerade den Bannfluch geweckt? Ich hatte dir nicht erlaubt, Magie über den ersten Grad zu rufen.« Ihre erhobene Hand und ihr amüsiertes Lachen verhinderten, dass er antwortete. »Lass mich raten: Marish hat dir gesagt, dass du heute Nacht ihr gehörst.« Ihr Blick wurde kalt. Unvermittelt grub der Bannfluch seine Krallen in seine Männlichkeit. Kristen stieß mit einem Zischen die Luft aus und machte unwillkürlich einen Schritt zurück. Um ein Haar hätte ihn der jähe Schmerz auf die Knie gezwungen. Die Krallen zogen sich so plötzlich zurück, wie

sie zugeschlagen hatten. Doch erst nach einer weiteren Sekunde, in der der Schmerz erloschen war, wagte er es, sich ein Stück zu entspannen.
»Dein Stolz ist immer wieder höchst unterhaltsam, Kristen.« Sie musterte ihn einen Moment lang amüsiert, dann erhob sie sich und schritt an ihm vorbei zu ihrem Schreibtisch. »Du wirst heute Nacht zu Marish gehen. Wenn ich sie morgen nach deinem Betragen frage, will ich hören, dass du ein braves Spielzeug warst. Ansonsten weißt du, was geschieht.« Über die Schulter warf sie ihm einen kühlen Blick zu. »Wir haben uns verstanden?« Der Bannfluch bewegte sich rastlos auf seiner Haut.
Ganz langsam neigte Kristen den Kopf. »Wie meine Herrin befiehlt!« Er hatte drei Stunden Zeit, sich etwas einfallen zu lassen, damit er um acht Uhr bei der Ärztin sein konnte.
Lyresha stellte den Kelch auf ihren Elfenbeinschreibtisch und ließ sich dahinter in ihrem Sessel nieder. »Was hast du mir von meinen anderen Geschäften zu berichten?«
»Die Aktien von Havreux Enterprises sind gestern um fast fünf Punkte gestiegen.«
Sie schnaubte abfällig.
Kristen gab vor, es nicht gehört zu haben, und sprach weiter. »Ich habe vielleicht jemanden gefunden, der dir das Artefakt beschaffen kann, hinter dem du seit einem halben Jahr her bist. Nach dem, was ich gehört habe, ist er gut, aber er verkauft grundsätzlich nur an den Meistbietenden und …«
»Bis zum nächsten Vollmond habe ich die Grabplatte, Kristen. Ich dulde keine weiteren Ausflüchte. – Sag mir lieber, welche Erfolge du mit diesen Hexern vorzuweisen hast, die mir in letzter Zeit solche Schwierigkeiten machen.«
Er folgte ihr durch den Raum, blieb aber hinter dem Stuhl

vor ihrem Schreibtisch stehen und stützte die Unterarme auf die hohe Lehne.

»Keine.«

»Wie war das?«

»Jeder Einzelne von ihnen ist *mächtig,* Lyresha, und wenn sie zusammenarbeiten, kann ich noch weniger gegen sie ausrichten. – Es sei denn, du lässt mir mehr von meiner Macht, um ...«

Eine scharfe Geste schnitt ihm das Wort ab. Sie beugte sich vor. Ihr Gewand klaffte auseinander und offenbarte weit mehr, als er sehen wollte. »Für wie dumm hältst du mich, Kristen? Ich habe in all der Zeit nicht vergessen, wozu du fähig bist. Ich werde den Bannfluch nicht schwächen, indem ich ihn verändere, und riskieren, dass es dir vielleicht doch gelingen könnte, dich zu befreien.«

Kristen versuchte gar nicht, die Schärfe aus seiner Stimme herauszuhalten. »Dann wäre es vielleicht sinnvoller, wenn du Aaron damit beauftr-«

Ihre Hand wischte ärgerlich durch die Luft. »Du wirst mir diese Hexer vom Hals schaffen. Wie, ist mir egal. Lass dir etwas einfallen. – Und jetzt geh! Marish erwartet dich!«

Für eine Sekunde maßen sie einander über den Schreibtisch hinweg mit Blicken, dann machte Kristen wortlos kehrt und ging zur Tür. Er hatte sie noch nicht erreicht, als sie aufgestoßen wurde und zwei massige Wandler im Rahmen erschienen. Abrupt blieb er stehen und drehte sich um. Lyresha lächelte ihn an.

»Bringt Meister Kristen zu Marish«, befahl sie ihnen in spöttischem Ton.

Kristen biss die Zähne zusammen und schritt zwischen den beiden hindurch. 800 Jahre waren genug!

Mehr als genug!

7

Sie war underdressed. Anders ließ es sich nicht ausdrücken.

Sosehr sie sich auch bemühte, den Blick stur auf den Rücken des Maître d' gerichtet zu halten: die eleganten Kleider und der teure Schmuck an den Tischen um sie herum entgingen ihr trotzdem nicht. Und dazu sie, mit ihrem hellgrauen Hosenanzug und der Bluse … Natürlich gab es in ihrem Kleiderschrank das ein oder andere Cocktail- und Abendkleid. Aber keines davon hätte die Narben an ihrer Schulter oder ihrem Arm verdecken können, wo Dr. Jacobs, Cindy und Marc ihre zertrümmerten Knochen mühsam wieder zusammengesetzt hatten. Zumindest hatte sie die kleinen Perlenohrringe angelegt, die sie sich selbst zur bestandenen Doktorarbeit geschenkt hatte.

»Alles in Ordnung?«, fragte Christian Havreux halblaut über ihre Schulter. Er passte in seinem maßgeschneiderten, dunkelgrauen Anzug natürlich perfekt zu den übrigen Gästen des *Chez Frédéric*.

Ella nickte. Die Bewegung wirkte selbst auf sie gezwungen. Und abgehackt. »Ja. Natürlich.« Sie sah kurz zu ihm zurück, versuchte ein Lächeln.

Eine feine Linie grub sich zwischen seine Brauen. »Sicher? Wir können auch woandershin gehen …«

»Nein. Schon okay.« Es war abzusehen gewesen, dass er mit ihr nicht zu irgendeinem kleinen, gemütlichen Italiener um die Ecke gehen würde. Sie hatte sich auf diese Sache eingelassen, jetzt würde sie sie auch zu Ende bringen. Ein

Abendessen mit ihm. Mehr nicht. Kein Date. Danach würde er wieder aus ihrem Leben verschwinden. Auch wenn immer wieder ein Gedanke durch ihren Kopf spukte: Wusste er, was in der Gasse *tatsächlich* geschehen war? Konnte er ihr die Frage beantworten, warum sie die Narben trug, die eigentlich er haben müsste? Oder würde er sie für verrückt halten, wenn sie ihn darauf ansprach? Nun, genau genommen hielt sie sich ja selbst für verrückt. So etwas war einfach *unmöglich*. – Und doch war es passiert.

»Ich möchte, dass Sie sich wohl fühlen, Dr. Thorens. Sie müssen mir nur sagen, was ich dafür tun kann. Wenn das bedeutet, dass wir wieder gehen, dann werden wir das. Claude wird es überleben.« Seine Stimme hatte etwas von Seide und Samt auf der Haut. War er eigentlich verheiratet? Nicht, soweit sie wusste. Allerdings war über sein Privatleben auch nicht wirklich viel bekannt. Hatte er überhaupt eines? Zumindest genug, um sich solche Feinde zu machen, dass man ihn in dunklen Gassen zusammenschlug. Oder war er nur versehentlich an eine Gang geraten? Aber wären die Mitglieder einer Gang vor einer schreienden, nur mit einem Eisenrohr bewaffneten Frau davongerannt? Wohl kaum. Oder? – Nein! Sie würde sich darüber nicht den Kopf zerbrechen. Jetzt nicht und auch zu keinem späteren Zeitpunkt.

Ihr Leben hatte bis zu jenem Abend einen Sinn gemacht. Aber jetzt? Gab es verdammt viele Scherben in ihrem Gehirn. Und Dinge, die absolut *keinen* Sinn mehr ergaben.

»Dr. Thorens?«

»Hm?«

»Sagen Sie mir, was Sie möchten. Sollen wir wieder gehen?«

Um ein Haar hätte sie ›Ja‹ gesagt, hätte Claude nicht in genau diesem Moment einen Schritt zur Seite gemacht und

»Ihr üblicher Tisch, Monsieur Havreux« verkündet. Elegant zog er einen Stuhl von einem Tisch direkt bei den Fenstern zurück. Einem Tisch, der obendrein ein wenig abseits von den anderen stand. Doch er runzelte die Stirn, als Ella wohl eine Sekunde zu lang zögerte. »Oder wäre Ihnen der Tisch auf der Dachterrasse angenehmer?« Fast hätte sie sich verschluckt. Man bekam hier keinen Tisch, ohne Tage, vielleicht sogar Wochen vorher reserviert zu haben, und Christian Havreux hatte hier nicht nur einen ›üblichen‹ Tisch, er hatte sogar noch die Wahl zwischen einem hier drinnen und einem draußen auf der Dachterrasse. Claude räusperte sich. »Ich war der Meinung, die Dame würde …«
»Dr. Thorens? Was meinen Sie?« Havreux war an ihr vorbeigetreten.
»Nein. Hier ist vollkommen in Ordnung …«
»Sie hören es, Claude.« Er nickte dem Maître d' zu.
Der verneigte sich und zog den Stuhl ein Stückchen weiter zurück. »Sehr wohl, Monsieur Havreux. – Madame?«
»Danke sehr.« Ella rang sich ein weiteres Lächeln ab und setzte sich. Die anderen Gäste warfen ihnen bereits unverhohlen Blicke zu. Fehlte nur noch ein Paparazzo mit seiner Kamera. Sie konnte sich die Schlagzeile beinah vorstellen:

CHRISTIAN HAVREUX IN UNBEKANNTER WEIBLICHER BEGLEITUNG IM *CHEZ FRÉDÉRIC* GESEHEN

Das erste Bild von ihm, das seinen Weg in die Medien fand. Und das mit ihr.
Havreux hatte sich ihr gegenübergesetzt, beugte sich jetzt vor und streckte die Hand nach Ella aus, vorbei an der schlanken Tafelkerze und dem eleganten Arrangement aus

offenbar echten Blumen in der Mitte. Nur um dann ein paar Zentimeter vor ihrer innezuhalten und sie auf das blendend weiße Tischtuch sinken zu lassen. Sie war erstaunlich blass.

»Dr. Thorens, bitte. Ich will nicht, dass Sie dies hier als einen ... Pflichttermin empfinden. Ich sage es noch einmal: Wenn Sie gehen wollen, können wir das jederzeit tun.«

»Nein. Wirklich. Es ist in Ordnung. Ein Pflichttermin sieht für mich anders aus. Ehrlich.«

»Gut.« Er zog die Hand zurück, richtete sich wieder auf. »Dann lassen Sie uns diesen Abend genießen. – Claude.« Mit einem kurzen Blick über die Schulter nickte er dem Maître d' zu, der sich diskret einen Schritt zurückgezogen hatte und nun wieder herantrat.

»Monsieur Havreux?«

»Was hat die Küche heute zu bieten, Claude?«

»Wenn Sie erlauben, Monsieur, heute Abend kann ich Ihnen und Madame als Auftakt eine Erbsensuppe mit Parmesan-Croutons empfehlen. Außerdem hätte die Küche Ziegenkäse mit Orangenhonig und Pfefferpfirsichen zu bieten. Oder würden Sie Gänseleberpastete an sauren Kirschen, mit kandierten Pistazien und Gelee von weißem Portwein bevorzugen? Danach eventuell Hähnchenbrust in Parmesankruste mit Basilikum-Limonen-Butterschaum an Artischockenherzen? Oder einen wunderbaren Arktischen Saibling auf Burgundertrüffel-Crumble? Außerdem hätten wir heute Abend ein exquisites Lammkarree auf Zitronen-Chili-Spiegel mit Sojabohnenpüree. Oder lieber gedünsteten Hummer auf Salbeibutter? Als Desserts hätten wir Zitronengras-Soufflé mit gesalzenem Karamell und kandierten Mandelsplittern auf Grapefruitspiegel. Des weiteren hätten wir da ein traumhaftes Blutorangen-Sorbet an Bitterschokolade-Macarons. Oder vielleicht ziehen Sie

weiße Mousse au chocolat auf Himbeer-Coulis vor?«
Claude blickte von Ella zu Havreux. Der sah ebenfalls zu ihr, hob fragend eine Braue. »Gibt es etwas, das Sie nicht essen, Dr. Thorens?«
»Abgesehen von Insekten und Maden? – Sagen wir so: Solange es nichts mit Muscheln, Schnecken, Tintenfisch oder Fröschen zu tun hat, bin ich in dieser Beziehung eigentlich recht pflegeleicht.«
Für den Bruchteil einer Sekunde entgleiste Claudes höflich-zuvorkommende Miene. Um Havreux' Mundwinkel zuckte es. »Tatsächlich?« Er räusperte sich. »Vertrauen Sie mir?«
Ella schaute zwischen den beiden Männern hin und her. Schließlich nickte sie.
»Sie werden es nicht bereuen.« Havreux lächelte ihr zu. »In Ordnung, Claude, dann nehmen wir als Erstes den Ziegenkäse mit Orangenhonig und den Pfefferpfirsichen. Ich denke, wir machen weiter mit dem Lammkarree und nehmen anschließend den Hummer ... Und das Dessert ... Ich würde ja das Blutorangen-Sorbet mit den Macarons vorschlagen, aber vielleicht warten wir mit dieser Entscheidung noch ... – Trinken Sie Wein, Dr. Thorens?«
»Nein.«
»Dann für mich auch nur Wasser.«
»Sie müssen nicht ...« Ellas Protest wurde überhört. Sie drückte die Hand flach auf den Tisch, um ihren Ärger zu beherrschen. Ihren vorletzten Freund hatte sie in die Wüste geschickt, weil auch er irgendwelchen Einwänden ihrerseits nie Beachtung geschenkt hatte. Ein Abendessen, und Havreux würde wieder aus ihrem Leben verschwinden!
»Mit oder ohne Kohlensäure?« Claudes Miene war wieder undeutbar.

Mit einem Blick gab Havreux Claudes Frage an Ella weiter.
»Ohne, bitte.« Sie bemühte sich um einen leichten Ton.
Der Maître d' nickte. »Zitrone?«
»Ja. Gern.«
»Sehr wohl, Madame. – Monsieur Havreux?«
»Keine Zitrone für mich. Und ohne Kohlensäure.«
»Sehr wohl.« Claude verneigte sich erneut. »Pierre wird Ihnen sofort die Getränke bringen. Und zögern Sie bitte nicht, nach mir zu rufen, sollten Sie noch irgendeinen Wunsch haben.«
»Danke, Claude.«
Eine weitere kleine Verbeugung, und der Maître d' zog sich zurück.
Wieder mit Havreux allein, kam das Unbehagen zurück. Unauffällig ließ sie den Blick durch den Raum gleiten. Eleganz und Luxus pur und absolut nicht ihre Welt. Obwohl sie beileibe nicht schlecht verdiente, wäre es ihr nicht einmal in ihren kühnsten Träumen eingefallen, hier essen zu gehen. – Die Aussicht auf das nächtliche Los Angeles jenseits der Fenster war allerdings atemberaubend.
Christian Havreux hatte sich auf seinem Stuhl lässig zurückgelehnt, beobachtete sie schweigend. Und hob fragend eine Braue, als sie wieder zu ihm hinsah.
»Kommen Sie oft hierher?« Sie nahm die Hände beiseite, damit der herbeigeeilte Kellner das Glas vor ihr abstellen und ihr eingießen konnte. »Danke.« Ihr Lächeln wurde mit einer angedeuteten Verbeugung beantwortet, bevor er um den Tisch herumging und auch Havreux sein Wasser brachte.
»Von Zeit zu Zeit. Wenn ich mal wieder gut französisch essen will.« Er bedankte sich mit einem kurzen Nicken bei dem jungen Mann, griff nach seinem Glas und prostete ihr

zu. »Allerdings bisher noch nie in Begleitung. Und schon gar nicht in weiblicher.«
Ella hatte ebenfalls ihr Glas gehoben. Und verschluckte sich jetzt bei seinen Worten fast an ihrem Wasser. Beinah panisch sah sie sich um. Suchte nach Fotografen. Havreux lachte. »Fürchten Sie eine Schlagzeile, Dr. Thorens?«
»Eine ehrliche Antwort?«
»Ich bitte darum!« Verschwörerisch beugte er sich vor.
»Ja.«
»Keine Sorge. Diskretion wird hier großgeschrieben. Wer versucht, im *Chez Frédéric* auf Skandaljagd zu gehen, bekommt ernsthafte Probleme. Nicht umsonst gehören einige mehr als hochkarätige Anwälte zu den Stammgästen.«
»Ich bin nicht sicher, ob mich das wirklich beruhigt.« Vorsichtig stellte sie ihr Glas auf den Tisch zurück.
»Nicht? – Würde es Sie beruhigen, wenn ich Ihnen sage, dass Paparazzi hier von Claude persönlich geteert und gefedert und anschließend von der Dachterrasse geworfen werden? Ohne Fallschirm. – Wohlgemerkt: Wir sind im 20. Stock.« Er klang so todernst, dass Ella ihm möglicherweise sogar bei jeder anderen Gelegenheit geglaubt hätte. So absurd es auch war. Sein kurzes, schnelles Lächeln, das nur einen Mundwinkel hob, ließ sie ihr eigenes hinter der Hand verbergen.
»Und was geschieht mit Gästen, die die Rechnung nicht zahlen können?«
Er schob sein Glas beiseite, sah sich verstohlen um und beugte sich dann noch weiter zu ihr. »Kennen Sie Shakespeares *Der Kaufmann von Venedig?*«
»Natürlich kenne ich …« Ella riss in gespieltem Entsetzen die Augen auf, als ihr klar wurde, was er meinte. »Nein«, hauchte sie scheinbar fassungslos.

»Aber ja.« Havreux nickte nachdrücklich.
Sie lehnte sich ihrerseits vor. »Dann hoffe ich, dass Ihre Kreditkarte gedeckt ist.«
»Absolut. Kein Limit. – Weibliche Schuldner werden übrigens nur am Stück verkauft. An den Meistbietenden. Auktion jeden Mittwoch und Samstag.« Er senkte die Stimme ein bisschen mehr. »Sie glauben gar nicht, wie viele der anwesenden Herren auf diese Weise schon ihre Ehefrauen gefunden haben. – Und vor allem: wieder losgeworden sind.«
Diesmal konnte Ella sich das Lachen nicht mehr verbeißen. Von neuem wurden ihnen von den Nachbartischen Blicke zugeworfen. Die Heiterkeit blieb ihr im Hals stecken, als sie einem davon begegnete.
»Dr. Thorens?«
Sie starrte die Frau noch an, als die sich schon wieder abgewandt hatte.
»Dr. Thorens? – Ella?« Nur langsam drang Christian Havreux' Stimme in ihr Bewusstsein.
»W-was?« Selbst jetzt fiel es ihr schwer, die Augen von der Frau zu lösen und zu Havreux hinzusehen. Für einen Moment hatte sie gedacht … gehofft … Nein.
»Das wollte ich Sie gerade fragen. Sie sind weiß wie das Tischtuch. Was ist passiert?« Seine Brauen waren zusammengezogen.
»N-nichts.« Ein weiteres Mal sah sie zu der Frau hinüber. Diesmal folgte er ihrem Blick. Nein. Sie hatte sich geirrt.
»So sehen Sie aber nicht aus.« Er hatte sich erneut vorgebeugt, seine Aufmerksamkeit wieder ihr zugewandt. Streckte abermals die Hand nach ihrer aus. Und ließ sie wie zuvor auf den Tisch sinken, ehe er ihre berührt hätte. »Genau genommen hätte man glauben können, Sie wären einem Geist begegnet. – Sagen Sie mir, was los ist.«

Ella schaute auf seine Hand. Da war ein Unterton in seiner Stimme …
»Meine Mutter … ich dachte, diese Frau … sie sah ihr ähnlich …«
Die kleine Falte zwischen seinen Brauen vertiefte sich. »Sie sind auf der Suche nach Ihrer Mutter?«
»Ja. Nein. – Nicht mehr.«
Einen Moment blickte er auf ihre Hände, dann legte er seine über ihre. Sie war eiskalt.
»Erzählen Sie mir, was passiert ist?« Seine Worte klangen wie eine Frage. Und fühlten sich nicht so an.
»Sie verschwand, als ich vier war. Ich kann mich nicht mehr wirklich an sie erinnern …«
»Sie erinnern sich offenbar genug, um sie zu vermissen. – Was ist damals geschehen?«
»Ich … weiß es nicht.« Ella schaute erneut auf ihre Hände. »Am Abend hat sie mich zu Bett gebracht und mir aus meiner Lieblingsgeschichte vorgelesen.« Seine schien beinah … durchsichtig zu sein. Er zog sie zurück. »Und am nächsten Morgen war sie fort.« Sie hob den Blick, begegnete seinem. Kühl und dunkel. »Es gab keinen Streit zwischen meinen Eltern. Sie war nur einfach nicht mehr da. Mein Vater …« Sie schüttelte den Kopf. Schluckte. Selbst nach all den Jahren drohte ihre Stimme zu versagen. Ihre Welt war damals mit einem Schlag zerbrochen. Nicht nur, weil ihre Mutter plötzlich spurlos verschwunden war, sondern auch, weil ihr Vater von einem Tag zum nächsten ein anderer Mensch gewesen war. Aus einem Zuhause voller Liebe und Harmonie war ein kalter, dunkler Ort geworden, an dem es kein Lachen mehr gab. Und aus ihrem sanften, liebevollen Vater ein bitterer, hartherziger Mann.
›*Deine Mutter war eine Hure und eine Hexe!*‹ Wie oft hatte sie diese Worte von ihm zu hören bekommen, jedes Mal,

wenn sie es in der darauffolgenden Zeit gewagt hatte, entgegen seinem ausdrücklichen Verbot nach ihr zu fragen. Selbst von ihr zu sprechen hatte er ihr verboten. Ohne dass sie den Grund dafür verstanden hatte. Bis heute nicht.
»… er war mit einem Mal ein … anderer. Fast wie ein Fremder.«
»Das tut mir leid.« Havreux' Blick forschte in ihrem. »Sie haben sie gesucht?«
»Ja. Hinter dem Rücken meines Vaters. Sobald ich auch nur irgendwie in der Lage war, Geld zu verdienen, um die Suche zu finanzieren. Ich war vierzehn, als ich den ersten Privatdetektiv engagiert habe. Seitdem habe ich immer wieder versucht, sie zu finden. Jedes Mal ohne Erfolg.« Ella wich seinen Augen aus. »Sie muss … tot sein. – Ich versuche, es zu akzeptieren.« Plötzlich brauchte sie etwas, an dem sie sich festhalten konnte, und legte die Hände um ihr Glas. »Aber trotzdem … ertappe ich mich ständig dabei, dass ich auf der Straße nach ihr Ausschau halte. Oder unter meinen Patienten im Krankenhaus. Manchmal glaube ich, sie inmitten von wildfremden Menschen zu erkennen, so wie gerade …« Sie schüttelte erneut leicht den Kopf, schaute ihn wieder an. »Warum erzähle ich Ihnen das eigentlich?«
Er hob die Schultern. »Weil ich Ihnen zuhöre?«
Mit einem bitteren kleinen Lachen strich sie mit dem Daumen durch die Kondenswasserperlen an ihrem Glas. »Vermutlich halten Sie mich jetzt für rührselig und sentimental.«
»Nein. Warum sollte ich?« Ohne sie aus den Augen zu lassen, lehnte er sich ein bisschen weiter auf seinem Stuhl zurück.
»Weil ich …« Sie löste die Hand für einen Moment in einer wegwerfenden Geste von ihrem Glas. Und legte sie sofort

wieder darum. »Vergessen Sie's. – Was ist mit Ihnen? Ihrer Familie? Haben Sie Geschwister?«
»Einen Bruder und eine Schwester. – Beide tot. Wie auch meine Eltern.«
»Das tut mir leid.«
»Muss es nicht. Es ist schon sehr lange her.« Etwas in seinen Worten, der Art, wie er es sagte, weckte ein seltsames Gefühl in ihrem Inneren.
»Verheiratet?«
Für eine Sekunde schien ein Schatten über seine Züge zu huschen. Nur um im nächsten Moment schon wieder vergangen zu sein. »Verwitwet.«
Sie wusste nicht, was sie *darauf* sagen sollte.
Havreux kam jeder möglichen Reaktion zuvor. »Haben Sie ein Bild von Ihrer Mutter, Dr. Thorens?«
Ella blinzelte irritiert. »Ja ... natürlich. Aber ... warum?«
»Zeigen Sie es mir?«
»Warum wollen Sie ...?«
»Bitte.« Sein Blick und sein Lächeln schickten ein Kribbeln ihren Rücken hinunter. Zu ihrer eigenen Überraschung griff sie in ihre Tasche, holte ihre Geldbörse hervor und zog das alte Foto aus einem der Seitenfächer. Die Ränder des Papiers faserten schon auseinander.
»Das ist eines der wenigen, die ich von ihr habe.« Die ihr Vater nicht verbrannt hatte.
»Darf ich?« Als sie nicht widersprach, nahm Havreux es ihr behutsam aus der Hand, betrachtete es mehrere Sekunden. »Sie sehen ihr ähnlich. – Würden Sie mir das Foto für ein paar Tage überlassen?«
»Weshalb?«
»Ich stehe in Ihrer Schuld, Dr. Thorens. Vielleicht schaffe ich ja, was Ihnen bisher nicht gelungen ist.«
»Sie wollen sie für mich suchen?«

Er nickte. »Wenn ich darf.«
Ella schüttelte den Kopf. »Die Leute, die ich engagiert hatte, waren gut.«
In einem unübersehbaren Anflug von Arroganz verzog er die Lippen. »Das will ich nicht bestreiten. Aber ich denke, ich verfüge über ganz andere Mittel – und andere Kontakte – als ein normaler Privatdetektiv.«
Das glaubte sie ihm sofort. »Das Bild ist über zwanzig Jahre alt.«
»Das ist kein Problem. – Sie bekommen es absolut unbeschädigt zurück. Versprochen.«
Unsicher sah Ella auf die Fotografie. Seine Hände wirkten fast noch bleicher als zuvor.
»Was haben Sie zu verlieren, Dr. Thorens? Geben Sie mir nur ein paar Tage.« Er zog die Brieftasche aus dem Jackett. »Ich schulde Ihnen mein Leben. Da ist das mindeste, was ich für Sie tun kann, ein paar Kontakte spielen lassen und die ein oder andere Erkundigung einholen.« Behutsam legte er das Foto zwischen seine Papiere.
»Also gut.« Ihr Nicken hatte etwas Abruptes, Gezwungenes, während sie beobachtete, wie Havreux die Brieftasche wieder in die Innentasche seines Jacketts zurücksteckte.
»Danke. – Verraten Sie mir noch den Mädchennamen Ihrer Mutter? Vielleicht hat sie ihn ja wieder angenommen.«
»Monaghan.« Es fühlte sich seltsam an, den Namen auszusprechen.
»Und ihr Vorname?«
»Claire.«
»Claire Monaghan also.« Diesmal zuckte Ella zusammen, als er seine Hand über ihre legte. ›Eiskalt‹ war gar kein Ausdruck mehr. »Wenn ich kann, werde ich sie finden, Dr. Thorens. Das verspreche ich Ihnen.« Er lehnte sich abermals zurück. Seine Berührung verschwand schlagartig. Und mit

ihr die Kälte von ihrer Haut. »Und jetzt sollten wir dem armen Claude erlauben, uns endlich die Vorspeise zu servieren.«

Eine Sekunde starrte sie ihn unerklärlich benommen an, nickte schließlich und sah zu, wie er dem Maître d' ein kleines Zeichen gab. Wie lange stand der Mann eigentlich schon da? Sie schob die Finger ineinander und drückte die Hände in ihren Schoß, während ein junger Kellner einen Teller vor ihr platzierte.

8

Seine Arme waren eingeschlafen. Kein Wunder, nachdem er nahezu die ganze Nacht in der gleichen Position verbracht hatte: Die Hände nach beiden Seiten ausgestreckt und um irgendwelche hervorstehenden Ornamente des Kopfteils geschlossen, die gerade noch in seiner Reichweite gewesen waren. Zuerst, weil Marish es ihm befohlen hatte, aus Angst, was er nach ihrem Zusammenstoß auf der Treppe am Ende vielleicht tun würde, wenn sie ihm erlaubte, sie anzufassen. Und später, um sich selbst davon abzuhalten, sich von seinem Ärger hinreißen zu lassen.
Ganz nebenbei war es ihm auch deutlich leichter gefallen, sich auf den Schatten und durch ihn auf die kleine Ärztin zu konzentrieren, wenn er Marish die ganze Arbeit überließ. Falls ihr aufgefallen war, dass diesmal etwas anders war als sonst, hatte sie nichts dazu gesagt. Möglicherweise war sie sogar froh gewesen, dass er sie einfach nur hatte tun lassen, was sie wollte.
Er spannte die Muskeln, um das Leben schneller in seine Arme zurückzubringen und das Kribbeln zu vertreiben.
›Spielzeug‹ war das Zauberwort, auf das er sich herausreden würde, sollte sie sich tatsächlich bei *ihr* über ihn beschweren. Von aktiver Beteiligung war in seinen Befehlen für heute Nacht keine Rede gewesen.
Er hatte nur einmal beinah die Kontrolle über sein Schatten-Abbild verloren, als Marish ihm frustriert über seine Gleichgültigkeit die Fingernägel zwischen die Beine geschlagen hatte. Für kurze Zeit hatte er das Kopfteil los-

gelassen und ihr gezeigt, was er von solchen Aktionen hielt. Nur um ihr dann wieder die Initiative zu überlassen. Nachdem sie sich schon Minuten unter ihm gewunden und um Erlösung gewimmert hatte. Ohne ihr das zu geben, was sie in diesem Moment von ihm gewollt hatte.
Diesmal war er darauf vorbereitet gewesen, dass sie ihn mit den Fingernägeln traktierte. Die Spuren ihrer Wut waren auf seiner Brust, dem Bauch und den Regionen darunter nicht zu übersehen. Nicht, dass davon irgendetwas zurückbleiben würde. Aber Marish würde dafür bezahlen. Sobald er Zeit hatte, sich ausgiebiger mit ihr zu befassen. Vor allem, nachdem sie seit einigen Jahrzehnten immer häufiger zu vergessen schien, dass er mit ihr noch eine ganz persönliche Rechnung offen hatte. Seit 800 Jahren.
Kristen rollte sich zur Seite, schwang die Beine über den Bettrand und setzte sich auf.
»Was hast du vor?« Hinter ihm räkelte Marish sich genüsslich, streckte sich, legte ihm die Hand auf den Rücken, zeichnete mit den Fingernägeln die Linie seiner Wirbelsäule nach. Auf und ab.
»Wonach sieht es denn aus?« Er entzog sich ihr mit einer winzigen Bewegung. »Finger weg.«
Das Rascheln der Laken verriet ihm, dass sie sich aufrichtete. »Du wirst noch nicht gehen.« Die Matratze senkte sich ein kleines Stück. »Du gehörst mir.« Diesmal legte sie die Hände auf seine Schultern. »Die ganze Nacht.« Mit der Zungenspitze fuhr sie sein Ohrläppchen entlang, spielte mit dem Rubin darin. »Und die ist noch lange nicht vorbei.«
»Ach? Tatsächlich?« Er lehnte sich abrupt ein Stück zur Seite, brachte sie damit beinah aus dem Gleichgewicht. »Dann schau mal aus dem Fenster. – Sonnenaufgang.«
Marish schnaubte, rieb sich an ihm. Nackte Haut gegen

nackte Haut. »Ich verbiete dir zu gehen«, schnurrte sie, wieder direkt neben seinem Ohr. Sie griff um ihn herum, glitt mit den Händen über seine Brust. Spreizte die Finger.
Schneller, als sie reagieren konnte, war er herumgefahren und über ihr. Diesmal brachte er sie tatsächlich aus dem Gleichgewicht. Mit einem Schrei landete sie rücklings auf dem Bett, die Beine in den Laken verheddert. Kristen packte ihre Handgelenkte mit einer Hand, drückte sie ihr über den Kopf, gegen die Ornamente des Bettes. Der Bannfluch erwachte, regte sich unruhig, als er sie mit unsichtbaren Seilen dort fixierte.
Marish keuchte. »Du …«
»Ich habe gesagt: Fass mich nicht an.« Er hatte die Stimme zu einem verführerischen Grollen gesenkt, strich mit der Hand über ihr Gesicht, den Hals abwärts, über ihre Brüste, die Seite, bis zu ihrer Hüfte hinab, grub seine Finger dort in ihre Haut, während er sich mit der anderen neben ihr abstützte. Beugte sich noch weiter zu ihr, näher. Ihre Augen waren weit aufgerissen. Augen, auf deren unschuldigen Blick er damals hereingefallen war. Miststück. Das Keuchen wurde zu einem Wimmern, als er seinen Mund auf ihren legte, seine Zunge in ihn hineintrieb. Wieder und wieder. Sie stöhnte, wand sich, stieß ihm die Hüfte entgegen. Er konnte ihre Gier riechen. Abrupt nahm er den Mund wieder von ihrem. Sah auf sie hinab. Sekunde um Sekunde. Und zog sich dann sehr, sehr langsam zurück, kroch rückwärts von ihr fort, vom Bett herunter, ehe er sich endgültig aufrichtete. Grausam lächelte er auf sie hinab. »Sonnenaufgang. – Du hast mir gar nichts mehr zu befehlen, Liebling.«
Sie starrte ihn an, beobachtete fassungslos und irgendwie benommen zugleich, wie er sich gemächlich nach seinen

Sachen bückte, ein Stück nach dem anderen einsammelte. Brauchte Sekunden, um zu begreifen, was hier gerade geschah.
»Das wagst du nicht …«
»Nein?« Er streifte die Hosen über. Unterwäsche sparte er sich. Ignorierte ihr Kreischen und Fluchen. Dass sie an ihren unsichtbaren Fesseln zerrte. Ihm drohte. Und dabei mit den Augen jeder seiner Bewegungen in unverhohlenem Hunger folgte.
Das Hemd. Kristen zog es an, bewegte sich dabei ohne Hast. Ein Strip rückwärts. Der Bannfluch brannte auf seiner Haut.
Das Kreischen verstummte, als er wieder neben das Bett trat und sich mit einer Hand am Kopfbrett abstützte.
Sie leckte sich die Lippen, spreizte die Beine, hob ihm wie zuvor die Hüften entgegen. »Kristen …«
Abermals lächelte er auf sie hinab. Kalt. Höhnisch. Schob die freie Hand in die Hosentasche, stieß sich vom Bett ab und ging zur Tür. Den Laut, den sie diesmal ausstieß, konnte man nicht mehr als Kreischen bezeichnen.
Er schloss die Tür hinter sich, versenkte auch die zweite Hand in die Hosentasche und wandte sich den Korridor hinunter, Richtung Treppe. Eigentlich wollte er nichts mehr als eine heiße Dusche. Sofort. Allerdings gab es da vorher noch etwas zu erledigen. In der Garage.
Eine Bewegung an der gegenüberliegenden Wand ließ ihn stehen bleiben. Wie ertappt drückte ein junger Bursche sich vom Boden hoch. Starrte ihn mit weit aufgerissenen Augen an. Gelbe Augen. Der junge Wandler, den er gestern in Lyreshas Gemächern gesehen hatte. Marishs ›Kreischen‹ drang noch immer durch die Tür. Abrupt machte der Bursche kehrt und rannte den Korridor hinunter.
Kristen verzog den Mund. Hatte der Bengel Lyreshas Hure

in Aktion erleben wollen? Vielleicht sollte er ihm klarmachen, was er davon hielt, wenn man ihm nachspionierte. Ärgerlich sah er einen Moment in die Richtung, in die der Bursche verschwunden war, bevor er sich mit einem Ruck ebenfalls wieder in Bewegung setzte. Zu dem Aufzug, der hinunter in die Garage führte.

Sein Wagen stand auf dem üblichen Parkplatz. Der Schlüssel war wie immer auf dem rechten Vorderrad.

Er glitt auf den Beifahrersitz des Mercedes und öffnete das Handschuhfach. Die Fotografie lag genau an der Stelle, an die er sie den Schatten in der letzten Nacht hatte legen lassen, bevor er ihn auflöste. Einen Moment betrachtete er das Bild. Die Frau darauf war außergewöhnlich hübsch. Der Name ›Monaghan‹ war ein Begriff in dieser Welt. Auch wenn er von einer ›Claire Monaghan‹ noch nie gehört hatte. Nicht, dass er vorhatte, besonders tief zu graben, was ihre Mutter anging, aber das Foto würde ihm auf jeden Fall einen Grund geben, sich noch einmal mit der kleinen Ärztin zu treffen. Mit einem dünnen, kalten Lächeln griff er ein zweites Mal ins Handschuhfach und holte die kleine Holzfigur heraus, die er den Schatten aus ihrer Wohnung hatte stehlen lassen, als er sie nach Hause begleitet hatte. Er betrachtete sie im Licht. – Bevor er sich um Claire Monaghan kümmerte, würde er herausfinden, was dieses Tierchen alles gesehen hatte. Und es zurückbringen, ehe Dr. Ella Thorens bemerkte, dass es aus ihrer Herde verschwunden war.

9

Kannst du inzwischen sagen, ob dein Findling für die … Detonation kürzlich verantwortlich war, Mac?«
Eine Kaffeetasse in beiden Händen, lehnte Markus Danner sich mit der Hüfte gegen die Seite des Flügels.
Sein Findling. So nannte der ganze Zirkel die junge Frau, die er mehr tot als lebendig in dieser Gasse in South Central gefunden hatte. Alec MacCannan notierte die letzte Note auf der Linie, bevor er aufsah. »Nein. Nach wie vor keinerlei Anzeichen dafür, dass sie auch nur ansatzweise über irgendeine Art der Gabe verfügt.«
»Sie könnte demnach ebenso gut nur zufällig dort gewesen und das Opfer, von was auch immer du sonst noch dort gespürt hast, geworden sein. Alles, was du hast, ist also noch immer nur ein Verdacht.«
»Genau.« Dass es ihm bis jetzt nicht gelungen war, herauszufinden, was *genau* es gewesen war, das er in dieser Nacht gespürt hatte und das ihn zu der Fremden gerufen hatte, ließ ihn … ärgerlich werden. »Es sei denn, du hast inzwischen etwas für mich.«
Markus nippte an seinem Kaffee und schüttelte den Kopf. »Ich finde auch nichts. Alles absolut unauffällig. Keine Verbindung zu einem anderen Zirkel oder einer der verbliebenen Dynastien.« Fragend musterte er Mac. »Wenn ich wetten würde, dass du bisher weder bei ihr noch im Krankenhaus richtig nach irgendwelchen … Auffälligkeiten gebohrt hast, würde ich die Wette gewinnen, nicht wahr?«

»Würdest du.« Mac schlug den nächsten Akkord an. Lauschte den Tönen nach. Versuchte eine andere Kombination.

»Du und dein Ehrenkodex.« Markus schnaubte.

»Und das, wo mir doch so gar nichts heilig ist, wenn man Bethlehem glaubt. Vom Rest des Rates ganz zu schweigen.« Er schrieb die Noten auf, legte den Stift wieder vor die Blätter.

»Tja, niemand ist perfekt, was? Selbst du nicht. – Was wirst du jetzt tun?«

»Warten. Wenn sie auch nur über einen Hauch der Gabe verfügt, wird sie sie über kurz oder lang auch wieder benutzen.« Er schlug einen weiteren Ton an. »Und solange sie es nicht tut, wird auch niemand sonst auf sie aufmerksam werden.«

»Aber falls doch schon jemand außer uns auf sie aufmerksam geworden ist? Du kannst nicht mit absoluter Sicherheit ausschließen, dass nicht doch noch jemand nah genug war, um sie zu spüren.«

In unwilliger Zustimmung neigte Mac den Kopf. »Und was hast *du* für *mich?*«

Markus nahm den nächsten Schluck Kaffee. »Offenbar ist es tatsächlich Havebeeg, der seit einigen Monaten immer wieder in den Schatten auftaucht.« Die Art, wie Mac abrupt aufsah, ließ ihn abwehrend die Hände heben. »Erschlag nicht den Boten für die schlechte Nachricht.«

»Also haben sich die Gerüchte tatsächlich bestätigt.«

»Sieht so aus.«

»Was will er?«

»Wenn ich das wüsste, wäre mir deutlich wohler. – Sagen wir: Er ist diesmal *noch* … diskreter als sonst.«

»Der Kerl ist die Pest.« Mac knurrte. »Hat er schon die ersten Leichen hinterlassen?«

»Nicht, dass ich wüsste. Auch in den Datenbanken von Polizei und FBI sind bisher keine Toten aufgetaucht, die seine Handschrift tragen. – Vielleicht hält er sich diesbezüglich ja mal zurück?«
Mac schüttelte den Kopf. Damit war nicht zu rechnen. Allerdings trat Kristen Havebeeg gewöhnlich auch nur kurzfristig in Erscheinung und verschwand gleich darauf wieder. Manchmal für Jahre. In der Vergangenheit sollten es teilweise sogar Jahrzehnte gewesen sein. Was er in dieser Zeit tat, wo er sich aufhielt, darüber konnte nur spekuliert werden. So lange wie diesmal hatte er aber angeblich noch nie sein Unwesen getrieben. Doch wann immer er in irgendeiner Form aktiv wurde, hinterließ er ein Schlachtfeld. Sowohl auf dieser Seite als auch in den Schatten. Und das seit 800 Jahren. Aber egal, wie hoch das Kopfgeld inzwischen auch war, und egal, wie sehr die Hexenjäger immer wieder versuchten, ihn aufzuspüren, wenn seine Spur gerade frisch war: Niemand gelang es, an ihn heranzukommen. Dass eigentlich keiner verlässlich wusste, wie Havebeeg wirklich aussah, machte es nicht einfacher. Verbürgt war nur, dass er von Helgoland stammte und seine ganze Familie inklusive seiner Frau und seinem neugeborenen Sohn ausgelöscht hatte, als er vor über 800 Jahren den Pakt mit Lyresha geschlossen hatte. »Du bleibst dran?«
Schweigend nickte Markus.

10

Der Club war zum Bersten voll. Die Tanzfläche versank in künstlichem Nebel, der entschieden zu hoch wallte. Überall Körper, die sich darin aneinander rieben, und Frauen in Kleidungsstücken, die diesen Namen nicht mehr verdienten.
Kristen hielt sich vorsichtig am Rand, nicht sicher, was passieren würde, wenn eine der Frauen ihm heute tatsächlich zu nahe kam. Die Blicke, die ihm einige zuwarfen, waren für ihn schon mehr als genug. Bah!
An der Bar aus schwarzem Stahl winkte er den Barkeeper heran.
»Was darf's sein?« Der Mann musterte ihn von oben bis unten.
»Ich will zu Lucretio.« Wie beiläufig zog er einen Packen Geldscheine aus der Tasche und legte zwei davon vor sich auf den Tresen.
»Das wollen viele.« Scheinbar ungerührt griff der Mann nach einem Messer und begann, Zitronen in Spalten zu schneiden.
»Ich weiß.« Der nächste Schein.
»Und du bist?« Auf die Zitronenspalten folgten Ananasscheiben.
»Jeremy.« Kristen Havebeeg war ein Mythos, gehasst und gefürchtet. Und über 800 Jahre alt. Ein Hexenmeister, der seine Seele verkauft hatte – für mehr Macht, als je ein Sterblicher vor ihm besessen hatte. Für einige war er nur noch ein Geist. Für andere der willige Verbündete einer

Dämonenfürstin, durch dunkle Mächte immer noch am Leben. Ein Mann Anfang, Mitte dreißig in Jeans, bei denen man nicht mit Sicherheit sagen konnte, ob die abgeschabten Stellen vom übertriebenen Used-Look eines Stardesigners stammten oder ob sie tatsächlich so abgetragen waren, dass sie jeden Moment auseinanderfallen konnten, und einem ausgeblichenen Sweatshirt entsprach nicht ganz dem Bild, das die meisten erwarteten. Auch nicht die Kopfgeldjäger. Nur den Rubin hatte er aus dem Ohrläppchen genommen.

Schein Nummer vier wanderte auf den glänzenden Granit.

»Und weiter?«

»Nichts ›und weiter‹.« Nummer fünf.

Der Mann streckte die Hand nach dem Geld aus. »Ich werde sehen, was ich tun kann.«

Kristen legte seine blitzschnell darüber. »Ich will zu Lucretio. Jetzt.« Auf seiner Haut regte sich der Bannfluch, als er seinen Worten Nachdruck verlieh. Unwillig zog Kristen seine Magie ein Stück zurück.

Auf der anderen Seite der Bar schluckte der Mann hart, wies mit einem abrupten Nicken zu einer schmalen Treppe keinen Meter neben Kristen. »Okay.«

Kristen nahm die Hand von der des anderen. Der kam hinter dem Tresen hervor, bedeutete Kristen, ihm zu folgen, und stieg die Stufen hinauf. Die Scheine hatte er in der Hosentasche verschwinden lassen.

Auf der kleinen Empore am Ende der Treppe war es erstaunlich ruhig, wenn man die Lautstärke der Musik bedachte, die den Boden ein Stockwerk tiefer unter den Bässen zum Vibrieren gebracht hatte. Magie. Die gleiche, die dafür sorgte, dass das Licht des guten Dutzends armdicker Kerzen, die in einem Halbkreis hinter einem jungen Mann in blendend weißem Anzug aufgestellt waren, auf

ein mystisch-trübes Halbdunkel gedämpft wurde. Trotz der Spiegel hinter ihm. Ein Hüne von einem Kerl vertrat dem Barkeeper den Weg, als der sich dem jungen Mann nähern wollte, wurde aber beiseitegewunken. Kristen blieb auf der letzten Treppenstufe stehen. Die undurchsichtigen Fingernägel und goldenen Augen von Lucretios Bodyguard ließen keinen Zweifel daran, zu welcher Spezies er gehörte. So schnell änderten sich Geschäftspraktiken also. Der alte Wolf hätte niemals einen aus seinem Rudel für den Schutz von jemandem wie Lucretio hergegeben. Der neue Wolf – kein geringerer als der Bruder des alten – hatte damit offensichtlich nicht die geringsten Probleme. Dafür, dass der Hüne zum kalifornischen Rudel gehörte, sprach der schwere Bronzering an seiner Linken. Bedeutete das, der junge Wandler, den er gestern bei *ihr* und heute Morgen im Korridor vor Marishs Zimmern gesehen hatte, war so etwas wie eine freundschaftliche Leihgabe des neuen Wolfs? Oder sogar ein kleines Geschenk, um für zukünftige Geschäftsbeziehungen gut Wetter zu machen? Bisher hatten sich in der Regel nur abtrünnige Wandler bei *ihr* verdingt. Dem Rudel würde es nicht gefallen, wenn der neue Wolf sich tatsächlich mit einer Dämonenfürstin einließ. Nur: Sein Wille war Gesetz. Und ein Wandler ohne Rudel war so vollständig wie ein Mann, dem man das Herz herausschnitt. Solange ihr Dasein halbwegs erträglich blieb, würde es kein Rudelmitglied wagen zu rebellieren. Und nachdem der neue Wolf gerüchteweise sogar selbst dafür gesorgt haben sollte, dass der Platz seines Vorgängers und Bruders frei wurde …
Eine kurze Geste von Lucretio aus seinem Kerzenhalbkreis heraus beendete das hastige Flüstern des Barkeepers. In der gleichen Bewegung winkte er Kristen mit zwei Fingern zu sich heran, während der Barkeeper sich geradezu unter-

würfig zurückzog. Kristen trat an den Glastisch. In die Platte waren kabbalistische Zeichen eingeätzt. Völlig sinn- und zweckfrei. Zumindest in dieser Anordnung.
»Du bist also Jeremy.« Lucretio stützte die Ellbogen auf die Armlehnen seines Designersessels und legte die Fingerspitzen gegeneinander. Himmelblaue Augen musterten Kristen unter einem schwarzen, modisch kurz geschnittenen, gekonnt zerzausten Haarschopf. Aus dem Gesicht eines Engels heraus. Glaubte man dem Gerede, hatte bei Lucretios Entstehung tatsächlich einer die Finger im Spiel gehabt. Kristen tippte allerdings eher auf Inkubus.
Hinter dem Stuhl Lucretio gegenüber blieb er stehen. »Ja.« Der legte den Kopf zur Seite. »Und du hast Fragen, die ich dir beantworten soll?«
»Ja.« Er schloss die Hände um die geschwungene Lehne. Lucretios Augen wanderten einmal an ihm auf und ab. »Meine Dienste kosten dich 500 Dollar. Kannst du dir das leisten?« Er hob eine perfekt gezupfte schwarze Braue. »Oder zahlst du in ...«, ein spöttisches Lächeln und ein neuerlicher Blick, der diesmal für einen eindeutigen Moment unterhalb von Kristens Gürtel hängenblieb, ehe er zu seinem Gesicht zurückkehrte, »... sagen wir, in ... Naturalien?«
Sekundenlang erwiderte Kristen den Blick schweigend, schob schließlich die Hand in die Hosentasche, zog den Packen Geldscheine hervor, zählte die fünfhundert ab, ohne darauf zu sehen, beugte sich langsam vor und legte sie auf den Tisch. »Nein.« Er würde das, was nach ihrer Unterhaltung kam, mehr als genießen. Vielleicht sollte er seinen Plan ändern und doch noch so lange bleiben, bis die Wirkung einsetzte?
Lucretio gab ein leises Schnalzen von sich, während er nach dem Geld griff. »Wie schade.« Das Stirnrunzeln, mit

dem er Kristen einmal mehr bedachte, war in dem Dämmerlicht kaum auszumachen. »Du kommst mir bekannt vor. Habe ich dich schon mal gesehen?«
Kristen lächelte seinerseits. »Nein.« Er ließ den Rest des Packens wieder in der Tasche verschwinden. »Wenn, würdest du dich sicher sehr genau an mich erinnern.«
»Wahrscheinlich.« Mit einem Nicken wies der junge Mann auf den Stuhl, während er die Scheine zusammenfaltete und zu einem kleinen Bündel weiterer in eine goldene Geldklammer steckte. »Setz dich.«
Kristen glitt auf den Sitz, sah zu dem Wandler hinüber. »Er bleibt aber nicht?«, erkundigte er sich wie beiläufig und legte dabei gerade genug Magie in seine Stimme, um Wirkung zu zeigen. Und zu wenig, um den Bannfluch zu stören.
Das Geld schon halb wieder in die Innentasche des Jacketts geschoben, verharrte Lucretios Hand. Eine Sekunde musterte er Kristen erneut, als versuche er abzuschätzen, ob er eine Gefahr darstellte, dann streckte er seinem Bodyguard die Geldklammer hin. »Bring das in den Safe. Du kannst wiederkommen, wenn mein Gast hier geht.« Er ignorierte das Knurren des Hünen, hielt ihm das Bündel Scheine nur weiter ungerührt entgegen. Endlich griff der Mann danach.
Kristen verbiss sich ein böses Lächeln, als der Wandler auf die Treppe zusteuerte, die Scheine noch immer in der Hand. Ein Zeuge weniger.
Erst nachdem die Schritte auf den Stufen verklungen waren, lehnte Lucretio sich ein winziges Stück vor. Sein dunkelblaues Seidenhemd klaffte auf und entblößte eine glatte, fahle Brust.
»Also: Was genau kann ich für dich tun?«
Abermals ohne sein Gegenüber aus den Augen zu lassen,

griff Kristen in die andere Hosentasche und zog die kleine Holzfigur aus dem Haus der Ärztin daraus hervor.

»Ich will wissen, was dieses Tierchen gesehen hat.«

Lucretio beugte sich weiter vor, streckte die Hand nach dem geschnitzten Nashorn aus. »Bezogen auf eine bestimmte Person?«

»Seine Besitzerin. Und ihre Ex-Beziehungen.« Zu seinem eigenen Erstaunen widerstrebte es ihm, dem anderen die Figur zu überlassen. Trotzdem tat er es, sorgsam darauf bedacht, ihn nicht zu berühren. Die Gefahr, dass der kleine Mistkerl dabei spürte, dass er mehr als genug Macht besaß, um das Scanning selbst zu machen, war zu groß. Denn wie auch immer man es drehte: Lucretio *war* gut.

»Ich verstehe.« Ein Lächeln erschien auf den Lippen des jungen Mannes, das in Kristen den Wunsch weckte, es ihm auf seine ganz persönliche Weise wieder aus dem Gesicht zu wischen. – Ja, er würde das hier später genießen. Definitiv.

Die Ellbogen auf den Tisch gestützt, drehte Lucretio das kaum fingergroße Nashorn hin und her, betrachtete es von allen Seiten, nickte schließlich. »In Ordnung. Es hängen genug Emotionen daran, dass ich dir sagen kann, was du wissen willst.«

Was für ein bodenloser Blödsinn. Im allerletzten Moment erinnerte Kristen sich daran, dass er vorgab, ein unwissender Kunde zu sein, und nickte nur, während Lucretio eine Glaskugel von dem kleinen dunklen Tisch zu seiner Rechten nahm und zwischen ihnen in der Mitte der Glasplatte platzierte.

»Dann lass uns anfangen.« Er stellte die Holzfigur vor sich auf den Tisch, strich mit der Hand über die Kugel. In ihrem Inneren war plötzlich fahler Nebel, wand sich, drehte sich, waberte immer dichter, bis alles bleich gefüllt war.

Um ein Haar hätte Kristen jetzt doch abfällig den Mund verzogen. Wenn es den Bannfluch nicht geweckt und damit die Gefahr bestanden hätte, dass *sie* sich für die Gründe interessierte, hätte er das hier selbst getan. Was Lucretio abzog, war nicht mehr als Jahrmarktszauber. Billige Effekthascherei. Er hätte ihm auch ohne all das sagen können, was er wissen wollte. Allerdings wäre es dann deutlich weniger eindrucksvoll gewesen.

Mit einem übertriebenen Luftholen legte der junge Mann die Hände rechts und links neben dem hölzernen Nashorn auf die Tischplatte und bildete mit den Spitzen von Daumen und Zeigefingern ein Dreieck darum.

Im Inneren der Kugel löste sich der Nebel auf, machte Bildern Platz: die kleine Ärztin. Die Haare zu einem Pferdeschwanz zusammengebunden. Aus dem sie das Band zog, noch während sie das Wohnzimmer betrat. Müde nach ihrer Schicht im Krankenhaus. Abend für Abend. Allein. Mal einfach vor dem Fernseher, mal mit einem Laptop auf dem Schoß oder irgendwelchen Akten und Fachbüchern, weil sie sich anscheinend Arbeit mit nach Hause genommen hatte.

Schließlich ein Mann. Mittelgroß. Schlank. Gutaussehend. Vielleicht einen Hauch zu elegant gekleidet, um wirklich zu der kleinen Ärztin zu passen. Charmant. Das übliche Geturtel. Lachen und Händchenhalten. Sie schien es zu genießen, einfach nur neben ihm zu sitzen, den Kopf gegen seine Schulter zu lehnen. Er war es, der irgendwann regelmäßig mehr wollte.

Ihm gegenüber lehnte Lucretio sich vor, als die beiden zum ersten Mal – absolut einfallslosen – Sex auf dem Wohnzimmertisch hatten. Kristen verzog unmerklich den Mund. Elende Kröte. Er würde später genau das bekommen, was er verdiente.

Und dann, immer wieder: heftige Wortwechsel. Das nächste Bild. Die kleine Ärztin kam offenbar direkt von der Arbeit, unübersehbar müde. Waren sie verabredet gewesen? Hatte er mit ihr ausgehen wollen? Und sie war zu spät? Weil sie noch im Krankenhaus aufgehalten worden war? Seine Vorwürfe eskalierten zum Streit. Bis er ging.
Und anscheinend nicht mehr wiederkam.
Die Männer, die nach ihm kamen, waren nicht besser. Nicht, dass der Plural tatsächlich gerechtfertigt war. Es waren gerade mal drei. Die kleine Ärztin führte mehr oder weniger das Leben einer Nonne. Alles wiederholte sich wie in einer Endlosschleife. Die Kerle sahen nur das Offensichtliche – und *über*sahen dabei all die Zwischentöne. Eine winzige Veränderung in ihrem Blick, der Art, wie sie den Kopf hielt, wie sie lächelte. Sogar wie sie sich kleidete. Eine Frau, die am späten Abend Jogginghosen und ausgebleichte T-Shirts trug, wollte nicht mehr ausgehen. Eine Frau, die einen Mann in ihre Küche einlud und ihm dabei das Gemüsemesser mit dem Griff voran entgegenhielt, wollte mit ziemlicher Sicherheit keinen Sex zwischen Paprika und Brokkoli. Und wenn eine Frau ›Nein‹ sagte, war das garantiert kein Code, der eigentlich ›Ja‹ bedeutete. Sie war wie ein offenes Buch. – Nur waren diese Typen komplette Analphabeten.
Und jedes Mal blieb seine kleine Ärztin allein zurück. Für Monate. Manchmal anscheinend sogar noch länger …
Als er zum ersten Mal sah, wie die Katze elegant zu ihr auf das Sofa sprang, hätte Kristen um ein Haar gelacht. Sieh an, sieh an. Die graugetigerte Bestie, der er die Kratzer zu verdanken hatte.
Irgendwann verblassten die Bilder. Kristen wartete nicht, bis sie endgültig vergangen waren, sondern stand auf, griff über die Kugel hinweg nach dem Nashorn und nickte

Lucretio in der Andeutung eines Danke zu. Das Lächeln des jungen Mannes wirkte dünn, gezwungen. Auf seiner Stirn standen Schweißperlen. Als Kristen sich der Treppe zuwandte, riss Lucretio sein Hemd ein Stück weiter auf. So als sei ihm … zu heiß. Schon Minuten nachdem er mit seinem Hokuspokus begonnen hatte, hatte er immer wieder beinah hektisch nach dem Champagnerglas gegriffen, hatte sich sogar noch zwei Mal nachgefüllt. Auf seiner blassen Brust begannen die ersten fahlblauen Flecken zu blühen. Bisher war zwar nur ein Hauch von Farbe zu erkennen, aber sie würden schnell dunkler werden. Sehr schnell. Und schmerzhaft. Wann dem kleinen Mistkerl wohl klar wurde, was da mit ihm geschah?

Gemächlich stieg Kristen die Stufen hinunter. Von dem Barkeeper war nichts zu sehen. Ebenso wenig von Lucretios Bodyguard. Eigentlich hatte er erwartet, dass es bei dem Wandler-Hünen länger dauern würde. Andererseits war es gut möglich – wenn nicht sogar wahrscheinlich –, dass der das Geld deutlich länger in der Hand gehabt hatte als sein Herr und Meister.

Kristen schob die Hände in die Hosentaschen. Wenn man über Jahrhunderte immer wieder das Bett einer Dämonenfürstin teilte, wurde man irgendwann immun gegen ihr Gift. Und die meisten anderen ebenfalls. Weitestgehend zumindest. Das, mit dem er die Geldscheine präpariert hatte, würde bis zum Sonnenaufgang seine Wirkung verloren haben. Eine kleine Vorsichtsmaßnahme, damit kein Unschuldiger versehentlich mit dem Zeug in Kontakt kam. Er verzog die Lippen zu einem dünnen, ironischen Lächeln. Dass er seine Macht nur rudimentär gebrauchen konnte – freundlich ausgedrückt –, bedeutete nicht, dass er nicht in der Lage war, das ein oder andere Gift zu brauen. Im Gegenteil.

Das hustende Gurgeln am Ende der Stufen ging im Hämmern der Musik unter. Genauso wie das Splittern von Glas. Solange Lucretio niemand zu sich hinaufrief, würde es kaum jemand wagen, ihn zu stören. Und bis man hier unten Verdacht schöpfte ... Dass sie die Cops holen würden, war unwahrscheinlich. Lucretio hatte genug Feinde, wusste mehr, als vielen Leuten lieb gewesen war. Alles potentielle Verdächtige. – Zu ihm gab es keine Verbindung.
Kristen trat von der letzten Stufe herunter, wandte sich zum Ausgang des Clubs. Eine Ratte weniger in seinem Revier. Er hatte schon ziemlich lange auf eine solche Gelegenheit gewartet.
Jenseits der Eingangstür holte Kristen tief Atem. Die Luft war kühl. Schmeckte nach Salz und Meer. Er beachtete die Menschen nicht, die ihm auf dem Weg zum Club entgegenkamen, sondern zog nachdenklich das Holznashorn aus der Hosentasche, drehte es in der Hand und betrachtete es. Seine kleine Ärztin hatte ganz offensichtlich Beziehungsprobleme. Die Männer gaben ihr nicht, was sie brauchte, sondern ignorierten ihre Bedürfnisse. Dabei war sie anscheinend die Art Frau, die sich einen Partner wünschte, der Freund und Liebhaber zugleich war; der akzeptierte, dass ihr der Beruf über alles ging, und der wusste, wann sie nach einem schweren Tag eine Umarmung brauchte – und *nur* eine Umarmung, keinen Sex; einen Mann, der aufmerksam und zärtlich war; der wartete, bis sie zu ihm kam, und der keine Forderungen stellte; nicht versuchte, ihr Leben zu kontrollieren.
Ein kaltes, hartes Lächeln stahl sich in seinen Mundwinkel. Nichts war leichter für ihn, als die Sehnsüchte einer Frau zu bedienen. Er würde das Musterbeispiel eines aufmerksamen und zärtlichen Mannes sein. Die kleine Ärztin würde ihm aus der Hand fressen, ihn freiwillig in ihr Leben

und letztendlich in ihr Bett lassen. Und genau das tun, was er von ihr wollte, wenn es soweit war.
Er schloss die Finger um die kleine Figur. Das Horn bohrte sich in seine Handfläche. Durchbrach die Haut. Einen Moment lang betrachtete er das Blut, das sich in den Linien sammelte, wischte es schließlich träge ab. 800 Jahre waren mehr als genug. Endgültig. Dabei konnte er nur hoffen, dass die Macht der kleinen Ärztin tatsächlich so groß war, wie er vermutete. Nun, er würde es herausfinden. Und falls nicht …
Er musste es einfach darauf ankommen lassen. Endlich wieder frei zu sein, war jedes Risiko wert. Ausnahmslos.

11

Ihr war schwindlig und heiß. Nein, nicht heiß. Sie schien zu verbrennen. Von innen heraus. Der hämmernde Schmerz in ihrem Schädel verzerrte alles um sie herum zu grellen Schlieren. Zum sie-wusste-nicht-wievielten Mal tastete Ella nach dem Griff, um wenigstens die Autotür öffnen zu können. Fand ihn nicht. Luft! Sie brauchte frische Luft! Ihr Magen zog sich zusammen. Galle füllte ihren Mund. Im letzten Moment konnte sie sie noch einmal runterschlucken.

Sie hatte keine Ahnung, wie sie es nach Hause geschafft hatte. Ohne Unfall. Im Krankenhaus war alles noch in bester Ordnung gewesen. Dr. Jacobs war zufrieden, ihre Verletzungen heilten gut. Alles war in bester Ordnung gewesen. Bis sie mit der jungen Frau in der Tiefgarage zusammengestoßen war. Einer jungen Frau mit glasigen Augen. Nackte Haut gegen nackte Haut. Eine flüchtige Berührung. Von einer Sekunde zur nächsten war das Feuer da. Es war wie in dieser Gasse gewesen. Wie mit Havreux. Und doch wieder ganz anders.

Sie wusste, sie sollte wieder hinaufgehen. Zurück zu Dr. Jacobs. Irgendjemandem. Sie brauchte Hilfe! Einen Arzt. Stattdessen taumelte sie zu ihrem Auto. Wollte nur noch nach Hause. Was hätte sie auch sagen können? Nichts. Es gab keine Erklärung für das, was geschehen war. Sie hatte diese Frau berührt, und irgendetwas war auf sie übergesprungen. Aber das war unmöglich. UNMÖGLICH!

In ihrem Inneren war nur noch eins gewesen: ein Schrei.

Verzweifelt und ohnmächtig. Und eine vage Ahnung, die sie nicht in Worte fassen konnte. Eine Ahnung, die irgendwo in der Tiefe blanke Angst war.
Ein Mann hatte ihren Namen gerufen. Eine fremde Stimme. Und doch vertraut. Sie hatte sich nicht umgedreht. War einfach losgefahren. War er ihr gefolgt? Da war ein Wagen gewesen ... Sie wusste es nicht.
Ihr Kopf drohte zu zerspringen. Einmal mehr füllte Galle ihren Mund. Tastete sie nach dem Türgriff. Zitternd. Absolut unkontrolliert. Schüttelfrost. Und schlimmer. Fand ihn nicht. Milliarden giftiger Ameisen krochen über ihre Haut. Schmerz bohrte sich in ihren Magen. Ella krümmte sich. Die Luft fehlte ihr zum Schreien.
»Dr. Thorens?« Plötzlich war die Tür offen. Ein Schatten beugte sich über sie. »Dr. Tho- ...« Sie lehnte sich zur Seite und übergab sich.
Eine Hand verhinderte, dass sie endgültig aus dem Wagen kippte. Nackte Haut auf nackte Haut. Diesmal schrie sie wirklich. Die Hand verschwand. Ella sackte in sich zusammen. Noch nie zuvor hatte sie jemanden so fluchen gehört. Ihre Stirn schlug auf das Lenkrad.
Als die Berührung zurückkam, war das Wimmern schlagartig in ihrer Kehle. Berührung bedeutete Schmerz. Sie funktionierte schon wie der Pawlowsche Hund. Aber da war kein Schmerz. Arme schoben sich unter sie. Sie wurde aus dem Auto gehoben, getragen. Kein Schmerz. Nur der, der schon die ganze Zeit in ihrem Körper wütete. Sie verbrannte. Das Licht wechselte von grell zu dämmrig. Klacken wie von einer Tür, die ins Schloss fiel. Sie konnte sich nicht rühren. Die Bewegung endete. Die Berührung verschwand. Kühler Stoff unter ihrer Wange. Ein Schatten. Jemand breitete eine Decke über sie. Fransen auf der Seite. Leise Schritte. Die sich entfernten. Ihr Sofa. Sie lag auf

ihrem Sofa. Zitternd und stöhnend zog Ella die Beine an den Leib, versuchte dem Schmerz in ihrem Inneren zu begegnen. Erfolglos. Sie klammerte die Finger in die Decke, weinte hilflos.
Der Schatten kam zurück.
»Trinken Sie das, Ella.« Etwas wurde gegen ihre Lippen gesetzt. Die Stimme ... bekannt. Hitze strich über ihr Gesicht, floss in ihren Mund. Es schmeckte ... gut. Sie schluckte. Die Tasse neigte sich ein wenig stärker. Mehr Hitze in ihrem Mund. Wieder schluckte sie. Und wieder ... Bis der Druck gegen ihre Lippen verschwand.
»Gutes Mädchen«, war das Letzte, was sie für lange Zeit hörte.

Sie verbrannte nicht mehr. Dafür hatten sich ihre Knochen in nichts aufgelöst. Ihre Lider fühlten sich wie zusammengeklebt an. Irgendwie schaffte sie es, trotzdem die Augen zu öffnen.
Das Erste, was sie sah, waren lange Beine in abgewetzten Jeans. Entspannt übereinandergeschlagen. Der Knöchel auf dem Knie, eine Hand locker darumgelegt. Ellas Blick huschte höher. Havreux! Er saß in dem Sessel gegenüber dem Sofa und betrachtete sie. Sekunde um Sekunde. Reglos. Schweigend. Die grünen und braunen Sprengsel stachen verwirrend scharf aus dem Grau seiner Iris hervor. Er erinnerte sie an ein Raubtier. Lauernd. Kalt. Tödlich.
Als er unvermittelt aufstand, zuckte sie zusammen. Noch immer ohne etwas zu sagen, ging er in die Küche. Scharren und Klappern, Metall klingelte gegen Porzellan.
Ein wenig schwerfällig kämpfte Ella sich in die Höhe. Zu ihrem eigenen Erstaunen gehorchten ihre Glieder ihr zumindest so weit, dass sie sich ein Stück weit aufsetzen konnte. Auch wenn sie gleich wieder mit der Schulter

gegen die Rückenlehne sank. Und sich sofort ein scharfes Ziehen hinter ihrer Stirn einnistete. Sie versuchte, es ebenso zu ignorieren wie das vage Gefühl der Übelkeit, das von einem Moment zum nächsten in ihrem Magen saß.
Die quietschbunte Fransendecke war abwärtsgerutscht, hatte sich um ihre Mitte gebauscht. Ein Teil davon hing halb vom Sofa herunter auf den Boden. Daneben stand … eine Plastikschüssel.
Plötzlich fühlten ihre Wangen sich heiß an. Sie sah unbenutzt aus. Und sie konnte sich auch nicht daran erinnern, sie gebraucht zu haben … Oder doch?
Schritte kündigten Havreux' Rückkehr aus der Küche an. Seltsam unsicher blickte Ella auf. Die Art, wie er sie eben noch vom Sessel aus beobachtet hatte … Das Raubtier war fort. Da war nur ein betörend gutaussehender Mann, der nicht mehr viel mit dem Geschäftsmann im Anzug gemeinsam zu haben schien, den sie kennengelernt hatte. Wahrscheinlich war es nie da gewesen. Ihre Sinne mussten ihr einen Streich gespielt haben. Oder das Licht. Im Gegenteil. Wie er jetzt auf sie zukam, wirkte er geradezu … harmlos. Obwohl er noch immer nichts sagte. Vielleicht lag es an der Kaffeetasse, die er in den Händen hatte?
»Was ist passiert?« So gut es ging, rutschte Ella ein Stückchen höher gegen die Lehne, versuchte, sich noch weiter in die Senkrechte zu schieben. Und sich dort zu halten. Ungeschickt raffte sie die Decke ein wenig mehr um sich. Ihre Sachen fühlten sich klamm und verschwitzt an. Plötzlich sehnte sie sich nach einer Dusche. Während sie zugleich hoffte, dass Havreux sich seit ihrem Abendessen vor zwei Tagen eine massive Erkältung zugezogen hatte – oder zumindest unter Heuschnupfen litt. »Wie lange war ich … bewusstlos?« Sie konnte sich nicht vorstellen, geschlafen zu haben.

»Ungefähr drei Stunden. Mit ein paar kurzen Unterbrechungen.« In einer fließend-eleganten Bewegung kniete er sich neben sie auf den Boden. Wie ... selbstverständlich. »Ich habe Sie draußen auf Ihrer Auffahrt in Ihrem Auto gefunden.« Seine Augen lagen unverwandt in ihren. »Über alles andere reden wir später.« Er hielt ihr die Tasse hin. »Austrinken!«

Ella beäugte sie skeptisch. »Was ist das?« Irgendwie unbehaglich drückte sie die Hände in die Decke.

»Medizin.« In mildem Spott verzog Havreux den Mund. »Keine Sorge. Ich habe nicht vor, Sie zu vergiften.« Er gab sie ihr in die Hände. Dampf kräuselte sich darüber. »Das Zeug hat Ihnen vorhin schon geholfen.« Hastig griff Ella zu. Wenn sie den Inhalt nicht in ihrem Schoß haben wollte, hatte sie gar keine andere Wahl. Mit einem Nicken wies er auf die Tasse. »Austrinken!«

»Und Sie haben wann Medizin studiert?« Sie hasste es, so schwach zu sein, so hilflos. Hilflos bedeutete verletzlich. Und das wollte sie nie wieder sein. Entsprechend feindselig war ihr Tonfall eben gewesen. Havreux schien es nicht zu kümmern. Auch nicht, dass sie misstrauisch an dem Inhalt der Tasse schnupperte.

»Gar nicht.« Nichts an seiner Haltung hatte sich geändert.

Der Geruch, der ihr entgegenstieg, war würzig. Mit einem Hauch von Süße. Vorsichtig nippte sie an der klaren, dunkelgrünen Flüssigkeit.

»Aber ich erkenne einen kalten Entzug, wenn ich ihn sehe.«

Ella verschluckte sich. Musste husten. Die Flüssigkeit schwappte gefährlich.

Selbst als sie nach Sekunden endlich wieder halbwegs genug Luft zum Sprechen hatte, klang sie noch immer atem-

los. Sie redete sich ein, vor Empörung. »Entzug? Ich ... nehme keine ... Drogen!« Auf der Decke in ihrem Schoß war ein feuchter Fleck.
Havreux hatte ihr die Tasse wieder aus den Händen genommen. »Das habe ich auch nicht gesagt.«
Mit einem scharfen Schnauben schüttelte Ella den Kopf. Dass der Raum um sie herum ins Schwanken geriet, ließ sie die Bewegung sofort bereuen. »Und woher glauben Sie überhaupt einen kalten Entzug zu kennen?« Sie rieb sich die Stirn.
»Von der Straße.«
»Von der Straße?« Um ein Haar hätte sie sich erneut verschluckt. Er?
Ihr Blick musste nicht misszuverstehen gewesen sein. Für einen kurzen Moment huschte ein hartes Lächeln um seine Lippen. »Ja, Dr. Thorens, von der Straße. Kaum zu glauben, was? Aber ich war nicht immer das, was ich heute bin.«
Unbehaglich wich Ella seinen Augen aus. »Verraten Sie mir auch noch, wie ich Ihrer Meinung nach zu einem kalten Entzug gekommen bin, wenn ich keine Drogen nehme?« Ihr Ton war noch feindseliger als zuvor.
»Das sage ich Ihnen, wenn Sie den Tee ausgetrunken haben.« Er gab ihr die Tasse zurück. »Also bitte: Runter damit!«
Ellas Blick war mörderisch. Havreux verzog nur einmal mehr spöttisch den Mund, während er beobachtete, wie sie die Tasse Schluck um Schluck leerte. Als sie fertig war, nahm er sie ihr erneut aus den Händen und stellte sie neben sich auf den Couchtisch. Die Spätnachmittagssonne verlieh dem Holz die Farbe von Honig.
»Ich höre.« Sie konnte geradezu spüren, wie sich die warme Flüssigkeit in ihrem Magen ausbreitete – und von da

aus weiter in ihrem ganzen Körper, die Reste von Schmerz und Übelkeit noch mehr vergehen ließ.
Mit einem Schlag war jeglicher Spott aus Havreux' Miene verschwunden. Sekundenlang sah er ihr in die Augen, als würde er darin nach etwas ... suchen. Schließlich stieß er ein leises Seufzen aus und rieb sich den Nacken. »Glauben Sie an Magie, Dr. Thorens?«, erkundigte er sich nach einem weiteren Moment.
»Magie?«, wiederholte Ella, nicht sicher, ob sie in Gelächter ausbrechen sollte. So ein Blödsinn! Was wollte er ihr da erzählen? Trotzdem hatte sich bei seinen Worten in ihrem Innern etwas zusammengezogen.
Er nickte. »Magie. – Oder auch Hexerei, wenn Sie wollen.«
»Sie meinen solche Sachen wie Liebeszauber und Flüche? Kartenlegen? Aus dem Kaffeesatz lesen? Zauberstäbe, Glaskugeln und all das?« Warum zum Teufel zitterten ihre Hände? Sie schob sie hastig zwischen die Falten der Decke und betete, dass er es nicht bemerkte. Ohne selbst zu wissen, weshalb. »Wie bei Harry Potter?«
Havreux verzog das Gesicht, als habe er plötzlich Zahnschmerzen. »Irgendjemand sollte in der Zeit zurückgehen und verhindern, dass Mrs. Rowling diese elenden Bücher schreibt.«
Ella konnte nicht sagen, ob sie sein Knurren hatte verstehen sollen. »Kann man das denn? In der Zeit zurückgehen?« Was redete sie da? Sie hatte doch nicht etwa vor, ihm zu glauben? Magie existierte nicht! Ebenso wenig wie Wunder. Es musste eine andere Erklärung für das alles geben!
»Nein. Leider. Oder zum Glück. Wie man es sehen will.« Genauso geschmeidig, wie er sich eben noch neben dem Sofa auf den Boden gekniet hatte, stand er auf, ging wieder zu dem Sessel auf der anderen Seite des Tisches hinüber und ließ sich daraufsinken. Abermals forschten seine

Augen in ihren. »Also? Glauben Sie an Magie, Dr. Thorens?«
»Nein.« Sie legte alles, was sie an Entschiedenheit aufbringen konnte, in dieses eine Wort. Und hoffte, dass es genug war.
Wie zuvor schlug er die Beine übereinander, den Knöchel auf dem Knie, die Hand locker darum. »Dann würde ich vorschlagen, dass Sie besser damit anfangen.«
»Das ist nicht Ihr Ernst.«
»Mein vollster.«
»Ist das hier versteckte Kamera oder so etwas?« Ihre Finger waren eiskalt.
»Nein.«
»Das ist nicht witzig.«
»Da bin ich ganz Ihrer Meinung, Dr. Thorens.« Er lehnte sich ein winziges Stück vor, schloss die Hand fester um seinen Knöchel. »Haben Sie denn eine andere Erklärung für das, was passiert ist, Ella? In der Gasse, als sie mich berührt haben? Oder wie Sie zu einem kalten Entzug kommen, wenn Sie keine Drogen nehmen?«
Wie weich seine Stimme plötzlich klang. Warum zum Teufel fühlte ihr Name aus seinem Mund sich an wie Seide auf der Haut? Um ein Haar hätte sie den Kopf geschüttelt, um den Gedanken zu vertreiben. Und den warmen Schauer, der ihr über den Rücken rann. »Dr. Thorens.«
»Was?« Sichtlich verwirrt runzelte er die Stirn.
»Ich habe Ihnen nicht erlaubt, mich bei meinem Vornamen zu nennen.«
Für den Bruchteil einer Sekunde zogen seine Brauen sich noch weiter zusammen. Unwillig diesmal. »Ich bitte um Verzeihung. Dr. Thorens. Natürlich.« Seine Miene entspannte sich wieder. »Also, *Dr. Thorens:* Gibt es eine andere Erklärung?«

»Ich habe keine Ahnung, Mr. Havreux. Aber Magie … Nein. Das ist … bodenloser Blödsinn.«
Einen Moment musterte er sie, nickte dann abrupt. »In Ordnung.« Es klang angespannt. »Ich mache Ihnen einen Vorschlag. Sie hören sich *meine* Erklärung dafür an. In aller Ruhe. Ohne Vorurteile. Falls Sie irgendetwas nicht verstehen, fragen Sie. – Vielleicht ergibt das, was ich sage, ja doch für Sie Sinn. Und dann entscheiden Sie, was Sie glauben oder nicht. Einverstanden?«
Die Art, wie er ihr in die Augen sah … Ella nickte zögerlich. Beinah … gegen ihren Willen. »Okay.«
Havreux nahm das Bein herunter, beugte sich vor, stützte die Ellbogen auf die Knie. Das Grau seiner Iris schien dunkler geworden zu sein. »In der Gasse, als Sie mir das Leben gerettet haben, Dr. Thorens, wie hat es sich da angefühlt? – Als Sie mich berührt haben.«
Ella versteifte sich. »Als ich …«
Schatten und Dunkelheit waren explodiert und über ihr zusammengestürzt. Sie hatte gespürt, wie das Leben aus seinem Körper geströmt war; ein eiskalter Schauer in den Tiefen ihrer Knochen, kaum, dass sie in seine Nähe gekommen war, ihn erreicht, ihn berührt hatte … Ein Mahlstrom, etwas, das mit der brachialen Gewalt einer Sturmflut in ihr aufgebrandet und durch ihren Körper gefahren war. Vollkommen jenseits aller Kontrolle. Stichwunden, gebrochene Knochen, die eben noch seinen Körper zerstört hatten, zerstörten jetzt ihren. Schmerz! Blut! Überall. Ihr Blut, nicht seins. Ihres! IHRES! Das Leben war aus *ihrem* Körper geströmt … Sie hatte es gespürt …
Bis sie über ihm zusammengebrochen war.
»Dr. Thorens?! Ella!?« Fingerschnippen. Direkt vor ihrem Gesicht. »Dr. Thorens, kommen Sie zu mir zurück. Es ist alles in Ordnung. Sie sind in Sicherheit.« Sie blinzelte.

»Hören Sie mich?« Havreux stand über sie gebeugt. »Ella, hören Sie mich? Sie müssen keine Angst haben! Sie sind zu Hause! In Sicherheit!«
Sie starrte ihn an. Er hatte sich wieder aufgerichtet. Alles an ihr war verkrampft. Ihr Atem kam in hastigen Stößen. »Ihre Verletzungen ... Im einen Moment waren Ihre Knochen gebrochen und im nächsten ...«, sie schloss die Augen, presste die Lider zusammen, als könne sie so die Erinnerungen aussperren, »... meine.« Sie schüttelte den Kopf. »Sie lagen im Sterben. – Nein ...« Ella lachte auf. »Sie waren so gut wie tot. Und plötzlich bin ich es.« Sie rieb sich übers Gesicht, öffnete die Augen, sah ihn wieder an. »Was in Gottes Namen ist in dieser Gasse passiert?«
Diesmal setzte er sich neben sie auf den Sofarand.
»Ihre Gabe ist erwacht, Dr. Thorens.« Er blickte sie an.
»Gabe?«
»Ja. Und ich fürchte, es war meine Schuld.«
»Gabe? Sie wollen doch nicht ernsthaft behaupten, dass ich eine Hexe bin? Ich habe keine *Gabe*. Das ist absoluter Blödsinn. Ich bin so normal wie jeder andere auch. Sonst ... sonst hätte ich über diese *Gabe* ja wohl mein ganzes Leben schon verfügen müssen!«
»Wahrscheinlich haben Sie das auch. Es hat sie nur jemand vor Ihnen verborgen. Und dem Rest der Welt.«
»Ja, klar. Und wer soll das gewesen sein?«
»Ihre Mutter.«
Ella vergaß, was sie hatte sagen wollen. Starrte ihn an. Mit nichts hätte er ihr den Boden gründlicher unter den Füßen wegziehen können. »Meine ... Mutter«, stammelte sie endlich.
»Ja. Ihre Mutter. Der Name ›Monaghan‹ ist nicht unbekannt in meiner Welt. Außerdem würde ich nicht sagen, dass Sie eine Hexe sind, Dr. Thorens ...«

»Na, was ein Glück …«
»… sondern vielmehr eine Heilerin.«
»Das ist … kompletter Schwachsinn!«
»Ist es das wirklich? Ihre Mutter hat Sie vermutlich mit einem Zauber belegt, der dafür gesorgt hat, dass Ihre Gabe die ganze Zeit in Ihnen geschlafen hat. Deshalb konnten Sie ein normales Leben führen. Aber Sie sind, was Sie sind. Und dass Sie mich in dieser Gasse berührt haben, in diesem Zustand, hat den Zauber gebrochen und Ihre Gabe geweckt. Aber da Ihnen nie jemand beigebracht hat, damit umzugehen, wurde das Ganze zum Desaster.«
»Desaster? – Eine schöne Art, es auszudrücken.« Sie ballte die Fäuste. »Ich bin fast gestorben.« Die Worte klangen wie eine Anklage. »Und warum soll meine *Gabe* ausgerechnet dadurch aus ihrem Dornröschen-Schlaf geweckt worden sein, weil ich *Sie* angefasst habe? Sie waren nicht der erste Schwerverletzte, dem ich Erste Hilfe …«
»Aber anscheinend der Erste, der ebenfalls Magie in sich trägt und mit dem Sie in direkte Berührung gekommen sind. – Was genau genommen ein kleines Wunder ist.«
»W-?«
Er drehte die Handfläche nach oben und Feuer flammte daraus empor. »Ich bin ein Hexer, Dr. Thorens.« In seiner Stimme war ein seltsamer Unterton. Gepresst. Als würde er durch zusammengebissene Zähne sprechen.
Es fühlte sich an, als hätte er ihr einen Schlag in den Magen versetzt, sie mit eiskaltem Wasser übergossen. Die Hitze der Flammen flackerte ihr entgegen. Zischend stieß Havreux den Atem aus. Dann waren sie von einer Sekunde zur nächsten wieder erloschen. Trotzdem starrte Ella weiter auf seine Hand. Keine Brandblasen. Noch nicht einmal ein Hauch von Asche … Irgendwann zog er sie zurück,

stand auf und ging wieder zum Sessel hinüber. Er bewegte sich merkwürdig steif.
Sie schüttelte den Kopf. »Wie haben Sie das gemacht?«
»Glauben Sie mir also?« Er blieb stehen, drehte sich um.
»Das habe ich nicht gesagt!«
»Ungläubiger Thomas!«
»Was?«
»Vergessen Sie's!«
»Wie haben Sie das gemacht?«
»Wenn Sie nicht daran glauben, ist es schwer zu verstehen. Oder zu erklären. Es hat etwas mit Wissen, Wollen, Konzentration und Fokus zu tun.« Er ließ sich wieder auf den Sessel sinken. »Ich bin ein Hexer. Nicht besonders mächtig, aber ich trage die Gabe in mir. Auf eine andere Art als Sie, Dr. Thorens, aber letztlich doch gleich. – Daran ist nichts zu deuten. Egal, ob es Ihnen gefällt oder nicht.«
Erneut rieb Ella sich übers Gesicht. »Sie wollen mir also erzählen, dass ich eine Hexe bin?«
»Eine Heilerin. Eine Hexe – oder auch ein Hexer – wäre vermutlich in der Lage, eine einfache Verletzung zu heilen. Jemand wie Sie, Dr. Thorens …« Er breitete in einer beredten Geste die Hände aus.
Sie presste die Fäuste in ihren Schoß. »Das bedeutet, wenn ich jemanden berühre, der Magie in sich trägt, wird sich dieses … Desaster wiederholen?«
»Sie vergessen, was heute geschehen ist. – Ihr … kalter Entzug. Obwohl Sie keine Drogen nehmen.«
Ein paar wenige Worte. Und sie reichten aus, um ihre Welt einzureißen. Nicht nur, wenn sie jemanden wie ihn berührte. – Die junge Frau in der Tiefgarage! – Ella schloss die Augen. Ihr war nach Schreien zumute. Es würde *jedes Mal* geschehen. Nein!

»Als ich im Krankenhaus lag – mit Ihren Verletzungen –, da haben mich alle möglichen Leute angefasst … Ärzte, Schwestern …«

»Aber sie trugen dabei Handschuhe. Und vielleicht war Ihr Körper in der ersten Zeit auch zu schwach, um Ihre Gabe zu tragen. Und später … Vermutlich hatten Sie einfach Glück, dass die Personen, mit denen Sie in direkten Kontakt gekommen sind, gesund waren … Wenn Sie jemanden berühren, bei dem das nicht der Fall ist …«

»Sie haben mich auch angefasst.«

»Das habe ich, ja. Aber ich weiß, was mit Ihnen los ist und ich bin in der Lage, mit meiner eigenen Gabe dafür zu sorgen, dass dabei nichts von mir auf Sie überspringt. Ich kann Ihre Gabe mit meiner ›abblocken‹, wenn Sie so wollen.«

Das war Wahnsinn. Der absolute Wahnsinn. Sie schüttelte den Kopf. Nein. Das durfte nicht sein. »Ich bin Ärztin.« Ihre Stimme brach. »Ich muss Menschen anfassen können. Kranke Menschen!«

»Ich weiß.« Wie zuvor stemmte er die Ellbogen auf die Oberschenkel, beugte sich vor. »Ich kann Ihnen beibringen, wie Sie Ihre Gabe kontrollieren können, Dr. Thorens.«

Nein, nein, nein. »Gehen Sie.« Sie war Ärztin. Keine … Hexe. Keine *Heilerin.*

»Den Kopf in den Sand zu stecken, ist auch keine Lösung.« Seine Stimme klang ebenso samtig wie gerade eben schon einmal, als er sie bei ihrem Vornamen genannt hatte.

Genau das wollte sie aber. So tief sie konnte. Zumindest für den Moment. »Gehen Sie, Mr. Havreux!«

Er schüttelte den Kopf. »Ich fürchte, Sie missverstehen da etwas, Dr. Thorens. Ich schulde Ihnen sehr viel. Und ich habe nicht vor, dabei zuzusehen, wie irgendjemand – egal, ob aus dieser oder der anderen Welt – Sie für seine Zwecke benutzt. Oder Sie am Ende sogar an sich bindet.«

Etwas in seinem Ton hatte sich verändert, brachte sie dazu, ihn ungläubig anzusehen. »Sie wollen jetzt aber nicht auch noch behaupten, dass ich wegen dieser ... *Gabe* in Gefahr bin?«

»Ich wünschte, dem wäre nicht so, aber ich fürchte, ja.« Er gab ihren Blick zurück. Entschieden. Und ... hart. »Was ich in dieser Gasse gespürt habe, als Sie mich berührten ... – Sie haben meine Verletzungen nicht nur geheilt. Sie haben sie *übernommen.*« Wieder breitete er die Hände aus. »Sie sind *mächtig,* Ella. Sehr mächtig. Und diese Macht wird Begehrlichkeiten wecken. – Bisher waren Sie durch den Zauber Ihrer Mutter geschützt. Aber jetzt ... Man wird diese ... Explosion Ihrer Macht gespürt haben. Dass noch niemand an Sie herangetreten ist, ist eigentlich kaum zu glauben. – Sie dürfen niemand trauen, Ella. Niemandem! Alle Parteien werden versuchen, Sie auf ihre Seite zu ziehen. Und solange Sie Ihre Macht nicht beherrschen können, sind Sie leichte Beute für jeden.«

»Sie erwarten jetzt nicht wirklich, dass ich Ihnen glaube, ich wäre ...«

Die plötzliche Härte in seinem Blick ließ sie den Rest des Satzes runterschlucken. »Lassen Sie mich Ihnen etwas über diese andere Welt erzählen, in die Sie hineingeraten sind, Ella: Sie ist dunkel. Und geprägt von altmodischen Vorstellungen.

In früheren Zeiten gab es überwiegend Hexer-Clans. Ganze Familiendynastien, in denen die älteren Generationen die jüngeren ausbildeten. Schon allein durch ihre Familienbande waren sie stark. Und sie wussten, dass man diese Stärke durch geschickte Heiratspolitik noch festigen und ausdehnen konnte.« Einer seiner Mundwinkel hob sich zu einem abfälligen, halben Lächeln. »Heute existieren die Familiendynastien bis auf zwei oder drei Ausnahmen nicht

mehr. Aber auch ihre Macht hat der sogenannte ›Rat‹ mehr als beschnitten. Er steht jetzt an oberster Stelle.« Das Lächeln wurde kalt, beinah ... böse. »Ein Gremium von neun mächtigen Hexern, die für sich das Recht in Anspruch nehmen, über die Menschen zu herrschen, die wie Sie und ich diese Gabe in sich tragen. Bigotte Reaktionäre, die sich allem verschließen, was modern und fortschrittlich ist. Und sich ganz nebenbei für das personifizierte Maß aller Dinge halten.« Ein leises, verächtliches Schnauben. »Jeder von ihnen hat einen Klüngel aus Speichelleckern um sich, die alles tun, um in der Gunst ihres Meisters aufzusteigen. In der Hoffnung, irgendwann einmal seinen Platz einzunehmen. Mit oder ohne dessen Einverständnis. – Ihm eine junge, hochbegabte Heilerin zu bringen, die keine Ahnung hat, wie sie ihre Kräfte kontrollieren kann, wäre ein Karriereschub par excellence.« In einer kleinen Bewegung hob er die Schultern. »Die wenigen Hexer, die sich dem Diktat des Rates nicht beugen wollen und sich in eigenen kleinen Zirkeln zusammengeschlossen haben, sind meistens nur eine Haaresbreite vom Status der Gesetzlosen entfernt. Entsprechend sind auch sie immer daran interessiert, neue Mitglieder zu rekrutieren, um ihre Macht zu vergrößern.« Abermals schüttelte er den Kopf, wies mit einer knappen Geste in ihre Richtung. »Egal, ob Zirkel oder Rat, Ella, jeder davon würde versuchen, Sie sich gefügig zu machen, um Sie und Ihre Macht für sich nutzen zu können. Absolut ohne Skrupel. – Und das sind nur die Parteien, die zu unserer Seite der Welt gehören.«
»Unserer Seite?« Noch vor kurzem hätte sie darüber gelacht. Ihm gesagt, dass das alles wie aus einem schlechten Film klang. Nur schien ihr Leben in dieser Gasse von einem Moment zum nächsten selbst zu einem schlechten Film geworden zu sein.

Havreux rieb sich den Nacken, sah sie von unten herauf an. »Neben der Welt, in der wir leben, gibt es noch eine andere. Eine … Schattenwelt. Die neben der realen, für jeden Menschen wahrnehmbaren Sphäre existiert.« Seine Stimme klang jetzt wieder hart. »Eine Welt, die unserer gleicht, aber so, als würde man in einen angelaufenen Spiegel schauen, dessen Silberbeschichtung Risse hat. Eine Welt, in der düsteres Zwielicht herrscht und die Schatten dunkler sind, wie lebendig – und das manchmal auch sind. Eine Welt der Dämonen und anderer Kreaturen aus Alpträumen und Legenden. Nur, wer wie Sie und ich diese Gabe in sich trägt, kann diese Welt sehen. Und sie betreten.«

Die Worte jagten ihr einen Schauer über den Rücken. Abermals fuhr Ella sich übers Gesicht. Ein schlechter Film! Genau das war das alles. »Nehmen wir an, ich glaube Ihnen, Mr. Havreux. Heißt das, ich muss nicht nur damit rechnen, dass plötzlich irgendwelche Hexer vor meiner Tür stehen, sondern auch Dämonen?«

»Theoretisch nicht. Die wirklich mächtigen Dämonen können nur unter ganz bestimmten Bedingungen in unsere Welt wechseln. Und das auch nur für kurze Zeit …«

»Aber wenn diese … Dämonen normalerweise nicht in unsere Welt kommen können, droht mir doch von dieser Seite gar keine Gefahr?« Ella schob die Decke beiseite, schwang die Beine über den Sofarand, setzte sich endgültig auf und lehnte sich ein wenig vor. Erst mit einiger Verzögerung wurde ihr klar, dass sie beinah in derselben Haltung dasaß wie er.

»Leider doch.« Havreux schüttelte erneut den Kopf. »Die wirklich mächtigen haben … Statthalter in dieser Welt. Hexer, die mit ihnen einen Pakt geschlossen haben: mehr Macht gegen ihre … Ergebenheit. Im Gegensatz zu den Dämonen können diese Männer und Frauen problemlos zwischen den Welten hin- und herwechseln. Allerdings heißt es, dass die Magie eines Hexers umso mehr pervertiert wird, je länger er sich in den Schatten aufhält. – Die Dämonen benutzen sie, um junge Hexen und deren Magie an sich zu binden, sie ›einzubrechen‹.«

»Einzubrechen?« Allein das Wort ließ Ella die Schultern hochziehen.

»Eine Kombination aus Sex und Magie.«

»Für mich klingt das mehr nach … Vergewaltigung.«

Havreux sah auf seine Hände. »Manchmal ist es das. Aber sehr selten. Meistens weiß die Hexe sehr genau, was sie tut. Und in den anderen Fällen geschieht das Ganze unter dem Deckmantel einer Initiation. Bis die Hexe merkt, was wirklich passiert, ist es zu spät und es gibt keinen Weg zurück. – Aber in der Regel bereuen sie nicht, was sie getan haben. Immerhin bringt ein solcher Pakt ihnen mehr Macht und in der Regel ein langes Leben in ziemlichem Luxus. Und ganz nebenbei auch noch ewige Jugend und Schönheit.« Er hob den Blick, schaute sie wieder an. »Manchmal gehen auch Menschen ohne die Gabe einen Pakt mit Dämonen ein, weil sie sich davon mehr Geld oder Macht versprechen oder …«

»… oder Schönheit und Jugend?« Der alte Traum. Wie in einem schlechten Film. Einem sehr schlechten.

»Ja.«

»Bekommen sie das alles denn auch?«

»Solange sie den Dämonen von Nutzen sind …«

»Und wenn sie es nicht mehr sind?«

»Dann fordert die Natur sehr schnell und sehr gnadenlos ihr Recht. – Sie kennen *Das Bildnis des Dorian Gray?*«

Ella nickte.

»Als junge Frau von zwanzig am Abend zu Bett zu gehen und am nächsten Morgen als mumifizierte Greisin wieder aufzuwachen, kann da schon mal vorkommen. Wenn man überhaupt wieder aufwacht.« Er schüttelte den Kopf. »Wenn einer der Dämonenfürsten auf Sie aufmerksam wird ... oder einer ihrer Statthalter hier – oder auch nur einer ihrer menschlichen Handlanger ...« Seine Augen schienen noch dunkler zu werden, eindringlich. »Sie dürfen niemandem trauen, Ella – Verzeihung, Dr. Thorens –, versprechen Sie mir das. Aber vor allem müssen Sie lernen, Ihre Macht zu beherrschen. So schnell wie möglich.« Er lehnte sich abermals ein Stück weiter vor. »Bitte! Erlauben Sie mir, Ihnen wenigstens die Grundlagen beizubringen. Lassen Sie mich Ihnen zeigen, was Sie wissen müssen, um wieder als Ärztin arbeiten zu können. Mehr möchte ich gar nicht.«

Er hätte keinen besseren Köder vor ihrer Nase baumeln lassen können. Sie hatte ihr ganzes Leben nichts anderes gewollt, sich nie etwas anderes vorstellen können, als kranken Menschen zu helfen. Der Gedanke, es nicht mehr zu können, war mehr als unerträglich. Sie verschränkte die Finger ineinander und hoffte, dass ihm nicht auffiel, wie hart sie sie umeinanderschlang.

»Und wer sagt mir, dass ich Ihnen trauen kann, Mr. Havreux?« Aber hatte sie denn eine andere Wahl?

»Touché, Dr. Thorens.« Sein leises Lachen verblüffte sie. »Und Sie haben recht. Woher sollen Sie wissen, dass ich kein falsches Spiel mit Ihnen spiele.« Er zuckte kaum merklich zusammen. »Aber bedenken Sie eines, Ella: Ich müsste Ihnen das alles nicht erzählen. Ich könnte den netten Burschen mimen und Sie dabei still und heimlich an mich binden. Sie kennen mich oder meine Fähigkeiten nicht, geschweige denn meine Welt. Sie würden nicht einmal merken, was ich tue, bis es zu spät wäre. Und vielleicht noch nicht einmal dann. – Außerdem vergessen Sie eines: Ich stehe in Ihrer Schuld. Verdammt tief. Und ich nehme so etwas sehr ernst. – Aber ich mache Ihnen einen Vorschlag.« Geschmeidig und auf eine seltsame Weise steif zugleich, drückte er sich aus dem Sessel hoch. »Denken Sie über mein Angebot nach. Ich kann verstehen, dass Sie durcheinander sind. Schlafen Sie eine Nacht darüber. Ich komme morgen wieder.«

»Was?« Verblüfft blinzelte Ella ihn an.

»Denken Sie über alles nach, was ich Ihnen erzählt habe. – Allein und in Ruhe.« Er vergrub die Hände in den Hosentaschen. »Ich werde Sie zu nichts drängen.« Wie suchend sah er sich um, ging dann zu dem Sideboard neben der Tür, schrieb etwas auf den Notizblock beim Telefon, riss das Blatt ab und reichte es ihr über die Sofalehne hinweg. Ella starrte einen Augenblick überrascht darauf. »Unter dieser Nummer können Sie mich erreichen, falls etwas ist. Egal, wann. Ich will nicht versprechen, dass ich immer sofort rangehen kann, aber Sie brauchen mir, falls das passiert, keine Nachricht zu hinterlassen. Ich kenne Ihre Nummer. Ich melde mich dann bei Ihnen, sobald es mir möglich ist.« Er deutete zur Küche hinüber. »In der Kanne neben dem Herd steht der Rest Ihrer Medizin. Es dürften noch drei Tassen sein. Sie sollten sie heute noch ganz trinken. Die Letzte am besten vor dem Zubettgehen.« Er nickte ihr zu. »Wir sehen uns morgen, Dr. Thorens.«

Noch immer irritiert sah Ella ihm zu, wie er zur Tür ging, nicht sicher, was sie mehr überraschte: Sein abrupter Aufbruch oder dass er ihr so einfach seine Handynummer gab und sagte, sie könne ihn jederzeit erreichen. Dann fiel ihr etwas anderes ein.

»Mr. Havreux.«

Schon fast an der Tür, drehte er sich zu ihr um. »Dr. Thorens?«

»Warum waren Sie überhaupt hier?«
Er schlug sich mit den Fingerspitzen gegen die Stirn, ehe er in seine Gesäßtasche griff und seine Brieftasche hervorzog. »Ich wollte Ihnen das Foto Ihrer Mutter zurückbringen.«
Mit einem Schlag war Ellas Mund wie ausgedörrt. »Und?« Sie musste sich räuspern, um das Wort herauszubringen, während sie zusah, wie er die Fotografie behutsam aus seiner Brieftasche nahm, sie neben den Notizblock auf das Sideboard legte und mit dem Kugelschreiber beschwerte, damit sie nicht von einem Luftzug heruntergeweht werden konnte.
Er zögerte einen Moment, bevor er sie ansah. »Sie haben recht: Sie ist tot. – Es tut mir leid. – Vor allem, dass ich Ihnen noch einmal Hoffnung gemacht hatte.«
»Wissen Sie, wie …?« Sie verstummte.
»Nein.« Havreux schüttelte den Kopf. »Aber wenn Sie möchten, kann ich versuchen, es herauszufinden.«
Eine Sekunde wollte Ella ›Ja‹ sagen, doch dann holte sie einmal tief Luft und stieß sie wieder aus. »Nein danke …«
Havreux nickte verständnisvoll. »Dann gehe ich jetzt … Bis morgen, Dr. Thorens.«
Gleich darauf schlug die Eingangstür zu.

12

Es war also so weit. Heute Nacht. Kristen ließ die Türflügel hinter sich zufallen. Lyreshas Parfum hing noch in seiner Kehle. Ebenso wie der Geschmack ihres ›Weines‹. Sie war so zufrieden mit sich selbst, dass sie dafür, dass sie zwei Mal hatte nach ihm ›rufen‹ müssen, nicht mehr getan hatte, als den Bannfluch lange genug zu wecken, um ihn minutenlang auf die Knie zu zwingen. Und dafür, dass er bei der kleinen Ärztin seine Magie benutzt hatte, um die Flammen heraufzubeschwören. Der Rest seiner … Strafe war … erträglich gewesen. Vergleichsweise.

Nun ja. Sie brauchte ihn heute Nacht.

Kristen schob die Hände in die Hosentaschen und wandte sich den Korridor hinunter, der zur Treppe und damit zu seinem Penthouse hinauf führte. Dem höchsten Punkt des Havreux Tower. Dabei hatte er Höhenangst. Dank Lyresha. Der Witte Kliff auf Helgoland war kein Ausweg gewesen. In all den Jahren hatte er nicht einen Fuß auf den Dachgarten gesetzt. Oder sich näher als einen Meter an die Glasfront, die die Außenmauer bildete, herangetraut. Aber wenigstens konnte er weitestgehend sicher sein, dass *sie* ihn dort oben zufrieden ließ. Zu viel Licht. Und außerdem zu hoch über der Erde und damit viel zu weit entfernt von den Schatten, an die sie noch immer gebunden war. Wie lange noch?

Er stieg die Stufen hinauf. Seit wann hatte der Teppich diese Flecken? Zugegeben, in dem dunklen Weinrot des Stoffes fielen sie nicht sonderlich auf. Trotzdem würde er sich bei Gelegenheit darum kümmern müssen.

Inzwischen hatte er eine gute Vorstellung davon, was Lyresha vorhatte. Diese fünf ganz bestimmten Grundstücke und Gebäude in L.A., die sie ihn hatte kaufen lassen ... Nach und nach. Über Jahrzehnte hinweg. Zuerst hatte es scheinbar keinen Zusammenhang gegeben, aber nach dem Dritten hatte er etwas geahnt. Und seinerseits ein paar Fäden gezogen. Jetzt verliefen die Grenzen des Vierten und Fünften nicht mehr ganz so wie auf den Plänen, die Lyresha kannte. Ob ein paar Meter allerdings genügten, um ihr Vorhaben zu vereiteln, würde sich zeigen müssen.

Aus seiner Ahnung war Gewissheit geworden, als sie begonnen hatte, ihn nach diesen Steinen suchen zu lassen. Sechs Stück. Fünf für die Spitzen des Pentagramms. Einer in seinem Zentrum: dem Havreux Tower.

Und sobald sich das Pentagramm schloss ... konnte sie sich innerhalb seiner Grenzen frei bewegen. Es würde sich in die reale Welt hinein ausdehnen. Wie ein Krebsgeschwür, das langsam, aber unaufhaltsam vor sich hin wucherte. Und je größer die Macht des Hexers war, mit der man es verankerte, umso weiter würde es reichen.

Dass er mit den Vorbereitungen dafür, den ersten Stein an die Erde zu binden, heute Nacht beginnen sollte, war ein eindeutiges Indiz dafür, wie das Ganze enden würde. Es würde seine Macht sein, die das Pentagramm verankerte. – Seine Macht. Sein Leben.

Nun war es also soweit. Er war nicht sicher, was er bei dem Gedanken daran empfand. Wut? Angst? – Erleichterung? Im Moment fühlte er sich nur leer und müde.

Zugegeben, er hatte gehofft, sie noch eine ganze Weile hinhalten zu können. Hatte ganz bewusst auf Zeit gespielt und sogar persönlich dafür gesorgt, dass zwei der Steine in den Tiefen irgendwelcher nicht katalogisierten Museums-

bestände an entgegengesetzten Enden der Welt verschwanden ... Natürlich war ihm klar gewesen, dass sie über kurz oder lang wieder auftauchen würden. Allerdings hatte er auf ›lang‹ gehofft. Und darauf, dass er bis dahin schon jemanden wie die kleine Ärztin gefunden hatte. Dass er den Bannfluch dann schon längst los war. Tja. Wann gingen seine Pläne schon mal auf? Die Glücksgöttin hatte sich vor 800 Jahren gegen ihn gewandt. Offenbar hatte sie nicht vor, in absehbarer Zeit irgendetwas daran zu ändern.
Damit lief ihm jetzt bezüglich der kleinen Ärztin die Zeit davon. – Nur war zu befürchten, dass die kleine Ärztin ihm davonlaufen würde, sollte er sie zu sehr bedrängen. Es sah so aus, als stünde ihm auch an dieser Front ein Drahtseilakt bevor. Aber vielleicht konnte er doch ein Stück weit nachhelfen. Ganz subtil.
Kristen rieb sich den Nacken. Nun, nachdem Lyresha ihn bis zu dem Ritual bei Sonnenuntergang unter Hausarrest gestellt hatte, konnte er im Moment ohnehin nichts unternehmen. – Auf seinem Schreibtisch lag noch der Quartalsbericht von Havreux Enterprises. Vielleicht sollte er sich damit beschäftigen, um sich abzulenken und die Zeit zu vertreiben. Und Lauren, seine Sekretärin, hatte ihm auch wieder Berge von Unterlagen in sein Büro gebracht, die er sich ansehen und abzeichnen musste. Er schob die Hand zurück in die Hosentasche. Manchmal war es zu einfach zu vergessen, dass er auch ›Christian Havreux‹ war. Und dass ›Christian Havreux‹ an der Spitze eines höchst realen Konzerns stand und damit für die Gehaltsschecks von mehreren hundert Menschen verantwortlich war.
Er nahm die Bewegung nur aus dem Augenwinkel wahr, als er den letzten Absatz erreichte. Der junge Wandler. Schlaksig, irgendwie ungelenk, noch mehr Welpe als Wolf. Ein paar Stufen über ihm. Wie an dem Morgen vor Marishs

Gemächern starrte er ihn mit weit aufgerissenen, gelben Augen an. Genau genommen hatte er das in den vergangenen Tagen jedes Mal getan, wenn sie sich begegnet waren. Und das waren sie sich erstaunlich häufig. Gerade eben drückte er sich an der gegenüberliegenden Wand entlang die Treppe hinab. Dort oben gab es nur sein Penthouse. Warum lungerte das Wolfsblag immer genau an den Orten herum, an denen er, Kristen, gezwungenermaßen irgendwann vorbeikommen musste? – Einen Spion konnte er aktuell absolut nicht in seiner Nähe gebrauchen.
Die Augen noch immer groß, wollte der Bengel endgültig an ihm vorbei.
Mit zwei Schritten hatte Kristen ihm den Weg abgeschnitten, packte zu, bevor das Blag reagieren konnte – oder auch nur realisierte, was er vorhatte.
Der Bengel jaulte.
Und gleich darauf ein zweites Mal, als Kristen ihn am Ohr den Rest der Treppe hinaufzerrte.
Ein drittes Jaulen schluckte er hinunter, als Kristen ihn neben der Penthouse-Tür gegen die Wand rammte. Stattdessen stieß er ein Keuchen aus und umklammerte Kristens Handgelenk mit beiden Händen.
Kristen stützte sich neben seinem Kopf ab und beugte sich dicht zu dem Bengel. »Ich will die Wahrheit von dir hören, Freundchen. Und du hast nur einen Versuch. Wenn du mich verarschst, hast du ein Problem.« Er rückte noch ein Stück näher. »Wir verstehen uns?«
Der Bengel nickte atemlos und zischte, weil die Bewegung an seinem Ohr zog.
Kristen ignorierte es, lehnte sich nur ein wenig zurück. »Wer bist du und warum schleichst du mir nach?«
Von einer Sekunde zur nächsten war der Bursche totenblass. Um dann feuerrot zu werden. Plötzlich huschten

seine Augen überallhin, nur um Kristens nicht zu begegnen. »Sie … sie hat … sie … sie hat gesagt … sie …«
Kristens Knurren beendete sein Gestammel. »Sie?« Nicht, dass er die Antwort nicht schon ahnte.
»Die … die Fürstin.«
»Lyresha?« Jetzt zuckten die goldenen Augen für einen Herzschlag doch zu ihm.
»Ja. – Sie«, der Bengel fixierte Kristens Schulter, »sie hat gesagt, ich soll zusehen und … und lernen.«
»Zusehen und lernen?« Das war jetzt nicht wahr.
»Ja.«
»Was?«
»Wie man … wie … wie … wie man … wie man es … es … ich meine …« Die Hände an Kristens Arm zitterten.
»Okay. Vergiss es!« Das Blag verstummte geradezu dankbar. »Und deshalb schleichst du mir nach?« Ein Lehrling für die Hure. Das. War. Jetzt. Nicht. Wahr!
»Ja.« Ein zweiter kurzer Blick, der ebenso schnell wieder zur Seite glitt. »Ich … wusste nicht, was ich … wie ich sonst …«
»Wie alt bist du?«
»Sie-siebzehn.«
»Und wie heißt du?«
»Mikah Grigorijou.« Die Worte kamen so leise, dass Kristen ihn kaum verstand.
»Grigo- …« Kristen hob die Brauen. »Du bist der Sohn von Grigorij Alexejou?«
Der Kleine schluckte, nickte.
Ach? Hatte er nicht gehört, man hätte die Leiche von Grigorijs Sohn bei San Francisco aus dem Meer gezogen?
»Warum bist du nicht bei deinem Rudel, kleiner Wandler-Prinz?« Der Junge passte jetzt schon zu einhundert Prozent in das allgemeine Beuteschema hier. Wenn er auch nur

ansatzweise nach seinem Vater kam, würden zweihundert Prozent daraus werden.
Der Bengel zuckte zusammen. »Mein Vater ist tot.« Wieder sprach er so leise, dass Kristen ihn fast nicht verstanden hätte.
»Danach habe ich nicht gefragt.« Er gab das Ohr des Burschen frei. »Also?«
Diesmal war die Antwort Schweigen.
Aha. »Lass mich raten: Dein Onkel hat dich hergebracht.«
Noch immer Schweigen. Stur starrte der Bengel zu Boden, rieb sein malträtiertes Ohr.
Kristen trat zurück. Sieh an, sieh an. Der neue Wolf hatte also nicht nur seinen Bruder, sondern auch dessen Sohn beseitigt. Nun, sein Problem war das nicht. Mit einer unwilligen Bewegung wies er zur Treppe.
»Es ist mir egal, was Lyresha gesagt hat. Halt dich von mir …«
»Ich will das nicht!«, platzte es aus dem Jungen heraus. »Ich … ich kann … ich kann das nicht.« Heftig schüttelte er den Kopf. »Ich meine … ich meine, ich will … ich will keine … keine …«
… Hure sein. – Das hatte er auch nie gewollt.
Wie zuvor stemmte Kristen die Hand neben dem Bengel gegen die Wand und lehnte sich zu ihm. »Schlechte Nachrichten, Freundchen: Was du willst oder nicht, interessiert hier keinen.«
Mikah krümmte sich regelrecht. »Ich will das nicht.«
Mit zusammengebissenen Zähnen musterte Kristen den Kleinen. Eine Sekunde, zwei, dann fluchte er, zerrte die Schlüsselkarte zum Penthouse aus der Hosentasche, zog sie durch das Schloss und stieß die Tür auf. »Rein da!«
Schlagartig stand in den Augen des Jungen blanke Angst. Kristen zischte, packte ihn erneut am Ohr und schleppte

ihn hinein. Der Bursche wimmerte. Er trat die Tür zu und ließ im selben Moment den Kleinen los. Der taumelte hastig einen Schritt zurück.

»Ich will das ni-…«

Kristens Ohrfeige ließ ihn gegen die Wand stolpern. Einen Atemzug lang stand Mikah wie erstarrt. Dann hob er die Hände, die Finger zu Klauen gekrümmt, und fletschte die Zähne.

Kristen lächelte. »Na also. Geht doch.« War er eigentlich von allen guten Geistern verlassen? Das hier war seine Zuflucht! Warum zum Teufel brachte er dieses Wandlerbalg hierher?

Der Mund des Jungen klappte auf, schloss sich mit einem deutlichen Laut wieder. »W-?«

Kristen brachte ihn mit einer knappen Handbewegung zum Schweigen. »Ich werde das hier nur einmal sagen. Danach bist du auf dich gestellt. Und du hörst auf, mir nachzulaufen.«

Wie benommen nickte der Kleine.

»Regel Nummer eins: Du hast keine Wahl. Also tu dir selbst einen Gefallen und bring es hinter dich. Je schneller, desto besser für dich. Damit gibst du ihnen umso weniger Grund, sich mit dir zu … beschäftigen. Denk nicht nach. Tu es einfach.«

Der Junge schluckte. Die Augen nach wie vor weit aufgerissen.

Kristen unterdrückte ein Stöhnen. So hatte der Bengel hier keine Chance. »Regel Nummer zwei: Leg ganz schnell diesen Welpenblick ab. Welpenschutz ist ein Mythos. Dich auf den Rücken zu rollen und die Kehle zu entblößen, funktioniert hier nicht. Es bringt dir nur Zähne in den entsprechenden Adern ein. Du bist hier ein Spielzeug.« Er verzog den Mund zu einem dünnen, harten Lächeln. »Das bedeutet aber nicht, dass du das Spiel nicht mitbestimmen kannst. Zumindest zu einem Teil.« Abermals lehnte er sich dicht zu dem Kleinen heran. »Niemanden hier interessiert, was du willst oder nicht. Oder wie du dich bei dem fühlst, was sie von dir verlangen. Zeig ihnen Gefühle und sie werden sie gegen dich benutzen. Wenn du hier überleben willst, dann nur, indem du sie daran erinnerst, was du bist: ein Wandler-Prinz. Du hast Klauen und Zähne. Auch wenn du sie nicht benutzen kannst, zeig sie ihnen. Bring sie dazu, dich ein Stück weit zu respektieren und zu fürchten. Oder du gehst unter.« Wieder ein benommenes Nicken. Kristen stieß sich von der Wand ab, trat zurück und wies zur Tür. »Und jetzt verschwinde!«

Der Junge rührte sich nicht. »Ich will das nicht.« Er hatte die Hände zu Fäusten geballt.

Unwillig schüttelte Kristen den Kopf. »Das interessiert …«

»Kann man da raus?« Der Blick des Kleinen ging an ihm vorbei, zu der Fensterfront und dem Dachgarten dahinter.

Kristen brauchte einen Moment, um zu begreifen, worauf der junge Wandler hinauswollte. »Du wirst da nicht hinausgehen!« Der Witte Kliff war auch hoch gewesen. Aber nicht hoch genug. Selbst das hier würde nicht hoch genug sein. »Vergiss es! Ganz schnell!«

»Aber … warum? Das Rudel …«

Mit einem leisen Knurren zeigte Kristen ihm die Zähne. »Wenn Lyresha dich behalten will, ist das kein Weg in die Freiheit. Sie hat Mittel und Wege, dich zurückzuholen. Und sie wird dich den Versuch bitter bereuen lassen. – Glaub mir.« Er sah das Begreifen in den Augen des Kleinen. Seine Schultern sanken nach vorne. Mikah nickte, wandte sich zur Tür.

Sie würden es genießen, den Jungen zu zerbrechen. Langsam. Jedes Mal ein bisschen mehr. Kristen presste die Lippen zu einem schmalen Strich zusammen. »Warte!« Er musste wahnsinnig sein!

Die Hand schon nach der Klinke ausgestreckt, drehte der Junge sich um, sah ihn fragend an.

»Warte! – Und rühr dich nicht vom Fleck!«

Bevor er es sich noch anders überlegen konnte, stieg er die Stufen zur Galerie hinauf, immer zwei auf einmal. Hier oben gab es nicht mehr als seinen Futon, Nachttisch und Kleiderschrank und das Bad. Kristen kniete sich neben das flache Bett. Der linke obere Pfosten war hohl. Ein leichter Druck an den drei richtigen Stellen, und das mattschwarze Holz sprang einen kaum sichtbaren Spaltbreit auf. Für einen Moment zögerte er, doch dann öffnete er ihn ein Stück weiter und holte das kleinere der beiden Pipettenfläschchen aus der Dunkelheit hervor. Jedes andere Gift und jede Droge durfte Lyresha bei ihm finden, nur das hier nicht. Er brachte sich in Teufels Küche, wenn er es dem Bengel gab. In einem Anflug von Selbstironie verzog er den Mund. War er da nicht schon?

Das Fläschchen in der Hand, stieg er die Stufen wieder hinunter. Mikah hatte sich tatsächlich nicht vom Fleck gerührt. Dafür schaute er sich mit großen Augen um. Ob er sich wunderte, dass es hier nichts, absolut gar nichts Persönliches gab? Trotz all dem Luxus – Stereoanlage, riesiger Flachbildschirm, Ledersofa, schwere, tiefe Teppiche, Marmorfliesen, ein offener Kamin mitten im Raum, verspiegelte Bar, eleganter Schreibtisch aus Glas und Chrom, Hantelbank – glich das Penthouse einer Mönchszelle. Hier gab es nichts, das ihm etwas bedeutete. Und das man gegen ihn hätte verwenden können.

Der Junge zuckte ertappt zusammen, als Kristen von der

Treppe heruntertrat. Und wagte es trotzdem, ihm ein paar Schritte entgegenzukommen. Beinah ... geflissentlich. Wie ein junger Hund, der seinem neuen Herrn gefallen wollte. Kristens Eingeweide verkrampften sich bei dem Gedanken. Er streckte ihm das Fläschchen hin. Das hier war Wahnsinn. »Zwei Tropfen hiervon werden dir helfen, ein bisschen ... Abstand zu bekommen, wenn dich eine der ... Ladys zu sich holt. Du kannst es dir ganz einfach von der Handfläche lecken. Es wirkt schnell, in vier, fünf Minuten – für ungefähr zwei oder drei Stunden. In Wasser verdünnt braucht es länger. Nur Wasser! Niemals in Alkohol! Und niemals mehr als zwei Tropfen innerhalb von sechs Stunden.« Er zog das Fläschchen zurück, als der Junge danach greifen wollte. »Niemals mehr als zwei Tropfen und nie zu schnell hintereinander, kapiert? Sonst wirst du rosarot und scheißegal.« Wäre der Bengel in Wolfsgestalt gewesen, hätte er in diesem Moment die Ohren gespitzt. Kristen schnalzte mit der Zunge. »Das mag für dich ja äußerst erstrebenswert klingen. Aber glaub mir: Die Folgen sind es garantiert *nicht.* Weder von *ihrer* Seite noch von meiner. Denn sie wird wissen, dass du es von mir hast.« Er hob eine Braue. »Sollte also irgendjemand erfahren, dass du das Zeug nimmst – oder auch nur besitzt –, wirst nicht nur du riesigen ... Ärger bekommen, sondern ich auch. Du kannst dir vorstellen, dass ich darüber nicht sonderlich ... erbaut wäre.«
Der Bursche wurde blass, machte einen Schritt zurück. »Ja.«
»Dann verstehen wir uns.« Abermals streckte er dem Bengel das Fläschchen entgegen. Und hielt den Arm dabei bewusst so, dass der Kleine die knapp zehn Zentimeter lange Narbe entlang seiner Pulsader bemerken *musste.* Die Augen des Jungen wurden noch ein Stückchen größer,

ungläubiger. Seine Hand bebte unübersehbar, als er das Fläschchen hastig in seiner Hosentasche verschwinden ließ. »Von mir erfährt keiner etwas.«

»Gut.« Kristen nickte. »Wo schläfst du?«

»Im zweiten Stock. Nach hinten raus, zum Park hin.«

Viel zu nah bei *ihren* Lieblingen. »Direkt hier unter dem Penthouse gibt es eine leere Suite. Zwei Zimmer und ein eigenes Bad. Nicht groß, und vermutlich liegt der Staub zentimeterhoch. Die Schlüsselkarte steckt hinter dem zweiten Gauguin rechts neben der Tür. Nimm sie dir und gib sie nicht mehr aus der Hand. Du wirst selbst sauber machen müssen. Aber von heute an schläfst du da.« Eine Kaskade von Gefühlen huschte über das Gesicht des Jungen. Kristen gab vor, es nicht zu bemerken. »Schaff deine Sachen jetzt gleich dahin.« Wenn es überhaupt etwas dorthin zu schaffen gab. »Wenn dir jemand deshalb dumme Fragen stellt, sagst du, ich wollte meinen ... Lehrling in meiner Nähe haben. Wenn ihm etwas daran nicht passt, soll er zu mir kommen. – Und jetzt verschwinde. Ich muss noch arbeiten.«

Der Kleine schluckte, nickte, wandte sich zur Tür.

»Warte!« Erneut drehte Mikah sich zu ihm um. »Vielleicht solltest du darüber nachdenken, von jetzt an überwiegend deine Wolfsgestalt zu tragen.«

Diesmal brauchte der Bengel länger, bis er begriff. Doch dann erschien ein schnelles, feines Lächeln auf seinen Lippen, ehe er ein weiteres Mal nickte und sich endgültig trollte. Kristen sah nachdenklich die Tür an. War es richtig, was er gerade getan hatte? Wie lange hatte er sich diese Frage nicht mehr gestellt? Aber was hätte er damals nicht darum gegeben, jemanden zu haben, der ihm half, damit umzugehen, ihm einen Ausweg zeigte. Auch wenn er nur wenige Stunden hielt. Mit einem Ruck drehte er sich um und ging

zu seinem Schreibtisch hinüber. Allerdings wäre er damals vermutlich zerbrochen, wenn so jemand für ihn existiert hätte. Nur gab es einen Unterschied zwischen ihm und dem kleinen Wandler. Einen verdammt großen. Der Kleine konnte nichts dafür, dass er hier war. *Er* hingegen war selbst schuld. Kristen ließ sich in den ledernen Schreibtischsessel fallen. Besoffener Narr, der er damals gewesen war, war er auf Marishs unschuldige Augen und süße Worte hereingefallen. Er ganz allein. Es war nicht fair, Line dafür verantwortlich zu machen. Sie hatte nur ihrem großen Bruder helfen wollen. Dass ihre Bemühungen nach hinten losgegangen waren, dafür konnte sie nichts.
Dafür konnte niemand etwas.
Außer ihm selbst.

13

Die sechs jungen Männer, die sich unter einer Straßenlaterne um einen leicht angerosteten Ford geschart hatten, hätten jeden veranlasst, in die andere Richtung zu gehen. Zwei von ihnen hingen in der offenen Motorhaube und begutachteten irgendetwas darunter. Alles an ihnen schrie ›Gang‹. Nur hatte Ella einerseits keine andere Wahl, als den Weg an ihnen vorbei zu nehmen, um zu ihrem Wagen zurückzukommen. Andererseits hatte sie gerade Romans Großmutter, Mrs. Groner besucht. Roman – wie auch sein jüngerer Bruder Cammy – liebte seine Großmutter abgöttisch. Und er war der unumstrittene Herrscher in dieser Gegend.
Trotzdem hatte sie Herzklopfen, als sie mit jedem Schritt näher an die sechs herankam. Nein, sieben. Eben schob sich noch einer unter dem Kotflügel des Ford heraus. Dass Ella in dieser Gegend auch um diese Uhrzeit noch unbehelligt auf die Straße konnte, hatte nur etwas damit zu tun, dass Mrs. Groner sie mochte. Und Roman, der »gute Junge«, würde der Lieblingsärztin seiner Großmutter niemals etwas antun – oder etwas antun lassen. Im Gegenteil. Das änderte allerdings nichts daran, dass sie sich sehr wohl bewusst war, dass jeder von ihnen eine Waffe trug und nicht zögern würde, sie zu benutzen. Nun ja. In Afrika hatten solche jungen Männer oft genug mit gezogenen Waffen vor ihr gestanden. Musste sie da nicht theoretisch an so etwas gewöhnt sein? Sie verzog die Lippen. Nein. An so etwas gewöhnte man sich nie.

Müde strich sie sich die Haare aus dem Gesicht und suchte dann in ihrer Hosentasche nach einem Gummiband, um sie im Nacken zusammenbinden zu können. Mist. Die falsche Jeans. – Zu Hause wartete die letzte Tasse von Havreux' Tee auf sie. Nachdem er gegangen war, hatte sie noch eine schiere Ewigkeit auf dem Sofa gesessen und versucht, irgendwie mit dem klarzukommen, was er ihr offenbart hatte. Einerseits weigerte sie sich noch immer, ihm zu glauben. Andererseits machte keine der Alternativen, die ihr Verstand anbot, wirklich Sinn. Auch eine heiße Dusche hatte sie nicht weitergebracht. Also war sie ans Meer gefahren. Nicht nach Malibu Beach oder zum Santa-Monica-Pier, sondern an ein abgelegenes, einsames Strandstück ein gutes Stück außerhalb von L.A. Ein Spaziergang am Wasser half ihr normalerweise immer, den Kopf freizubekommen. Diesmal nicht. Schließlich hatte sie es aufgegeben. Sie war zurückgefahren und hier gelandet. Mit klopfendem Herzen, zitternden Händen und dem Wunsch, davonzulaufen und die Zeit zurückzudrehen. Da Letzteres absolut unmöglich war – das hatte sogar Havreux zugegeben –, hatte sie beschlossen, da weiterzumachen, wo ihr Leben an jenem Tag geendet hatte. Zumindest für heute Abend. Sie hatte die alte Mrs. Groner besucht. Aus der kurzen Stippvisite, um zu sehen, wie es ihrer Patientin ging, waren drei Tassen Kaffee und mehrere selbstgebackene Muffins geworden. Mrs. Groner war anscheinend gar nicht aufgefallen, dass Ella es vermied, ihr die Hand zu geben. Oder sie anderweitig zu berühren. Bei jeder Geste, jeder Bewegung, jedem Handgriff, der für sie früher vollkommen selbstverständlich gewesen war, war der Gedanke da gewesen: Du wirst das nie wieder tun können, ohne Handschuhe zu tragen. Du wirst immer mit der Angst leben, dass du einmal versehentlich jemanden ohne berührst …

Irgendwann hatte sogar Mrs. Groner bemerkt, dass sie angespannt war. Das war der Augenblick gewesen, in dem Ella sich verabschiedet hatte.
Inzwischen hatten die jungen Männer sie bemerkt. Roman, der mit seinem Kumpel unter der Motorhaube gehangen hatte, richtete sich auf und drehte sich zu ihr um.
»Hi, Doc Thorens. Wie geht es Gran?« Er machte keinen Hehl daraus, wie er zu der alten Frau stand. Und niemand, der auch nur über einen Hauch Grips verfügte, würde es wagen, ihn deswegen von der Seite anzumachen. Nicht, wenn er an seinem Leben hing. Oder zumindest an seinen Zähnen.
»Gut. Sie muss ihre Tabletten weiter nehmen. Regelmäßig.« Ella fragte nicht, woher er wusste, dass sie bei seiner Großmutter gewesen war. Roman wusste alles, was in seinem Viertel vor sich ging. »Und es wäre schön, wenn sie wenigstens einmal am Tag an die frische Luft käme.«
»Ich sag's Josie.« Cammy lehnte sich neben seinem Bruder an den Kotflügel und zündete sich eine Zigarette an. »Die kann sich drum kümmern. Gran mag sie.« Er blies den Rauch in die Luft. »Die beiden zocken zusammen. Wenn Gran nicht versucht, ihr Stricken beizubringen.«
»Sie fahren immer noch diesen babyblauen Impala, Doc, nicht wahr?« Roman nahm seinem Bruder die Zigarette aus der Hand und zog seinerseits daran, bevor er sie zurückreichte.
»Er ist metallic-blau«, korrigierte Ella.
Grinsen und Gelächter von allen Seiten. Roman nickte, ebenfalls grinsend. »Sag ich doch. Babyblau. Mit diesem komischen Steinbockaufkleber.«
»Das ist eine Gazelle.« Ella schnaufte theatralisch. »Meinetwegen. Ja, ich fahre einen babyblauen Impala. Warum?«

Roman zuckte lässig mit den Schultern. »Wollte es nur noch mal wissen. Ich hab den Jungs in der Gegend eingeschärft, dass sie diesen babyblauen Impala in Ruhe lassen.« Er tauchte wieder unter die Motorhaube des Ford – nur, um gleich wieder darunter zum Vorschein zu kommen. »Aber ich wüsste, wo wir ein paar Teile herkriegen, mit denen wir ihn ein bisschen aufmotzen können für Sie, Doc.«
»Nein danke!« Abwehrend hob Ella die Hände. »Ich bin sehr zufrieden mit meinem Auto, so wie es ist.« Sie wollte gar nicht wissen, woher diese ›paar Teile‹ stammen würden. »Wenn ihr etwas ›aufmotzen‹ wollt, dann denkt lieber mal darüber nach, wie ihr deiner Großmutter das Treppensteigen erleichtern könnt.«
Roman stützte sich gegen die Motorhaube und musterte sie. Auf eine irgendwie gefährliche Art, die sie unwillkürlich an Havreux erinnerte. Ganz genau so hatte der sie angesehen, als sie auf ihrem Sofa zu sich gekommen war. Am liebsten hätte sie sich auf die Zunge gebissen.
Dass ihr Mund vollkommen ausgedörrt war, wurde ihr erst klar, als Roman plötzlich grinste und nickte. »Okay, dann nicht. Und was Grans Treppe angeht: Wir lassen uns was einfallen. Versprochen. Zufrieden?«
Zufrieden wäre sie erst, wenn er ihr versprechen würde, dass in dieser Gegend keine Drogen mehr verkauft würden – vor allem nicht an Kinder – und dass diese ewigen Schießereien und Messerstechereien aufhörten. »Ja.«
»Na dann …« Roman nahm seinem Bruder die Zigarette für einen letzten Zug ab. »Soll einer von uns Sie zu Ihrem Wagen bringen, Doc?«
»Nein danke!« Je weniger sie mit Romans Freunden gesehen wurde, umso besser. Sie hatte keine Lust, am Ende unvermittelt zur Zielscheibe in einem Bandenkrieg zu werden.

»Okay. Wie Sie meinen. Dann bis zum nächsten Mal, Doc.« Er schnippte den Stummel auf die Straße und tauchte wieder unter die Motorhaube ab. Damit war sie offenbar entlassen.
Ella zog den Riemen der Tasche höher auf die Schulter, nickte den übrigen Jungs zu und machte sich endgültig auf den Weg zu ihrem Auto. Ihr Arm schmerzte. Natürlich. Sie sollte es eigentlich besser wissen, als ihn jetzt schon wieder so zu belasten. Er war gebrochen gewesen. Dass sie ›nur noch‹ eine Schiene trug, bedeutete noch lange nicht, dass er dem Gewicht ihrer Tasche bereits wieder gewachsen war.
Aus einem offenen Fenster über ihr drangen laute Stimmen. Ein Mann und eine Frau. Etwas krachte gegen eine Wand. Gleich darauf eine weitere Stimme, die Ruhe verlangte … Doch sobald Ella um die nächste Ecke gebogen war, schienen ihre Schritte das einzige Geräusch zu sein. Obwohl ein unbestimmtes Gefühl sie drängte, schneller zu gehen, zwang sie sich dazu, ihr Tempo beizubehalten. Nicht hastig und unsicher, sondern ruhig und bestimmt, aber trotzdem schnell. Signalisierte ihr Gang hier ›Opfer‹, waren die ›Jäger‹ binnen kürzester Zeit nicht mehr weit.
Trotzdem veränderte sich der Takt ihrer Absätze, als sie die Gasse erreichte, in der sie Havreux gefunden hatte. Sie wagte es nicht, auch nur einen Blick hineinzuwerfen. Wenn sie nicht hierhergekommen wäre, um nach Mrs. Groner zu sehen, wenn sie wie ihre Kollegen einfach nur ihren Dienst im *California Medical* versehen hätte … Sie schloss die Finger fester um den Riemen ihrer Tasche, bemühte sich, ihre Schritte und ihren Herzschlag wieder unter Kontrolle zu bekommen. Warum zum Teufel hatte sie ihren Wagen auch so weit weg geparkt?
Die nächste Ecke. Das alte Backsteingebäude stand schon

eine ganze Zeit leer. Das Erstaunliche daran war, dass man hier noch nicht einmal Obdachlose sah. Dabei waren sowohl die Tür als auch die Fenster nur nachlässig vernagelt. Fröstelnd zog sie die Schultern hoch. Normalerweise speicherten Häuserfassaden die Wärme des Tages und gaben sie in der Nacht wieder ab. Hier war es umgekehrt. Zumindest fühlte es sich so an.
Unter der Treppe, die zum Hauseingang führte, hatten sich Papier und anderer Unrat gesammelt. Dazwischen nisteten Schatten und mochte-der-Himmel-wissen-was-noch. Ratten? Mit Sicherheit. Und offensichtlich fühlte sich niemand dazu berufen, etwas davon zu beseitigen. Der Besitzer tat es anscheinend ja auch nicht. Eine Bewegung zog ihren Blick zu einem der Fenster im Erdgeschoss. Nein. Keine Bewegung. Auch wenn sie im ersten Moment geglaubt hatte, der Rest eines alten Vorhangs sei von einem Luftzug durch irgendeinen Spalt geweht worden. Doch da war … nichts. Nichts als Schatten … die sich in den gähnenden Öffnungen zu … kräuseln schienen. Schatten vor dichter, undurchdringlicher Schwärze … die immer wieder zwischen den Brettern … hindurchleckten …
Unwillkürlich machte Ella einen Schritt rückwärts und zur Seite, weg von der Mauer. Jetzt raste ihr Herz wirklich. Schwärze tropfte von dem Fensterbrett. Zäh, ein riesiger, öliger Tropfen. Zerspritzte in den Schatten darunter. Machte sie noch dunkler. Breitete sich weiter in ihnen aus. Breitete *sie* aus. Schob sich auf Ella zu. Sie wich zurück. Schlagartig war ihr Magen ein eisiger Knoten. Ihr Atem kondensierte zu … fahlem Dampf. Nein. Etwas anderem. Keuchend taumelte sie vom Bürgersteig herunter, über die Straße. Ohne die Schwärze aus den Augen zu lassen. Die sich weiter in den Schatten ausdehnte; den Schatten von Schlaglöchern, Rissen im Asphalt, einer weggeworfenen

Cola-Dose. Hinter ihr her. Auf sie zu. Um ein Haar wäre sie über die Kante des gegenüberliegenden Bürgersteiges gefallen. Plötzlich war ihr egal, wer ihre Schritte hörte. Sie drehte sich um und rannte. Die Schwärze war da. Flüsterte. Raunte. Verzerrt. Unverständlich. Blieb hinter ihr. Kam heran. Eine Hausecke. Sie sah den Schatten zu spät. Stürmte durch ihn hindurch. Kälte wie Nadeln aus Eis. Sie schrie. Presste die Hand vor den Mund, um den Laut zu ersticken. Rannte weiter. Eine Treppe hinunter. Aber hier gab es keine Treppen. Die Schwärze wurde dichter, zäher. Die Hauswände drängten näher heran. Altmodische Hauswände. Backstein. Kein Beton. Sie sah die letzte Stufe nicht. Stürzte. Fing sich gerade noch mit beiden Händen ab. Ihre Tasche fiel zu Boden. Öffnete sich. Schmerz raste ihren Arm hinauf. Sie schrie wieder. Tränen schossen ihr in die Augen. Rascheln und Flüstern zu ihrer Rechten. Eine Bewegung. Irgendwie schleifend. Sie rappelte sich hoch, rannte weiter, den Arm gegen die Brust gedrückt. Ließ die Tasche liegen. Schwere Atemzüge klangen in ihren Ohren. Ihre eigenen? Oder von etwas … anderem? Sie warf den Kopf herum. Ohne langsamer zu werden. Am Ende der Treppe: eine Gestalt. Ein … Mann? Er starrte sie an.
Die nächste Ecke. Schritte. Schnelle Schritte. Zusätzlich zu ihren eigenen. Hinter ihr. Warum brannten hier keine Straßenlaternen? Wieder eine Ecke. Wo war ihr Auto? Großer Gott, wo war ihr … Vollkommen unvermittelt war jemand vor ihr. Hände packten sie. Ella schrie erneut. Flüche. Die Hände verschwanden für den Bruchteil einer Sekunde. Kamen wieder. Von hinten. Eine wurde gegen ihren Mund gedrückt. »Ruhig! Ich bin es! Dr. Thorens! Seien Sie still!« Ein Arm um ihre Mitte. Zerren. Tiefer in die Schatten. Sie stolperte rücklings mit. Stemmte sich gegen den Griff. »Ich bin es: Christian. Erkennen Sie mich?« Der Arm lockerte

sich. Gab ihr Raum. Die Hand wurde weiterhin fest über ihren Mund gepresst. »Sehen Sie mich an! Ich bin es: Christian Havreux! Sie müssen still sein. Hören Sie, Ella? Still! Sie hetzen uns jeden Jäger in der Umgebung auf den Hals.« Endlich sickerten die gezischten Worte in ihren Verstand. Ihr Schrei endete in einem Keuchen. Es klang wie ein Schluckauf. »Ich lasse Sie jetzt los, Dr. Thorens. Aber Sie müssen still sein. Kein Laut! Verstanden?« Sie nickte gegen seine Hand. Sehr langsam nahm er sie weg. Ohne sie mit der anderen jedoch gänzlich loszulassen. Im Gegenteil drehte er sie abrupt zu sich um.

»Wie zum Teufel kommen Sie hierher? Was haben Sie hier zu suchen?«, herrschte er sie an. Seine Stimme war noch immer nur ein Zischen.

»Wo ... wo kommen Sie ... denn auf einmal her?« Bei jedem Atemzug bohrte sich ein Stechen zwischen Ellas Rippen.

»Himmel, Arsch und Zwirn!« Sein Ausbruch ließ sie zusammenzucken. Er schien sie überhaupt nicht gehört zu haben. »Sie haben Ihre Gabe in keiner Weise unter Kontrolle und spazieren zwischen den Schatten herum, als ... als ... ach, verdammt. Und hinterlassen dabei eine Spur aus Angst, die ... als würde man einen Bottich Menschenblut vor einem Rudel ausgehungerter Vampire auskippen.« Geradezu angewidert schüttelte er den Kopf, packte sie beim Arm und zog sie mit sich. »Kommen Sie! Wir müssen von hier verschwinden, bevor noch jemand Ihre Spur aufnimmt und uns hier aufstöbert.« Er ignorierte Ellas Aufkeuchen. »Sie tun genau, was ich sage. Kein Mucks. Und kriegen Sie in Gottes Namen Ihren Herzschlag in den Griff. Sie könnten genauso gut eine Trommel vor sich her tragen.« Die Hand noch immer unerbittlich um ihren Arm, marschierte er an den Häuserfronten entlang. Schnell. So dass sie immer

wieder ein paar Schritte rennen musste, um mit ihm mithalten zu können. Dicht an den Mauern. Vorbei an Häusern, die genauso aussahen wie das, in dem Mrs. Groner und ihre Familie wohnten. Und doch wieder anders. Finsterer. Trister. Die Fenster gähnend-schwarze Schlünde. In denen sich Schatten und Dunkelheit bewegten. Immer wieder blieb er unvermittelt stehen, die Hand warnend gehoben. Angespannt. Lauschend. Auf Geräusche, die nur er zu hören schien. Bis er sie dann mit einem knappen Nicken weiterzog. Weiter die Straße hinunter; über schmale Treppen zwischen den Häusern entlang. Nirgendwo gab es Licht. Trotzdem blitzte der rote Stein in seinem Ohrläppchen immer wieder auf. Fröstelnd zog Ella die Schultern hoch. Es war kalt. Sie keuchte erschrocken, als Havreux sie jäh in einen Hauseingang riss, »Still!« zischte, sie noch ein Stück weiter in die Dunkelheit drängte, ihr bedeutete, zu bleiben, wo sie war, zu dem klaffenden Viereck des Eingangs zurückging und gegen die Mauer gepresst hinausspähte. Sekundenlang. Wie zuvor schien er zu lauschen, doch dann löste er sich abrupt wieder von der Wand, kam zu ihr zurück, flüsterte ganz nah an ihrem Ohr: »Sie bleiben hier. Kein Laut. Da hat sich etwas auf unsere Spur gesetzt, das ich loswerden will, bevor wir weitergehen.« Sie ahnte die Bewegung nur, mit der er seine Jacke abstreifte. »Ziehen Sie das über. Es wird Ihren Geruch zumindest ein Stück weit überdecken.« Er legte sie ihr um die Schultern. »Und rühren Sie sich unter gar keinen Umständen vom Fleck, bis ich wieder da bin.« Sein Arm streifte ihren Handrücken. Seide. Er trug ein Hemd aus … Seide? Die Farbe war zu dunkel, als dass Ella sie erkennen konnte. Schwarz?
Offenbar hatte er weder ihre Berührung noch ihr Erstaunen bemerkt, denn er hatte bereits wieder kehrtgemacht und war auf dem Weg zurück zum Hauseingang. Einen

kurzen Moment sah sie seine Silhouette scharf vor der Dunkelheit jenseits ihres Verstecks. Auch die Hosen waren schwarz, leicht glänzend. Leder? Eng. *Sehr* eng. Ein Outfit, das so gar nicht zu einem erfolgreichen Geschäftsmann passte … Nein. Ihre Sinne mussten ihr einen Streich gespielt haben. Mit zusammengebissenen Zähnen schob sie die Hände durch die Ärmel. Ihr Arm pochte. Die Schiene blieb im Stoff hängen. Mühsam befreite Ella sie wieder und rückte die Jacke endgültig zurecht. Wobei ›Jacke‹ es eigentlich nicht traf. Vielmehr war es eine Mischung aus Trenchcoat und altmodischem Gehrock. Auf jeden Fall deutlich länger als eine gewöhnliche ›Jacke‹. Und aus so wunderbar weichem Leder, dass allein das Darüberstreichen sich wie eine Liebkosung anfühlte. Nach dem herbwürzigen Männerparfum zu schließen, dessen Duft darin hing, musste Havreux sie ziemlich häufig tragen. Sie zog sie enger um sich, versuchte den Rest von Havreux' Körperwärme zu nutzen, um mit dem Zittern aufhören zu können. Etwas drückte auf der rechten Seite hart gegen ihre Rippen. Vorsichtig tastete sie danach. Und zog die Hand hastig wieder zurück. Ein Messer. Oder ein Dolch. Mit einer Klinge so lang wie ihre Hand. Ein Stück darunter, in der Außentasche, war irgendetwas Kleines, das erstaunlich schwer war. Ein … Stein?
Sie schrak gegen die Wand des Hauseingangs, als ganz in der Nähe ein Heulen erklang. Auf das ein Schrei folgte. Und ein zweiter. Wieder ein Heulen. Näher. Sie presste sich fester gegen die Mauer. Der Laut endete abrupt. In der plötzlichen Stille schien ihr Herz noch viel lauter zu schlagen, als es das ohnehin schon getan hatte. Schritte. Ein Schatten schälte sich aus der Dunkelheit vor dem Hauseingang. Havreux. Er streckte ihr die Hand entgegen.
»Kommen Sie, Dr. Thorens. Das nächste Tor ist nicht weit.

Für den Moment sind wir das Mistvieh zwar los, aber wir sollten dennoch zusehen, dass wir von hier verschwinden.«

»Mistvieh?« Nur sehr zögernd löste Ella sich von der Wand und ging auf ihn zu.

»Mistvieh. – Ich beschreibe es Ihnen später, wenn Sie es dann immer noch genau wissen wollen, aber jetzt müssen wir erst mal wieder auf die andere Seite. Wir sind nach wie vor alles andere als allein hier.«

Ihren erschrockenen Blick quittierte er mit einem kurzen, spöttischen Kräuseln der Lippen. »Ich kann außer uns noch mindestens zwei weitere Hexer in mehr oder weniger unmittelbarer Nähe spüren. Und ich würde ihnen ungern begegnen.« Er nahm sie wieder am Arm und zog sie mit sich.

»Warum?«

»Ich ihnen ungern begegnen würde?« Er sprach noch ebenso leise wie zuvor. »Weil ich keinen gesteigerten Wert darauf lege, dass bekannt wird, dass es in L.A. eine junge Heilerin gibt, die möglicherweise hochbegabt ist, ihre Gabe aber noch absolut nicht unter Kontrolle hat. Zumindest im Moment noch nicht.« Auch wenn sie nicht mehr rennen musste, um bei seinen Schritten mitzuhalten, hatte er es trotzdem noch immer unübersehbar eilig. »Und ich wäre Ihnen sehr verbunden, wenn wir diese Unterhaltung verschieben könnten, bis wir wieder auf unserer Seite der Schatten sind. Einige Kreaturen hier haben ziemlich gute Ohren.«

Ella biss sich auf die Zunge und ließ sich weiterziehen. Vorbei an düsteren Hauswänden, die aus einer anderen Zeit zu stammen schienen. Havreux bewegte sich weiterhin angespannt und wachsam, blieb immer wieder stehen. Einmal schob er sie ohne Vorwarnung zwischen sich und eine Mauer und lauschte eine schiere Ewigkeit, ehe er ihr mit einem Nicken bedeutete weiterzugehen. Schneller als bisher. Drei oder vier Mal glaubte Ella, ganz in der Nähe Schritte zu hören. Jedes Mal legte Havreux einen Finger auf die Lippen, damit sie leise war. Einmal wechselte er hastig die Richtung.

Wieder eine Ecke. Havreux führte sie in einen so schmalen Durchgang, dass sie kaum nebeneinander gehen konnten, ohne mit den Schultern die Wände an beiden Seiten zu streifen. In einer Rinne auf dem Boden floss eine ölig schimmernde Brühe. Der Schatten war nur einer von vielen, die sich entlang der Hauswand drängten. Havreux' Griff wurde fester, als er sie mit einem Nicken durch ihn hindurchdirigierte. Jähe Kälte und das Gefühl von Eisnadeln auf der Haut ließen sie erschrocken aufkeuchen. Dann musste sie hastig einem Mädchen auf Inlinern ausweichen und stieß gegen Havreux, der sie in derselben Sekunde beiseite- und rückwärtszog. Ella stolperte gegen eine Hauswand. Der Stein war ... *warm!* Ein paar Meter entfernt brannte eine Straßenlaterne. Ein Stück weiter noch eine. Auf der gegenüberliegenden Straßenseite waren Schaufenster hell erleuchtet. Menschen drängten sich trotz der Uhrzeit auf den Bürgersteigen, und auf der Fahrbahn stoppten die Autos und fuhren weiter. Musik hämmerte aus dem Innern des ein oder anderen Wagens.

Sie drehte sich zu Havreux um. Wie war sie auf die Idee gekommen, er hätte ein Seidenhemd und enge Lederhosen an? Er trug noch immer dieselben Sachen wie in ihrem Wohnzimmer: abgewetzte Jeans und ein einfaches T-Shirt.

»Wir sind ...«

»... auf der anderen Seite, ja. Aber wir sollten uns trotzdem nicht länger in der Nähe des Tors aufhalten als unbedingt nötig.« Er ließ ihren Arm los, als würde ihm erst jetzt bewusst, dass er sie immer noch festhielt. »Wo steht Ihr Wagen?«

»An der 37. Ost, Ecke Woodlawn.«

Havreux sah sie fassungslos an, schluckte und atmete einmal tief ein und aus, bevor er seine Stimme endlich wiederfand. »An dieser katholischen Kirche? – Soll ich jetzt erleichtert sein, dass Sie zwar in South Central geparkt haben, aber zum Glück *nur* in einer der harmloseren Gegenden *dort?*«

Ella stieß ihrerseits die Luft aus. »Sagt der Mann, der ein paar Straßen weiter mehr oder weniger totgeschlagen wurde, nur weil er ›falsch abgebogen‹ ist. – Sie erinnern sich, Mr. Havreux?«

»Touché, Doktor.« Er verzog den Mund. »Das ändert aber nichts daran, dass Ihr Auto in einer der übelsten Gegenden L.A.s steht. – TAXI!« Bei seinem Ruf zuckte Ella zusammen.

»Und was wird das?«

»Wir holen Ihr Auto und anschließend fahre ich Sie nach Hause.« Wie zuvor nahm er sie am Arm und schob sie auf den gelben Wagen zu, der gerade am Straßenrand hielt.

»Sie müssen mich nicht nach Hause bringen, als wäre ich ein kleines Kind.«

»Ich weiß. Ich tue es aber trotzdem.« Havreux beugte sich vor und öffnete ihr die Fondtür. »Darf ich fragen, was Sie dort angestellt haben?« Er trat zur Seite, damit sie einsteigen konnte.

»Ich habe gar nichts ›angestellt‹. Ich habe eine Patientin besucht, die in South Central wohnt.«

»Allein?«

Ella rutschte über das abgeschabte Plastik der Rückbank auf die andere Seite. »Ja, allein. – Was Sie allerdings nicht das Geringste angeht.«

»Stimmt.« Havreux glitt neben sie und schlug die Tür zu. »Aber ein Mann, der mit Ihnen zusammen ist, muss starke Nerven haben. – 37. Ost, Ecke Woodlawn«, wies er den Fahrer an.

Der Mann drehte sich um und nickte zur Tür. »Vergesst es.«

Mit einem beredten Blick an Ellas Adresse zog Havreux ein Bündel Geldscheine aus der Hosentasche und schob einen davon durch den Schlitz in der Plexiglasscheibe, die den Fahrer von seinen Passagieren trennte. Wie viel es war, konnte sie nicht erkennen. »37. Ost, Ecke Woodlawn«, wiederholte er. Einen Augenblick starrte der Fahrer auf den Schein, brummte dann etwas, das wie »Okay« klang, und fuhr los.

Ella lehnte sich in ihre Ecke. »Sie regeln wohl alles mit Geld.« Ihre Missbilligung konnte ihm nicht entgehen. Ebenso wenig wie ihr sein kurzes Stirnrunzeln.

»Nicht alles. Aber so manches schon.« Ein Schulterzucken. »Und wenn es sich mit Geld regeln lässt … Warum nicht?«

Anstelle einer Antwort schüttelte sie nur den Kopf. Jetzt, da das Adrenalin sich wieder verabschiedete, fühlte sie sich, als hätte sie eine 36-Stunden-Schicht hinter sich. Der Wunsch, für einen Moment die Augen zu schließen, überrollte sie wie eine dunkle, schwere Woge. Nur für einen Moment. Sie gab ihm nach. Und erkannte den Fehler zu spät. Das Zittern setzte ein, kaum, dass sie die Augen tatsächlich geschlossen hatte. Plötzliche Müdigkeit konnte eines der ersten Anzeichen für einen Schock sein. Und jetzt das Zittern … Sie presste die Lider fester aufeinander, versuchte es niederzukämpfen und zog dabei gleichzeitig Havreux' Mantel enger um sich. Ohne dabei sagen zu können, warum. Weil ihr Blutdruck von einer Sekunde zur nächsten so weit unten war, dass sie erbärmlich fror? Weil sie einfach nur *irgendetwas* tun musste, um zu verhindern, dass … was? Sie einen hysterischen Anfall bekam? *Reiß dich zusammen, Thorens!*

»Es ist alles in Ordnung! Sie sind in Sicherheit, Ella.« Selbst durch das Leder des Mantels konnte sie Havreux' Berührung spüren; dass er beruhigend ihren Arm auf und ab strich.

»Dr. Thorens«, korrigierte sie, mehr aus Reflex.

»Natürlich. Ich bitte um Verzeihung. *Dr. Thorens.*« Er klang belustigt. Ganz dicht bei ihr. Seine Hand unterbrach ihre Bewegung keine Sekunde. Sie öffnete die Augen wieder. In seinem Mundwinkel hing der Hauch eines Lächelns. Die grünen und braunen Flecken in seiner Iris schienen heller. Havreux machte ihr Platz, als sie sich ein Stück aus ihrer Ecke herausschob und sich zumindest halbwegs gerade hinsetzte. Er zog die Hand zurück.

Ella räusperte sich. »Sie schulden mir noch eine Antwort.«

Seine Braue hob sich ein wenig. »Auf welche Frage?« Die Belustigung war noch immer in seiner Stimme.

»Das Mistvieh.«

Havreux' Blick zuckte zum Fahrer, während er gleichzeitig in einer Andeutung der Bewegung warnend den Kopf schüttelte. »Nicht hier, Dr. Thorens«, sagte er gedämpft. »Später. Wenn wir allein sind.«

Als sie ebenfalls nach vorne sah, begegnete sie den Augen des Taxifahrers im Rückspiegel. Wie lange beobachtete der Mann sie schon? Sie schaute wieder zu Havreux, nickte. »Okay. Später.«

Für eine Sekunde kehrte Havreux' Hand zu ihrem Arm zurück, dann rutschte er ein klein wenig weiter auf seine Seite der Rückbank. Erneut wanderte ihr Blick zum Fahrer, der schon wieder – oder noch immer? – in den Rückspiegel sah.

Allerdings wirkte er jetzt irgendwie enttäuscht. Was hatte er erwartet? – Nein, sie würde sich nicht darüber den Kopf zerbrechen, was bei anderen Gelegenheiten um diese Uhrzeit auf dieser Rückbank vor sich ging.
Ein leises Husten lenkte ihre Augen zu Havreux. Seinem Gesichtsausdruck nach zu schließen, wusste er ziemlich genau, was sie gedacht hatte. Draußen jagte ein Motorradfahrer an ihrem Taxi vorbei. Sie verdrehte die Augen. Diesmal schaffte er es nicht ganz, sein Gelächter hinter einem Hustenanfall zu verbergen.
Havreux musste einen weiteren Geldschein zücken, um den Taxifahrer davon zu überzeugen, sie direkt an der 37. Ost, Ecke Woodlawn abzusetzen und nicht ein halbes Dutzend Straßen davon entfernt. Nur mit Mühe schluckte Ella ihren Ärger hinunter, als der Mann dann auch noch so dreist war, darüber hinaus seinen normalen Fahrpreis von ihnen zu verlangen. Letztlich war es Havreux' beschwichtigendes Kopfschütteln, das sie davon abhielt, ihm Luft zu machen. Stattdessen schickte er sie mit einem knappen Nicken zu ihrem Wagen hinüber, während er bezahlte.
Ihr Impala hatte im Gegensatz zu einem deutlich älteren Pick-up ein paar Meter weiter, dessen Scheibe auf der Fahrerseite eingeschlagen war, nicht einen Kratzer. Dabei hatte der andere Wagen noch nicht hier gestanden, als sie ihren an dieser Stelle geparkt hatte. Was Havreux wohl dazu sagen würde, dass ihr Auto unter dem Schutz einer Gang stand? Vielleicht war es besser, wenn er es nicht erfuhr. Die Missbilligung, mit der er demonstrativ zu dem demolierten Pick-up sah, als er schließlich auf sie zukam, war nicht misszuverstehen. Wobei sie ihm zugutehalten musste, dass er sich jeden weiteren Kommentar zu ihrer Parkplatzwahl verbiss.

Als ihn nur noch ein paar Schritte von ihr trennten, streckte er auffordernd die Hand aus. »Autoschlüssel!«
Ella schnaubte. »Bekommen Sie eigentlich immer, was Sie wollen?« Sie zog den Schlüssel aus ihrer Tasche, ballte die Faust darum und hob das Kinn.
Sehr dicht vor ihr blieb er stehen. Ein kurzes, kleines Lächeln. »Nicht wirklich.« Wieder hielt er ihr die Hand hin. Nachdrücklicher diesmal. »Kommen Sie schon, Dr. Thorens, ich sehe doch, wie müde Sie sind. Was nach so einem Tag durchaus verständlich ist. Geben Sie mir den Schlüssel!« Seine Stimme war zu einem verführerischen Schnurren herabgesunken, das eine Gänsehaut über ihren Rücken rinnen ließ.
Mit einem scheinbar schicksalsergebenen Kopfschütteln ließ sie den Bund in seine Handfläche fallen. »Warum habe ich den Eindruck, dass Sie mir gerade schöne Augen machen, nur um diesen Schlüssel zu bekommen, Mr. Havreux? – Bitte schön.«
Er lachte leise, ging um den Wagen herum und öffnete die Beifahrertür. »Ihnen nur deshalb schöne Augen zu machen, wäre eine Beleidigung Ihrer Intelligenz, Dr. Thorens. Und so etwas würde mir im Traum nicht einfallen.« Mit einer einladenden Geste zum Beifahrersitz deutete er eine Verbeugung an.
Abermals stieß Ella ein Schnauben aus, folgte ihm um die Schnauze des Impala herum und stieg ein. Havreux schloss ihre Tür, wechselte auf die Fahrerseite zurück und ließ sich elegant auf den Sitz gleiten. Oder versuchte es. Offenbar hatte er vergessen, dass seine Beine deutlich länger waren als ihre. Er brauchte eine Sekunde, bis er den Hebel gefunden hatte, um den Sitz zurückschieben zu können. Den Blick, den er ihr dabei zuwarf, ignorierte Ella.
Gleich darauf sprang ihr Wagen mit seinem üblichen

Brummen an. Die CD in der Stereoanlage erwachte zum Leben. Die letzten Takte von Phil Collins' *Another Day in Paradise* drangen aus den Lautsprechern. Ella lehnte sich ein wenig tiefer in ihren Sitz. Er hatte recht: Sie *war* müde. Und trotzdem wollte sie Antworten.
Sie ließ den Kopf gegen die Kopfstütze sinken, drehte ihn Havreux zu. »Bekomme ich meine Antwort jetzt?«
Er musterte sie kurz, bevor er abbog. »Sie sind gar nicht hartnäckig, was?«
»Mistvieh«, gab sie ihm sein Stichwort.
Havreux lachte. »Okay, Sie haben gewonnen.« Er warf einen schnellen Blick über die Schulter und wechselte die Spur. »Das ›Mistvieh‹ wird auch Schattentrinker genannt. Nichts, aber auch gar nichts, was auch nur einen Funken der Gabe oder einen Hauch Leben in sich trägt, ist vor den Biestern sicher. Noch nicht einmal Geister.«
»Geister? Sie wollen mir erzählen, dass es Geister gibt? – Und dass sie … lebendig sind?«
»In gewisser Weise. Das ist zumindest die allgemeine ›Lehrmeinung‹. Letztlich muss es etwas geben, das ihr endgültiges Vergehen für eine gewisse Zeit verhindert. Selbst in den Schatten.« Wieder sah er zu ihr. »Die Biester jagen wirklich alles. Je ›lebendiger‹, umso schwieriger sind sie abzuschütteln. Und wo eines von den Mistviechern ist, ist das nächste nie besonders weit.« Havreux bog wieder ab. »Andererseits ist es ihnen aber auch herzlich egal, ob sie ihresgleichen fressen oder ein anderes … ›Wesen‹.«
Vor ihnen sprang die Ampel auf Gelb. Havreux gab Gas. Unwillkürlich packte Ella den Türgriff. Sie passierten die Haltelinie in dem Moment, als Gelb auf Rot wechselte. Auf der anderen Seite der Kreuzung ließ er ihren Impala wieder langsamer werden und schaute eindeutig belustigt zu ihr herüber. Ella verkniff sich jeden Kommentar. Mit

einem feinen Lächeln wandte Havreux seine Aufmerksamkeit wieder der Straße zu. »Was mir mehr Sorgen macht, sind die beiden Hexer, die außer uns dort waren. – Und vor allem das, was da möglicherweise noch herumgekrochen ist, *ohne* dass ich es bemerkt habe.«

»Warum?« Ella zwang sich, den Türgriff wieder loszulassen.

Ein schneller Blick aus dem Augenwinkel. »Man konnte Sie spüren, Dr. Thorens. Ziemlich gut. Ich hatte Ihnen gesagt, dass jemand wie Sie Begehrlichkeiten weckt. Sie erinnern sich? Ich habe zwar versucht, Ihre Gabe unter meiner verschwinden zu lassen, aber ich kann nicht sagen, wie erfolgreich ich damit war.«

»Ist denn absolut sicher, dass diese beiden mich … gespürt haben?«

»Da halte ich jede Wette.« Havreux blickte kurz in den Rückspiegel. »Aber mindestens ebenso große Sorgen macht mir die Frage, wer außer den beiden Sie noch gespürt hat.«

»Warum? Wegen dieser … Dämonen?«

»Genau. – Ich nehme an, Sie hätten ungern ein Kopfgeld auf sich ausgesetzt, Dr. Thorens. Vor allem, da es in den seltensten Fällen wirklich lang dauert, bis es eingefordert werden kann.«

Ella sah aus dem Fenster, beobachtete die Menschen, die noch auf der Straße waren, die Lichter, die Autos … Dämonen. Hexer. ›Schattentrinker‹. Und wusste der Himmel, was es sonst noch gab.

»Ella? Alles klar?« Havreux' Stimme ließ sie zusammenzucken.

Alles klar? Das war ein Scherz. Nein. Es war nicht *alles klar.* Sie drehte sich zu ihm um. »Sie reißen mein Leben in Stücke und fragen mich allen Ernstes, ob *alles klar* ist? – Nein! Nein, es ist nicht *alles klar!* Ich will mit alldem nichts zu tun haben. Aber ich weiß nicht, wie ich aus dieser Sache wieder herauskomme.« Sie schüttelte den Kopf, ohne genau sagen zu können, ob aus Ärger oder Verzweiflung. »Nein, es ist nicht *alles klar!* Ich will nicht das Objekt der Begierde von allem und jedem sein. Ich will mein altes Leben zurück. *Dann* ist *alles klar.*«

Seine Miene wurde schuldbewusst. »Es tut mir leid. Glauben Sie mir, wenn ich könnte, würde ich alles wieder rückgängig machen. Aber ich verspreche Ihnen, ich werde tun, was in meiner Macht steht, um Sie zu beschützen. Egal, was ...«

Mit einem harten Laut fiel sie ihm ins Wort. »Und wie wollen, Sie das machen? Bei mir einziehen?«

Er wirkte geschockt. »Nein. Ich meine ... es sei denn, Sie wollen, dass ...«

Ella schnaubte verächtlich. »Danke, verzichte. Ich bin bisher sehr gut allein klargekommen. Genau genommen, bis Sie in mein Leben getreten sind. Und außerdem ... – Ach, verdammt.« Sie rieb sich mit der Hand übers Gesicht. »Ich habe kein Recht, Sie so anzufahren, Mr. Havreux. Entschuldigen Sie. Normalerweise bin ich nicht so eine Zicke. Im Moment ist das alles einfach nur ...« ... zu viel. »Ach, verdammt.«

»Nein. Sie sind eine Frau, die auf eigenen Füßen steht und ihren Weg geht. Und das äußerst erfolgreich, wenn man sieht, was Sie alles schon erreicht haben.« Seine Stimme war sehr sanft. »Aber es ist keine Schande, Hilfe anzunehmen, wenn man nicht weiterkommt, weil man sich plötzlich auf vollkommen fremdem Terrain befindet.« Ein schneller Blick in den Rückspiegel. »Sehen Sie es mal so, Dr. Thorens: Ich für meinen Teil würde es mir nicht zutrauen, ein Skalpell in die Hand zu nehmen und jemandem ... zum Beispiel den Blinddarm zu entfernen. Sie würden dabei vermutlich keine Sekunde zögern.« Für einen Moment schien es, als wolle er die Hand nach ihr ausstrecken, doch stattdessen schloss er die Finger nur fester um das Lenkrad. »Entschuldigung akzeptiert.«

»Danke.« Sie wusste nicht, was sie sonst sagen sollte. Etwas in seinem Tonfall weckte in ihr den Wunsch, den Kopf gegen seine Schulter zu lehnen, die Augen zu schließen und ihn für sie mit dem Rest der Welt fertig werden zu lassen. Nur für kurze Zeit. Ausnahmsweise. Stattdessen sank sie wieder gegen die Lehne und sah nach vorne, auf die Straße. Zu dumm, dass bei einem Mann aus ›für kurze Zeit‹ und ›ausnahmsweise‹ in der Regel sehr schnell ›andauernd‹ und ›für immer‹ wurde. Nach Roland hatte sie sich geschworen, dass sich das nicht noch einmal wiederholen würde. Niemals wieder.

Havreux bog ein weiteres Mal ab, und Ella seufzte innerlich auf: Es war nicht mehr weit bis zu ihrem Haus! Sie war müde. Und sie wollte allein sein.

»Darf ich Sie noch etwas fragen, Dr. Thorens?« Abermals sah Havreux kurz zu ihr.

Ella nickte. »Bitte.«

»Wie sind Sie eigentlich in die Schatten hinübergekommen?«

Das Unbehagen war plötzlich da. Sie zögerte.

Havreux hob eine Braue. »Dr. Thorens?«

»Ich weiß es nicht«, gestand sie nach einem weiteren Moment endlich.

Sein Kopf flog zu ihr herum. Er starrte sie an. Und blickte dann mit einem Ruck zurück auf die Straße. Trotzdem wurde Ella das Gefühl nicht los, dass er kurz davor stand, einen hysterischen Anfall zu bekommen.

»Sie ... wissen es nicht?« Er klang, als würde er an den Worten ersticken. Er drückte die Arme durch, stemmte sich gegen das Lenkrad ... und schüttelte den Kopf. Der

Ausdruck, mit dem er dann erneut zu ihr hersah, war absolut ungläubig. »Stolpert die Frau einfach so durch ein Tor, ohne zu wissen, wie sie es macht. Geschweige denn, was sie da gerade tut, vermutlich.«
Ella schaute ihn ihrerseits an. »Bedeutet das, ich kann mir darauf etwas einbilden?« Sie versuchte, spöttisch zu klingen, obwohl das Unbehagen mit jedem seiner Worte zu einem eiskalten Knoten in ihrem Magen geworden war.
»Ob Sie sich darauf etwas einbilden können, Dr. Thorens? – Sagen wir es so: Normalerweise spazieren Leute, die ihre Gabe gerade erst entdeckt haben, nicht mal eben so zufällig durch ein Tor in die Schatten hinüber. Zumindest nicht, ohne dass ihnen jemand wenigstens ansatzweise erklärt hat, was sie da tun.« Er stieß einen Laut aus, irgendwo zwischen Lachen und Stöhnen. »Ja, verdammt, Sie können sich darauf etwas einbilden.«
Jetzt war ihr schlecht. Umso dankbarer war sie, dass Havreux endlich in ihre Einfahrt einbog und den Impala vor der Garage parkte. In dem Schweigen, das auf seinen Ausbruch folgte, war nur das Ticken des Motors zu hören. Minutenlang.
Es war Havreux, der schließlich mit einer ruckartigen Bewegung den Schlüssel abzog und ausstieg. Ella rührte sich nicht, beobachtete nur, wie er um die Schnauze des Wagens herumging und ihr die Tür öffnete. Als er ihr die Hand entgegenstreckte, um ihr beim Aussteigen behilflich zu sein, zuckte er plötzlich wie unter einem Stromschlag zusammen. Von einer Sekunde zur nächsten wirkte seine ganze Haltung verkrampft. Über den Türholmen hinweg begegneten sich ihre Blicke. Wie in Zeitlupe ließ er die Hand wieder sinken. Aber sie hätte es ohnehin nicht gewagt, ihn Haut auf Haut zu berühren. Nicht nach dem, was einige Stunden zuvor passiert war. Auch wenn er ge-

sagt hatte, dass er wusste, wie er verhinderte, dass etwas von ihm auf sie übersprang.
»Alles in Ordnung?« Sie musterte ihn besorgt. Seine Augen schienen dunkler als noch gerade eben.
Mit einem kaum hörbaren Zischen stieß er die Luft durch die Zähne aus und nickte. »Alles in Ordnung.« Er klang noch immer angespannt. Trotzdem sanken seine Schultern wieder ein Stück weit herab.
Sie trat zurück, damit er die Tür schließen konnte. »Danke fürs Nachhausefahren.«
»Jederzeit gerne.« Er ließ den Autoschlüssel in ihre Hand fallen.
Abermals hing Schweigen zwischen ihnen. Seltsam unsicher dieses Mal. Havreux schien ihren Blick zu suchen – und zugleich zu ... meiden. Dann biss er unvermittelt erneut die Zähne zusammen. Schlagartig änderte sich der Ausdruck in seinen Augen, wurde hart, eisig.
»Ich denke, ich gehe dann besser.« Die Worte klangen wieder ebenso angespannt wie zuvor.
Hastig nickte Ella. »Wie kommen Sie eigentlich nach Hause?« Sie drückte sich an die Seite des Impala, um ihn zwischen sich und der Hecke hindurchzulassen.
»Keine Sorge. Ein paar Schritte zu Fuß haben noch niemandem geschadet.« Sein Lächeln wirkte beinah ... gequält. »Und im Zweifel rufe ich mir ein Taxi. Ein Hoch auf die Erfindung des Handy.« Direkt vor ihr blieb er noch einmal stehen. Sehr dicht. Sah ihr in die Augen. Er hob eine Hand, als wollte er über ihre Wange streicheln ... und strich ihr dann doch nur eine Strähne hinters Ohr. Nur mit den Fingerspitzen. »Gute Nacht, Dr. Thorens.« Jetzt klang seine Stimme verwirrend zärtlich.
»Gute ... Nacht, Mr. Havreux.« Warum zum Teufel waren ihre Knie plötzlich weich?

Er trat zurück, schob die Hände in die Hosentaschen, wandte sich die Einfahrt hinunter, der Straße zu. Als er den Bürgersteig fast erreicht hatte, fiel ihr etwas ein. »Mr. Havreux!« Bei Ellas Ruf drehte er sich wieder um, hob auf diese für ihn so typische Art eine Braue. »Ihr Mantel!«
»Natürlich!« Das Kopfschütteln, mit dem er zurückkam, galt offenbar ihm selbst. Eilig schlüpfte sie aus den Ärmeln und ging ihm die wenigen Meter entgegen. »Danke.« Er nahm ihr den Mantel ab, zog ihn über. Wie beiläufig glitt seine Hand in die Tasche, kam direkt wieder zum Vorschein. »Gute Nacht.«
»Warten Sie!« Hastig hielt Ella ihn am Arm fest, bevor er sich endgültig abwenden konnte. »Ich … habe es mir überlegt.«
Fragend sah er sie an.
»Ich will nichts mit dieser anderen Welt zu tun haben.« Schlagartig zerschnitt eine steile Falte seine Stirn. Mit einem Mal wirkte er bedrohlich. Ella ignorierte den Knoten, der jäh in ihrer Kehle hing, sprach schnell weiter. »Aber ich möchte, dass Sie mir beibringen, diese … Gabe zu kontrollieren. Zumindest so weit, dass ich wieder als Ärztin arbeiten kann.« Verblüffung huschte über seine Züge. Sie holte tief Luft. »Ich will … die Basics. Der Rest … davon will ich nichts wissen.«
»Die Basics«, wiederholte er. Er klang, als würde er innerlich den Kopf schütteln. Nur um dann die Schultern zu zucken. »Okay. Gut. Wie Sie wollen, Dr. Thorens. Nur die Basics. – Wann fangen wir an?«
Ella machte einen Schritt zurück und hob die Hand zu ihrer Kehle, plötzlich unsicher. »Ich … weiß nicht.«
»Lassen Sie mich anders fragen: Wie lange sind Sie krankgeschrieben?«
»Noch zwei Wochen.«

»Das ist nicht viel Zeit.« Nachdenklich neigte er den Kopf. »Dann würde ich vorschlagen, dass wir so bald als möglich anfangen. – Passt es Ihnen morgen? Am Nachmittag?«

Zögernd nickte sie.

»Dann sehen wir uns morgen. Den Rest besprechen wir dann.« Havreux' Lächeln machte ihren Mund trocken. »Gute Nacht, Dr. Thorens.« Wie zuvor schob er die Hände in die Hosentaschen, drehte sich um und ging ihre Auffahrt hinunter. Ella ließ sich gegen das Heck des Impala sinken und sah ihm nach. Sie würde Unterricht in Hexerei bekommen. Hilfloses Gelächter blubberte ihre Kehle empor. Ihr Vater würde sie in die geschlossene Psychiatrie einweisen lassen, wenn er davon erfuhr. Nicht, dass sie vorhatte, es ihm zu sagen. Oder ihn sonst daran zu erinnern, dass sie existierte.

14

»Wie oft habe ich dich rufen müssen, Kristen?« Lyreshas Krallen strichen seinen Nacken auf und ab. Ihre andere Hand lag auf seiner Brust. Anscheinend vollkommen entspannt lehnte sie an seinem Rücken. – Ungefähr so entspannt wie eine Kobra, kurz bevor sie zubiss.
Behutsam legte Kristen das Bündel aus Seide vor sich auf den Elfenbeinschreibtisch. »Nach dem fünften Mal habe ich aufgehört zu zählen.« Tatsächlich hatte er bis zuletzt mitgezählt. Aber das musste sie nicht wissen. Zum Schluss hatte es sich angefühlt, als hätte der Bannfluch sich bis auf seine Knochen durch das Fleisch gefressen.
»*Ich* habe nicht aufgehört zu zählen, wie oft *du* heute Nacht den Bannfluch geweckt hast.« Ihr Atem streifte sein Ohr. »Haben wir beschlossen, wieder einmal besonders aufsässig zu sein?« Gemächlich spreizte sie die Finger auf seiner Brust. »Habe ich dich am Ende zu lange nicht mehr daran erinnert, wer über dich und deine Macht bestimmt? Ist es wieder an der Zeit?«
»Dann wäre ich dir aber nicht mehr wirklich von Nutzen in nächster Zeit.« Er schlug die Seide nachlässig auseinander. »Und ich dachte, du wolltest auch noch die anderen Stücke hiervon.« Das letzte Eck Seide. Ein mattschwarzer Stein kam zum Vorschein. Kristen wandte sich in ihren Armen halb zu ihr um, lächelte spöttisch-träge. »Aber ich finde sicherlich auch wieder einen Käufer für den hier.«
Sie zischte, gab ihn unvermittelt frei – nein, stieß ihn regelrecht beiseite – und streckte die Hände nach dem Stein aus.

Ohne ihn zu berühren. Nicht, dass sie das ohne die Seide überhaupt könnte. »Kannst du seine Macht spüren?« Es kam selten vor, dass sie atemlos klang. Verzückt streichelte sie über die glanzlose Oberfläche. Ihre Fingerspitzen kaum Millimeter darüber.

Kristen trat weiter zurück. Beobachtete, wie die Schwärze sich kräuselte, zu schwappen, ihrer Bewegung zu folgen schien. Natürlich konnte er die Macht des Steins spüren. Wahrscheinlich hätte das Drecksding sogar ihn verbrannt, wenn er es gewagt hätte, es mit der bloßen Hand anzufassen. Als Antwort zuckte er nur mit den Schultern. »Da du hast, was du wolltest, brauchst du mich wohl im Moment nicht mehr. Dann kann ich ja jetzt gehen.«

Er war keine drei Schritte weit gekommen, als sie »Du bleibst!« schnappte. Nur um ihn dann einfach da stehen zu lassen, während sie sich weiter mit dem Stein befasste. Kristen sah zur Tür, betrachtete die Maserung. Nicht, dass er nicht schon jede Schattierung, jeden einzelnen Kratzer blind darauf gefunden hätte. Wartete. Zumindest nach außen reglos, gleichgültig. Innerlich fragte er sich, was sie noch von ihm wollte. Sex? – Jetzt noch? Es war kurz vor Morgengrauen in der normalen Welt. Die Zeit, in der Lyresha erfahrungsgemäß schläfrig wurde. Und bösartig. Ein kurzes ›Vergnügen‹ an der Wand oder auf dem Schreibtisch reichte ihr da gewöhnlich nicht. Andererseits wusste sie, dass ›Christian Havreux‹ möglichst regelmäßig hinter den Schreibtisch von Havreux Enterprises zurückkehren musste, wenn er ihr unter den Menschen nützlich sein sollte. Mal ganz abgesehen davon, dass auch in den Schatten ihr Luxus finanziert werden wollte. Oder gab es etwas, für das sie ihn zur ›Rechenschaft‹ ziehen wollte? Und sei es nur, dass sie sich einen Fingernagel abgebrochen hatte. Steckte Marish dahinter? Nach dem, was er gehört hatte, hatte das Miststück Gift und Galle gespuckt, weil eine ihrer ›Schwestern‹ sie letztlich von seinen Fesseln hatte befreien müssen. Gut möglich, dass sie Lyresha damit lange genug auf die Nerven gegangen war, dass *sie* ihm jetzt die Quittung präsentierte. Er schob die Gedanken beiseite. Müßig, sich darüber den Kopf zu zerbrechen. Es kam, wie es kam. Und er war heute zu müde, um sich auf die Schnelle etwas einfallen zu lassen, um ihre ›Ambitionen‹ in für ihn angenehmere Bahnen zu lenken. – Der Kratzer direkt neben dem Türgriff war neu. – Wie man es drehte: Sie hatte ihn in der letzten Zeit in verdammt viele Betten befohlen. Nur nicht in ihr eigenes. Theoretisch war er mehr als ›überfällig‹.

»Ist dir heute Nacht etwas Besonderes aufgefallen, Kristen?«

Kristen löste den Blick von der Tür und wandte sich Lyresha zu. Wie er diese Spielchen hasste. »Was meinst du?«

Nachlässig breitete sie eine Ecke des Seidentuchs über den Stein. Sofort war seine Macht weniger scharf zu spüren. »Sag du es mir.« Rücklings lehnte sie sich gegen ihren Schreibtisch, griff nach ihrem ›Wein‹glas und sah ihn über dessen Rand hinweg an, während sie einen Schluck daraus trank.

Kristen hob die Schultern. »Ich war damit«, er nickte zu dem Stein hin, »etwas abgelenkt. Hilf mir auf die Sprünge.« Lyresha ließ den Bannfluch die Krallen so unvermittelt in ihn schlagen, dass er zusammenzuckte. Ein kurzer Schmerz, nicht mehr als eine Warnung. Aber nachdem sie ihn in den letzten beiden Stunden immer wieder und mit wachsendem Nachdruck geweckt hatte, stand die Haut darunter ohnehin schon in Flammen, so dass selbst das genügte, um ihn die Zähne zusammenbeißen und zischend die Luft einziehen zu lassen. Noch immer hing ihr Blick über dem Rand des Glases an ihm. Sie lächelte.

»Ich weiß nicht, was du meinst.« Auch wenn er einen Verdacht hatte. Die Worte kamen gepresster, als er es beabsichtigt hatte.
»Gleich drei meiner Informanten haben mir von einer Macht in den Schatten erzählt, die heute zum ersten Mal zu spüren gewesen sein soll. Anscheinend eine Hexe. Jung. Offenbar ziemlich mächtig.« Sie wirbelte den ›Wein‹ in ihrem Glas. »Aaron hat sie auch gespürt. – Und ich auch.« Verdammt! Also war ausgerechnet Aaron einer der beiden Hexer gewesen, die *er* gespürt hatte. »Aber dann war sie plötzlich verschwunden.« Lyresha nahm einen Schluck, betrachtete die tiefrote Flüssigkeit erneut eine Sekunde, bevor sie ihn wieder ansah. »Und du hast nichts bemerkt?«
»Da war etwas, ja. Kurz. Aber wie gesagt: Ich hatte den Stein bei mir.« Wie zuvor hob er die Schultern. »Und mir war nicht bewusst, dass das für dich von Bedeutung wäre.«
»Nicht von Bedeutung?« Sie lachte, leerte das Glas. Und hielt es ihm in einer wortlosen Aufforderung hin. »Das kleine Hexchen ist eine Puppenspielerin.« Also doch! Wortlos ging Kristen zur gegenüberliegenden Ecke ihres Schreibtisches, nahm die Karaffe auf und trat dicht neben sie.
»Und weiter?« Er füllte ihr Glas nach, bis sie ihm bedeutete, dass es genug war, und stellte den Rest auf die Elfenbeinplatte zurück.
»Ich will sie.« Scheiße! Lyresha löste sich von ihrem Schreibtisch, so dass sie direkt vor ihm stand, setzte ihm das Glas an die Lippen, neigte es. Der ›Wein‹ füllte seinen Mund. Er schluckte, schmeckte Blut. »Du wirst sie für mich finden.« Sie neigte das Glas weiter. Der nächste Schluck. Ein paar Tropfen zu viel. Er spürte sie im Mundwinkel, darunter. »Und wenn du sie gefunden hast, bringst du sie zu mir.«

Schei-ße! Kristen bog den Kopf zurück. »Und dann? Breche ich sie für dich ein? Wie die anderen?«
Mit dem Daumen strich sie über seine Lippen, hob ihn an ihren Mund und leckte die Reste des Weins davon ab. »Wir werden sehen. Vielleicht überlasse ich das diesmal auch Aaron.« Das wäre nicht gut. Sie hob das Glas an ihre eigenen Lippen, trank, schob ihm die freie Hand in den Nacken, zog ihn zu sich heran und küsste ihn.
Gemächlich.
Lange.
Die Zunge in seinem Mund.
Tief.
Er schmeckte ihr Gift durch den Wein. Na wunderbar.
Sie ließ sich Zeit, bis sie von ihm abließ, um ihren Schreibtisch herumging und in den Sessel dahinter glitt. »Mir wurde gesagt, du hast den Kleinen zu dir hinaufgeholt.« Abermals ließ sie den Wein im Glas kreisen.
»Den Kleinen?« Kristen schob die Hände in die Hosentaschen.
»Den Wandlerwelpen.«
»Ja.«
»Meine Mädchen haben sich beklagt.« Sie stemmte den Ellbogen auf die Armlehne. Der Wein kreiste weiter.
Spöttisch verzog er den Mund. »Was willst du mit ihm?«
»Das weißt du doch, Kristen.«
Er trat näher an den Schreibtisch heran. »Bedeutet das, du hast demnächst keine Verwendung mehr für mich?«
»Eifersüchtig?«
Kristens Antwort war ein hartes Auflachen.
»Der Kleine ist als Geschenk für Ijele gedacht.«
»Ein Geschenk?«
»Ein Geschenk.« Sie betrachtete einen Moment die Bewegung des Weins in ihrem Glas, sah ihn wieder an. »Du

wirst ihn ausbilden und zu einem perfekten Spielzeug machen. Beim nächsten Bankett wird sie ihn ausprobieren. Bis dahin ist der Kleine ein ebenso geschickter Liebhaber wie du. Ich will, dass sie mich um ihn anbettelt.« Lächelnd nippte sie an ihrem Glas. »Und bevor ich ihn dann endgültig zu ihr schicke, infizieren wir ihn mit einer netten kleinen Krankheit.«
»Wir?«
»Eine, die bei Wandlern nur langsam voranschreitet.« Sie legte ein Bein über die Seitenlehne. Ihr Gewand klaffte auseinander. Zumindest war es ausnahmsweise nur seitlich geschlitzt. »Sie wird ihn ebenso in die Betten ihrer Lieblinge schicken, wie ich es mit dir mache.« Mit einem spöttischen Lächeln prostete sie ihm zu. »Und ihr ganzer Hof wird einer nach dem anderen an dieser Krankheit eingehen. Langsam und qualvoll.«
»Sie werden dich verdächtigen.«
In geheucheltem Entsetzen riss sie die Augen auf. »Was kann ich dafür, wenn der Wandlerbengel irgendwelche Krankheiten mit sich herumschleppt.« Lachend lehnte sie sich bequemer in ihrem Sessel zurück. »Natürlich werden sie das. – Es wird eine Warnung für jeden sein, der es wagt, sich meinen Wünschen zu widersetzen.«
»Und der Kleine?« In seinem Magen saß ein warnendes Brennen.
Abfällig schnalzte sie mit der Zunge. »Du langweilst mich.« Abermals hob sie den Wein an die Lippen, senkte ihn wieder. »Verschwinde, Kristen.« Mit dem Glas wies sie zu den Türen. »Du weißt, was du zu tun hast: Bring mir die Puppenspielerin und mach aus dem Kleinen eine Hure.«
Für eine Sekunde sahen sie einander über den Schreibtisch hinweg an, dann verzog Kristen träge die Lippen. »Wie meine Herrin befiehlt!«

15

Sie hätte Havreux fragen sollen, ob sie für ihre erste Stunde in Hexerei irgendetwas vorbereiten musste. Mit einem Knoten im Magen starrte Ella auf das Nudelregal vor sich, machte mehr aus Reflex denn bewusst einer älteren Dame Platz, die zwei Packungen Spaghetti herausnahm und in ihren Einkaufswagen packte, während sie zugleich etwas von »Tomatensoße« murmelte und dann weiterschlurfte. Kerzen hatte sie zu Hause. Einfache weiße und apfelgrüne Tafelkerzen. Oder mussten es irgendwelche speziellen sein?

Worauf hatte sie sich nur eingelassen?

Nicht, dass das wirklich das Ausmaß ihrer Nervosität erklärt hätte. Oder? – Katzenfutter! Sie musste Katzenfutter für Sushi mitnehmen. Die Trockenfutterschachtel war so gut wie leer und der Dosenbestand bis auf zwei aufgebraucht. – Wenn er etwas Besonderes benötigte, um ihr beizubringen, wie sie ihre ›Gabe‹ kontrollieren konnte, hätte er das garantiert gesagt. Entschieden marschierte sie in den Tiernahrungsgang, suchte Sushis Katzenfutter und begann, Dosen in den Wagen zu räumen: Lachs mit Gemüse in Soße, Thunfisch in Gelee, Hühnchen mit Möhren in Soße, Leber in Tomatengelee. Andere Sorten verschmähte Sushi gnadenlos. Sie warf einen schnellen Blick auf die Uhr. Havreux hatte keine genaue Zeit genannt. Vielleicht sollte sie zusehen, dass sie allmählich nach Hause kam. Auf dem Weg zur Kasse würde sie noch Marshmallows und Schokolade mitnehmen und den Zucker-

schock unter ›Nervennahrung‹ und ›Kollateralschaden‹ verbuchen.
Das heute Nachmittag war kein Date! Also würde sie auch keinen weiteren Gedanken an Wein oder etwas Passendes zu essen verschwenden. Sie hatte Orangensaft, Wasser, Limonade und Bier zu Hause. Ihr Kühlschrank enthielt alles, was man für das ein oder andere Sandwich brauchte. Das musste reichen. Punkt!
Das Trockenfutter stand im obersten Regal. Von Sushis Lieblingssorte gab es nur noch eine Schachtel. Ganz hinten, außerhalb ihrer Reichweite. Welche Intelligenzbestie hatte die Packung auch so geschickt platziert, ohne die Möglichkeit, sie mit irgendetwas weiter nach vorne ziehen zu können? Ella zischte einen Fluch.
»Darf ich?«
Mit einem hohen Keuchen fuhr sie herum und sprang zurück.
Abwehrend hob Havreux die Hände und lächelte zugleich entschuldigend. »Ich wollte Sie nicht erschrecken. Tut mir leid.« Geradezu beiläufig griff er nach oben und nahm die Schachtel herunter. »Die hier, oder?«
Noch immer leicht atemlos nickte Ella. »Ja, danke.« Was zehn, vielleicht auch zwanzig Zentimeter mehr oder weniger ausmachen konnten. »Was tun Sie hier?«
Er beugte sich vor und stellte das Trockenfutter in ihren Wagen. »Eigentlich wollte ich noch eine Flasche Wein besorgen, aber dann fiel mir ein, dass Sie ja gar keinen trinken.« Ein nonchalantes Schulterzucken. »Ich war schon wieder auf dem Weg zum Ausgang, als ich Sie einen Gang weiter gesehen habe …« Abermals hob er die Schultern. »Führen Sie beim Einkaufen häufiger Selbstgespräche?«
Ella spürte, wie ihre Wangen schlagartig heiß wurden. Was hatte sie gesagt? »Eigentlich nicht.«

Sein Mundwinkel zuckte, als versuche er sich ein Lächeln zu verbeißen. »Schade. Ich finde Frauen, die Selbstgespräche führen, äußerst … charmant.«
Ella schnaubte. »Sie machen sich über mich lustig.«
Das Zucken verstärkte sich. »Niemals, Dr. Thorens.«
Mit einem bedauernden Blick ins Innere ihres Einkaufswagens verwarf sie ihre Pläne bezüglich Marshmallows und Schokolade. »Brauchen wir etwas Besonderes für … später?«, erkundigte sie sich dann.
»Nein.« Er schüttelte den Kopf. »Wollen wir? – Es sei denn, Sie müssen noch etwas einkaufen …«
»Nein. Alles da.« Entschlossen schob sie ihren Wagen vorwärts. Wie beim letzten Mal folgte er ihr wie ein Schatten durch die Gänge zur Kasse. Und wie beim letzten Mal zogen sie alle Blicke auf sich. Sie unterdrückte ein Seufzen. Der Fluch der kleinen Malls. Sie konnte sich das Gerede jetzt schon vorstellen.
Havreux trug ihr die Einkäufe zu ihrem Impala, verstaute sie im Kofferraum und verabschiedete sich mit einem Nicken und einem einfachen »Bis gleich«, um zu seinem eigenen Auto zu gehen, das zwei Reihen weiter stand.
Verrückterweise war sie für die kurze Gnadenfrist dankbar, die die Fahrt von der Mall zu ihrem Haus bedeutete. Auch wenn er mit seinem Wagen direkt hinter ihr war.

Der Knoten in ihrem Magen meldete sich mit Verstärkung zurück, als sie in ihre Einfahrt einbog und den Impala vor der Garage abstellte. Und Havreux es ihr nachtat. Im Rückspiegel sah es so aus, als stünde sein Mercedes Stoßstange an Stoßstange mit ihrem Wagen.
Sie stiegen nahezu gleichzeitig aus, aber als sie zu ihrem Kofferraum gehen wollte, winkte Havreux ab.
»Lassen Sie nur, das mache ich.« Offenbar hatte er doch

gerade genug Platz zwischen den Stoßstangen gelassen, dass er dazwischen noch hindurchkonnte. »Ich hoffe, das ist okay?« Er nickte zu seinem Mercedes. »Oder provoziere ich damit Gerede in Ihrer Nachbarschaft? Dann kann ich ihn auch raus auf die Straße stellen.«

Ella verkniff sich ein Kopfschütteln. In der Mall kümmerte es ihn nicht, aber hier machte er sich Sorgen, sie zum Ziel von Klatsch und Tratsch zu machen. Typisch Mann.

»Nein. Schon in Ordnung. Mr. Murphy direkt gegenüber ist so kurzsichtig, dass er wahrscheinlich gar nicht sagen könnte, ob ein oder zwei Autos in meiner Auffahrt stehen, und die Roysons daneben sind so selten zu Hause, dass sie vermutlich nicht einmal wissen, wie viele Wagen hier überhaupt gewöhnlich parken. Und das Haus der alten Mrs. Lindberg steht seit ihrem Tod vor ein paar Monaten leer ... Also keine Angst.« Sie ging vor ihm her zur Haustür. Allerdings war sie sich nicht sicher, welcher Ruf ihr im Zweifel lieber gewesen wäre: mit ihrem Job verheiratet zu sein oder der eines leichten Mädchens, das jede Nacht einen anderen Mann mit nach Hause brachte. ›*Sie können doch nicht nur für Ihren Beruf leben, Mädchen. Sie sind jung und so ein hübsches Ding. Sie sollten einen Mann haben, der Sie auf Händen trägt. Und Kinder*‹, hatte Mrs. Lindberg immer wieder gesagt, seit sie hierhergezogen war. Tja. Dumm nur, dass das mit dem ›auf Händen tragen‹ immer in dem Moment endete, in dem sie sich weigerte, ihren Beruf aufzugeben und zum netten kleinen Vorzeigeobjekt am Arm eines Mannes zu mutieren. – Offenbar war es für die männliche Hälfte der Weltbevölkerung unbegreiflich, dass ihre Arbeit als Ärztin ihr *Leben* war.

Im Wohnzimmer erwartete sie ihr Empfangskomitee: graugetigert, die Vorderpfoten mit den weißen Spitzen sittsam

nebeneinander und mit einem Ausdruck in den riesigen grünen Augen, der zwei Dinge sagte: *›Meine Schüssel ist leer.‹* Und: *›Wenn du sie nicht sofort mit etwas Leckerem füllst, werde ich gleich verhungert sein.‹*
»Hallo, Sushi. – Sie haben keine Katzenhaarallergie, oder, Mr. Havreux?«, fragte Ella über die Schulter, während sie auf Sushi zuging, um sie zur Begrüßung zu streicheln. Sushi drückte ihren Kopf fest in ihre Hand.
»Nein, keine Katzenhaaraller- …«
Sushi knurrte, machte einen Buckel, plötzlich vor gesträubtem Fell doppelt so dick wie gewöhnlich. Ihr Schwanz schlug hin und her.
Havreux stockte noch im Türrahmen. Die beiden starrten einander an, Ella ihre Katze, Sushis Grollen der einzige Laut im Raum. Sekundenlang. Bis sie mit einem Fauchen aufsprang und aus dem Zimmer schoss.
»Sushi!« Mehr als verblüfft sah Ella ihrer Katze nach. »Was …? – So etwas hat sie noch nie gemacht. Ich …« Sie drehte sich zu Havreux um, der Sushi ebenfalls nachblickte. Mit absolut ausdrucksloser Miene. »Es tut mir leid. Normalerweise ist sie eine unglaublich Liebe … bei jedem …«
Mit einem kleinen Kopfschütteln hob Havreux die Schultern. »Schon in Ordnung. Vielleicht sind wir uns ja schon einmal in einem ihrer anderen Leben unter nicht ganz so guten Vorzeichen begegnet und sie mag mich deshalb nicht. – Das hier soll in die Küche, nicht wahr?«
»Ja, bitte.« Ella ließ ihn vorbei, noch immer vollkommen perplex von dem Verhalten ihrer Katze.
»Habe ich das richtig verstanden? *Sushi?*« Er stellte die Tüte auf den Küchentisch und machte ihr Platz, damit sie ausräumen konnte. »Ein ziemlich ungewöhnlicher Name für eine Katze, oder?«

»Sie haben das Aquarium im Wohnzimmer gesehen, nicht wahr?«
»Natürlich. Die Korallen sind außergewöhnlich schön.« Gegen den Türrahmen gelehnt, die Arme vor der Brust verschränkt, beobachtete er, wie sie die Dosen im Schrank verstaute.
»Tja. Früher schwammen auch mal außergewöhnlich schöne Fische zwischen den Korallen. Dann stand eines Tages eine hübsche, graugetigerte Katze vor meiner Tür und beschloss, dass sie von jetzt an bei mir wohnen würde.«
»*Sie* beschloss?«
»Ja, *sie*. – Sie schien niemandem zu gehören und hatte auch kein Halsband mit einer Namensplakette um, also hatte ich keine Ahnung, wie sie hieß. – Zuerst kam sie nur gelegentlich vorbei. Kurze Stippvisiten sozusagen. Aber irgendwann ist sie dann endgültig eingezogen. Und ich habe es nicht übers Herz gebracht, sie im Tierheim abzugeben.« Dass Sushi nach der Sache mit Parker damals genau zu der Zeit vor der Tür gestanden hatte, als sie jemanden zum Im-Arm-Halten gebraucht hatte, musste er nicht wissen. »Sie war sehr angetan von meinen Fischen.« Sie sah, wie seine Lippen sich kräuselten. »Muss ich noch mehr sagen?«
»Nicht wirklich.« Das Kräuseln verstärkte sich. »Wie lange hat sie gebraucht?«
»Zwei Tage. Trotz Abdeckung. – Sie war so nett, mir vom Letzten noch ein Stück anzubieten. Von da an war sie ›Sushi‹.«
Das Kräuseln war jetzt ein unübersehbares Grinsen. »Und Sie haben sich seitdem auf Korallen beschränkt.«
»Auch schön anzusehen.« Ella schloss die Schranktür und entsorgte die Tüte. »Und machen obendrein noch weniger Arbeit als Fische.«

Alles war an seinen Platz geräumt. Damit war ihre Gnadenfrist also vorbei. Sie holte einmal tief Luft, in dem Versuch, den Knoten in ihrem Magen zumindest ein klein wenig schrumpfen zu lassen – erfolglos natürlich –, und wandte sich ihm zu. Er lehnte noch immer am Türrahmen.

Zuletzt hatte sie sich so gefühlt, als sie zum ersten Mal in Afrika allein an einem OP-Tisch gestanden hatte. Nervös. Unsicher. Angespannt. Damals hatte das Leben eines jungen Mannes mit einem Blinddarmdurchbruch auf dem Spiel gestanden. Es war mitten in der Nacht gewesen. Niemand hatte ihr sagen können, ob sie die ganze Zeit elektrisches Licht haben würde oder dass die Geräte die ganze Zeit funktionierten.

»Sollen wir dann?« Havreux löste sich von der Tür.

Sie rieb mit der Handfläche über ihre Hüfte, nickte. »Wollen Sie ein Bier?« *Wie lange willst du das Unvermeidliche eigentlich noch hinauszögern? Reiß dich zusammen, Thorens.*

»Im Moment nicht, danke.« Ein kurzes, schnelles Lächeln. »Wo fühlen Sie sich am wohlsten? Hier oder im Wohnzimmer?«

Verwirrt runzelte sie die Stirn. »Im Wohnzimmer. Warum?«

»Weil ich will, dass Sie sich entspannen. Und das fällt Ihnen erst einmal dort am leichtesten, wo Sie sich wohl fühlen. – Haben Sie Kerzen?«

»Natürlich.« Hatte sie es nicht geahnt? Sie ging an ihm vorbei ins Wohnzimmer, öffnete eine Schublade des Sideboards. »Ich habe weiß und hellgrün.« Dazwischen schimmerte noch … »Und blau.« Als sie einen Blick über die Schulter warf, stand er direkt hinter ihr.

»Die blaue ist in Ordnung.«

»Eine?«

»Ja.« Er ging zum Tisch hinüber, zog den Sessel näher an die Schmalseite heran und setzte sich.

»Gibt es einen besonderen Grund für die blaue?« Sie schloss die Schublade, öffnete die Tür darunter und suchte nach einem passenden Halter.

»Nein. Sie hat nur die gleiche Farbe wie Ihre Augen.« Er sagte es todernst. Ella starrte ihn an, spürte, wie das Blut in ihre Wangen schoss, und ging hastig hinter der Sideboard-Tür in Deckung. »Warum?« Jetzt klang er absolut … unschuldig. Und trotzdem glaubte sie noch etwas anderes in seinem Ton zu hören. Etwas, das anstelle des Knotens eine seltsame Wärme in ihrem Magen fabrizierte.

Sie räusperte sich. »Ich … ich dachte nur, dass die Farbe einer Kerze in der Magie irgendeine Bedeutung haben könnte.« Endlich! Da war der Kerzenhalter, den sie gesucht hatte.

»Hat sie auch. Manchmal zumindest. Aber dann sind in der Regel die Zutaten, aus denen die Kerze hergestellt wurde und die ihr die entsprechende Farbe verleihen, wichtiger als die Farbe selbst.«

»Und was sind das für Zutaten?« Sie schloss die Sideboard-Tür, folgte ihm zum Tisch hinüber.

»Abgesehen von Fetten und Wachsen? – Das kann alles Mögliche sein. Entsprechend behandelte Edelsteine und Halbedelsteine, diverse Kräuter, … Körperflüssigkeiten.«

»Körperflüssigkeiten? Wie in ›menschliche Körperflüssigkeiten‹?«

»Genauso. – Galle ergibt zum Beispiel ein blassdunkles Grün.«

Sie hatte gefragt. Ella setzte sich auf das Sofa und stellte die Kerze zwischen ihnen auf den Tisch. »Und rote Kerzen werden dann wohl mit Blut gemacht?« Es sollte ein Scherz sein.

»Manchmal. Wenn sie sehr viel Blut enthalten, können solche Kerzen aber auch schwarz sein. – Das fällt allerdings bei weitem nicht mehr unter ›Basics‹, Dr. Thorens.« Er fischte ein Feuerzeug aus der Hosentasche und hielt die Flamme an den Docht.
Ella wischte sich die plötzlich feuchten Handflächen an der Hose ab. Nein, sie würde ihn nicht genauer nach den ›Fetten‹ fragen. »Hätten Sie das auch mit Magie gekonnt?«, erkundigte sie sich stattdessen. »Die Kerze anzünden, meine ich.« Immerhin hatte sie die Flammen, die bei ihrem ersten Gespräch über ihre Gabe plötzlich auf seiner Hand gelodert hatten, selbst gesehen, sogar ihre Hitze gespürt …
»Hätte ich.« Er ließ das Feuerzeug ausgehen, als der Docht endlich brannte. »Aber ich will keine Aufmerksamkeit auf uns lenken.«
Fragend neigte Ella den Kopf.
»Stellen Sie sich die Magie in dieser Welt wie eine Amplitude vor. Ähnlich wie eine Nulllinie bei einem EEG. Wenn jemand seine Gabe benutzt, also Magie einsetzt, dann gibt es einen Ausschlag. Je mehr Magie eingesetzt wird, umso höher der Ausschlag. Und an der Stelle, an der die Magie benutzt wurde, bleibt ein gewisser ›Nachhall‹ zurück. Wie ein Echo, das sehr langsam verklingt. In dieser Welt werden die Ausschläge von allen möglichen Einflüssen ein Stück weit gedämpft, so dass es möglich ist, sich … sagen wir, unter dem Radar zu fliegen, wenn man es darauf anlegt und sich auf Magie ersten Grades beschränkt. – Also ein bisschen mehr als das, was Sie ›Basics‹ nennen. – In den Schatten allerdings sind die Ausschläge proportional höher und auch der Nachhall existiert länger. Dort Magie zu wirken bedeutet, auf jeden Fall eine Spur zu hinterlassen.« Havreux schob das Feuerzeug in die Tasche zurück. »Die Magie von Heilern bewegt sich gewöhnlich noch weit

unterhalb der eigentlichen ›Nulllinie‹. Entsprechend ist sie normalerweise gar nicht zu spüren. Im … nennen wir es ›Ruhezustand‹. Sie erzeugt nur dann einen Ausschlag, wenn sie benutzt wird. Der liegt dann aber auf jeden Fall weit über der eigentlichen Nulllinie. Selbst der Nachhall hält länger.« Er rückte die Kerze ein Stück weiter zu ihr und in die Mitte des Tischs. Ein Tropfen Wachs rann daran abwärts. »Sie verstehen, was das bedeutet, Dr. Thorens?« Er legte die Fingerspitzen gegen die Tischkante. »Solange ich bei Ihnen bin, wird meine Gabe Ihre ›maskieren‹. Wenden Sie Ihre Gabe an und ich bin nicht in Ihrer Nähe, wird man Sie aufspüren.«

»Ich habe nicht vor …«

»Ich weiß. Trotzdem werden wir, bei allem, was wir tun, versuchen, möglichst unter dem Radar zu bleiben. Ich würde ungern einen Tracker auf uns – und vor allem auf Sie, Dr. Thorens – aufmerksam machen. Und sei es auch nur aus Versehen.«

»Einen … Tracker?«

»Ein Hexer oder eine Hexe, dem – beziehungsweise der – es besonders leicht fällt, Menschen mit der Gabe oder Gegenstände, denen Magie anhaftet, aufzuspüren.« Mit einer kleinen Bewegung strich er sich eine Haarsträhne zurück, die ihm in die Augen gefallen war. Der Stein an seinem Ohrläppchen blitzte.

Der nächste Wachstropfen rann an der Kerze hinab. Wieso hatte sie ihm in dieser Gasse begegnen müssen? Sie biss die Zähne zusammen.

»Ich will nur die Basics. Nur so viel, dass ich wieder als Ärztin arbeiten kann. Dass ich wieder eine andere Person anfassen kann, ohne Angst zu haben, dass irgendetwas passiert.« Warum nur hatte sie das Gefühl, sich im Kreis zu drehen?

»Dr. Thorens, mit etwas anderem als den ›Basics‹ anzufangen, wäre ziemlich unsinnig«, erklärte er milde.
»Und dann ist das alles«, sie wies auf die Kerze, »trotzdem nötig?«
Er ließ die Hände entspannt zwischen die Knie hängen. »Ich habe Ihnen gesagt, dass es unter anderem um Fokus und Konzentration geht. Ich will Sie dahin bringen, dass Sie diesen Fokus jederzeit abrufen und vor allem halten können. Egal, was um sie herum geschieht. Egal, was *mit Ihnen* geschieht. Oder in welcher körperlichen Verfassung Sie sind. Mein Ziel ist es, dass Ihr Unterbewusstsein den Fokus noch eine gewisse Zeit aufrechterhält, selbst wenn Sie beispielsweise ohnmächtig werden.«
Ella schauderte. »Ist das nicht ein bisschen übertrieben? Wie schon gesagt: Ich habe nicht vor …«
Die Art, wie Havreux sich vorbeugte, ließ sie verstummen. »Ich sage das ungern, Dr. Thorens, aber in dieser *anderen* Welt herrscht so etwas wie Krieg. Und dieser Krieg ist schon mehr als einmal auch in unsere Welt herübergeschwappt. Als Ihre Gabe erwacht ist, sind Sie ein Stück weit in diesen Krieg hineingeraten. Noch stehen Sie am Rand. Und wenn Sie Glück haben, bleibt das so. Aber das kann niemand garantieren.« Das Grau seiner Augen schien dunkler zu werden. Plötzlich wirkte er seltsam bedrohlich. »Sie wollen nur die Basics. Ich habe zugestimmt, Ihnen nur diese Basics beizubringen. Allerdings werde ich das so tun, dass Sie eine Chance haben, auch dann heil davonzukommen, sollten Sie dennoch jemals zwischen die Fronten geraten.« Er lehnte sich wieder etwas zurück. Mit einem Schlag war das Bedrohliche vergangen, und sie war sich nicht mehr sicher, ob es überhaupt da gewesen war. »Außerdem, Dr. Thorens: Wie oft schieben Sie in Ihrem Beruf Nachtschichten? Doppelschichten? Wie oft sind Sie müde

und es fällt Ihnen schwer, sich zu konzentrieren, aber Sie müssen es, weil man Ihnen einen Schwerverletzten nach dem anderen in die Notaufnahme bringt, weil es irgendwo einen Massencrash gegeben hat? Oder ein Bürogebäude in Flammen aufgegangen ist? Auch dann müssen Sie anwenden können, was ich Ihnen beibringen werde. Damit Sie weiterarbeiten können. Oder?«

Ella nickte. Zögernd. Mit einem Mal noch nervöser und angespannter als zuvor.

Er legte ihr die Hand aufs Knie. Sie spürte die Wärme durch den Stoff ihrer Hose. Sein Lächeln traf sie vollkommen unvorbereitet. »So, und nachdem ich Sie jetzt wahrscheinlich ziemlich erfolgreich in Angst und Schrecken versetzt habe: Wollen wir anfangen mit den ›Basics‹?«

In der ersten Sekunde blinzelte sie verblüfft. Chamäleon! Der Mann war ein absolutes Chamäleon. Doch dann atmete sie einmal tief durch. »Okay. Fangen wir an. Was soll ich tun?«

Havreux nahm die Hand von ihrem Bein, während er gleichzeitig die Kerze mit der anderen noch weiter zu ihr schob. »Schauen Sie in die Flamme und konzentrieren Sie sich. – Und entspannen Sie sich dabei!«

16

Das Krachen hinter ihr ließ Ella zusammenzucken und fluchen. »Wenn das die grüne Vase war, schwöre ich Ihnen, bekommen Sie einen solchen Ärger, Christian …« Sie ballte die Fäuste. Auch wenn ihre Hände inzwischen nicht mehr automatisch zu ihrem Gesicht zuckten, um das Tuch herunterzuziehen, mit dem er ihr die Augen verbunden hatte, fiel es ihr nach wie vor schwer, diesen Reflex zu beherrschen. Vor allem, wenn es klang, als würde er um sie herum ernsthaft randalieren.

Leises Lachen. Havreux hatte sich zu einem regelrechten Quälgeist entwickelt. Und behauptete immer noch, dass er all diese Dinge nur tat, um ihr beizubringen, wie sie ihren ›Fokus‹ aufrechthalten konnte, egal, was passierte. Auch wenn er dabei ihr Haus in Schutt und Asche legte. Scheinbar zumindest. Ohne Vorwarnung scheppernde Kochtöpfe und splitterndes Glas waren dabei noch die harmloseren Mittel.

»Ihrer Vase geht es gut. Auch wenn ich sie nach wie vor einfach nur hässlich finde.« Sein Atem in ihrem Nacken schickte eine Gänsehaut ihre Wirbelsäule hinunter. Er hatte mal wieder vollkommen lautlos die Position gewechselt. Das war der Nachteil, wenn man mit verbundenen Augen mitten im Raum stand: Es gab keine sichere Seite.

In den letzten beiden Wochen war er jeden zweiten Tag vorbeigekommen. Meist am frühen Nachmittag. Und spätestens, wenn die ersten Schatten sich zeigten, wieder gegangen.

Davon, dass sie sich auf die Flamme einer Kerze konzentrieren sollte, waren sie nach der dritten Stunde abgekommen. Und obwohl sie es nur ungern zugab: So einfach das klang und sosehr sie es zu Anfang belächelt hatte, wenn man es lange genug ohne Unterbrechung tat, war es anstrengend. Weil die Gedanken irgendwann zu wandern begannen. Und dann war es auch mit dem ›Fokus‹ vorbei. Bei ihr zumindest.

Trotzdem verlor er nie die Geduld. Stattdessen lobte er viel und ließ sie die einfachsten Dinge immer und immer wieder wiederholen. Drei Schritte vor, einer zurück. »Ich will, dass Sie das, was ich Ihnen beibringe, irgendwann anwenden, ohne dass Sie sich dessen wirklich bewusst sind«, hatte er mehr als einmal gesagt.

Am Anfang der Woche hatte er ihr erklärt, wie sie eine ›Barriere‹ in ihrem Geist errichten konnte, um zu verhindern, dass eine unvermittelte Berührung ihre Gabe weckte und sich das wiederholte, was mit ihm in der Gasse geschehen war. Nur, um beim letzten Mal wieder zum Thema ›Fokus halten‹ zurückzukehren.

»Ab Montag muss ich wieder arbeiten«, teilte sie dem Raum vor sich blind mit.

»Das habe ich mir gedacht.«

»Uh …« Ella zuckte zurück. Er war direkt vor ihr.

»Deshalb will ich heute etwas mit Ihnen ausprobieren.« Jetzt kam seine Stimme von links. »Nehmen Sie das Tuch ab.«

Irgendwie hatte er es geschafft, eine Haarsträhne mit in den Knoten hineinzubinden. Entsprechend lange musste sie daran herumzerren, bis sie ihn offen hatte. Sie brauchte einen Moment, bevor sie wieder mehr als verschwommene Umrisse sehen konnte. Havreux war gerade dabei, den Couchtisch ein Stück beiseitezuschieben und den Sessel

näher vor das Sofa zu rücken, als sie es endlich herunterzog. Sehr viel näher, um genau zu sein.
»Was wird das?«
»Der nächste Schritt. – Setzen Sie sich.«
»Und deshalb räumen Sie mein Wohnzimmer um?« Fast schon aus Gewohnheit ließ Ella sich in der Sofaecke nieder. Ihre Knie stießen gegen den Rand des Sessels.
»Ist alles ganz schnell wieder an Ort und Stelle. Versprochen.« Havreux musste über ihre Knie steigen, um sich ihr gegenüberzusetzen – ihre Beine zwischen seinen. So nah war er ihr noch nie gekommen.
Seine Brauen rutschten ganz leicht aufeinander zu. »Ziehen Sie Ihre Bluse aus!«
»Wie bitte?« Sie musste sich verhört haben.
»Sie haben unter der Bluse doch noch eines dieser Spaghetti-Shirts. Das heißt, Sie brauchen die Bluse nicht. Also bitte: Ausziehen!«
Ella blieb endgültig die Spucke weg. »Ich sehe nicht, warum …«, setzte sie scharf an. Und wurde von seinem plötzlichen, leisen Lachen zum Schweigen gebracht.
»Keine Sorge. Wenn ich Sie verführen wollte, würde ich das anders anstellen. – Ich will sehen, ob Ihre Barriere auch unter körperlichen Berührungen hält. Dazu muss ich Sie anfassen, ohne diesmal Ihre Gabe dabei von meiner Seite abzublocken, wie die ganze Zeit. Das ist alles.« Das Blut schoss ihr in die Wangen. Sie hätte nicht sagen können, warum. »Aber dabei hätte ich gerne etwas mehr Fläche als nur Ihre Hände und Unterarme.« Jetzt brannte ihr Gesicht endgültig. Dass er sich ganz offensichtlich darum bemühte, das verräterische Zucken in seinem Mundwinkel unter Kontrolle zu bekommen, machte es nicht besser. Den Blick stur auf ihre Finger gerichtet, schob sie die Knöpfe durch die Löcher. Warum zum Teufel zitterten ihre Hände?

Etwas umständlich streifte sie dann die Bluse ab und legte sie neben sich, holte einmal tief Luft. »Okay. Zufrieden?«
»Ja. Sehr.« Das Zucken war jetzt doch zu einem Lächeln geworden. Sein Blick glitt über sie. Die Arme hinauf, die Schultern, das Schlüsselbein nach vorne, hing eine Sekunde an ihrer Kehle, der Kuhle darunter, wanderte abwärts ... Langsam ... Wie eine ... nicht existente Berührung. Die ihr trotzdem eine Gänsehaut verursachte, als striche er mit einem Eiswürfel über ihre Haut. Ihre Hand stahl sich über die Narben an ihrem Arm, hätte sich auch über die anderen gelegt, wenn sie alle gleichzeitig hätte erreichen, gleichzeitig hätte verbergen können. Narben, die eigentlich er hätte tragen müssen.
Sein Lächeln verblasste schlagartig. »Wenn Sie lernen würden, Ihre Gabe vollständig zu gebrauchen, könnten Sie sie verschwinden lassen, Ella.«
Sie wich seinen Augen eine Sekunde zu spät aus. Was sie darin gesehen hatte ... Kein ... Mitleid. Vielmehr Bedauern. Und ein ... Versprechen. Sie wollte nur die Basics. Immer und immer wieder hatte sie es sich selbst gesagt. – Aber jedes Mal, wenn sie in der letzten Zeit vor dem Spiegel stand, hatte sich ihr immer häufiger die gleiche Frage aufgedrängt: *Was wäre, wenn?*
Sie hatte sie von sich geschoben. Doch mit jedem Tag, den Christian Havreux in ihr Haus gekommen war, war sie lauter geworden. Mit jedem Tag war etwas in ihr ... erwacht: eine seltsame ... Sehnsucht. Ohne dass es ihr zuerst selbst wirklich bewusst gewesen war. Vollkommen irrational. Und doch da. Sosehr sie sich dagegen sträubte.
Ella schüttelte den Kopf, nicht sicher, wem die Bewegung galt, Havreux oder ihren eigenen unsinnigen Gedanken. Als er fragend eine Braue hob, wiederholte sie das Kopfschütteln.

»Nichts.«
»Dann lassen Sie uns anfangen. – Sie wissen, was ich von Ihnen will, Ella.«
Ja, das wusste sie. Abermals tat sie einen tiefen Atemzug, stieß die Luft deutlich hörbar wieder aus und konzentrierte sich auf das, was er ihre ›Barriere‹ nannte. Die ... Mauer, die sie um sich errichten sollte. Nein, nicht um sich. Um ihren Geist. Und damit um ihre Gabe. Eine Wand aus ... Nebel – wie Ella sie sich vorstellte –, undurchdringlich und doch wieder durchlässig genug, um sie nicht vollständig von ihrer Umgebung abzuschotten. Um ihr zu erlauben, nach wie vor zu spüren. Und zu fühlen.
Havreux beobachtete sie aufmerksam. Die Sprengsel in seinen Augen schimmerten irritierend intensiv in ihrem Grün und Gold. Dort, wo seine Knie ihre berührten, sickerte Wärme in ihren Körper. Wärme, die ... – *Verdammt! Konzentrier dich, Thorens!* – Sie schloss die Augen. Atmete erneut tief ein und aus. War das sein Parfum? Nicht mehr als ein Hauch ... War es ihr zuvor schon einmal aufgefallen? Wie es sich wohl anfühlen würde, wenn er sie berühr- ...? Ach, verflucht!
»Ich kann nicht.« Mit einem frustrierten Laut öffnete sie die Augen wieder.
Er hob eine Braue. »Zu nah?«
»Was?« Seltsam verunsichert rieb sie die Handflächen gegen ihre Oberschenkel und vermied es, ihn direkt anzusehen.
»Ich. Bin ich Ihnen zu nah, Ella?«
Die Zähne aufeinandergepresst, nickte sie einmal knapp. Nichts widerstrebte ihr mehr, als ausgerechnet *das* zuzugeben. War heute ihr Tag des In-Verlegenheit-gebracht-Werdens? Zumindest wurde sie nicht wieder rot. Zum Glück.

»Ich verstehe.« Er nahm die Beine ein Stück weiter auseinander, so dass sie ihre nicht mehr länger berührten, und rutschte im Sessel zurück. »Besser?«
Nein. »Ja.«
»Dann versuchen Sie es noch mal. – Aber irgendwann müssen Sie es können, auch wenn Ihnen jemand so nahe kommt wie ich gerade. Oder noch näher.«
Wie jemand, mit dem sie eine Beziehung hatte. Auch wenn er es nicht aussprach, war klar, was er meinte. Er konnte ja nicht wissen, dass das garantiert nicht auf ihrer To-do-Liste stand. Weder in naher noch in ferner Zukunft. Mit einem ergebenen Seufzen schloss Ella wie zuvor die Augen und versuchte, sich auf ihre Barriere zu konzentrieren, ließ die Hände entspannt zwischen die Knie hängen. – Ohne den Duft seines Parfums gänzlich ausblenden zu können. Oder seine Nähe auch nur eine Sekunde lang weniger intensiv zu spüren.
Es schien eine Ewigkeit zu dauern, doch dann … »Ich hab's.«
Schweigen. Stoff schabte auf Stoff. War er wieder ein Stück näher zu ihr gerutscht?
»Machen Sie die Augen auf, Ella.«
Sie blinzelte, sah ihn an. Sein Blick war noch immer aufmerksam. Doch jetzt hatte er etwas Wachsames. »Bereit?«
Er hatte die Ellbogen auf die Oberschenkel gestützt, seine Fingerspitzen schwebten nur Millimeter über ihren Unterarmen.
Ella schluckte. Nickte. Ihr Herz klopfte in ihrer Kehle … Federleicht strich er über ihren Arm. Nackte Haut auf nackte Haut. Sie zuckte unwillkürlich zusammen. Rechnete damit, dass …
Nichts geschah.
»Alles in Ordnung?«

Sie nickte erneut. Abgehackt. Sagte sich selbst, dass sie atmen musste. Verfolgte wie hypnotisiert den Weg seiner Berührung, abwärts zu ihrem Handgelenk, auf ihre Handfläche, die Finger entlang, zurück zu ihrer Handfläche, ihrem Handgelenk, den Unterarm hinauf. In absoluter Zeitlupe.

»Sehr gut! Entspannen Sie sich, Ella.« Havreux' Stimme war zu einem dunklen Gurren herabgesunken. Seine Fingerspitzen verharrten in ihrer Ellenbeuge, malten dort kleine Kreise.

Leichter gesagt, als getan. Immerhin waren es *seine* Fingerspitzen, die über *ihre* Haut glitten. Ella sog die Unterlippe zwischen die Zähne, unterdrückte ein Schaudern. »Keine Angst. Was auch immer geschieht, im Notfall steht meine Barriere. Es wird nichts von mir auf Sie überspringen.« Seine Finger wanderten weiter aufwärts. »Sie machen das gut.« Er beugte sich ein wenig mehr nach vorne, berührte ihre Schulter. »Ganz ausgezeichnet. Weiter so.« Das Schlüsselbein. »Versuchen Sie, sich zu entspannen.« Nur die Ahnung eines Streifens. Dann ein Zischen. Vollkommen unvermittelt. »So wird das nichts!« Havreux nahm abrupt die Hand zurück. Und packte sie im nächsten Moment ohne Vorwarnung bei den Armen und zog sie auf die Füße. Ella keuchte auf. Um ein Haar wäre ihre Barriere zerbrochen. Sie konnte es gerade noch verhindern.

Eine Sekunde, zwei, stand sie mit ihm Brust an Brust, bevor er den Sessel mit dem Bein zurückschob, einen Schritt rückwärtsmachte und sie losließ. Nur um sie mit einer Geste zu dem freien Bereich neben dem Sofa zu holen.

»Was ist?« Noch immer verwirrt folgte sie ihm. »Habe ich etwas falsch …«

»Nein, das hat nichts mit Ihnen zu tun, Ella.« Unwillig schüttelte Havreux den Kopf. »Ich fand das eben nur fürch-

terlich steif und unbequem. Kein Wunder, dass Sie sich nicht richtig entspannen konnten.« Er trat hinter sie. Und stieß nach einem Moment ein kleines Seufzen aus. »So ist das besser. Deutlich.« Er strich ihr das Haar beiseite, legte ihren Nacken frei. Sie spürte seinen Atem. »Bereit?« Die Konzentration war in seine Stimme zurückgekehrt.
Erneut holte Ella tief Luft. Diesmal mehr, um das seltsame Flattern in ihrem Magen in den Griff zu bekommen, als ihre andere Nervosität niederzukämpfen. Zu ihrem eigenen Erstaunen hatte ihre Barriere sogar gehalten. Obwohl Havreux sie so vollkommen überrascht hatte. Als sie nickte, legte Havreux die Fingerspitzen auf ihren Nacken. Wie zuvor federleicht.
»Schließen Sie die Augen, Ella.« Weiches, dunkles Flüstern.
»Warum?« Sie versuchte, ihr Schaudern zu verbergen, während sie gehorchte. »Gerade eben war das doch ...«
»Damit Sie nicht wissen, wo ...« Seine Handfläche. Auf ihrem Unterarm. Langsam strich sie aufwärts. »... Sie mit der nächsten Berührung rechnen müssen.« Erreichte ihre Schulter. Stockte. »Sie sagen mir, wenn es Ihnen zu viel wird!«
»-kay.« Sie wünschte, sie würde nicht so atemlos klingen. Und zuckte mit einem Keuchen zusammen, als er in ihrem Rücken die schmale freie Linie zwischen dem Saum ihres T-Shirts und dem Bund ihrer Hose entlangfuhr. Nur um sofort wieder zu verschwinden. Zu ihrem Nacken. Und abermals verschwand. Ein Schauder rann durch ihren Körper, als er ihr gegen die empfindsame Stelle zwischen Hals und Schulter blies. Gleich darauf eine federleichte Berührung an ihrem Ohrläppchen. Die quälend langsam aufwärtswanderte. »Macht ... macht man das immer so?« Aus dem Schauder wurde eine Gänsehaut. Ihr Herz schlug mit jeder Sekunde schneller.

»Was?« Wieder strichen seine Fingerspitzen die freie Linie zwischen T-Shirt und Hose entlang, weiter über ihre Flanke. Sie schnappte nach Luft.
»Prü- … prüfen, ob … ob jemand …«
»Hmm … Oder auch ganz anders. Jeder hat da seine eigene Methode. – Entspannt bleiben«, raunte er direkt neben ihrem Ohr, blies erneut gegen die Seite ihres Halses. »Genau so.« Ihr war heiß.
»Wie war es bei Ihnen?« Havreux stand jetzt ganz dicht hinter ihr. Sie konnte ihn in ihrem Rücken spüren.
»Nicht ablenken, Ella.« Seine Hand legte sich zart auf ihren Bauch. Unter ihrem T-Shirt. Ella wurde stocksteif. Seine Finger spreizten sich auf ihrer Haut. Sie sog scharf die Luft ein, öffnete den Mund, um zu protestieren …
»Sehr gut.« Seine Hand verschwand, sie spürte, wie er einen Schritt zurückmachte. Ihre Knie waren seltsam weich. »Sie können die Augen wieder aufmachen.«
Ella blinzelte, drehte sich halb zu ihm um. Sie glaubte, seine Hand noch immer auf ihrem Bauch zu spüren. Verwirrend … zärtlich. Mit einem anerkennenden Lächeln nickte er ihr zu. »Sehr gut. – Sie sind dran.«
»Womit?« Irritiert beobachtete sie, wie er die Hände zum obersten Knopf seines Hemdes hob. »Was wird das?«
»Ich ziehe mein Hemd aus.« Er hatte nur eine Sekunde lang innegehalten, bevor er ungerührt weitermachte. Der zweite Knopf. »Ich will sehen, ob Ihre Barriere auch hält, wenn Sie diejenige sind, die berührt. Und dafür will ich Ihnen auch etwas mehr Fläche bieten.« Während er sprach, kam er wieder um sie herum und blieb eine knappe Armlänge entfernt vor ihr stehen.
Dass Ella es nicht schaffte, den Blick von seinen Händen zu lösen, schien er nicht zu bemerken. Ihr Mund war plötzlich trocken. Sie schluckte mühsam. Grundgütiger, allein wie er

einen Knopf nach dem anderen öffnete, war pure Erotik. Und so wie es aussah, war er sich dessen überhaupt nicht bewusst.
Immer mehr Haut kam zum Vorschein. Leicht gebräunt, eine Mischung aus Ocker und Gold. Der letzte Knopf ... Er zog das Hemd aus der Hose, streifte es von den Schultern. – Und Ella konnte die Augen beim besten Willen nicht mehr abwenden. Auf Brust und Bauch zeichneten sich die Muskeln unter seiner Haut ab, ohne übertrieben deutlich hervorzutreten. Der Ansatz eines Sixpacks, nicht mehr. Kein Gramm Fett zu viel. Wie ein perfekt durchtrainierter Hochleistungssportler. Spielten in der Bewegung, mit der er das Hemd nachlässig auf den Sessel warf. Und darüber ... Unwillkürlich holte sie Luft. ... Ein Tattoo. – Schwarz und rötlich ockern. Eine Mischung aus diesem Tribal-Style, etwas, das wie nordische Runen aussah, und verwirrend elegant wirkenden Linien, die sie an *Der Herr der Ringe* erinnerten. Sie rankten sich über seine Schulter nach vorne, wanden sich auf der einen Seite den halben Oberarm hinunter, endeten auf der andern noch deutlich über dem Bizeps, liefen quer über seine Brust, zogen sich abwärts, über den Bauch, die Seite, tiefer, verschwanden schließlich in seiner Jeans. War das eine ... Klaue, die sich da direkt unter den Rippen auf seinen Bauchmuskeln in der Bewegung seiner Atemzüge zu strecken und zu krümmen schien? Und da, ein Stück tiefer, schon halb unter dem Bund der Hose, eine weitere. Und eine dritte war knapp neben dem dunklen Hof der Brustwarze auf der rechten Seite. Ella sah genauer hin. Formten die Linien auf seiner linken Brust, mehr oder weniger genau über dem Herzen, einen ... Echsenschädel? Sie glaubte, die mörderischen Fänge zu erkennen, ein aufgerissenes Maul, Augen mit geschlitzten Pupillen. Ein stilisierter ... Drache? Nein. Nicht ganz. Aber irgendeine Kreatur,

die in diese Gattung gehören musste. Nur zu erkennen, wenn man das Tattoo als Ganzes erfasste. Und erst dann sah man auch all die Feinheiten; Schuppen, Schattierungen, Schatten; als würde dieses Wesen mit dem Mann, um dessen Körper es sich schlang, atmen, kaum sichtbar seinen Bewegungen folgen …

Der Anblick war auf eine düstere Art faszinierend schön.

Und alles war so geschickt gesetzt, dass es unter einem Hemd oder auch unter einem normalen T-Shirt komplett verborgen war.

Sie ertappte sich dabei, dass sie die Hand danach ausstreckte, einer der Linien von der Schulter bis hinab auf die Brust mit den Fingern folgen wollte … Im selben Moment machte Havreux mit einem Zischen einen Schritt rückwärts.

»Nicht!«

Das Wort kam so heftig, dass sie zusammenzuckte, mitten in der Bewegung erstarrte und ihn erstaunt ansah – und gleichzeitig spürte, wie ihre Wangen heiß wurden, als ihr klar wurde, dass das, was sie gerade vorgehabt hatte, nichts mehr mit ihrem Unterricht zu tun gehabt hätte.

Seine Hand war nur Millimeter von ihrem Handgelenk entfernt. Und war trotzdem genauso effektiv, als hätte er sie gepackt und festgehalten. »Sie können mich überall berühren, Ella, solange Sie sich nicht zu sehr auf die Tätowierung konzentrieren und direkt daran entlangstreichen.«

Für einen Moment zuckte Ellas Blick zu seiner Brust, den verschlungenen Linien darauf, ehe sie ihn wieder zu ihm hob. »Warum? Ich finde, es ist … atemberaubend.«

Schlagartig wurde seine Miene eisig.

Sie konnte nicht anders, als die Stirn zu runzeln. Warum hatte er es sich überhaupt machen lassen, wenn er es jetzt

so abstoßend fand? Ein solches Kunstwerk zu stechen, dauerte eindeutig zu lang, als dass es aus einer … betrunkenen Laune heraus entstanden sein konnte. »Dann wird es aber schwierig, eine Stelle zu finden, an der ich Sie berühren *kann.*« Sie bemühte sich, möglichst locker zu klingen.
»Wie gesagt: Sie können mich überall berühren, Dr. Thorens, solange Sie sich nicht *zu sehr* auf das Tattoo konzentrieren und *direkt* an seinen Linien entlangfahren.« Jedes Wort klang mühsam höflich. Und trotzdem nach wie vor abweisend.
Und auch wenn sein Tonfall letztlich doch vollkommen anders war … Es war wie ein Déjà-vu. Ihr Vater hatte … Der Ärger war schlagartig da. Abwehrend hob sie die Hände. »Das Ganze war Ihre Idee! Ich muss Sie nicht …«
»Nein.« Von einer Sekunde zur anderen hatte sein Ton sich wieder geändert, war … bedauernd geworden. »So war das nicht gemeint. Wir machen weiter. Es ist nur …« Er zögerte, schien zu überlegen, wie er ihr sagen sollte, was er ihr sagen wollte, fuhr sich dann mit beiden Händen durchs Haar. »Es ist nur, das hier ist das Ergebnis einer … einer riesigen Dummheit, auf die ich nicht besonders stolz bin.«
»Man kann Tattoos heutzutage auch wieder entfernen lassen …«
Sein Kopfschütteln beendete ihren Satz. »Leider klappt das nicht bei allen und das hier gehört zu genau dieser Sorte. – Wie auch immer …« Plötzlich war dieses kurze, schnelle Lächeln wieder da. »Ich gehöre ganz Ihnen, Ella.« Er breitete die Hände aus. »Lassen Sie uns sehen, ob es auch umgekehrt funktioniert.«
Ella sah ihn an, auf seine Brust. Ihr Mund war immer noch unangenehm trocken. Der Gedanke, ihn zu berühren …

Reiß dich zusammen, Thorens! Das hier ist Unterricht, mehr nicht. Wie eine Anatomievorlesung an der Uni. Oder ein Praktikum in der Gerichtsmedizin. Es hat nichts zu bedeuten. Er tut das hier nur, weil er glaubt, dir etwas schuldig zu sein. Also führ dich nicht so auf, als hättest du noch nie einen Mann mit nacktem Oberkörper gesehen – und angefasst. Du hast jeden Tag mehr oder weniger bekleidete Männer vor dir …

Nur dass die wenigsten davon mit Christian Havreux mithalten konnten und sie dabei nie so … beobachteten, wie er es gerade tat.

Havreux hatte den Kopf zur Seite geneigt, hob jetzt eine Braue.

Mit einer entschlossenen Bewegung legte sie ihm die Hand auf den Arm. Und konnte sich plötzlich nicht mehr bewegen. Ihr Herz klopfte. Wärme sickerte von seiner Haut in ihre, drang tiefer. Glitt an ihrer Barriere entlang. Sie biss die Zähne zusammen. Hielt dagegen. Die Härchen in ihrem Nacken stellten sich auf.

»Weiter, Ella. Wie gesagt: Ich gehöre ganz Ihnen.«

Sie stieß die Luft aus, von der sie gar nicht gewusst hatte, dass sie sie angehalten hatte. Die Augen unverwandt auf ihrer Hand, strich sie seinen Arm aufwärts, zu seiner Schulter, verharrte auf seinem Schlüsselbein. Sekundenlang. Wollte sie zurückziehen. »Anscheinend funkt- …«

Schneller, als sie reagieren konnte, hatte er seine Hand über ihre gelegt, hielt sie auf seiner Brust fest.

»Wie? Das soll schon alles gewesen sein?« Er lachte leise. »Man könnte meinen, Sie hätten Angst vor mir, Ella.« Er bewegte sich auf sie zu, war verwirrend übergangslos ganz dicht vor ihr. Seine Hand rutschte mit ihrer ein Stückchen tiefer. Ihre Handfläche streifte seine Brustwarze, blieb darauf liegen. »Dafür hätte ich mein Hemd nicht ausziehen müssen.« Ihr Mund war mit einem Schlag endgültig vollkommen ausgedörrt. »Kommen Sie schon, Ella. Tun Sie sich keinen Zwang an.« Seine Stimme war zu einem dunklen Flüstern herabgesunken. Ihre Hand fiel schlaff herab, als er sie losließ. Ihre Fingerspitzen streiften seine Brust, seinen Bauch ... Sie schluckte abermals, blinzelte, versuchte, sich zu konzentrieren. Warum sollte sie ihn nicht anfassen? Wenn er sich ihr geradezu anbot?

»Na los, Ella. Kein Grund, schüchtern zu sein.«

Er hatte recht. Es gab nicht den geringsten Grund. Erneut streckte sie die Hand nach ihm aus.

»Denken Sie an Ihre Barriere. Kontrollieren Sie Ihre Gabe.« Sie leckte sich die Lippen. Seine Haut fühlte sich unter ihrer Handfläche seidig an. Sie ließ sie über den großen Brustmuskel gleiten – Musculus pectoralis major –, abwärts über den geraden Bauchmuskel – Rectus abdominis. Ein tiefer Atemzug, Havreux verlagerte sein Gewicht ein klein wenig. Den äußeren schrägen Bauchmuskel – obliquus externus abdominis –, strich mit den Fingerspitzen die Linea albea bis zum Bund seiner Hose hinab, am Rand des Stoffes entlang nach hinten, ging um ihn herum ... Unterbrach den Kontakt selbst dann nur für einen Moment, als sie seinen Arm erreichte, ließ ihre Hand einfach von seiner Seite herüber zu seinem Arm gleiten, darüber, zurück zu seiner Flanke, dem Rücken. Wieder ein Atemzug. Er hob den Kopf, ließ ihn ganz leicht nach hinten sinken, schien beinah auf ihre Berührung zu lauschen ...

»Sehr gut, Ella.« Seine Stimme klang jetzt rau, gepresst.

Die Wärme, die von ihm herüber zu ihr wanderte, wurde zur Hitze. Drückte härter gegen ihre Barriere, kratzte daran.

Abermals verlagerte er das Gewicht ein klein wenig. »Weiter, Ella!«

Sie biss sich auf die Lippe. Wie von selbst glitt ihre Hand weiter, als hätte sie einen eigenen Willen …

Das Tattoo zog sich schräg über seinen Rücken, von der Schulter abwärts, verschwand über der rechten Hüfte in seiner Hose. Da war etwas wie ein Echsenkamm, Schuppen, die sich mit dem Heben und Senken seiner Rippen mitzubewegen, zu sagen schienen *Fass mich an, berühr mich, streichle mich,* sich unter ihre Hand zu schmiegen schienen. Wieder ein Atemzug, schärfer diesmal. Havreux zuckte zusammen, als sie die kleine Kuhle über seinen Lendenwirbeln berührte. Sie konnte einfach nicht aufhören, wollte seine Haut spüren, die Hitze … Ihre Fingerspitzen wanderten nach oben … Quer über dem linken Schulterblatt hatte er eine wulstige Narbe, wie von einer tiefen Hieb- oder Schnittwunde. Wer auch immer sie genäht hatte, hatte entweder von dem, was er da tat, keine Ahnung gehabt oder war ein elender Pfuscher gewesen … Knapp unter dem Knochen eine kürzere Narbe, nur vier oder fünf Zentimeter, wie von einem mehr oder weniger senkrechten Stich … Sie strich darüber. Havreux keuchte.

Sie blinzelte, es war, als würde sie aus einer Trance erwachen. Und zog abrupt die Hand zurück. Lieber Himmel, hatte sie ihn eben tatsächlich … angetatscht, als wäre er nur … nur … nur … als wäre er nur irgendein lebensechtes, anatomisches Modell? Sie musste komplett übergeschnappt sein … – Aber er hatte sich so wahnsinnig gut angefühlt … Mit einer brüsken Bewegung schüttelte sie den Kopf, brachte mehr Abstand zwischen sich und ihn.

»Zufrieden?« Was war nur in sie gefahren? Wie hatte das nur passieren können? Seine Haut, das kaum merkliche Spiel seiner Muskeln unter ihrer Hand … *Hör auf damit, Thorens! Du willst nichts von ihm, er will nichts von dir!*

Er hatte sich halb zu ihr umgedreht und musterte sie, eine Braue ganz leicht gehoben. Warum war sie eigentlich sauer auf *ihn?* Sie ballte die Fäuste, wollte an ihm vorbei zum Sofa zurück. »Ich würde sagen, Test bestanden, oder?«
»Noch nicht ganz.« Ehe sie begriffen hatte, was er meinte, war er endgültig zu ihr herumgefahren, hatte von hinten die Arme um ihre Mitte gelegt und sie hart, geradezu grob an sich gerissen. Ellas erschrockener Schrei wurde zu einem Keuchen. Für eine Sekunde hatte sie keinen Boden unter den Füßen. Instinktiv stemmte sie sich gegen seine Umklammerung. Seine Arme lagen auf ihrem Bauch, drückten gegen ihre Rippen. Ihr T-Shirt war in die Höhe gerutscht. Seine nackte Brust presste sich an ihren Rücken. Sie spürte seine Haut an ihrer ... Schlagartig war ihr heiß. »Und Ihre Barriere steht noch immer. Sehr gut. Dann können wir ja einen Schritt weiter gehen.« Er ließ sie an seinem Körper entlang abwärtsgleiten, bis sie wieder auf ihren eigenen Füßen stand, ließ sie los, drehte sie in der Bewegung zu sich um. Und hielt sie an beiden Armen fest, als sie einen Moment lang wankte.
Sie starrte ihn an, atemlos, wütend ... »Das ... das ...«
Wieder zuckte dieses Lächeln um seine Lippen. Oh ja, er wusste genau, dass er sie eiskalt erwischt hatte. Und dass sie es hasste. »Ich will, dass Sie sie verankern.«
»Was?« Warum zum Teufel hörte sie sich an, als hätte sie einen 200-Meter-Sprint hinter sich? Und wieso konnte er klingen, als wäre es etwas ganz Normales, jemanden so abrupt an sich zu reißen?
»Verankern Sie Ihre Barriere in Ihrem Geist. *Sie* muss der Normalzustand sein. So selbstverständlich wie das Atmen. Dass Sie sie senken, muss die bewusste Aktion werden. Andersherum müssen Sie sich permanent auf ihre Existenz konzentrieren. Und das kann Ihre Psyche auf Dauer nicht

leisten. Zumindest nicht, ohne an anderer Stelle zu versagen. Oder Schaden zu nehmen.«
Ella leckte sich die Lippen, noch immer damit beschäftigt, einen auch nur halbwegs klaren Gedanken zu fassen. »Wie?«
Für den Bruchteil einer Sekunde zuckte das Lächeln erneut in seinem Mundwinkel. »Das zeige ich Ihnen jetzt.« Er bückte sich nach seinem Hemd, wies zur Couch. »Setzen Sie sich, Ella.«

17

Mitanzusehen, wie Mr. Martinez die Hand seiner Frau mit seinen beiden so viel größeren umklammerte und sich gleichzeitig verzweifelt bemühte, vor seinen Kindern die Tränen zurückzuhalten, zog Ellas Brust zusammen. Er kam jeden Tag zwei Mal hierher ins Krankenhaus. Beim ersten Mal brachte er ihre beiden Mädchen mit, Cherry und Susann, vier und sechs, die ihrer Mommy jedes Mal unzählige selbstgemalte Bilder zeigten und ihr erzählten, wie sehr sie sich darauf freuten, dass sie bald wieder zu ihnen nach Hause kommen würde. Noch hatte Rodrigo Martinez es nicht über sich gebracht, ihnen die Wahrheit zu sagen. Beim zweiten Mal kam er allein. Und saß dann nur stumm am Bett seiner Frau, ihre Hand in seinen, während sie im gnädigen Morphium-Schlaf vor sich hin dämmerte.

Über Cherrys dunklen Schopf hinweg trafen sich ihre Blicke. Marisol Martinez lächelte schwach. Schmerz und Müdigkeit standen in ihren Augen. Aber sie wollte wach sein, wach und bei Sinnen, wenn ihre Mädchen sie besuchen kamen, wollte jede Minute mitnehmen, die ihr noch blieb, solange sie es noch konnte. Solange der Tumor in ihrem Kopf noch nicht zu groß war. Keine Medikamente, wenn ihre Mädchen sie besuchten! Ella hatte diesem Wunsch nur widerwillig zugestimmt. Und bewunderte Marisol Martinez jeden Tag mehr für ihre Kraft. Die inzwischen so unglaublich schnell schwand.

Rodrigo hob die knochige Hand seiner Frau an seine

Lippen und sagte etwas. Lächelnd strich sie ihm übers Gesicht.
Gestern Abend hatte er Ella noch einmal um ein Gespräch gebeten. Wieder und wieder gesagt: Egal, was es kostete, er würde das Geld für die Behandlung seiner Frau aufbringen. Irgendwie. Nach wie vor weigerte er sich zu akzeptieren, dass der Tumor zu spät entdeckt worden war und obendrein noch an einer Stelle saß, an der selbst der Versuch einer Operation Mord gewesen wäre.
Marisol Martinez starb. Eine junge Frau von gerade mal achtundzwanzig Jahren, die, abgesehen von dem, was in ihrem Kopf wuchs, bis vor wenigen Monaten kerngesund gewesen war. Niemand konnte es verhindern. *Du könntest es!* Ella schloss die Augen und schob die Hände in die Taschen ihrer Jeans. Wenn der Tumor nur ein paar Millimeter kleiner wäre, nur einen halben Zentimeter weiter hinten-unten säße …
Sie presste die Lippen zu einem Strich zusammen. Es war ihre Entscheidung gewesen, nichts mit der Hexerei, nichts mit dieser anderen Welt in den Schatten zu tun haben zu wollen. Nur genau so viel zu lernen, wie sie brauchte, um wieder als Ärztin arbeiten zu können, um andere Menschen berühren zu können, ohne Gefahr zu laufen, dass ihre Krankheiten oder Verletzungen – und sei es nur ein eingerissenes Nagelbett – auf sie übersprangen. Genau so viel, wie sie brauchte, um in ihr altes, normales Leben zurückkehren zu können. Ohne ihre Gabe benutzen zu können.
Ihre Barriere stand. Trotzdem hatte Havreux ihr eingeschärft, es erst einmal langsam angehen zu lassen, direkten Hautkontakt zu vermeiden, wenn sie müde oder unkonzentriert war. Und er erinnerte sie nach jeder ihrer Stunden wieder daran.

Sie öffnete die Augen, schaute wieder durch die Trennscheibe ins Krankenzimmer von Marisol Martinez. Die Mädchen hatten sich rechts und links von ihrer Mutter auf dem Bett zusammengekuschelt und hörten ihrem Vater zu, der aus einem Buch vorlas. Marisol hatte die Lider geschlossen. Die tiefen Linien in ihrem Gesicht verkündeten nur zu deutlich, wie sehr sie dieser Besuch wieder erschöpft hatte. Zum Glück blieb Rodrigo nie länger als eine Stunde, wenn er die Mädchen dabeihatte. – Irrte sie sich, oder waren ihre Wangen gestern noch nicht ganz so eingefallen gewesen?

Du könntest verhindern, dass sie stirbt. Die Stimme hatte sich immer wieder in ihre Gedanken geschlichen, seit der Alltag sie seit einer Woche wiederhatte …

Das Handy summte neben ihrer Hand. Hastig zerrte sie es aus ihrer Hosentasche und warf einen schnellen Blick auf das Display. Unbekannt. Hoffentlich war das Havreux. Vor nicht ganz zwei Stunden hatte sie ihn angerufen, um ihm zu sagen, dass es bei ihr später wurde. Wie beim letzten Mal – dem ersten Mal, dass sie überhaupt versucht hatte, ihn per Handy zu erreichen – war ihr Klingeln unbeantwortet geblieben. Damals hatte er binnen weniger Minuten zurückgerufen – heute hatte es deutlich länger gedauert. Beinah hatte sie befürchtet, er hätte ihren Anruf gar nicht bemerkt.

Sie ging ran, ehe es erneut klingeln konnte. »Thorens?«

»Havreux. – Sie hatten mich angerufen, Ella. Tut mir leid, dass ich mich jetzt erst melde. Ich war in einer Besprechung. Was gibt es? Ist etwas passiert?« Wie immer klang seine Stimme dunkel und weich.

»Nein, es ist nichts passiert. Ich … ich wollte Ihnen nur sagen, dass es bei mir später wird.«

Schuldbewusst verzog sie das Gesicht. Genau genommen

waren sie in einer knappen Viertelstunde bei ihr zu Hause verabredet. Vermutlich war er schon auf dem Weg.
Schweigen. Dann: »Okay. Alles klar. Können Sie abschätzen, wie viel später es wird? Oder andersherum: Wann soll ich da sein?«
Sie rieb sich über die Stirn. Am Ende des Korridors sah ein Mann zu ihr her, musterte sie aufmerksam. In den letzten Tagen hatte sie ihn mehrmals hier auf der Station gesehen. Allerdings wusste keine der Schwestern oder Pfleger, wen er besuchte. Und ob überhaupt. Die Art, wie er sie ansah ... unwillkürlich schauderte sie. Wenn er morgen auch wieder auftauchte, würde sie den Sicherheitsdienst rufen.
»Sagen wir in ...«, sie warf einen schnellen Blick auf die Uhr, » ... anderthalb Stunden?« Dann hätte sie vielleicht sogar noch die Chance, schnell zu duschen, bevor er kam. »Ist das in Ordnung?«
»Natürlich. – Sie klingen müde, Ella. Wir hatten eine Abmachung. Schon vergessen?«
»Ich weiß.« Was sollte sie sonst sagen? ›*Es tut mir leid*‹? Sie war Ärztin. In ihrem Beruf gab es nur ganz oder gar nicht. Zumindest für sie.
Wieder schwieg er eine Sekunde. Als er dann sprach, konnte sie sein Kopfschütteln förmlich hören.
»Also gut. Wissen Sie was? Vergessen Sie unsere Stunde heute Nachmittag.«
»Was?« Beinah hätte Ella das Handy vom Ohr genommen und es angestarrt. »Aber ...«
»Kein Unterricht heute. Zumindest nicht so wie bisher. Ich zeige Ihnen etwas anderes. – Wir sehen uns nachher! Bis dann!«
»Äh ... in Ordnung. Bis dann!« Irritiert legte Ella auf und schob das Handy, nachdem sie einen Moment ratlos auf das Display geblickt hatte, in die Hosentasche zurück. Sie

war sich nicht sicher, ob Havreux ihre letzten Worte überhaupt noch gehört hatte. In ihrer Magengrube hatte sich plötzlich ein seltsam mulmiges Gefühl eingenistet. ›*Ich zeige Ihnen etwas anderes.*‹ Was auch immer das heißen mochte. – Der Mann am anderen Ende des Korridors war verschwunden. Zum Glück.

Über dem Rauschen der Dusche hätte sie das Klopfen an der Haustür beinah nicht gehört. Er war zu früh! Hastig drehte Ella das Wasser ab, griff sich ihren Bademantel und rannte die Treppe hinunter. »Ich komme!« Ihre Füße hinterließen nasse Abdrücke auf den Stufen. So verrückt es selbst für ihre eigenen Ohren klang: Inzwischen freute sie sich auf die Stunden mit Havreux. Nein, genau genommen genoss sie seine Anwesenheit geradezu. Immer mehr. Zu Anfang war alles irgendwie steif gewesen. War *er* steif gewesen. Seltsam ... distanziert. Erst nach und nach hatte er begonnen, sich zu entspannen. Sich *richtig* zu entspannen. Als hätte ganz allmählich eine ... Maske zu bröckeln begonnen. Sie mochten noch nicht beim Du angekommen sein – wofür Ella eigentlich fast wieder dankbar war, erhöhte zu viel Vertrautheit doch die Gefahr, dass die Sache mit ihm sich möglicherweise verkomplizieren könnte –, aber ihr Unterricht bei ihm hatte seit kurzem fast etwas von einem lässigen Treffen von zwei guten Bekannten, vielleicht sogar fast so etwas wie Freunden, bei einer oder zwei Flaschen Bier.
Noch halb damit beschäftigt, den Gürtel zu binden, öffnete sie die Tür. »Sie sind zu früh! Ich brauche noch fünf ... – Roland.« Unwillkürlich zog sie den Ausschnitt des Bademantels beim Anblick ihres Ex enger zusammen. Ihr Lächeln erstarb. »Was willst du hier?«
»Hi, Honey. Wie geht es dir? Du warst im Krankenhaus,

habe ich gehört.« Roland Piers lehnte sich gegen den Türrahmen.
Ella machte einen Schritt zurück, den Türgriff noch immer in der Hand. Sie hätte damit rechnen müssen, dass er früher oder später hier auftauchte. Wie immer war sein Timing genial. »Es hat sich ausgehoneyt. Und wie du siehst, bin ich wieder zu Hause. Eine ganze Weile schon, übrigens. Danke der Nachfrage. – Was willst du hier?«
»Anscheinend erwartest du jemanden …«
»Ich wüsste nicht, was dich das angeht. Noch mal: Was willst du hier, Roland? Deine Sachen? Die stehen in der Garage. Der Karton auf der alten Holzkommode. Hol sie dir und geh wieder!«
»Wow, was bist du heute unfreundlich, Honey. Willst du mich nicht wenigstens einen Moment reinbitten? Um der alten Zeiten willen. Du kochst bestimmt noch immer so einen genialen Kaffee.«
Garantiert nicht nach der SMS, die er ihr damals nach ihrem Streit auf dem Parkdeck geschickt hatte. Warum war ihr eigentlich nicht schon viel früher aufgefallen, was für ein selbstgefälliger Vollidiot Roland war? »Nein, ich will dich nicht reinbitten. Und nein, ich koche dir auch keinen Kaffee. Nimm deine Sachen und verschwinde!« Sie schloss die Tür. Wollte es zumindest.
Roland stemmte die Hand dagegen und drückte sie noch ein Stück weiter auf. »Sag nicht, du hast schon einen Neuen am Start. – Natürlich, klar. Wem sonst würde eine Frau wie du die Tür im Bademantel aufmachen? Auch wenn es noch nicht allzu weit mit euch sein kann, wenn du ihn noch siezt. Hast du Angst, ich könnte ihm ein paar Dinge über dich erzählen?«
»Ob ich einen ›Neuen‹ habe oder nicht, geht dich gar nichts an! Hau einfach nur …«

Das Geräusch eines Automotors auf ihrer Auffahrt ließ sie über Roland hinwegsehen. Der drehte sich ebenfalls um. Die Sonne glänzte auf dem silbergrauen Lack von Havreux' Mercedes; wie immer parkte er direkt hinter ihrem Impala. Der Motor erstarb. Ella unterdrückte ein Stöhnen. Und fragte sich gleichzeitig, warum es ihr so unangenehm war, dass Havreux ihren Ex-Freund kennenlernte. Weil sie sich davor fürchtete, was er über sie denken könnte, wenn er herausfand, mit was für einem Esel sie zusammen gewesen war? Ohne Hast stieg Christian Havreux aus und verharrte einen Moment nahezu reglos neben seinem Wagen, die Hand an der offenen Tür, und sah zu ihnen her. Seine Augen wurden schmal ... Und plötzlich wirkte er seltsam ... gefährlich. Als hätte der Christian Havreux, den sie kannte, unbemerkt einen Schritt zur Seite gemacht und an seiner Stelle stünde jetzt ein ganz anderer Mann – der ihm nur täuschend ähnlich sah. Und um den herum sich die Schatten zusammenzuziehen, dunkler zu werden schienen, tiefer, bedrohlicher ...
Dann schloss er die Autotür und kam anscheinend vollkommen entspannt auf sie zu. Und erinnerte Ella gleichzeitig an ein Raubtier, das genau wusste, dass sein Opfer keine Chance hatte. Er bedachte Roland mit einem flüchtigen Nicken, während seine Augen unverwandt auf Ella lagen.
Einen knappen halben Meter hinter ihrem Ex blieb er stehen. »Irgendwelche Probleme?« Scheinbar gelassen schob er den Autoschlüssel in die Hosentasche.
Ella schloss die Finger fester um den Türgriff. Ihr war nur zu bewusst, wie Roland Havreux musterte, ihn geradezu taxierte, die verwaschenen Jeans und das einfache Hemd mit dem Mercedes-Cabrio auf einen Nenner zu bringen, eventuell herauszufinden versuchte, wo die Schwachpunk-

te des anderen waren. Ihr Mund war trocken. »Nein. Keine Probleme. Roland wollte gerade seine Sachen aus der Garage holen und dann gehen.«
Wie erstaunt drehte Roland sich zu ihr um. »Was ist mit dem Kaffee, Honey …«
»Hol deine Sachen und verschwinde endlich, Roland!«
»Ach, komm schon, Honey! Gib mir eine zweite Chance …«
»Ganz offenbar will sie das nicht.« Die Hände noch immer in den Hosentaschen, bewegte Havreux sich an Roland vorbei, bis er neben der Haustür stand.
Rolands Lippen wurden zu einem dünnen, harten Strich. Wie zuvor wanderte sein Blick an Havreux auf und ab. »Und Sie sind …?« Aus jedem seiner Worte sprach pure Feindseligkeit.
Havreux' Lächeln jagte Ella eine Gänsehaut den Rücken hinab. *›Der Kerl, der dir den Arsch aufreißt, wenn du nicht bald verschwindest‹*, schien es zu sagen. »Soll ich Ihnen helfen, Ihre Sachen aus der Garage zu holen, oder schaffen Sie das allein, Roland?« Im selben Tonfall hätte er eine alte Dame fragen können, ob er ihr über die Straße helfen durfte. Roland ballte die Hände zu Fäusten – und schluckte ein paar Mal krampfhaft.
»Okay, das reicht!« Mit einer entschiedenen Bewegung öffnete Ella die Tür weiter, drängte sich zwischen die beiden. Weder brauchte sie einen Ritter in weißer Rüstung noch zwei Kerle, die sich ihretwegen am Ende vor ihrer Haustür an die Kehle gingen. Nicht, dass auch nur einer von beiden ein Recht darauf hätte. Sie schob das Kinn vor. Havreux machte unter ihrem Blick einen Schritt zurück. Mit ihm würde sie sich später befassen. Das Raubtier blieb. Ebenso die Schatten und die Gefahr. Sie funkelte ihren Ex an. »Du verschwindest, Roland. Jetzt. Ob mit

oder ohne deine Sachen, ist mir egal. Oder ich rufe die Cops. Wir sind fertig miteinander.«
Seine Augen huschten von ihr zu Havreux. Wieder schluckte er. Und plötzlich wurde Ella klar, dass das keine Arroganz mehr in seinem Blick war – vielleicht hatte er die Veränderung nicht bemerkt, die sie bei Havreux zu sehen geglaubt hatte. Aber offenbar hatte irgendein Teil in seinem Verstand begriffen, dass er hier gerade nicht das Alphamännchen war. Eine Art uralter Überlebensinstinkt, der dafür verantwortlich war, dass die männliche Hälfte der Menschheit sich nicht schon vor Jahrtausenden gegenseitig ausgelöscht hatte? Und jetzt hatte er keine Ahnung, wie er aus dieser Situation rauskam, ohne dass es aussah, als würde er den Schwanz einziehen. Ein Roland Piers verließ den Platz nur als Sieger … Der Blick, mit dem er sie bedachte, war wütend. Dann zischte er: »Das wirst du noch bereuen«, machte kehrt und marschierte die Einfahrt hinunter.
»Fahr zur Hölle!« Offenbar würden seine Sachen noch etwas länger in ihrer Garage stehen. Auch gut. Notfalls gab es Boten. Und Mülltonnen. Neben ihr rührte Havreux sich nicht, sondern sah Roland einfach nur nach, bis er die Straße und seinen Wagen erreicht hatte. Als er sich schließlich doch zu ihr umdrehte, war das Gefährliche mit einem Schlag wie weggewischt. So, als wäre es nie da gewesen. Sekundenlang musterten sie einander. Bis Ella mit einem scharfen Laut die Luft ausstieß. »Was sollte das eben?«
Havreux schob die Hände noch ein Stück tiefer in die Hosentaschen, neigte den Kopf, sagte aber nichts.
Sie schnaubte, machte kehrt und ging ins Haus zurück. Und wirbelte noch in der Tür wieder zu ihm herum, stieß mit dem Zeigefinger nach ihm. »Mit Roland wäre ich auch ohne Ihre Hilfe fertig geworden. Ich brauche niemanden, der für mich den Beschützer spielt, klar?«

Abwehrend hob Havreux die Hände. Er wirkte wieder vollkommen harmlos. Die personifizierte Sanftmut. »Natürlich nicht. Ich bitte um Entschuldigung, wenn ich einen anderen Eindruck erweckt habe, Dr. Thorens.«
Chamäleon! Dieser Mann war ein absolutes Chamäleon. Vom Raubtier zum Unschuldslamm in null Komma null Sekunden. Ella schüttelte den Kopf. Und er schaffte es damit tatsächlich, dass sie sich lächerlich vorkam, weil sie ihn deswegen angegiftet hatte.
»Ja, natürlich.« Seufzend nickte sie ins Innere des Hauses. »Kommen Sie rein.« Sie drehte sich um und ging vor ihm her. »Geben Sie mir fünf Minuten, dann bin ich fertig.«
»Ich wollte mich wirklich nicht einmischen, Dr. Thorens.« Havreux folgte ihr, schloss die Haustür. »Und ich bin überzeugt, dass Sie mit diesem Vollidioten allein zu Rande gekommen wären. Aber als ich ankam, sah es aus, als würde er Sie bedrängen. Ich fürchte, da ist ein bisschen der ... Beschützerinstinkt mit mir durchgegangen.« Jetzt klang er zerknirscht. »Wer war der Kerl überhaupt?«
Beschützerinstinkt. Pft. Schon halb die Treppe hinauf, blieb Ella stehen, sah über die Schulter zu ihm zurück. »Mein Ex-Freund, Roland Piers. – Und verkneifen Sie sich jeden Kommentar über meinen Männergeschmack.«
»Okay. Keine Kommentare. Niemals!« Havreux hatte die Hand auf den Pfosten am Ende des Treppengeländers gelegt, schaute zu ihr auf. »Piers? Hat er irgendetwas mit *Piers, Piers & Groh* zu tun?«
»Sein Vater, sein Onkel und der zweite Mann seiner Tante. – Und Ihr ›Beschützerinstinkt‹ ... – Schwamm drüber. Solange Sie mir versprechen, dass Sie keinen weiteren Anfall von Testosteronvergiftung in meiner Nähe erleiden werden.«

Feierlich drückte er die Rechte auf die Brust. »Ich tue mein Möglichstes.« In seinem Mundwinkel zuckte es verräterisch. Ella konnte sich das belustigte Schnauben nicht verkneifen. »Der Himmel beschütze mich vor Männern.« Theatralisch verdrehte sie die Augen. »Verraten Sie mir, was Sie mit mir vorhaben?«

»Lassen Sie sich überraschen, Dr. Thorens.«

»Kein kleiner Tipp?« Sie stieg die Stufen weiter hinauf.

Ein leises Lachen. »Also gut. – Ziehen Sie einen Bikini an.«

Abermals hielt sie inne, drehte sich zu ihm um. »Wir bleiben nicht hier?«

»Nein, wir bleiben nicht hier.« Das Lächeln, das in seinem Mundwinkel hing, pflanzte eine seltsame Hitze in ihr Inneres. *Hör auf damit, Thorens!* Sie räusperte sich. Sie konnte es auch jetzt gleich hinter sich bringen. »Wir müssen über etwas reden.«

»Worüber?« Er trat noch näher an die Treppe heran, hob fragend eine Braue.

»Könnten Sie mir beibringen, meine Gabe zu gebrauchen?«

Von einer Sekunde zur nächsten war sein Blick hart. An seiner Wange zuckte es.

18

Die Gasse zwischen den Lagerhäusern war leer. Trotzdem sah Kristen sich mehrmals wachsam nach allen Seiten um, bevor er den Schlüssel aus seinem Versteck hinter einem zerbrochenen Stein holte – der für jeden anderen Betrachter vollkommen intakt und unverrückbar in die Mauer eingelassen zu sein schien – und das schwere Tor aufsperrte. Ein weiterer, sichernder Blick, während er die Papiertüte vom Boden aufhob, dann schob er es gerade weit genug auf, um sich daran vorbeidrücken zu können, und schloss es direkt wieder. Nur durch die Doppelreihe Glasbausteine direkt unter der Decke fiel Licht in die kleine Halle, die er seit etlichen Jahren immer wieder unter anderen Namen gemietet hatte – obwohl das ganze Lagerhaus ihm gehörte. Einen Moment blieb er hinter der Tür stehen, damit seine Augen sich an das Halbdunkel gewöhnen konnten. Seine kleine Ärztin wollte jetzt also doch ihre Gabe benutzen.

Eigentlich hatte er damit rechnen müssen. Jeder, der diese Gabe in sich trug, konnte über kurz oder lang gar nicht anders, als sie auch einzusetzen, wenn sie erst einmal erwacht war. Bei ihr hatte sich diese Leidenschaft offenbar schon weit früher gezeigt, sonst hätte sie nicht diesen Beruf gewählt. Und würde ihn nicht mit Leib und Seele leben. Unbewusst drehte er den Schlüssel zwischen den Fingern. Anders wäre es leichter gewesen. Er hätte ihr einfach nur das beigebracht, was sie brauchte, um für ihn als Puppenspielerin nützlich zu sein. Sie hätte ihre Gabe nur in seiner Gegenwart eingesetzt, und niemand hätte sie aufspüren können. Aber so …

Im ersten Moment war es ihm kaum gelungen, seinen Ärger vor ihr zu verbergen. Und dann … Er hatte gute Miene zum bösen Spiel gemacht, war mit ihr, wie er es ursprünglich geplant hatte, ein gutes Stück außerhalb von L. A. ans Meer gefahren und hatte ihr gezeigt, wie sie Kraft aus den uralten Machtlinien schöpfen konnte, die dort ebenso verliefen wie unter der Stadt selbst. Anschließend, als sie entspannt neben ihm im Sand gelegen hatte, hatte er versucht, es ihr noch einmal auszureden; hatte versucht, ihr klarzumachen, was sie sich selbst damit antat, ihrem Körper, ihrem Geist, ihrer Seele; dass sie jedes Mal, wenn sie ihre Gabe benutzte, Gefahr laufen würde, dass einer der anderen Hexer sie spürte und fand. – Erfolglos. Sie hatte sich in den Kopf gesetzt, zu lernen, wie sie ihre Gabe benutzen konnte, egal, was er sagte. Und er konnte es nun mal nicht riskieren, dass sie es am Ende auf gut Glück alleine versuchte. Oder – Gott bewahre – sich einen anderen suchte, der es ihr beibrachte. Er hatte keine andere Wahl gehabt, als sich bereit zu erklären, ihr auch das zu zeigen.

Vermutlich würde es auch diesmal nicht allzu lange dauern, bis sie die Grundzüge begriffen hatte. Der Rest kam bei ihr dann meist intuitiv. Seine kleine Ärztin war ein Naturtalent – und hatte keine Ahnung, dass sie inzwischen weit jenseits der ›Basics‹ waren. Letztlich musste er ihr nur noch zwei Dinge beibringen, dann war sie soweit. Er sah auf den Schlüssel hinab. Nun, genau genommen war es gar nicht mal so schlecht, wenn sie lernte, ihre Gabe einzusetzen. Je mehr Übung sie darin hatte, lebendes Gewebe zu beeinflussen, umso leichter würde es ihr auch fallen, den Bannfluch selbst zu manipulieren. Nur für den

letzten Schritt, die Macht der Seelen zu brechen, würde es nur einen einzigen Versuch geben. Entweder – oder. Er ballte die Hand um den Schlüssel zur Faust. Natürlich wäre das alles deutlich einfacher gewesen, wenn er nicht hätte vorgeben müssen, sie nur in den absoluten ›Basics‹ der Magie zu unterrichten. Er hätte ganz andere Möglichkeiten gehabt, um ihr die Dinge zu vermitteln. Trotzdem machte sie gute Fortschritte. Kristen verzog den Mund. *Er* machte gute Fortschritte. Die Blicke, die sie ihm manchmal zuwarf, die Art, wie sie ihm in die Augen sah, wenn er ihr scheinbar zufällig nahe kam ... Wie sie sich die Lippen leckte, ohne es selbst zu merken ... Er hatte sie schon am Haken.
Der Zug um seinen Mund wurde verächtlicher. Im Moment gab er ihr den perfekten Freund. Noch. Als Nächstes kam der Liebhaber. Und dann gehörte sie ihm. Seine kleine Ärztin würde genau das tun, worum er sie bat. Absolut freiwillig.
Er musste nur dafür sorgen, dass sie weiterhin unter dem Radar der anderen blieb. Vor allem unter dem von Lyresha und Aaron. – Der ihm neuerdings immer öfter zu folgen versuchte. Und tatsächlich glaubte, er würde es nicht merken.
Dumm nur, dass er seine kleine Ärztin irgendwann noch einmal mit hinüber in die Schatten nehmen musste, um ihre Puppenspielerfähigkeiten endgültig zu wecken.
Entschieden schob er den Schlüssel in die Hosentasche. Damit würde er sich befassen, wenn es soweit war. Für den Moment musste er dafür sorgen, dass sie ihre Gabe benutzen konnte, ohne jemanden auf sich aufmerksam zu machen. – Diese Mischung aus Bitte, Hilflosigkeit und Sturheit in ihren Augen, als sie ihn gefragt hatte, ob er es ihr beibringen konnte ... Er schnaubte gereizt. Was scherte

es ihn, ob sie ihn mit dem gleichen Blick ansah, mit dem Line ihn und Peer immer um den kleinen Finger gewickelt hatte, wenn sie etwas von ihren Brüdern wollte. Sie sollte tun, worum er sie irgendwann ›bitten‹ würde. Dazu musste sie ihm vertrauen. Wenn er sie auf diese Weise dazu bringen konnte, gab er ihr, was sie wollte. Das war alles. Auch wenn es ihm nicht wirklich in den Kram passte. Und ihn vor allem vor das Problem stellte, wie er sie weiter verbergen konnte. Wenn sie ihre Gabe benutzte, während er in ihrer Nähe war, konnte er sie beinah allein durch seine Anwesenheit überlagern. – Aber er konnte nun mal nicht permanent bei ihr sein.

Mit einer abrupten Bewegung löste er sich von dem Platz hinter der Tür und ging tiefer in die dunkle Lagerhalle hinein. Selbst blind hätte er sich hier zurechtgefunden. Zwischen all den kleinen und großen Kisten und Kästen. So verpackt, dass sie notfalls nur auf einen Anruf hin sofort fortgeschafft werden konnten. Dinge, die einfach nur unter Tüchern verborgen oder sorgfältig in Folie eingeschlagen waren. Dinge, die sich in der ganzen Zeit seiner elenden Existenz angesammelt hatten. Die er hatte verschwinden lassen wollen, weil sie zu mächtig waren, um zu riskieren, dass sie Lyresha oder einer ihrer Kleinen in die Hände fielen. Oder Aaron. Dinge, bei denen allein der Gedanke für ihn unerträglich war, dass *sie* sie in die Finger bekommen könnte … Dinge, die er unbemerkt aus den Ruinen auf Helgoland hatte retten können. Damals.

Es gab Mittel und Wege, seine kleine Ärztin verborgen zu halten, auch wenn er nicht da war. Nur erforderte das deutlich mehr Macht, als Lyresha ihm von seiner zu benutzen erlaubte. Gut, er hätte zu einem der Hexer gehen können, die diese Art Amulette für zahlende Kunden anfertigten. Allerdings musste er absolut sicher sein können, dass es sie verbarg, egal, wie viel von ihrer Gabe sie einsetzte. Das wiederum hieß, der entsprechende Hexer musste mächtig sein und extrem viel seiner Macht in die Zauber des Amuletts hineinfließen lassen. Was zwangsläufig zur Folge haben würde, dass er oder sie sich zu sehr dafür interessierte, für wen dieses Amulett war. – Allein die Information, dass ein solches Amulett in Auftrag gegeben worden war, ließ sich in gewissen Kreisen teuer verkaufen. Dieses Risiko würde er bei seiner kleinen Ärztin nicht eingehen. Also hatte er gar keine andere Wahl, als das Amulett doch selbst anzufertigen. Und den Preis dafür zu bezahlen.

Im hinteren Teil der Halle blieb Kristen schließlich vor einer der Kisten stehen, nahm den Deckel herunter, griff in die Holzwolle, zog, ohne lange suchen zu müssen, das kleine Alabasterkästchen daraus hervor, stellte es auf die Ecke und öffnete es. Die Kette lag ganz obenauf. Auf dem bestickten Gürtel, dessen Gelb inzwischen beinah gänzlich verblasst war, den Bändern, dem nahezu vollständig verbrannten Stofffetzen, der von Majtes Hochzeitskleid übrig geblieben war …

Er nahm sie heraus. Das Silber war angelaufen. Der Bernstein daran war ungefähr so lang wie sein Daumen und von einem dunklen, klaren Grün. Kristen ließ ihn von der Kette baumeln. In seinem Inneren waren eine Ameise und ein kleines Stück eines Blattes eingeschlossen. Er hätte der alten Frida nicht erlauben dürfen, ihn Majte abzunehmen. Sein Vater hatte ihn für sie mit uralten und mächtigen Zaubern belegt, die sie vor jeglicher dämonischer Magie beschützt hätten. Wenn sie ihn getragen hätte. Damals. Bei der Geburt ihres Sohnes. Er schloss die Finger härter um die Kette. Die alte Hexe hatte den Tag nicht überlebt, an dem Lyresha ihm erzählt hatte, welchen Anteil sie an Majtes Tod hatte. Und dem seines Sohnes … Majte. Seine Majte. Sie hatte nicht mehr aufgehört zu bluten …

Kristen verdrängte die Bilder, ließ den Bernstein beinah übertrieben vorsichtig in seine Handfläche gleiten, die Kette daraufrieseln. Das, was an Magie noch daranhing, würde ihm jetzt helfen, bedeutete es doch, dass er bei dem Zauber für Ella nicht bei null anfangen musste.

Er streifte die Kette über den Kopf, suchte sich eine freie Stelle zwischen den Kisten, stellte die Tüte auf den Boden und machte sich daran, alles vorzubereiten: die Kerzen, die Kristalle, die Kräuter … Sosehr er diese selbsternannten Hexen und Hexenmeister verabscheute, ein Gutes hatte ihre Existenz: Was er früher unter Lebensgefahr hatte beschaffen müssen, konnte man jetzt an jeder Ecke in einem dieser Esoterikläden legal kaufen.

Schließlich kniete er sich in die Mitte des Bannkreises. Er würde nicht verhindern, dass der Bannfluch erwachte und ihn für das, was er gleich tun würde, bezahlen ließ – er regte sich ja schon unruhig auf seiner Haut, seit er den Bernstein aus dem Kästchen genommen hatte … Als würde Majte sich daran erinnern … Aber zumindest konnte er so dafür sorgen, dass Lyresha nicht spürte, wo er war – und am Ende noch herausfand, wofür er seine Macht weit über das ihm erlaubte Maß geweckt hatte.

Kristen nahm die Kette ab und schlang sie um die weiße Kerze in der Mitte der anderen, so, dass der Bernstein am Wachs lag, ohne den Boden zu berühren … Dann rief er seine Macht.

Zu wissen, dass der Bannfluch erwachen würde, bedeutete noch lange nicht, dass er tatsächlich auf den brüllenden Schmerz vorbereitet war, der ihn erfasste, als er begann. Er krümmte sich, konnte kaum noch atmen. Er wusste nicht, ob er schrie. – Und er wusste noch viel weniger, wie er es schaffte, die reißende Qual in seinem Verstand und das Wüten des Bannfluchs auf seiner Haut auszublenden, während er tat, was er tun musste, um die Magie an den Bernstein zu binden ...

Unter dem Schmerz hörte die Zeit auf zu existieren ...

Irgendwann war es getan, der Zauber beendet ...

Kristen brach bewusstlos zusammen.

19

»Es reicht, Ella.« Über ihre Schulter hinweg griff Dr. Jacobs nach James Warners Krankenakte und nahm sie ihr aus der Hand. »Sie haben vorhin im OP ganz ausgezeichnete Arbeit geleistet.« Irritiert beobachtete sie, wie er die Mappe an Patric weiterreichte, der sie kommentarlos auf den Stapel legte, den er ihrem Chef bereits hinterhertrug. »Und ich gebe zu, ich hätte nicht geglaubt, dass Sie es schaffen, James zurückzuholen. Aber jetzt ist es genug.« Wenn sie ehrlich war, hatte sie es einen kurzen Moment auch nicht gedacht. Dafür wusste sie jetzt, wie es sich anfühlte, wenn man seine Kraft bis zum Äußersten ausschöpfte. Und noch ein bisschen weiter ging. Es hatte deutlich mehr als nur einen kleinen ›Schubs‹ gebraucht, um James' Herz davon zu überzeugen, dass es wieder schlagen sollte. Sie legte die Hand um den Bernsteinanhänger, den Havreux ihr gegeben hatte, damit sie ihre Gabe benutzen konnte, ohne Gefahr zu laufen, dass ein anderer Hexer sie dadurch aufspüren konnte. Er hatte sie mehr als einmal gewarnt. Die Quittung hatte sie unmittelbar danach bekommen. Sie fühlte sich, als hätte sie eine 72-Stunden-Schicht ohne Pausen hinter sich und wäre dazu noch einen Marathon gelaufen. Im Moment hatte der Ausdruck ›Blei in den Knochen‹ ganz neue Dimensionen angenommen. Dr. Jacobs musterte sie und nickte dann, als hätte sie gerade einen Verdacht, den er hatte, bestätigt. »Sie schlafen ja gleich im Stehen ein, Ella! Machen Sie Schluss für heute und gehen Sie nach Hause. Gönnen Sie sich einen entspannten Abend.« Genau das hatte sie vorgehabt. Nach Hause zu gehen. Ihr Kittel hing schon in ihrem Spind. Sie hatte nur noch einmal einen schnellen Blick auf James Warners letzte Werte werfen wollen. Auch wenn das mit dem entspannten Abend nichts werden würde. Sie war mit Havreux verabredet. Er wollte mit ihr ausgehen, eine kleine Belohnung für ihre Fortschritte in Sachen Magie – die gleichzeitig eine Art Abschiedsfeier werden sollte, weil er ihr, was die Basics betraf, eigentlich nichts mehr beibringen konnte. Ella hatte sich dabei ertappt, dass sie geradezu erschrocken darüber nachgedacht hatte, wie sie ihn dazu bringen konnte, nach diesem Abend weiter zu ihr zu kommen. Es war verrückt. Sie hatte keine neue Beziehung gewollt, aber Christian war … anders. Jeder Mann, den sie bisher so weit in ihr Leben gelassen hatte wie ihn, hatte ab einem gewissen Punkt begonnen, sie unverhohlen zu umwerben. Und ihr dann irgendwann auch in einer gewissen Erwartungshaltung zu begegnen. Christian Havreux … Nichts dergleichen. Sie diskutierten über Football, Umweltkatastrophen – wobei er keinen Hehl daraus machte, dass er der Meinung war, die Erde arbeite gerade ernsthaft und erfolgreich daran, die Krankheit ›Homo sapiens‹ loszuwerden –, Finanzkrisen, Kriege, Aufstände, die neusten Filme und den damit verbundenen Tratsch. Er massierte ihr Schultern und Nacken, wenn sie nach einer viel zu langen Schicht zu ihrem Unterricht bei ihm kam, ohne ein Wort darüber zu verlieren, dass sie mal wieder zu spät war, schnippelte mit ihr in der Küche die Zutaten für einen Salat und ließ sich auch dazu abstellen, die Pasta-Sauce umzurühren. Er versuchte sogar, sich mit Sushi anzufreunden, die ihn nach wie vor mit gesträubtem Fell und Fauchen begrüßte … Aber keine Spur von Avancen. Dabei zeigte er ihr deutlich, dass er sie für attraktiv hielt. Attraktiv und begehrenswert. Allerdings auf eine unterschwellige Weise. Ein Blick, ein Lächeln … Wenn seine Hand für einen Sekundenbruchteil ihre streifte … Niemals explizit. So, als würde er darauf warten, dass sie eine unausgesprochene Frage mit Ja beantwortete. Dass sie ihm erlaubte, sie zu umwerben. Aber heute Abend … Er hatte ihr deutlich zu verstehen gegeben, dass dieses Treffen für ihn ein Date war. Trotzdem hatte sie zugesagt. Und hatte Herzklopfen bei dem Gedanken, wohin es sie führen würde. Und wo es endete.

Ella schob die Hände in die Hosentaschen – und verbiss sich ein Lächeln. Offenbar färbten Christian und seine Gewohnheiten ab. Im nächsten Moment musste sie hastig ein Gähnen unterdrücken. »Okay, ich gehe. Aber Sie rufen mich an, falls irgendetwas mit James ist, ja?«

Dr. Jacobs schüttelte mit einem theatralischen Seufzen den Kopf. »Dieses Krankenhaus wird nicht in Flammen aufgehen, wenn Sie nicht da sind. – Ja, ich rufe Sie an. Und jetzt verschwinden Sie, Ella, bevor ich Sie vom Sicherheitsdienst zu Ihrem Auto eskortieren lasse.« Er wies den Gang hinunter. Ella schnaubte, machte kehrt und trollte sich mit einem Winken und einem »Bis morgen!« zu ihrem Büro, um ihre Tasche zu holen.

An der Tür klebte ein Zettel.

Brauche noch deine Rückmeldung zum
Wohltätigkeitsempfang.
Widerrede zwecklos. Du kommst!
Muss nur wissen: Allein? Mit Begleiter? ☺

Gruß,
Sarah

Ella zog ihn ab, ging hinein und zum Schreibtisch und pappte ihn an den Bildschirm des PC. Sie hatte gehofft, Sarah würde sie vergessen oder zumindest ein anderes Opfer finden. Leider war sie als Jacobs' Sekretärin viel zu kompetent. Und außerdem der Meinung, dass Wohltätigkeitsempfänge der ideale Ort waren, um Leute mit Beziehungen kennenzulernen, die einem vielleicht einmal privat oder beruflich nützlich sein könnten. Ganz nebenbei hatte sie sich in den Kopf gesetzt, Ella möglichst weit oben auf der Karriereleiter sehen zu wollen. Entsprechend bestand Sarah darauf, dass sie zu diesem Empfang kam.

Ob sie Christian fragen sollte? Ella schlang sich den Riemen ihrer Tasche über die Schulter, verließ ihr Büro wieder und schloss ab. Fragen konnte sie ihn, aber sie sollte sich wahrscheinlich keine Hoffnungen machen, dass er sie tatsächlich begleiten würde. ›Christian Havreux‹ und ›Öffentlichkeit‹ vertrugen sich nun mal anscheinend nicht besonders. Im Gegenteil war er offenbar wild entschlossen, sein Image als geheimnisvoller, millionenschwerer Einsiedler um jeden Preis beizubehalten.

Marisol Martinez winkte ihr zu, als Ella an ihrem Krankenzimmer vorbeiging. Noch immer schwach, aber eindeutig auf dem Weg der Besserung. Ella lächelte und winkte zurück.

Hinter der nächsten Gangbiegung blieb sie abrupt stehen. Der Mann war wieder da! Am anderen Ende des Korridors. Er sah zu ihr her. Groß, dunkelhaarig. Verwirrend grüne Augen, deren Farbe sie selbst auf diese Distanz erkennen konnte. Sie umklammerte den Riemen ihrer Tasche fester. Jeden Tag, spätestens jeden zweiten, tauchte er entweder hier, auf ihrer Station, oder unten, in der Notaufnahme, auf. Immer dort, wo sie gerade Dienst hatte. Sie hatte schon zwei Mal den Sicherheitsdienst gerufen. Aber bis Charlie oder einer seiner Kollegen da gewesen waren, war er schon wieder verschwunden. Niemand außer ihr schien ihn zu bemerken. Keine der Schwestern, keiner der anderen Besucher. Selbst in der Lobby … niemand konnte sich an ihn erinnern. Obwohl sie ihn so detailliert beschrieben hatte, wie sie konnte. Und diese Augen mussten doch irgendjemandem auffallen. – Nicht nur seine Augen. Alles an ihm …

Die Tür zu einem der Zimmer öffnete sich und verbarg den Mann für einen Moment, während eine der Schwestern die alte Mrs. Newburg Schritt um Schritt an ihrer Gehhilfe auf den Korridor hinausführte. Ella machte einen Schritt zur Seite, um an den beiden und der Tür vorbeisehen zu können … Der Mann war verschwunden.

»Alles in Ordnung, Dr. Thorens?«

Keuchend vor Schreck fuhr sie herum. »Charlie!« Sie presste die Hand auf die Brust. »Was …?«

»Eigentlich hat Dr. Jacobs mir befohlen, Sie aus seiner Klinik zu werfen, falls ich Sie noch irgendwo hier finden sollte …« Charles Hoyt runzelte die Stirn, spähte an ihr vorbei den Korridor hinunter. »Ihr Stalker?«

»Ich … glaube, ja.« Sie hatte sich in Afrika mit gemeingefährlichen Mördern angelegt, die sich selbst als Revolutionäre und Befreier bezeichneten, sie hatte keine Probleme damit, eine Patientin in einer der verrufensten Gegenden L.A.s zu besuchen … aber ein Unbekannter in den hell erleuchteten Fluren des *California Medical* schaffte es, sie beinah in Panik zu versetzen.

Charlie nickte und griff nach dem Mikrofon seines Funkgeräts, das an der Schulter seines Uniformhemdes befestigt war. Ein Knacken ertönte. »Charlie hier. Dr. Thorens' Stalker ist wieder da. Seht euch mal nach ihm um.« Rauschen, Knacken und die Stimme von einem von Charles' Kollegen.

Ella verstand nicht, was er sagte. Unruhig rieb sie die Handflächen gegeneinander. Vermutlich würden die Männer wie immer keine Spur von dem Unbekannten finden. »Ich bringe sie zu ihrem Wagen. Melde mich dann wieder.« Er ließ die Hand sinken, sah Ella an. Schnell schüttelte sie den Kopf. »Es ist nicht nötig, dass Sie mich zu meinem Auto begleiten, Charlie.«
Der hob nur die Schultern. »Wenn man's genau nimmt, war das doch sowieso mein Auftrag. Und nach dem, was dieser Wahnsinnige vor zwei Monaten am *Olympia Medical* angerichtet hat, sollten wir kein Risiko eingehen. – Kommen Sie, Doc.« Er nickte den Gang hinunter.
Ella fügte sich mit einem Seufzen.
Charlie begleitete sie tatsächlich durch den gesamten Komplex bis zum Parkdeck des Krankenhauses, wartete, bis sie in ihren Wagen gestiegen war, und sah ihr nach, als sie davonfuhr.
Warum wagte sie eigentlich nicht, darauf zu hoffen, dass er und seine Kollegen den Kerl diesmal aufspüren würden? Weil er unter Garantie genauso spurlos verschwunden sein würde wie bisher jedes Mal.
Sie bog aus der Ausfahrt, reihte sich in den übrigen Verkehr ein. Die Sonne hing schon tief über den Dächern der Häuser, verschwand sogar bereits hinter dem ein oder anderen der Hochhaustürme. Ella warf einen schnellen Blick auf die Uhr. Verdammt. Sie war um einiges später, als sie angenommen hatte. Wahrscheinlich würde Christian sie schon auf der Hollywoodschaukel auf der Veranda erwarten, wenn sie nach Hause kam. Sollte sie ihm von dem Kerl erzählen? Und dann? Was sollte er tun? Sie jeden Tag ins Krankenhaus begleiten, als wäre sie ein kleines Kind, das Angst vor seinem eigenen Schatten hatte? Ihr einen professionellen Bodyguard besorgen? Ella schauderte allein bei

dem Gedanken. Nein danke. – Und wenn … Nein! Christian hatte gesagt, die Magie, die er an den Bernstein gebunden hatte, würde verhindern, dass andere Hexer sie aufspüren konnten, wenn sie ihre Gabe gebrauchte, auch wenn er nicht in ihrer Nähe war. Wie groß war die Chance, dass es sich bei dem Typen um mehr als einen ganz normalen Stalker handelte? Wenn überhaupt. In dubio pro reo. Der Mann konnte ebenso gut tatsächlich jemanden besuchen. Oder er arbeitete möglicherweise irgendwo im Krankenhaus. Außerdem: Sie hatte ihre Probleme ihr ganzes Leben allein gelöst. Sie würde jetzt nicht anfangen, etwas daran zu ändern.

20

Du hast aber nicht lange gebraucht, um sie zu vergraulen, Mac. – Oder hast du noch gar keinen Kontakt zu ihr aufgenommen?«

»Letzteres.« Mac drehte sich zu der Stimme um. »Du wolltest doch umziehen, J. J.«

Verständnislos runzelte die junge Frau, die gerade die letzte Stufe herab und quer durch den leeren Club auf ihn zugeschlendert kam, die Stirn. »Ich wollte bitte was? Ich weiß zwar nicht, was dich auf diese Idee gebracht hat, Mac, aber ich mag mein Loft. Entsprechend habe ich nicht vor, an meiner Wohnsituation etwas zu ändern.« Das Klacken ihrer Absätze endete, als sie stehen blieb und zuerst ihre elegante Aktentasche und dann ihren grauen Blazer auf einen der Stühle warf. Mit einem erleichterten Stöhnen streifte sie die High Heels ab. »Wenn die Verhandlung noch länger gedauert hätte, wäre ich in den Dingern gestorben.«

»Und du wolltest Urlaub nehmen.«

Abrupt drehte sie sich zu ihm um, starrte ihn an. »Bist du übergeschnappt? Ich kann keinen Urlaub nehmen. Nicht jetzt. Wycliff will mich zum Partner machen. Weißt du, was das heißt? J. J. Barnes, Partner bei *Wycliff & Walters!* Das ist der Sprung in die Oberliga der Wirtschaftsanwälte.« Sie schüttelte den Kopf. »Tut mir leid, Mac, was auch immer du vorhast: Das kann ich nicht aufs Spiel setzen.«

»Und was, wenn ich dir garantiere, dass du Partner wirst, auch wenn du Urlaub nimmst?«

Diesmal schnaubte J. J. »Das kannst selbst du nicht.«

Er lächelte.
Mit schmalen Augen musterte sie ihn. »Dir ist klar, was ich mit dir mache, wenn es doch nicht klappt.«
»Ich kann's mir lebhaft vorstellen.« Er zog sich einen Barhocker heran, verschränkte die Arme auf der Lehne. »Egal, ob du dir Urlaub nimmst oder nicht: Du wirst Partner bei *Wycliff & Walters*. Versprochen!«
»Aber ›Gott‹ muss ich noch nicht zu dir sagen?«
Mac schnitt eine Grimasse.
Eine Sekunde musterte sie ihn erneut, dann warf sie die Hände in die Luft. »Also gut. Meinetwegen. Dann nehme ich Urlaub.« Sie drohte ihm mit dem Finger. »Aber ich ziehe nicht um.«
»Da wirst du nicht drum herumkommen, weil das essentieller Bestandteil des Plans ist. – Aber du kannst wieder zurückziehen, wenn alles vorbei ist.«
Es war J.J. anzusehen, dass sie ihm widersprechen wollte. Sekundenlang. Dann schloss sie den Mund wieder. »Okay …« Mit einem Seufzen ließ sie sich auf den nächstbesten Stuhl fallen. »Was hast du diesmal wieder vor?« Sie sah zu Markus und David. »Oder sollte ich ›ihr‹ sagen? Und warum muss eigentlich ich dabei mitspielen? Warum kann das nicht Yaz machen? War ich einfach nur gerade zur falschen Zeit am falschen Ort?«
»Yaz ist dazu ein bisschen zu … schrill.«
»Ich kann mir die Haare auch blau färben. Geht ganz schnell. Und solche riesigen Klimperohrringe habe ich sicher auch noch irgendwo. Nur das Piercing …« Als Mac eine Braue in die Höhe zog, hob sie beschwichtigend die Hand. »Schon gut. War nur ein Versuch. Das ist es also nicht *nur*, was du mit schrill gemeint hast.« Abermals ließ sie ein Seufzen hören. »Wie sieht dieser Plan aus? Ich nehme mal an, er hat etwas mit der Hexe zu tun, die du im

Verdacht hast, eine ziemlich mächtige Heilerin zu sein? Und die du heute eigentlich hierherbringen wolltest.« J.J. schlug die Beine übereinander und verschränkte die Hände über dem Knie. Macs Schweigen ließ sie den Kopf neigen. »Ich dachte, du bist dir inzwischen sicher?«

»Ja und nein. Irgendetwas ist da an ihr. Und gleichzeitig kann ich es noch nicht mit absoluter Sicherheit sagen.«

»*Du* kannst es nicht mit absoluter Sicherheit sagen? *Du?*«

»Noch nicht!«

»Aber du bist dir sicher, dass sie dein Findling aus dieser Gasse ist?«

»Absolut.«

»Könnte es ein Nachhall deiner eigenen Magie sein? Oder unser aller?«

»Nein. Vor allem nicht nach so langer Zeit. Was auch immer an ihr ist, es ist definitiv etwas anderes. Deshalb will ich ja auch, dass sie jemand unauffällig im Auge behält.«

Den Ellbogen auf der Ecke des Tresens, räusperte David sich. »Aber du bist immer noch der Meinung, dass sie wirklich eine Puppenspielerin sein könnte?«

Mit einem schnellen Blick über die Schulter zu ihm hin nickte Mac. »Das ist zumindest das, was ich damals geglaubt habe, an ihr zu spüren: Die Gabe einer Heilerin und die Ahnung von etwas anderem, was eigentlich nur die Macht einer Puppenspielerin sein kann.«

»Eine Puppenspielerin?« J.J. zog die Brauen in die Höhe, sah von Mac zu David, weiter zu Markus und zurück zu Mac. »Und wann wolltet ihr mir *das* sagen?«

»Bei Gelegenheit.« Mac stellte den Fuß auf die Strebe zwischen den Stuhlbeinen.

Das ›Ja, klar‹ stand überdeutlich in J.J.s Gesicht. »Eine Puppenspielerin also.« Sie neigte den Kopf. »Die wievielte seit ich-weiß-nicht-wann?«

»Ziemlich lang.« Er lehnte sich ein Stück näher an die Lehne des Hockers heran. »Und ich habe nicht vor, eine Hexe mit dieser Gabe noch länger ohne Schutz da draußen allein zu lassen. Denn wenn es tatsächlich so ist, wie ich vermute, wird sie sich über kurz oder lang verraten.«
»Und wo komme ich dabei ins Spiel?« J.J. strich sich den knapp knielangen Kostümrock glatt.
Nachlässig hob Mac die Schultern. »Das Haus neben ihrem steht zum Verkauf. Ich möchte, dass du dort einziehst und sie im Auge behältst. Unauffällig. Als ihre Nachbarin und Freundin. Bring sie dazu, dir zu vertrauen.«

21

Christian Havreux war nicht da. Die Einzige, die sie – äußerst ungeduldig – erwartete, war Sushi. Die Botschaft aus ›Meau‹, Schnurren, Blicken und Vor-ihr-hin-und-her-Streichen war deutlich: »Ich habe Hunger! GANZ großen HUNGER!« Die Stirn gerunzelt, schloss Ella die Tür auf. Es passte gar nicht zu ihm, sich so massiv zu verspäten. Sollte sie sich Sorgen machen? Sushi flitzte vor ihr ins Haus und geradewegs in die Küche. Ella machte das Licht an, legte ihr Handy wie immer auf die Kommode im Wohnzimmer und folgte ihr dann in die Küche. Während sie die Näpfe mit Nass- und Trockenfutter füllte, lauschte sie immer wieder zur Tür. Es gab unzählige Möglichkeiten, warum er sich verspätete: ein Termin, der noch dazwischengekommen war, ein Stau … Wobei die abendliche Rushhour schon lange vorbei war. – Hätte er nicht in beiden Fällen angerufen?

Sie räumte die Futterdose gerade in den Kühlschrank, als sie seinen Wagen in der Einfahrt hörte. Hastig schloss sie die Tür, stieg über Sushi hinweg, die anscheinend der Auffassung war, dass der Rest der Dose auch noch in ihren Napf gehörte, und ging ihm aufmachen. Sie erreichte die Haustür im selben Moment, als der Klopfer zum ersten Mal dagegenschlug, zog sie auf – und hatte ein paar Konzertkarten direkt in Augenhöhe vor sich. Eine Sekunde starrte sie verwirrt darauf, dann holte sie scharf Luft. »Sie haben tatsächlich noch welche bekommen?« Fassungslos sah sie an den Karten vorbei. »Wie haben Sie das geschafft?«

Havreux lachte leise. »Das ist mein Gehei-«
»Lieber Himmel, was haben Sie denn angestellt?« Ohne nachzudenken, machte Ella einen Schritt auf ihn zu. Schlagartig wurde seine Miene schuldbewusst. »Das sieht schlimmer aus, als es ist. Ehrlich! Es ist nicht schlimm.«
»Nicht schlimm?« Sie zog ihn ins Haus, warf die Tür mit dem Fuß ins Schloss, packte ihn gleichzeitig am Kinn und drehte die linke Seite seines Gesichts ins Licht. Und spürte, wie er in derselben Sekunde eine Mauer zwischen ihnen errichtete. Selbst wenn sie versucht hätte, ihre Gabe zu benutzen, wäre sie daran gescheitert. Direkt über dem Wangenknochen loderte eine massive, rote Schwellung. Die Haut unter seinem linken Auge wurde von einem ebenso frischen, verschorften Riss verunziert. »Was zum Teufel haben Sie angestellt?«
Er schnitt eine Grimasse und wand sich aus ihrem Griff. »Ungeschick lässt grüßen.« Seine Augen wichen ihren aus. »Ich bin im Bad ausgerutscht, und ehe ich mich wieder fangen konnte, war die Ecke der Dusche im Weg.« Ein Schulterzucken. »Wie gesagt: Es sieht schlimmer aus, als es ist.«
Ella runzelte die Stirn, betrachtete den Riss, die Schwellung – aus der sehr bald ein hässlicher Bluterguss werden würde. Erst letzte Woche hatte sie eine solche Verletzung bei einer jungen Frau gesehen, deren Freund die Hand ›ausgerutscht‹ war und der eine Schwäche für auffällige Ringe hatte. Die Patientin hatte wieder und wieder beteuert, gegen eine Tür gelaufen zu sein. Nur hatten sich die Abdrücke auf ihrer Schulter und an ihren Armen damit nicht erklären lassen. Wenn es nicht so vollkommen absurd gewesen wäre … *Thorens, deine Fantasie geht mit dir durch.* Mal abgesehen davon, dass er Single war: ›Häusliche Gewalt‹ und ›Christian Havreux‹ in einem Satz passte ungefähr so gut zusammen wie ›Frösche‹ und ›geben

Milch‹. Außerdem hatte sie keine Ahnung, wie seine Dusche aussah.
Erneut musterte sie ihn. Um seine Augen lagen Schatten. Er wirkte ... müde. Als hätte er die vergangene Nacht entweder kaum oder gar nicht geschlafen. Etwas, das bei ihm in letzter Zeit ziemlich häufig vorgekommen war. Sie kannte die Anzeichen dafür aus eigener Erfahrung nur zu gut. Und sie wusste nur zu gut, wie schnell man manchmal ungeschickt wurde, wenn man übermüdet war. »Wie lange ist das her?«
Er zögerte, dann: »Eine gute Stunde. Ich habe noch mal kurz etwas Eis draufgepackt und Heparin-Gel draufgeschmiert. – Deshalb auch die Verspätung.«
»Das wird garantiert noch dicker. – Lassen Sie mich ...« Sie wollte ein weiteres Mal nach seinem Kinn fassen, sein Gesicht wieder ins Licht drehen, doch er wich mit einem Schnauben zurück.
»... darum kümmern? – Bestimmt nicht. Ich habe schon ganz andere Dinge überlebt, Ella. Ich werde garantiert nicht zulassen, dass Sie noch mehr von Ihrer Kraft für mich opfern.« Beinah zärtlich legte er die Hand gegen ihre Wange und sah ihr in die Augen. Sie glaubte, etwas federleicht an ihrer Barriere entlangstreichen zu fühlen. »Schon gar nicht, wenn Sie so müde sind.« Seine Stimme war jetzt verwirrend sanft. Hatte sie tatsächlich geglaubt, er würde es nicht merken? »Will ich wissen, was Sie heute im Krankenhaus getan haben?«
»Nein.« Ella schüttelte den Kopf.
»Das hab ich mir gedacht.« Sein Daumen glitt über ihre Wange. »Sollen wir heute Abend lieber hierbleiben und nicht ausgehen?«
»Haben Sie denn nicht irgendwo einen Tisch reserviert?«
Ein Schulterzucken. »Das lässt sich regeln.« Er lehnte sich ein winziges Stück näher zu ihr. Sein Daumen verharrte.

Abermals sah er ihr in die Augen. Forschend. Fragend. Nachdenklich. Schließlich nickte er. »Ich denke, wir bleiben hier.« Eine seiner Brauen hob sich. »Ein netter, entspannter Abend. Wir bestellen etwas beim Italiener. Oder Chinesen. Bei einem Spanier downtown schmeckt es auch sehr gut und er liefert ebenfalls …« Seine Worten klangen lockend, fast … verführerisch. »Ich glaube, irgendein Spiel der NBA wird auch live übertragen … Oder es findet sich unter Ihren DVDs ein Film …« Er neigte den Kopf. »Was sagen Sie, Ella? Es ist Ihre Entscheidung.«
Ella schluckte. Warum war ihr Mund auf einmal so trocken? »Wir müssen meinetwegen nicht …« Ach verdammt, Pläne waren dazu da, um geändert zu werden … »Klingt gut.« Für einen Sekundenbruchteil zuckte dieses inzwischen so vertraute, kurze Lächeln über seine Lippen. »Wäre es okay, wenn ich dann noch schnell duschen gehe?«
»Natürlich. – Und es ist auch absolut in Ordnung, wenn Sie danach in Jogginghose und T-Shirt wieder herunterkommen.« Er nahm die Hand von ihrer Wange, trat zurück. »Sie gehen ins Bad, und ich sorge für etwas zu essen. Lassen Sie sich Zeit.« Wieder dieses Lächeln. »Bis Sie fertig sind, ist auch der Tisch gedeckt. Versprochen. Ich weiß ja inzwischen, wo alles ist.«
»Rundum-Service?« Sie konnte sich ein Lächeln ihrerseits nicht verbeißen.
»Genau.« Er griff in seine Hosentasche, zog das Handy heraus. »Irgendwelche Präferenzen, was das Essen angeht?«
»Nein. – Allerdings sollte es zu Bier, Cola oder Orangensaft passen. Etwas anderes habe ich nicht im Haus.«
»Alles klar. – Dann lassen Sie sich überraschen, Ella.« Er wies mit dem Kinn zur Treppe, während er schon eine Nummer eintippte. Mit einem Schnauben und einem kleinen

Kopfschütteln stieg sie die Treppe hinauf und ging ins Bad. Und wunderte sich darüber, dass sie diesem Mann so sehr vertraute, dass sie genau das tat: ins Bad und unter die Dusche zu gehen, während er unten das Essen bestellte.

Ella hatte sich für eine schon leicht abgewetzte Cargo-Hose anstelle der von ihm vorgeschlagenen Jogginghose entschieden, als sie wieder herunterkam. Dazu ein Shirt, das eine Knopfleiste bis zur Mitte hatte, wobei sie die oberen zwei hatte offen stehen lassen. – Weil sie erst auf der Treppe bemerkt hatte, dass der dritte Knopf fehlte. – Und einen Hauch Wimperntusche und hellen Lidschatten aufgelegt. Warum, wusste sie selbst nicht.

»Das nenn' ich Timing.« Havreux kam gerade mit zwei Bierflaschen aus der Küche. Wie entschuldigend hob er die Rolle Küchenkrepp, als er zeitgleich mit ihr das Ende der Treppe erreichte.

»Ich habe keine Servietten gefunden …«

»Im Hängeschrank ganz links, neben der Hintertür. Im oberen Fach.« Ein Wassertropfen lief aus ihren Haaren in ihren Nacken hinab. Sie wischte ihn weg, ehe er den Weg ihren Rücken hinunter antreten konnte. »Aber ich kann auch *damit* leben. Sehr gut sogar.«

Seine Augen folgten ihrer Bewegung. »Dann weiß ich beim nächsten Mal ja, wo ich suchen muss.«

Ellas Hand stockte. Als es ihr bewusst wurde, nahm sie ihm hastig die Küchenkrepprolle ab. *Beim nächsten Mal …* Weshalb hatte sie plötzlich Herzklopfen?

»Das Essen ist gerade gekommen. Es gibt chinesisch.« Er neigte den Kopf in Richtung Wohnzimmer. »Wollen wir? – Sonst wird alles kalt.« Mit einer Bierflasche bedeutete er ihr, dass sie vorgehen sollte. »Ich hoffe, Sie haben Hunger.«

Ihr Wohnzimmertisch ertrank unter Schachteln. »Lieber Himmel …«, entfuhr es ihr. Wer sollte das denn alles essen?
»Ich war nicht sicher, ob Sie irgendetwas nicht mögen …« Havreux stand direkt hinter ihr. Sein Arm streifte ihren, als er sich an ihr vorbeischob und zum Sofa ging. Doch anstatt sich zu setzen, drehte er sich wieder zu ihr um, sah sie fragend an. Eine Sekunde, zwei, hob schließlich eine Braue und streckte ihr auffordernd eine Bierflasche entgegen. Im Fernseher lief bereits das Spiel. Die Mavericks gegen die Trail Blazers. Es stand 23 zu 19 im zweiten Viertel.
Mit einem kleinen Kopfschütteln folgte Ella ihm. »Ich bin sicher, solange irgendetwas mit Fisch dabei ist, wird Sushi uns gerne behilflich sein.« Sie nahm ihm das Bier ab, ließ sich auf die Couch sinken.
»Laufen Garnelen auch unter Fisch?« Havreux setzte sich neben sie und begann, Schachteln zu öffnen.
In gespielter Arroganz rümpfte Ella die Nase. »Aber nur, wenn die Schale schon abgepult ist, bitte schön«, erklärte sie in herablassendem Ton und wedelte mit der Hand.
Er hielt inne, schaute sie über eine der Schachteln hinweg an. »O-ha. – Gebackenes Hühnchen süß-sauer?«
»Gern. – Kennen Sie den Spruch nicht: Hunde haben Herrchen, Katzen haben Personal. – Sie hat sich von der Streunerin ganz schnell zur Diva gemausert.«
Es war nicht zu übersehen, dass er mit einem Grinsen kämpfte, während er ihr die Schachtel hinschob. »Solange sie eine gute Mäusefängerin ist …«, er wies auf zwei weitere. »Hier ist noch Reis. Pur und gebacken.«
»Das ist sie. Den Beweis legt sie mir mindestens einmal die Woche vor die Hintertür.« Ella schauderte theatralisch. »Oder bringt ihn mir noch lebend ins Schlafzimmer, um da noch eine Runde damit zu spielen.«

Havreux hatte in eine der anderen Schachteln gespäht, warf ihr jetzt einen Blick aus dem Augenwinkel zu und verzog das Gesicht. »Na, klasse. Mahlzeit.«

Mit einer ganz ähnlichen Miene nickte Ella zustimmend. Dann neigte sie den Kopf zum Fernseher hin. »Bestehen Sie darauf?«

Er folgte ihrem Blick, sah sie wieder an. Sein Ausdruck wurde geradezu schockiert. »Das Spiel zu sehen? Um Gottes willen, nein. Im Gegenteil. Aber ich dachte, Sie …«

»Große Güte, nein!« Schnell schüttelte Ella den Kopf. »Ich beschäftige mich damit nur, weil über die Hälfte meiner männlichen Kollegen Basketball-Irre sind. Damit ich zumindest halbwegs mitreden kann.« Sie stieß ihre Stäbchen in die Schachtel. »Wie wäre es mit einer wunderbar anspruchslosen DVD?«

»Passt für mich. – Was haben Sie?«

Er beobachtete, wie sie aufstand, zu dem Regal neben dem Fernseher ging und sich davorkauerte. Mit den Fingerspitzen fuhr sie an den Hüllen entlang. Und übersprang dabei alles, was Tanzfilm und Romanze war. »*Avatar* im Director's Cut, *Harry Potter*, alle Folgen«, Havreux schnaubte und sie unterdrückte ein Lächeln, »*Königreich der Himmel* im Director's Cut«, sie ließ ihre Finger an *Cats* und *Phantom der Oper* vorbeistreichen, »*Master and Commander, Troja, Gladiator, Face-Off, Verlockende Falle, Ocean's Eleven* …«

»*Ocean's Eleven?*«

Ella sah ihn über die Schulter an. Sein Tonfall ließ nur einen Schluss zu: »Wollen Sie mir erzählen, Sie kennen *Ocean's Eleven* nicht?«

Er räusperte sich. »Nein?« Es klang wie eine Frage.

Sie schnalzte mit der Zunge, während sie die DVD zwischen den anderen hervorzog. »Das, Mr. Havreux, ist eine massive Bildungslücke, die wir heute schließen werden.«

Wieder ein Räuspern. »Ja, Ma'am.« Das unterdrückte Grinsen war nicht zu überhören.
Diesmal bedachte sie ihn mit einem gespielt tadelnden Blick unter einer gehobenen Braue heraus, legte die DVD ein, kehrte nach einem Abstecher zum Lichtschalter neben ihn auf die Couch zurück und angelte sich die Fernbedienung.
»Verraten Sie mir, worum es in dem Film geht?« Havreux hatte sich mit einer Schachtel, deren Inhalt nach irgendetwas mit Curry aussah, in eine Ecke des Sofas zurückgezogen, die Füße auf den Sitz genommen und die Knöchel vor sich gekreuzt. Die Schwellung auf seiner Wange begann, unaufhaltsam eine rotbläuliche Färbung anzunehmen. Er schaffte es anscheinend gerade noch, ein Gähnen zu unterdrücken.
»Und Ihnen den ganzen Spaß verderben?« Sie tste, drückte auf ›Play‹, legte die Fernbedienung auf den Tisch zurück und griff sich gleichzeitig ihr Hühnchen süß-sauer. »Nur so viel: Ein paar Ganoven wollen ein wahnsinnig gut bewachtes Casino in Vegas ausrauben.«
»Klingt nach Popcorn-Kino.«
»War das nicht der Plan?« Ella grub die Stäbchen in ihre Schachtel auf der Suche nach einem Stück Hühnchen. Vielleicht hätte sie doch das Deckenlicht anlassen sollen, anstatt nur die beiden kleinen Stehlampen anzumachen. »Ich habe übrigens in der Vorratskammer noch eine Tüte. Popcorn, meine ich.«
Er warf einen beredten Blick auf den Couchtisch, zog seinerseits eine Braue in die Höhe und schob sich etwas Gemüse in den Mund. Curry, eindeutig.
Ella schnitt eine Grimasse und wandte sich demonstrativ dem Film zu. George Clooney als Danny Ocean war wie immer anbetungswürdig. – Sie sah verstohlen zum anderen

Ende der Couch. Aber er konnte nicht mit Christian Havreux mithalten. *Lass das, Thorens!*
Anscheinend hatte Havreux ihren Blick bemerkt, denn er schaute seinerseits zu ihr her und neigte fragend den Kopf. Hastig sah sie wieder zum Fernseher, murrte halblaut »Bildungslücke« und hoffte, dass er nicht merkte, dass ihr das Blut in die Wangen geschossen war.
Er lachte nur leise.

Irgendwann ungefähr in der Hälfte des Films konnte Havreux sein Gähnen endgültig nicht mehr unterdrücken. Auf ihre halb scherzhafte Frage: »Und wie lange haben Sie nicht mehr geschlafen?«, hatte sie ein zerknirschtes Lächeln und ein »Zu lang« als Antwort bekommen. Inzwischen war ihm die Müdigkeit nach und nach immer deutlicher anzusehen. Ebenso langsam war er kaum merklich in seiner Sofaecke immer mehr in die Horizontale gerutscht.
Der Tisch war ein Schachtel-Schlachtfeld. Mit den Resten hätten sie einen Abend wie diesen noch mindestens zwei Mal wiederholen können.
Gerade versank auf dem Bildschirm ganz Las Vegas in Dunkelheit. Gleich würden George Clooney und Matt Damon sich den Fahrstuhlschacht hinunter abseilen. Und beim Boxkampf und im Kasino würde das Chaos ausbrechen.
Ella drückte sich aus ihrer Sofaecke in die Höhe, um in die Küche zu gehen und sich noch etwas zu trinken zu holen. Havreux' Flasche stand schon seit einer ganzen Weile unberührt auf seiner Seite des Tischs. Sie griff danach … Leer. »Noch eins?« Beiläufig sammelte sie ein paar der ebenfalls leeren Schachteln ein.
Er sah sie an und blinzelte. »Hm? Entschuldigung. Was?« Die Worte kamen irgendwie … unscharf.

In einer fragenden Geste hob Ella die Flasche. »Noch ein Bier? Oder etwas anderes?«
Ein Kopfschütteln, gefolgt von einem hastig unterdrückten Gähnen. »Nein danke.«
In der Küche entsorgte sie den ersten Schwung Schachteln in den Müll. Draußen vor dem Fenster glühten Sushis Augen im Licht auf. Eine gegen die Scheibe gepatschte Pfote und ein stummes ›Mew‹ forderten: »Lass mich rein.«
Ella öffnete das Fenster, und Sushis Weg führte über den Spülstein direkt auf ihren Arm. Laut schnurrend drückte sie ihren Kopf gegen Ellas Hals. Sie verstärkte den Druck noch ein wenig, als Ella ihre Wange an das Fell schmiegte. Nur um sich im nächsten Moment aus ihrem Arm zu winden, zu Boden zu springen und in den dunklen Korridor hinaus zu verschwinden.
Ella beförderte auch die restlichen Schachteln in den Müll, holte ein Glas und eine Flasche Wasser aus dem Kühlschrank und ging ins Wohnzimmer zurück.
Auf dem Sofa war Christian Havreux endgültig in die Waagerechte gerutscht. Und schlief.
So leise sie konnte, stellte Ella Glas und Flasche auf den Couchtisch, dann sah sie auf ihn hinab. Sein Kopf lag auf der Seitenlehne, die eine Hand hatte er unter Wange und Kinn geschoben, der andere Arm hing halb über den Rand. Die Brauen waren ganz leicht zusammengezogen, eine dünne Falte stand dazwischen. Aber seine Atemzüge kamen tief und entspannt. Sollte sie ihn wecken? Sie schüttelte den Kopf. Nein. Wenn er so müde war, dass er schon auf ihrem Sofa einschlief, konnte sie ihn wohl kaum hinter das Steuer seines Mercedes lassen. Er murmelte etwas – was, konnte sie nicht verstehen – und zog die Beine ein Stück weiter an, als sie näher herantrat und ihr Schatten über ihn fiel, wachte jedoch nicht auf. Ohne einen Laut zu

verursachen, griff sie über ihn, nahm die quietschbunte Fransendecke von der Rückenlehne und breitete sie vorsichtig über ihn. Wieder ein Murmeln, eine leichte, irgendwie unruhige Bewegung, dann lag er wieder still. Abermals sah Ella auf ihn hinab, Sekunde um Sekunde. Hatten seine Brauen sich ein klein wenig entspannt oder sogar noch weiter zusammengezogen? Seine Lippen hatten sich auf jeden Fall einen winzigen Spalt geöffnet. Wie sie sich wohl auf ihren anfühlen würden? Weich? Oder eher rau? *Hör auf damit, Thorens!* Verrückterweise war ihr noch nie aufgefallen, wie lang seine Wimpern waren. *Schluss jetzt damit!* Mit einer entschiedenen Bewegung griff sie nach der Fernbedienung und schaltete Fernseher und DVD-Recorder aus. Auf dem Weg zur Tür löschte sie das Licht.

Stufe für Stufe stieg sie die Treppe hinauf in ihr Schlafzimmer. Sushi hatte sich mitten auf dem breiten Bett zusammengerollt, öffnete ein grünes Auge einen Spaltbreit, als wollte sie sagen: »Kommst du auch schon?«, und schloss es gleich wieder.

Ella strich ihr über den Rücken, kramte einen Pyjama aus dem Kleiderschrank, ging kurz ins Bad und schlüpfte schließlich unter die Decke. Sie knipste das Licht aus – und drehte sich auf die Seite, beide Hände unter die Wange geschoben. Das Mondlicht glänzte schwach in dem Spiegel neben der Kommode, warf Schatten gegen die Wand. Sie schienen sich zu bewegen. Stumm beobachtete Ella sie. Und konnte nicht verhindern, dass ihre Gedanken zu dem Mann unten auf ihrer Couch wanderten, sie immer wieder zur Tür lauschte, die sie einen Spalt aufgelassen hatte.

Was wäre, wenn er nicht dort unten, sondern hier, neben ihr im Bett liegen würde? Sie zog eine Hand unter der Wange hervor, schob sie auf die andere Bettseite, strich über die Decke, ganz leicht, langsam, hin und her, nur ein

kurzes Stück, hin und her. Ihre Finger spielten mit dem Stoff. Christian Havreux in ihrem Bett ... Hätte er nein gesagt? Hätte sie mehr von ihm gewollt? Ein One-Night-Stand? Oder *noch* mehr? Die Art, wie er sie manchmal ansah. Wie er ihren Namen aussprach. Dieses kurze, schnelle Lächeln. Seine flüchtigen, kleinen Berührungen, nicht mehr als ein Streifen von Haut auf Haut. *Du willst ihn, gib es zu, Thorens.* Sie sog die Unterlippe zwischen die Zähne. Ja. Ja, sie wollte ihn. Auch wenn es verrückt war. Nach Roland hatte sie sich geschworen: Keine Beziehungen mehr. Und jetzt ...
Christian ließ sie sein, wie sie war. Akzeptierte sie, ohne sie verbiegen zu wollen. Wie würde es sein, ihn in ihrem Bett zu haben? Wie würde es sein, mit ihm zu schlafen? Wie davor? Und danach? War er zärtlich? Sanft? Das, was man einen aufmerksamen Liebhaber nannte? Ihre Hand verharrte auf der Decke. Sollte sie hinuntergehen? Ihn fragen, ob er zumindest lieber hier oben anstatt auf dem Sofa schlafen wollte? Der Rest ... Vielleicht war er ja wieder wach ...? *Spinnst du, Thorens? Nur weil dir die Gäule durchgehen, heißt das noch lange nicht, dass er auf demselben Trip ist. Hör auf damit! Hör sofort auf damit!* Ärgerlich auf sich selbst, rollte sie sich auf den Rücken, starrte an die weiß getünchte Decke hinauf. Beobachtete die Schatten darauf. Wie lange, wusste sie später nicht.

Es war kurz nach fünf, als ihr Wecker sie mit dem Intro aus *Der König der Löwen* aus dem Schlaf riss. Mit einem Fluch schlug sie ihn aus, noch ehe die ersten Takte endgültig verklungen waren. Und saß im nächsten Moment senkrecht im Bett. Sushi blinzelte sie empört an.
Christian Havreux!
Unten auf ihrem Sofa!

Sie schleuderte die Decke zurück, stand hastig auf, ging zur Tür und lauschte hinunter. Stille. War er noch da? Oder war er irgendwann in der Nacht wieder aufgewacht und gegangen, ohne sie zu wecken?
Sie stürmte ins Bad, zog sich rasch an und stieg die Treppe hinunter. Alles so leise wie möglich.
Er lag noch immer auf der Couch, gefährlich nah am Rand. Die Decke hing halb auf dem Boden. Sein Hemd war aus der Hose gerutscht, in die Höhe geglitten, entblößte seine Seite, die Bögen der untersten Rippen. Das Tattoo war ein Schatten auf seiner Haut. Der sich zu bewegen schien. Kaum sichtbar, wie gefangener Rauch. Das Gesicht hatte er der Rückenlehne zugewandt, schlief nach wie vor tief. Doch als Ella neben das Sofa trat und sich über ihn beugte, fuhr er so abrupt in die Höhe und herum, dass er das Gleichgewicht verlor, von der Couch rutschte und sein Kopf mit voller Wucht gegen die Tischkante krachte.
Ella zuckte zusammen, kniete sich rasch neben ihn. Havreux lag verdreht auf dem Boden zwischen Sofa und Tisch und presste die Hand gegen die Stirn. Sein Stöhnen konnte ebenso gut von seinem noch völlig verschlafenen Zustand herrühren wie davon, dass er theoretisch mörderische Kopfschmerzen haben musste. Schließlich hob er den Kopf, blinzelte sie offenbar irgendwie orientierungslos einen Moment lang an, dann nahm er die Hand von der Stirn. Ein blutiger Riss kam zum Vorschein. Er starrte auf das Blut auf seiner Handfläche, langte nach seiner Stirn … Ella fing seine Hand ab, ehe er die Wunde erreichen konnte.
»Nicht, lassen Sie mich das machen.«
Abermals blinzelte er sie an. »Ich bin eingeschlafen …«
»Ja.« Vorsichtig begutachtete sie den Riss – eine einfache

Platzwunde, zum Glück. Allerdings blutete sie noch immer scheußlich – sie tastete den Knochen darunter ab. Mit einem Zischen zuckte Havreux zusammen, entzog sich ihr. Und hätte sich dabei beinah den Hinterkopf gegen die Tischkante geschlagen. »Tut mir leid.«

»Unsinn. Mir tut es leid, dass …« Er suchte in seiner Hosentasche offenbar nach einem Taschentuch, verstummte, sein Blick ging zum Fenster. Ein Fluch. Anscheinend wurde ihm jetzt erst bewusst, dass es bereits Morgen war. Er versuchte sich in die Höhe zu stemmen. »Ich muss gehen!«

»Was? – Bestimmt nicht. Auch wenn der Knochen heil ist, das muss genäht werden …«

»Nein.« Endlich schaffte er es, an Ella vorbei aufzustehen. »Das ist nicht nötig …« Sein Tonfall hatte sich verändert, war … angespannt geworden.

»Und Sie haben wann Medizin studiert?« Sie hatte sich ebenfalls aufgerichtet.

»Mir geht es gut. Ella, Sie müssen sich keine Sorgen machen …«

Ella zischte. »Sagen Sie mir nicht, was ich muss oder nicht.«

Abwehrend hob er die Hände. »Ella, das …«

Sie kniff die Augen zusammen. »Abmarsch in die Küche. Ich will zumindest die Blutung stillen und das Blut abwaschen. Dann sehen wir weiter!«

Sekunden sahen sie einander in die Augen. Sein Blick war … unwillig, beinah … wütend. Das Grau seiner Iris schien dunkler als sonst. Alles an ihm sagte, dass er keinen Zentimeter nachgeben würde … Ella schüttelte kaum merklich den Kopf, seufzte leise.

»Christian … bitte.« Sie versuchte, möglichst sanft zu klingen. »Lassen Sie mich nach Ihrem Kopf sehen.«

Seine Augen weiteten sich, Verblüffung löste Ärger und

Wut fast schlagartig ab. Abermals sahen sie einander an. Abermals sekundenlang. Dann nickte er abrupt. Und drückte hastig die Hand gegen die Stirn, verzog das Gesicht. »Also gut. Aber nur kurz. Dann muss ich wirklich gehen.«

Ella schaffte es gerade noch, ihr Aufatmen zu verbergen, bevor sie zur Küche wies. Ein Kräuseln zuckte um seine Lippen, er wandte sich um und ging vor ihr her, ließ sich sogar widerspruchslos auf einem der Stühle beim Tisch nieder.

Im Vorbeigehen hatte Ella ihre Tasche von ihrem Platz bei der Kommode mitgenommen, stellte sie jetzt neben ihn und öffnete sie. Behutsam griff sie ihn am Kinn, drehte sein Gesicht ins Licht. Eine saubere Platzwunde.

»Ich wollte Sie nicht erschrecken.« Wobei ›erschrecken‹ nicht unbedingt das richtige Wort war. Genau genommen hatte sie noch nie jemanden *so* aufwachen sehen. Sie gab ihm ein Handtuch, damit er verhindern konnte, dass das Blut, das in dünnen Fäden rechts und links an seinem Auge vorbeirann, sich seinen Weg noch weiter abwärts suchen konnte, nahm eine sterile Kompresse aus ihrer Tasche und presste sie auf die Wunde, um die Blutung zu stoppen. Havreux zuckte zusammen.

»Sie müssen sich nicht entschuldigen, Ella. Ich hätte nicht auf Ihrer Couch einschlafen dürfen. – Geschweige denn die ganze Nacht hier sein.« Er hatte die Zähne zusammengebissen. Ella bedachte ihn nur mit einem beredten Blick. Die Blutung ließ nur langsam nach. Schließlich wagte sie es, die Kompresse wieder anzuheben … So, wie die Haut auseinanderklaffte, würden ein paar Schmetterlingspflaster nicht reichen. Nähen wäre besser … Drei Stiche … Oder aber … Sie ließ die Hände ein winziges Stück sinken, zögerte, sah ihn an …

»Tun Sie's.« Es war, als hätte er ihre Gedanken gelesen. Ihr Blick huschte zu seiner Wange, auf der inzwischen ein tiefvioletter Bluterguss blühte. Der Riss war sauber verschorft. Wie zur Antwort schüttelte er ganz leicht den Kopf. »Meine Stirn, mehr nicht.«
Ella stieß ein unwilliges Brummen aus, während sie die Kompresse auf den Tisch warf. Christian Havreux rührte sich nicht, als sie dann sein Haar zurückstrich, damit es ihm nicht in die Stirn hing, und dann die Fingerspitzen direkt oberhalb der Wunde leicht auf seine Haut legte. Sie holte einmal tief Atem, weckte ihre Gabe, ließ sie durch ihre Barriere sickern, spürte, wie sie gegen seine stieß, unüberwindbar wie eine Mauer, wie er sich ein winziges Stück zurückzog, kaum mehr als einen Hauch, gerade so weit, dass sie das Gewebe in den Tiefen erreichen konnte ... Abermals holte sie tief Luft, stieß sie wieder aus. Er sah sie nur an. Plötzlich fiel es ihr schwer, sich unter seinem Blick zu konzentrieren. Sie presste die Zähne aufeinander, zwang sich dazu, ihn zu ignorieren, seinen Blick, seine Anwesenheit; zu vergessen, *wer* ihr Patient war; stellte sich stattdessen vor, wie sich die einzelnen Gewebeschichten wieder aneinanderschoben, sich schlossen, selbst die letzten Spuren verschwanden ...
Havreux' Hand war an ihrem Ellbogen, als sie die Hände wieder sinken ließ.
»Alles in Ordnung?« Er musterte sie eindringlich.
Abgesehen davon, dass sich ihre Schultern vollkommen verkrampft anfühlten? »Ja.« Er löste seinen Griff erst, als sie einen Schritt zurückmachte. »Alles in Ordnung.« Allerdings war es ihr bei ihren ›normalen‹ Patienten noch nie so schwer gefallen, ihre Gabe zu benutzen. Bei ihm ... als würde sie ... gegen den Strom schwimmen. Er schwieg, als sie ihm das Handtuch abnahm, es im Spülstein nass

machte und ihm das Blut von der Stirn und dem Gesicht wischte. Er sah sie einfach nur an. Wie zuvor. Und wie zuvor fiel es Ella mit jeder Sekunde schwerer, sich auf das zu konzentrieren, was sie tat. Mit jedem Herzschlag schien ihr Mund trockener zu werden. Und die ganze Zeit über sah Havreux sie unverwandt an.

Selbst als er langsam aufstand.

Ihr die Hand in den Nacken schob.

Sie zu sich heranzog.

Dicht.

Ganz dicht.

Die grünen und goldenen Sprengsel in seinen Augen … Sie schluckte.

Seine Hand in ihrem Nacken wanderte aufwärts, grub sich in ihr Haar, während er sich zu ihr lehnte. Seine Lippen legten sich auf ihre, erstickten ihr Keuchen … Warm, weich – heiß, rauh. Eine Sekunde stand sie wie erstarrt. Seine Zunge war in ihrem Mund, nur ganz leicht, stieß gegen ihre, strich an ihr entlang, zog sich zurück, kam wieder, die Berührung ebenso flüchtig wie zuvor, wie in einem Spiel, einem Tanz – der Hitze durch ihr Inneres jagte …

»Ella.« Er flüsterte ihren Namen an ihrem Mund, ohne die Lippen von ihren zu nehmen. Es klang wie ein Gebet. »Ella.« Seine Hand glitt über die Haut in ihrem Nacken. Zart. Leicht. Sie brachte keinen Ton heraus. Ihre Atemzüge … viel zu hastig. Wieder berührte seine Zungenspitze ihre. Diesmal kam sie ihm entgegen, tanzte mit ihm, schob ihrerseits die Hand in seinen Nacken. Und konnte doch nicht verhindern, dass er den Kuss nach einer schieren Ewigkeit brach.

»Ich muss gehen.« Er klang ebenso atemlos, wie sie sich fühlte, lehnte die Stirn gegen ihre, sah ihr wie zuvor in die Augen. »Aber ich würde gern wiederkommen. Darf ich,

Ella? Darf ich wiederkommen? Nicht mehr wie bisher. Anders.« Seine Fingerspitzen liebkosten ihren Nacken. »Darf ich wiederkommen, Ella?«

Ihr Mund war ausgedörrt. Sie schluckte, nickte. »Ja.« Sie klang heiser.

Jenes kurze, leichte Lächeln. Wieder ein Kuss, nur flüchtig diesmal. Und trotzdem zärtlich ...

Erst als sie hörte, wie die Haustür ins Schloss fiel, erwachte sie wie aus einer Trance. Zögernd hob sie die Fingerspitzen an ihre Lippen. Sein Kuss schien noch immer auf ihrem Mund zu brennen. Christian Havreux. Christian. Es fühlte sich an, als hätte sich mit einem Schlag alles verändert. Wie benommen ging sie ins Wohnzimmer. Die Decke lag noch immer neben dem Sofa. Sie hob sie vom Boden auf. Sein Geruch hing noch in dem Stoff. Christian. Sie sah zur Haustür. Er war fort. Aber er würde wiederkommen. *Thorens, du benimmst dich wie ein liebeskranker Teenager! Du wolltest keine Beziehung mehr!* Doch, wollte sie. Mit ihm!

22

Himmel, Arsch und Zwirn! Was zum Teufel war in ihn gefahren? Er hatte sie geküsst. Einfach so. Kristen drehte das Wasser noch ein paar Grad kälter und biss die Zähne zusammen, um nicht zu keuchen. Er hatte sie geküsst, einfach so. Weil er es plötzlich gewollt hatte. Weil er wissen wollte, wie es war, ihre Lippen auf seinen zu spüren, mit ihrer Zunge zu spielen. Weil er wissen wollte, wie sie schmeckte. Und es hatte sich unendlich gut angefühlt. Er klatschte die flache Hand gegen die Marmorfliesen, wütend auf sich selbst. Was in Gottes Namen war nur über ihn gekommen? Es stand zu viel auf dem Spiel. Er konnte sich keine Gefühle erlauben. Nicht für sie. Seine kleine Ärztin war ein verdammtes Bauernopfer. Mehr nicht. Kristen rammte den Regler bis zum Anschlag auf ›Kalt‹, drückte die Fäuste gegen die Mauer und versuchte diesmal erst gar nicht, das Keuchen zu unterdrücken. Eis schien in seine Haut zu schneiden. Ella war ein Bauernopfer! Er grub sich die Fingernägel in die Handflächen. MEHR NICHT!
Irgendwann drehte er das Wasser ab. Nur um noch weiter die schwarzen Fliesen anzustarren. Blind. Ohne zu denken. Zumindest bemühte er sich, es nicht zu tun.
Er zitterte am ganzen Körper, als er schließlich aus der Dusche trat, nach einem Handtuch griff und sich flüchtig abtrocknete. Noch dabei, sich das Wasser aus den Haaren zu rubbeln, verließ er das Bad.
Sie stand auf der letzten Treppenstufe. Eine junge Hexe. Die er vor kurzem erst für *sie* eingebrochen hatte. Abrupt

blieb Kristen stehen. Ohne sich die Mühe zu machen, sich zu bedecken. Scham war hier pure Verschwendung. Er hatte die Tür nicht gehört. Warum zur Hölle hatte er die Tür nicht gehört? – Weil er zu sehr mit sich selbst beschäftigt gewesen war.

Sie leckte sich die Lippen, sah ihm ins Gesicht, lächelte. Strich mit den Fingerspitzen den Kragen ihrer hauchdünnen Robe abwärts, zog sie wie zufällig eine Winzigkeit weiter auseinander. Offenbar hatte ihr noch niemand gesagt, was er tat, wenn eine von *ihnen* hier auftauchte. Kristen hob eine Braue, ging auf sie zu. In jenem geschmeidigen, trägen Gang, den er sich angewöhnt hatte, wenn er mit einer von ihnen ›spielen‹ musste. Langsam. Bevor sie weiter *hier* eindringen konnte. Wie war sie überhaupt durch die Tür gekommen? Schritt um Schritt. Das Handtuch entspannt an der Seite. Ohne etwas zu sagen. Ihre Augen zuckten über ihn. Folgten den Linien des Bannfluchs, über Brust, Schulter, den linken Arm, abwärts, Bauch, Hüfte, Flanke, den rechten Oberschenkel. Und huschten immer wieder zwischen seine Beine. Sie stolperte rückwärts, als er sie erreichte. Weil er ihr keine andere Wahl ließ, einfach weiterging. Die Stufen hinunter. Tritt für Tritt. Ihr Lächeln wurde unsicher. Trotzdem wagte sie es, ihm die Hand auf die Brust zu legen. Über seine Brustwarze zu streichen. Den Linien seiner Muskeln zu folgen. Zurück zu seiner Brustwarze. Träge verzog er den Mund. Noch immer wortlos. Elendes kleines Miststück. Die letzte Stufe. Damit waren sie auf gleicher Höhe. Das Einzige, was jetzt noch zwischen ihnen war, war ihre Hand und dieser Witz von einem Kleidungsstück. Kristen ließ einen Hauch seiner Magie unter den Stoff ihrer Robe gleiten. Sie keuchte auf. Ihre Fingernägel kratzten über seine Haut. Er ging weiter. Dirigierte sie, dahin, wo er sie haben wollte. Mit jedem Schritt ein bisschen mehr. Ohne dass sie es merkte. Sah ihr in die Augen. Die ganze Zeit. Ein Hauch mehr Magie. Das Keuchen wurde zu einem Wimmern. Dummes Stück. Sie öffnete die Lippen, als er den Kopf ein klein wenig senkte, sich zu ihr beugte. Mit den Fingerspitzen ihre Wange abwärtsstrich. Während er an ihr vorbeigriff, die Tür öffnete. Ein weiterer Schritt, noch einer. Sie wich weiter vor ihm zurück, hinaus auf den Flur. Eine Sekunde stützte er sich mit den Händen zu beiden Seiten gegen den Türrahmen. Lächelte sie an. Kalt. Arrogant. Grausam. Dann machte er einen Schritt rückwärts, schloss die Tür und weckte seine Magie endgültig. Während der Bannfluch die Krallen in ihn schlug, begann draußen das Kreischen. Kristen schaffte es nicht mehr bis zum Sofa, bevor der Schmerz ihm endgültig die Beine wegzog. Das Kreischen jenseits der Tür dauerte an, wurde zu einem Wimmern, verstummte schließlich ganz. Irgendwann. Ebenso wie die entsetzten Stimmen. Die Wut des Bannfluchs blieb. Lange.

Und sie kam zurück, nachdem *sie* erfahren hatte, was er mit der jungen Hexe getan hatte. Diesmal blieb der Schmerz noch länger.

23

Kristen machte einen Schritt zur Seite und wechselte beinah übergangslos in die Schatten hinein. Sofort war das Licht grau und trüb, die Menschen um ihn herum nur noch verschwommen, verwischte Schemen, für die er nicht mehr existierte. Die Sonne schien schlagartig jede Kraft verloren zu haben. Eine Gänsehaut kroch über seine Haut. Er ignorierte es. Das alles hier war für ihn so normal wie Atmen. Andere mussten sich da deutlich mehr anstrengen – sah man mal von Ella ab. – Aaron gehörte dazu.
Hatte dieser Trottel tatsächlich geglaubt, er würde es nicht merken, wenn er ihn verfolgte? Oder es zumindest versuchte. Jedes Mal, wenn er in der letzten Zeit den Havreux Tower verlassen hatte. Er hatte Aaron jedes Mal abgehängt. Und trotzdem so getan, als hätte er nichts davon bemerkt.
Lautlos wich er ein Stück weiter in den Mauerschatten zu seiner Linken zurück, beachtete das hastige Huschen und das Scharren von kleinen Krallen nicht, während er stattdessen einen Schatten heraufbeschwor und zugleich auf Aarons Schritte lauschte. Kein Stocken, kein Zögern. Für einen Schatten benötigte man so wenig Magie, dass Aaron selbst hier nicht spürte, dass Kristen ihn geschaffen hatte. Sogar der Bannfluch hatte sich kaum geregt. Sein Abbild setzte sich in Bewegung und Kristen tauchte noch weiter in die Dunkelheit ein. Wartete. Neben seiner Schulter floh etwas Haariges die Wand hinauf. Ansonsten blieb es still. Konnte man sich um diese Zeit vor dem *Chinese Theatre*

am Hollywood Boulevard vor Menschen – oder besser Touristen – in der normalen Welt gewöhnlich kaum retten, war der Platz auf dieser Seite wie ausgestorben. Im Moment schien er das einzige größere ›Lebe‹wesen in der Nähe der halb eingestürzten, von Nässe und Moder durchzogenen und von Moos und anderen unfreundlichen Dingen überwachsenen Mauern zu sein.
Nur ein paar Sekunden später ging Aaron tatsächlich an seinem Versteck vorbei. Viel zu sehr darauf bedacht, ›Kristen‹ nicht aus den Augen zu verlieren, um auch seine anderen Sinne zu gebrauchen.
Als Aarons Schritte endgültig verhallt waren, verließ Kristen sein Versteck und wechselte in die normale Welt zurück. Stimmengewirr, Licht, Wärme und Gerüche schlugen über ihm zusammen wie eine gigantische Brandungswoge. Er konnte gerade noch verhindern, dass eine zierliche Japanerin mit einer Kamera in ihn hineinlief, beantwortete ihren erschrockenen Blick mit einem lächelnden »Special Effects, wir drehen einen Film«, bevor er in die Menge eintauchte.
Sein Mercedes – oder besser, dessen genaues Duplikat – stand zwei Straßen weiter. Er hatte sich den hundert Prozent identischen Wagen gekauft, um Aaron auch diese Chance zu nehmen: ihn am Ende mit einem Peilsender oder irgendwelchem anderen modernen Schnickschnack zu verfolgen. Der Verkäufer hatte nicht schlecht gestaunt, als er das Geld bar hingeblättert hatte.
Nach einem schnellen Blick auf seine Uhr beschleunigte er seine Schritte. Halb sechs. Um sechs war er mit Ella verabredet …

24

Die Tüte mit den Einkäufen im Arm, drückte Ella rücklings die Haustür ins Schloss, schaltete mit dem Ellbogen das Deckenlicht an und ging in die Küche. Nur um festzustellen, dass Sushi weder hier noch an der Hintertür auf sie wartete. Als auch ihr Rufen unbeantwortet blieb, runzelte sie die Stirn. Seltsam. Normalerweise war ihre Katze da, wenn sie nach Hause kam, und wollte ihr Futter. Oder zumindest eine Runde Streicheleinheiten. Ob ihr etwas zugestoßen war? Niemand hier in der Nachbarschaft hatte etwas gegen Katzen. Im Gegenteil. Nachdem bekannt geworden war, dass sie im Krankenhaus lag, hatten gleich drei Nachbarn Sushi gefüttert. Unabhängig voneinander. Trotzdem blieb ein mulmiges Gefühl, als sie sich schließlich wieder ihren Einkäufen zuwandte.
Sie fischte ihr Handy aus der Tüte und machte sich daran, die Sachen wegzuräumen. Die ganze Fahrt vom Supermarkt bis nach Hause hatte sie mit Christian telefoniert. Dem ein Meeting zwischen ihre Verabredung heute Abend gekommen war. Offenbar hatte er den ganzen Vor- und Nachmittag in irgendwelchen Sitzungen verbracht, und dann hatten noch ein paar Geschäftspartner ein Treffen anberaumt, das voraussichtlich bis spät in die Nacht dauern würde. Und an dem er teilnehmen *musste*.
Er hatte müde geklungen.
Und frustriert.
Sie stellte die Schale mit ihren Lieblingsantipasti in den Kühlschrank. Nach diesem ersten Kuss hatte er sich zwei

Tage nicht bei ihr gemeldet, und sie hatte befürchtet, er könnte sich wieder ... zurückziehen.
Ein Irrtum.
Sie hatte sich schon damit abgefunden gehabt, allein zu dem Konzert zu gehen oder die Karten zu verschenken. Doch an diesem Morgen hatte er ihr eine SMS geschickt:

Hole dich um 18.00 Uhr ab!
Freue mich auf dich!
Christian

In diesem Moment hatte sie von einer Sekunde zur nächsten einfach nur Herzklopfen gehabt.
Und seitdem ... Etwas in seinen Augen schien sich jedes Mal zu verändern, wenn er sie ansah, weicher zu werden, wärmer. Seine Berührungen ... gaben ihr das Gefühl, etwas unendlich Kostbares zu sein. Manchmal ergriff er völlig überraschend ihre Hand und hob sie zärtlich an seine Lippen. Oder hielt sie einfach nur in seiner. Selbst sein Lachen schien sich verändert zu haben. Wenn er sie ohne Vorwarnung in die Arme nahm, sie mit dem Rücken gegen seine Brust zog, sie so hielt, ihr einen Kuss auf den Hals, die empfindliche Stelle unter ihrem Ohr hauchte ... es fühlte sich unendlich gut an. – Allerdings weigerte er sich nach wie vor, sie zu diesem Wohltätigkeitsempfang zu begleiten. Für den sie noch immer etwas zum Anziehen brauchte.
Ihr Blick ging für einen Moment aus dem Fenster über dem Spülstein. Überrascht hielt sie inne. Drüben, im Haus der alten Mrs. Lindberg, brannte Licht. Gab es einen neuen Besitzer? Oder zumindest einen Mieter? Als sie heute Morgen zur Arbeit gefahren war, war ihr ein kleiner Möbelwagen entgegengekommen ...

Die junge Frau stand so plötzlich auf der anderen Seite des Fensters, als sei sie aus dem Nichts aufgetaucht. Unwillkürlich machte Ella einen Schritt rückwärts. Die Fremde winkte, gestikulierte wild zur Tür hin. Sie hatte etwas im Arm … Misstrauisch die Stirn gerunzelt, öffnete Ella ihr.

Farbfleckige Leinenhosen, ein Top, über das eine Bluse geknotet war, die der Hose Konkurrenz machte. Die Haare unter einem Tuch verborgen, das problemlos mit Bluse und Hose mithalten konnte. Ungefähr in ihrem Alter. Im Arm ein Bündel aus einem alten Laken, wie man es benutzte, um Möbel abzudecken, und darin … Ella holte erschrocken Luft. Sushi! Die Beine bis zur Hälfte türkisblau, das Fell mit irgendetwas anscheinend Öligem verschmiert und ihrem Knurr-Grollen nach zu urteilen mehr als schlecht gelaunt.

»Es tut mir wahnsinnig leid«, platzte die junge Frau heraus. »Bist du Ella Thorens? Die Roysons haben gesagt, sie gehört dir. Ich habe das Haus neben deinem gemietet. Sie ist mir in die Farbe gelaufen und dann ist auch noch das Leinöl direkt über ihr umgekippt, mit dem ich den Tisch einlassen wollte … Ich bin J.J. Es tut mir so leid. Es war ein riesiger Unfall. Ich wollte schon allein versuchen, das Zeug aus ihrem Fell zu kriegen. Aber dann habe ich gesehen, dass bei dir Licht brennt und sie gehört ja dir. Und so gut kenne ich mich mit Katzen leider nicht aus. Auch wenn es wohl kaum gesund sein kann, wenn sie sich das alles am Ende selbst vom Fell leckt. …« Die junge Frau, J.J., verstummte, sah Ella hilflos an und hielt ihr Sushi in ihrem Bündel entgegen. Ihre Augen waren tiefblau. Und im Moment riesig. »Es tut mir so wahnsinnig leid.«

Nur mit Mühe konnte Ella den Blick von ihrer Katze losreißen. Hastig öffnete sie die Tür ein Stück weiter, machte der anderen Platz. »Komm rein.«

Geradezu erleichtert drückte J. J. sich an ihr vorbei, blieb aber mitten in der Küche wieder stehen, während Ella die Tür schnell wieder schloss und dann an ihr vorbeiging, um auch die zweite Tür zu Korridor und Wohnzimmer zuzumachen. Sie mochte sich die Sauerei gar nicht vorstellen, die Sushi in ihrem derzeitigen Zustand anrichten konnte, sollte sie sich irgendwo im Rest des Hauses verkriechen. Ganz abgesehen davon hatte J. J. recht: Es konnte nicht gesund sein, wenn ihre Katze sich die Farbe und das Öl selbst vom Fell leckte. Allerdings war es mehr als wahrscheinlich, dass Sushi jede Chance zur Flucht nutzen würde, die sie bekam. Offene Türen inklusive. Sie wies zum Tisch hin. »Setz sie darauf.«
J. J. gehorchte. Allerdings wohlweislich, ohne Sushi endgültig loszulassen. Deren Knurren war lauter geworden.
»Ich habe Terpentin dabei.« Die junge Frau verdrehte sich halb, nickte zu einem Stoffbeutel an ihrer Seite, den Ella bisher nicht bemerkt hatte. »Ich weiß nicht, ob man so was bei einer Katze überhaupt nehmen kann, aber ich hatte nichts anderes.«
Wenn sie ehrlich war, wusste Ella auch nicht, womit man gewöhnlich Farbe und Leinöl aus dem Fell einer Katze entfernte – nicht, dass sie vermutlich überhaupt irgendetwas davon im Haus gehabt hätte. Das Katzenshampoo, das sie sich irgendwann kurz nach Sushis Einzug mal in einer Zoohandlung hatte andrehen lassen, taugte vielleicht zur *Nach*behandlung, aber sicher nicht zur eigentlichen *Be*handlung. Sie schnappte sich die Rolle Küchenkrepp von der Arbeitsplatte und zerrte hastig noch einen Stapel Handtücher aus der Schublade. »Versuchen wir es. Und was gar nicht rausgeht, müssen wir notfalls vorsichtig mit der Schere rausschneiden.«
Sushis Geduld war begrenzt. Sehr. Dafür schienen ihre

Krallen ab einem bestimmten Zeitpunkt immer länger zu werden. Der Berg an blauem Küchenkrepp war beeindruckend. Vor allem, weil er letztlich aus vier Rollen bestand. Das Bad mit Katzenshampoo im Spülstein hatte Sushis Laune den Rest gegeben. Aber zumindest hatten sie die Farbe und was sonst noch an ihr gehangen hatte, von ihren Pfoten und aus ihrem Fell, als sie es schließlich schaffte, sich aus Ellas Griff zu befreien und sich höchst ungehalten ganz oben auf den Küchenschrank zu flüchten, um Ella und J. J. von dort aus böse anzufunkeln. Immer noch klatschnass, da sie ihren Peinigern nicht den Hauch einer Chance gelassen hatte, sie auch nur ansatzweise abzutrocknen.

Die Küche war ein Schlachtfeld. Die Arme und Hände von Ella und J. J. mit Kratzern überzogen.

»Ich werde nie wieder eine fremde Katze in mein Haus lassen, wenn ich malere.« Mit einem Laut, der stark nach einem Stöhnen klang, sank J. J. auf einen der Stühle beim Küchentisch. »Auch wenn sie noch so nett fragt, ob sie reinkommen darf.«

»Sie hat gefragt?« Ella raffte den Küchenkrepp-Berg zusammen und beförderte ihn etappenweise in den Müll.

»Hat sie.« Hastig stand J. J. wieder auf, um ihr bei den Aufräumarbeiten zu helfen. »Sie saß in meiner Verandatür, die Vorderpfoten adrett nebeneinander, legte den Kopf schief und sagte: ›Meau?‹« Sie drohte mit dem Finger zu Sushi hinauf. »Nie wieder. Und dabei bist du noch nicht einmal schwarz.« Energisch stopfte sie den letzten Rest blaues Küchenpapier in den Müllbeutel, den Ella ihr hinhielt. »Heißt sie wirklich Sushi?«

Ella nickte – und wies auf einen besonders tiefen Kratzer an J. J.s Arm. »Wenn du weitermalern willst, sollte man über den wenigstens ein Pflaster kleben. – Ich hole meine

Tasche.« Sushi war noch vor ihr aus der Küche, kaum, dass sie die Tür zu Korridor und Wohnzimmer wieder geöffnet hatte.

Wie sich herausstellte, hatte Sushi sowohl bei Ella als auch bei J. J. einigen Schaden angerichtet. Bis alle größeren und kleineren Schrammen gesäubert und desinfiziert waren, wusste Ella, dass J. J. für ›Josephine Jaylee‹ stand, sie ein Jurastudium abgebrochen hatte und die Miete für das Haus von Mrs. Lindberg vorerst aus einer kleinen Erbschaft finanzierte, bis sie irgendwo einen Job gefunden hatte. Und dass sie eine ›Hexe‹ war: »Also Magie, Kartenlegen, Zaubertränke und solche Sachen …«, oder zumindest glaubte, eine zu sein. Denn das, was sie Ella über ihre ›Gabe‹ erzählte, war nach allem, was sie von Christian wusste, bodenloser Unsinn. Was bedeutete, dass sie verhindern musste, dass Christian und J. J. einander jemals begegneten. Denn wenn Christian auf etwas allergisch reagierte, dann waren das »Möchtegern-Hexer und -Hexen, die zwar keinen Funken weit über die Gabe verfügen, es in ihrer bodenlosen Ignoranz aber trotzdem irgendwie schaffen, an Mächte und Dinge zu rühren, von denen jeder echte Hexer mit nur einem Quentchen Verstand um jeden Preis die Finger lässt«. Und wenn sie sich etwas nicht vorstellen mochte, dann, wie Christian und ihre neue Nachbarin sich – am Ende hier in ihrer Küche – irgendwelche wütenden Diskussionen über Magie lieferten. Trotzdem mochte sie J. J. auf Anhieb. Auch wenn sie den Teufel tun und ihr erzählen würde, dass auch sie eine Hexe – genau genommen eine Heilerin – war.

25

Ich hab Apfelkuch- … Wow.« Das Blech, das bis eben vor Ella auf Augenhöhe geschwebt hatte, sank herab und zur Seite. Darüber hinweg starrte J.J. sie eine geschlagene Sekunde lang an, ließ den Blick an ihr auf und ab wandern, wiederholte noch einmal: »Wow.«

»›Desaster‹ trifft es besser.« Ella öffnete die Tür ein Stück weiter, um ihre neue Nachbarin hereinzulassen. Nachbarin? Wenn man es genau nahm, hatte J. J. sich binnen kürzester Zeit zu etwas wie einer Freundin entwickelt. Die offenbar immer wieder in eine Art Backwut verfiel und dann angesichts all der Kalorien darauf bestand, das Ergebnis mit Ella zu teilen. Inzwischen freuten sich die Schwestern auf ihrer Station immer öfter über Kuchenspenden, weil Ella beim besten Willen die Nachschubmengen nicht bewältigen konnte. Bei denen Christian auch keine besonders große Hilfe war – weil er keinen Kuchen mochte. Zumindest nicht in diesen Massen.

»Wieso Desaster?« J.J. stellte das Blech auf den Küchentisch. Wortlos drehte Ella sich um und hörte J.J. hinter sich Luft holen. »Wie ist das denn passiert?«

»Ich hatte es in der Reinigung.« Und so hatte sie ihr langes, schwarzes Abendkleid zurückbekommen: Eine der beiden Rückennähte, die neben dem Reißverschluss dafür sorgten, dass es eng anlag, war aufgerissen, der Stoff ausgefranst.

»Lass mich raten: Es ist dir erst aufgefallen, als du es angezogen hast?« Ella hörte, wie J.J. herankam, um den Schaden näher zu begutachten.

»Ja.«
»Oh, das kenne ich.« Ein kleiner Ruck an der Rissseite. »Theoretisch lässt sich das nähen, aber dann müsste man an der anderen Seite auch ein wenig wegnehmen, damit es wieder gleich ist.«
»Du kannst nähen?« Sie drehte sich zu J. J. um.
Die zwinkerte ihr lachend zu. »Ich habe viele verborgene Talente, Süße. – Allerdings kann es sein, dass das Kleid dann ziemlich eng wird.«
Das Kleid saß jetzt schon enger, als ihr lieb war. Mit einem Seufzen drehte Ella J. J. den Rücken zu. »Machst du mir mal bitte den Reißverschluss auf?«
»Bis wann brauchst du es denn?« Das leise Zippen ging in J. J.s Frage unter.
»Morgen Abend.« Christian hatte ihr für den Wohltätigkeitsempfang endgültig abgesagt.
J. J. trat wieder zurück. »Wie ist es mit noch mal shoppen gehen?«
»Klappt nicht mehr. Ich hab morgen absolut keine Zeit mehr dafür.« Auf ihrem Plan standen drei OPs. Bei zweien war die Wahrscheinlichkeit groß, dass sie länger dauern würden als normalerweise. Und heute, am Sonntag, hatten die entsprechenden Boutiquen geschlossen.
»Hm.« Wie zuvor wanderte J. J.s Blick an ihr auf und ab. »Dann würde ich vorschlagen, lass uns nachsehen, was dein Kleiderschrank sonst noch zu bieten hat.«
›Nicht viel.‹ Ella verbiss sich die Worte im letzten Moment.
Keine Viertelstunde später saß J. J. mitten auf Ellas Bett, eine schnurrende Sushi auf dem Schoß, und verwarf das dritte von Ellas Abendkleidern als »zu bieder«. Wie die beiden zuvor, die als »altbacken« und »zu sexy für einen Wohltätigkeitsempfang« abgelehnt worden waren, landete es auf dem Rand des Bettes. Ella zog das nächste

Stück hervor: einen Hosenanzug mit weit geschnittenen Beinen.
J. J. verzog nachdenklich den Mund, legte den Kopf schief und schüttelte ihn nach einer weiteren Sekunde doch wieder. »Sehr schick, aber irgendwie doch nicht das Richtige … Irgendwelche alten Knacker könnten dich für eine Emanze halten.« Sie lehnte sich vor, spähte an Ella vorbei in den Schrank. »Zeig mir mal das da?« Sie wedelte mit der Hand zur hinteren Ecke hin.
»Das?« Ella holte das verlangte Kleid hervor. »Das ist uralt!«
»Das«, J. J. schob Sushi von ihrem Schoß und kroch auf eine Art von Ellas Bett herunter, die sie unwillkürlich an eine sehr große Katze erinnerte, »Süße, *das* ist genial.« Sie hob den Rock an, ließ den Stoff durch die Finger gleiten. »Absolut genial. – Anziehen! Zeig mal, wie es an dir aussieht.«
Ella hob eine Braue, nahm das Kleid aber vom Bügel, öffnete den Reißverschluss und zog es über. Die Hände in die Hüften gestemmt, ging J. J. um sie herum, zupfte ein paar Mal daran – und blieb schließlich unübersehbar zufrieden wieder vor ihr stehen. »Ich sag's noch mal: Absolut genial. Damit, Süße, lässt sich arbeiten.«
»Arbeiten?« Ella warf einen zweifelnden Blick in den Spiegel. Sie hatte dieses Kleid irgendwann mal aus einem Das-muss-ich-haben-Flash heraus gekauft. Und seitdem noch nie getragen. Weil sie zu Hause plötzlich das Gefühl gehabt hatte, es sei doch ein Stück zu eng. Sie hatte es damals einfach nicht geschafft, es zurückzubringen.
»Arbeiten.« Entschieden vertrat J. J. ihr die Sicht, drehte sie sogar um, dass sie mit dem Rücken zum Spiegel stand. »Vertrau mir. Dein Freund wird Augen machen.«
»Wird er nicht. Ich gehe allein.« Soweit man allein gehen

konnte, wenn man mit Kollegen an einem Tisch saß. Trotzdem war ihr klar, dass sie enttäuscht klang. Auch wenn sie das eigentlich nicht wollte.

»Nicht?« Auf J.J.s Stirn erschien eine unwillige Falte, während sie weiter an dem Kleid und Ella herumzupfte. »Lass mich raten: Er muss mal wieder arbeiten.« Wenn es nach J.J. ging, sahen sie und Christian sich viel zu selten. Geschäftsessen. Meetings bis tief in die Nacht. Telefonkonferenzen ... Diesmal musste er für einen Tag nach Europa. Ein Kopfschütteln, ein Schnauben. »Männer haben manchmal seltsame Prioritäten. – Ich muss den Kerl unbedingt endlich einmal kennenlernen.«

Das mochte der Himmel verhindern. »Warum? Willst du ihm sagen, was du von seinen ›Prioritäten‹ hältst?«

»Genau.« J.J. raffte den Rock, ließ ihn wieder fallen, sah sich um. »Hast du irgendwo Nähzeug? Ich brauche ein paar Stecknadeln.«

»Im Schrank. Das Weidenkörbchen. – Was hast du vor?« Ella beschlich ein ungutes Gefühl.

J.J.s Lächeln war zuckersüß und unschuldig. »Vertrau mir.«

Mit einem Seufzen versuchte Ella genau das zu tun. Was spätestens zu dem Zeitpunkt ziemlich schwer wurde, als J.J. zu einer Schere griff und den einen Ärmel heraustrennte. Als Antwort auf ihren Protest hörte sie nur ein weiteres: »Vertrau mir, ich weiß, was ich tue.«

Schließlich drehte J.J. sie wieder zum Spiegel um. Ella schluckte. Sie musste abgenommen haben. Das Kleid passte perfekt. Hochgeschlossen mit einem schmalen, enganliegenden Kragen, kein Dekolleté. Dafür aber einen dreieckigen Rückenausschnitt, der bis über die Schulterblätter ging. Und einen Schlitz bis knapp übers Knie ... der jetzt ein Stückchen höher reichte, weil J.J. den Stoff direkt darüber ganz leicht gerafft hatte. Trotzdem fiel es noch bis fast auf den Boden. Irgendwo im Schrank hatte sie die passenden hochhackigen Schuhe. Der Stoff schimmerte leicht. Irgendein Seidengemisch. Das Bordeauxrot war dunkel genug, um nicht aufdringlich zu wirken. Der lange Ärmel verdeckte die Narben an ihrem Arm, während der fehlende andere gekonnt ihre Schulter entblößte. Das Ganze war schlicht und dabei auf eine unterschwellige Art zugleich extravagant. Lieber Himmel.

»Dein Freund wird es bereuen, dass er dich allein gehen lässt. – Und wenn du dann noch die Haare locker hochsteckst …« J.J. drehte Ellas Haar gekonnt lose an ihrem Hinterkopf zusammen, während sie sich noch immer im Spiegel betrachtete. »So ungefähr …«

Dazu nur ein paar einfache Ohrringe. Ihre Perlenohrringe vielleicht? Keine Kette. Noch dezentes Make-up … »Kriegst du das morgen noch mal so hin?« Leise Ehrfurcht schwang in ihrem Ton mit.

J.J. lachte. »Natürlich. Und damit du dich nicht an den Nadeln stichst, nehme ich es mit rüber zu mir und nähe dir schnell, was genäht werden sollte.«

Ella nickte nur, noch immer irgendwie benommen. Es war absolut perfekt. Was würde sie nicht darum geben, wenn Christian sie in diesem Kleid sehen würde.

26

»Wirst du weich, Kristen?«

»Weich?« Der sechste und letzte Stein lag vor Lyresha auf dem Tisch. Damit hatte sie, was sie wollte. Endgültig. Und sie konnte dem Ding noch weniger nahe kommen, als sie es bei den anderen fünf gekonnt hatte. Dennoch strich sie um ihn herum, wie eine Katze um den Sahnetopf. Der ganze Raum vibrierte förmlich vor Macht. Trotz der Seide. Und obwohl sich inzwischen nur noch drei der anderen Steine hier befanden. – Doch dieser Letzte schien noch schwärzer zu sein als seine fünf Brüder, jegliches Licht geradezu zu schlucken. Seine Dunkelheit fraß sich regelrecht durch Kristens Knochen, brennend. Und eiskalt zugleich. Lockend. Auf eine pervers-sinnliche Art. Er hatte es bereits gespürt, als er den ersten Stein vor Wochen an seinem vorbestimmten Platz in die Erde gelegt hatte. Es war nichts gewesen im Vergleich mit dem, was jetzt in diesen Mauern waberte, aber es war *da* gewesen. – Der kleine Dummkopf, der als Opfer gedient hatte, hatte trotzdem bis zum Schluss nicht begriffen, was tatsächlich geschah. Mit *ihm* geschah. Verächtlich verzog Kristen den Mund. Blind vor Machtgier und Sex. – Marish war nach wie vor gut, wenn sie es darauf anlegte, einen Mann zwischen ihren Beinen gefügig zu machen.

Kristen wandte sich Lyresha scheinbar gelangweilt ein wenig weiter zu, beobachtete, wie sie auf die andere Seite der Basaltstele wechselte, die Hände immer noch nur Millimeter über der schwarzen Seide, unter der der Stein verborgen war, die gespreizten Finger unablässig in Bewegung, so als würde sie einen Bann weben. Oder einen unsichtbaren Körper liebkosen. »Weich?«, wiederholte er und hob eine Braue. »Wieso glaubst du, dass ich ›weich‹ werde?«

»Aaron sagt, du hast den Menschen am Leben gelassen, bei dem dieser Stein versteckt war.« Sie sah nicht auf. »*Er* musste sich darum kümmern.«

Kristen schnaubte verächtlich. »Ach? Musste er das?« Der alte Hippie-Buchhändler war also tot. All die Jahre hatte er keine Ahnung gehabt, was da zwischen seinem esoterischen Plunder versteckt gewesen war. Mit einem Zauber belegt, der verhinderte, dass er ihn weggab oder verkaufte und einem zweiten, der auch vor jemandem mit der Gabe verbarg, *was* er tatsächlich vor sich hatte. Es waren verdammt mächtige Zauber gewesen. Wenn er auf den Hexer tippen müsste, der dafür verantwortlich war, würden ihm nur zwei Personen einfallen, die derzeit dazu in der Lage waren: Alec MacCannan und Bethlehem Jeffreys. Als er den Stein damals, als er auf *ihren* Befehl mit der Suche danach begonnen hatte, in dem düsteren Souterrain-Buchladen entdeckt hatte, hatte er ihn genau dort gelassen. Warum sich die Mühe machen, ihn selbst verschwinden zu lassen, wenn das ein anderer schon äußerst erfolgreich für ihn erledigt hatte? Sollten MacCannan oder Bethlehem allerdings irgendwelche persönlichen Verbindungen zu dem alten Mann gehabt haben, würden sie Himmel und Hölle in Bewegung setzen, um den Mörder zur Strecke zu bringen. Und sie würden ihn garantiert *nicht* den ›normalen‹ Behörden übergeben. Beide konnten mehr als nachtragend sein. Vor allem Bethlehem. Aus genau diesem Grund hatte er den Stein in der vergangenen Nacht nur gestohlen. Und weil es unnötig gewesen war, den alten Mann zu töten.

»Wann wirst du begreifen, dass die Zeiten vorbei sind, in denen man ungestraft Morde begehen konnte? Inzwischen sind die entsprechenden Stellen in der Lage, nicht nur Fingerabdrücke von der Haut einer Leiche zu nehmen, sondern sogar DNA-Proben, wenn es sein muss.« Er drehte sich halb zu Aaron um, der mit verschränkten Armen neben der Tür an der Wand lehnte – ohne Lyresha endgültig aus den Augen zu lassen. »Von daher würde ich das nicht ›weich‹, sondern ›weise‹ nennen.« Nachlässig schob er die Hände in die Hosentaschen. »Aber wenn du unbedingt in der Todeszelle landen willst, Alexander, kann ich das gerne für dich arrangieren. Alles überhaupt kein Problem. Ich lasse dir sogar die Wahl zwischen Giftspritze und Gaskammer.«

Aaron lächelte herablassend. »Willst du mir drohen?«

Kristen erwiderte das Lächeln. »Nur meine Möglichkeiten aufzeigen.« Sosehr der andere sich auch bemühte, es zu verbergen: Das kurze, harte Schlucken, das Zusammenpressen der Lippen für den Bruchteil einer Sekunde waren ihm nicht entgangen. – Der gute Aaron vergaß immer wieder, dass er nicht nur Lyreshas Hure war; er hatte auch viel Zeit gehabt, die entsprechenden … Beziehungen aufzubauen und zu pflegen. Sehr viel Zeit. »Wer bin ich, dir meine Dienste bei deinen aufstrebenden Zielen vorzuenthalten.«

Er ließ sein Lächeln verblassen, sah wieder Lyresha an. »Wenn du dann erlaubst, meine Maschine wartet.«

Die Bewegung, mit der sie sich von dem Stein abwandte, hatte etwas Gefährliches. Die Schleppe ihres Kleides schleifte hinter ihr her, während sie langsam auf ihn zu kam. Das Gewand war weiß, nahezu hauteng. Ließ Hals und Schultern frei. Zwei Schlitze reichten rechts und links fast bis zur Hüfte. Die Spitzen der langen, weiten Ärmel fielen bis zum Boden. »Ich fürchte, ich muss dich enttäuschen, Kristen. Du wirst dieses Jahr nicht gehen.«

»Was?« Es war wie ein Schlag ins Gesicht. Er merkte zu spät, dass er die Hände zu Fäusten geballt hatte. Natürlich war es ihr nicht entgangen.

»Du bleibst hier. Du hast es dir nicht verdient, zu gehen.«

»Nicht verdient?« Irgendwie gelang es ihm, die Fäuste wieder zu öffnen. Den Ärger konnte er allerdings nicht aus seiner Stimme heraushalten. »Ich habe dir diese elenden Steine gebracht. Und diese Platte.«

»Bei dem Wandlerbengel hast du dagegen noch keine Ergebnisse vorzuweisen. – Ich hatte ihn meinen Kleinen als Spielzeug versprochen. Kann ich ihn ihnen geben? Nein. Du hast ihn sogar zu dir nach oben geholt. Sie beklagen sich bei mir. Sie werden ungeduldig. *Ich* werde ungeduldig.«

Kristen verzog den Mund, schüttelte den Kopf. »Der Bengel …«

Eine knappe Handbewegung befahl ihm zu schweigen. »Und die Hexen und Hexer dieses Zirkels treiben noch immer ihr Unwesen in meiner Stadt.«

»Ich habe dir gesagt, dass sie alle, jeder Einzelne, verdammt mächtig sind und dass ich *so* nicht viel gegen sie ausrichten kann. Außerdem haben sie sich in den letzten Wochen ziemlich zurückgehalten …«

»Bah!« Gemächlich schlenderte sie an dem Lesepult aus Ebenholz vorbei. »Ausreden.« Ihre Fingerspitzen streiften über den Einband des Zweiten Codex. Wie beiläufig glitt ihr Blick für eine Sekunde über das dunkle Leder, bevor sie ihn wieder ansah. Ihre Lippen kräuselten sich in einem kleinen, bösartigen Lächeln. Oh ja, sie wusste, dass dieses Buch den Schlüssel zu seiner Freiheit enthielt. Und dass er alles dafür geben würde, es in die Hände zu bekommen. Selbst wenn es nur für ein paar Stunden war. Deshalb ließ sie ihn auch nie in seine Nähe kommen. Dabei ahnte sie

noch nicht einmal, *wie* nahe er daran war, seine Macht auch endlich benutzen zu können, um den Bannfluch zu brechen. »Und diese Puppenspielerin hast du mir auch noch nicht gebracht. – Wann hatte ich dir noch mal befohlen, sie für mich zu finden?« Kristen biss die Zähne zusammen, blieb ihr die Antwort schuldig. »Wie auch immer:« Direkt vor ihm blieb sie stehen. »Aaron hat deinen Piloten bereits informiert. Du fliegst nicht nach Helgoland.«
»Wir haben einen Deal. Wie jedes Jahr. Das haben wir schon vor Monaten besprochen.«
Lyresha zog eine ihrer perfekten Brauen in die Höhe. »Und seit wann hat jemand in deiner Position Anspruch darauf, dass jemand in meiner Position sich an solche ›Deals‹ mit jemandem in deiner Position hält?« Ihre Stimme war zu einem Schnurren herabgesunken. Ihre Krallen legten sich unter sein Kinn, drückten seinen Kopf in die Höhe und in den Nacken. »Sei dankbar, dass ich dich die letzten Jahre immer wieder fortgelassen habe.« Sie glitt mit ihren Spitzen über seine Kehle abwärts, setzte sie ihm auf die kleine Kuhle direkt darunter. »Betrachte es als Zeichen meines guten Willens, dass ich dieser sentimentalen Laune von dir die ganze Zeit nachgegeben und dich allein zu dieser Insel gelassen habe. – Aber dieses Jahr bleibst du hier.«
»Warum?« Miststück.
»Darum, Kristen. Einfach nur darum.« Sie lächelte zu ihm empor. »Außerdem: Marish erwartet dich. Sie will dich heute Nacht in ihrem Bett. Weißt du, manchmal ist sie genauso sentimental wie du. Und nachtragend.« Sie neigte den Kopf ein winziges Stück zur Seite. »Als du damals mit ihr geschlafen hast, hat sie deiner Frau so ähnlich gesehen ... Wenn du unbedingt sentimental werden musst, könntest du sie ja bitten, es wieder zu tun?« Sie schürzte die Lippen zu einem spöttischen kleinen Schmollmund.

»Süße kleine unschuldige Majte. So zart, so verletzlich.« Ihre Hand legte sich auf seine Brust, genau über dem Herzen. »Wie fühlt es sich an, sie so dicht bei sich zu haben, Kristen? Sie, deinen Sohn …« Kristen packte ihr Handgelenk, zerrte ihre Hand wieder von seiner Brust. Der Bannfluch regte sich unruhig. »So empfindlich? Immer noch?« Lyresha lachte. »Ach ja, die Liebe.« Sie seufzte leise, theatralisch. »Deine große Schwäche, Kristen, nicht wahr? Auch heute noch. So erbärmlich.« Das Lächeln kehrte zurück. »Nach all den Jahrhunderten.«
Elendes Miststück. Er konnte nicht verhindern, dass seine Finger sich härter um ihr Handgelenk schlossen. Gefährlich langsam drückte er ihre Hand zur Seite und hinab. »Bist du sicher, dass ich zu ihr gehen soll? Heute Nacht?« Er lächelte seinerseits. Kalt. Hatte seine Stimme einen ähnlich dunklen Ton annehmen lassen; träge, sinnlich. Hart. »Ich dachte, du brauchst Marish noch. Intakt.« Ohne Hast ließ er ihr Handgelenk endgültig los. »Hältst du das wirklich für klug? Du brichst den Deal, lässt mich nicht nach Helgoland gehen und schickst mich stattdessen in ihr Bett? Ausgerechnet in *ihres?*« Kristen senkte die Stimme noch ein bisschen mehr. »Ich kann auch nachtragend sein. Sehr.« Er lehnte sich ein kleines Stück zu ihr hinab – ohne sie näher an sich heranzulassen. Der Bannfluch grub ihm die Krallen in die Haut. Ganz langsam. Er ignorierte es. Noch war es nicht genug, um ihn in die Knie zu zwingen. Und sie wussten es beide. »Wenn sie morgen früh noch am Leben sein soll, würde ich an deiner Stelle noch mal drüber nachdenken, ob du mich wirklich zu ihr schickst.«
»Drohst du mir, Kristen?« Ihr Lächeln wurde unschuldig – und spöttisch. Diesmal legte sie ihm beide Hände auf die Brust.

Er verzog den Mund in einem Lächeln, das ihrem glich. »Drohe ich dir? – Sag du es mir.«
Sie legte den Kopf auf die Seite, schien nachzudenken, schüttelte ihn schließlich. »Nein. Du drohst mir nicht. Du bist gar nicht in der Lage, mir zu drohen.« Ohne Vorwarnung bohrte der Bannfluch seine Klauen tiefer in ihn. Mit einem Keuchen verkrampfte Kristen sich. Und schaffte es irgendwie, aufrecht stehen zu bleiben. »Aber anscheinend hast du mal wieder vergessen, wo dein Platz ist.« Ihre Stimme war gurrend. Weich. Der Schmerz konzentrierte sich zwischen seinen Beinen. Wurde mit jedem Herzschlag reißender. Er versuchte, dagegenzuatmen – es gelang ihm nicht. Sie sah ihm in die Augen, lächelte. Ihre Finger spielten mit dem Kragen seines Hemdes, zogen ihn auseinander, entblößten Haut. »Ich werde dich nicht zu Marish schicken.« Sie stellte sich auf die Zehenspitzen, die Hände immer noch in seinem Hemd, glitt mit den Lippen über die Kuhle neben seinem Schlüsselbein, leckte darüber, seinen Hals entlang aufwärts, zum Kinn, zog ihn in der gleichen Bewegung mehr zu sich herab, ganz dicht. Sah ihm erneut in die Augen, noch immer lächelnd. Ihr Atem strich über sein Gesicht. »Du kommst zu mir.« Ihre Zunge drang in seinen Mund. Um ein Haar wäre er diesmal in die Knie gegangen.

27

Wer auch immer High Heels erfunden hatte, hatte beim Entwurf an Folterinstrumente gedacht und nichts anderes. Vor allem nicht an einen Abend, an dem sie zu so ziemlich jedem Tanz aufgefordert worden war. Ihre Füße brachten sie noch immer um.

Entsprechend machte Ella sich nicht die Mühe, wieder in ihre Schuhe zu schlüpfen, als das Taxi hielt, sondern bezahlte den Fahrer einfach nur und stieg mit bloßen Füßen aus.

Die Straße war leer und finster. Kein Wunder um diese Uhrzeit.

Den Rock des Kleides ein klein wenig zusammengerafft und angehoben, damit der Saum nicht über den Boden schleifte, die Schuhe von den Fingern der anderen Hand baumelnd, tappte sie ihre Auffahrt hinauf. Doch sie blieb überrascht wieder stehen, als sie den Wagen sah, der darin parkte. Christians Mercedes. So dicht vor ihrer Garage, dass sie ihn im ersten Moment in den Schatten nicht bemerkt hatte. Plötzlich hatte sie Herzklopfen. Und runzelte verwirrt die Stirn. Hatte er nicht gesagt, er sei heute in Europa?

Deutlich schneller als zuvor legte sie die letzten Meter zur Haustür zurück, sperrte auf – Stille und Dunkelheit empfingen sie –, knipste das Licht an, ließ die High Heels zu Boden gleiten, ging rasch in die Küche und zur Hintertür. Es gab eigentlich nur einen Ort, an dem er auf sie warten konnte …

Er saß scheinbar entspannt auf der Hollywoodschaukel,

ein Bein lässig noch halb auf den Polstern, das andere von sich gestreckt, die Ferse auf dem Boden – ein weiterer dunkler Schatten auf der Veranda.

»Christian?« Sie trat auf die Holzbohlen hinaus. »Was ist passiert? Ich dachte, du wärst in Europa?«

Ein Schulterzucken. »Kleine Planänderung. Mir ist ein Meeting hier dazwischengekommen.« Er war aufgestanden, als sie ins Freie getreten war. »Und als ich dabei nicht mehr … gebraucht wurde, dachte ich, ich fahre zu dir.« Langsam kam er auf sie zu. Seine Bewegungen wirkten seltsam … steif. Und gleichzeitig auf eine Art … angespannt, die sie verrückterweise erschreckte. Als wäre er über irgendetwas … wütend, schaffte es aber nicht, diese Wut gänzlich zu verbergen. Obwohl er es versuchte. Erst direkt vor ihr blieb er wieder stehen. Der Ausdruck in seinen Augen … Fast hätte sie einen Schritt zurück gemacht.

»Alles in Ordnung?« Warum klang sie so atemlos?

»Natürlich.« Dieses kurze, schnelle Lächeln. Er senkte den Kopf, küsste sie zart – und irgendwie hart zugleich; zu hastig, als dass sie mehr tun konnte, als ihm das Gesicht entgegenzuheben –, verwob seine Finger mit ihren. »Natürlich. – Sag mir lieber, wie dein Abend war? Sind dir diese Vollidioten sehr oft auf die Füße getreten?«

»Nein. Nein, gar nicht …« Ihr fehlte noch immer die Luft. »Wartest du schon lang?«

»Nein. – Und selbst wenn, wäre das jetzt auch egal.« Seine Stimme wurde zu einem Flüstern. »Lass dich anschauen. Ich habe dich noch nie in diesem Kleid gesehen.« Er zog sie in die Küche, ins Licht, ihre Finger immer noch ineinander verschränkt, seine Augen glitten über sie … »Du bist wunderschön.« Ehrfürchtig. Leise. Und trotzdem mit einem seltsamen Unterton.

»Danke.« Ihr Mund war trocken. Sie brachte das Wort

kaum heraus. J.J. hatte das Unmögliche tatsächlich wiederholt. Und ihr obendrein dabei geholfen, das Haar hochzustecken. »Ich sage J.J., dass du mit ihrer Arbeit zufrieden warst.«

Wieder ein kurzes Lächeln, ein Nicken. »Ich muss deine neue Freundin wohl doch einmal kennenlernen.« Mit jeder Sekunde fühlte sein Blick sich mehr wie eine Liebkosung an.

»Nein! Nein, das ... das ist keine gute Idee.«

»Nein?« Er neigte den Kopf, hob eine Braue. Und zog sie zu sich heran, legte ihre Arme um seinen Nacken. Sah sie weiter an, unverwandt, wieder diesen Hauch eines Lächelns auf den Lippen. Seine Augen waren dunkel. Voller Schatten. »Ist es nicht?«

Sie schaffte es irgendwie, das Lächeln zu erwidern. »Nein. Nein, ist es nicht.«

Ein leises Lachen. Seine Hände glitten federleicht ihre Arme entlang bis zu ihren Schultern, ihren Rücken abwärts, legten sich auf ihre Taille, schmiegten sie noch näher an ihn, nahmen sie mit in die Bewegung, ein sanftes, kaum merkliches Hin- und Herwiegen im Takt ... Ella senkte den Kopf gegen seine Brust, schloss die Augen, spürte, wie er sich weiter zu ihr lehnte, hörte ihn leise summen. *Lady in Red* von Chris de Burgh. Halb Murmeln, halb Melodie. Sein Atem strich über ihre Schläfe. Die Worte verebbten immer wieder zu einem Summen. Er löste eine ihrer Hände aus seinem Nacken, hielt sie in seiner, drehte sich mit ihr, ganz langsam. Träge. Sinnlich. Seine Hüfte streifte ihre. Sie spürte seine Wange an ihrem Haar. Wieder eine Drehung. Seine Stimme war erneut nur noch ein Flüstern. Sie hob den Kopf, sah ihm in die Augen. Christian erwiderte ihren Blick. Bewegte sich mit ihr weiter. Jetzt schweigend. Stumm. Die Augen unverwandt in ihren ...

Bis er stehen blieb. Ohne den Blick eine Sekunde aus ihrem zu lösen. »Schlaf mit mir.« Er sagte es zärtlich. Leise. So leise, dass sie im ersten Moment dachte, sie hätte ihn nicht richtig verstanden. »Schlaf mit mir, Ella. Heute Nacht.« Er beugte sich vor, liebkoste ihre Lippen mit seinen. Flüsterte direkt an ihrem Mund noch einmal: »Schlaf mit mir.«
Das Beben war schlagartig da. Sie brachte keinen Ton heraus. Wieder ein Kuss. Tief. Wie … fragend. Sie konnte sich nicht rühren. Die Kante des Küchentischs drückte gegen ihre Hüfte. Sie tastete mit der Hand danach … Christian hielt sie auf, umschloss sie mit seiner. »Nicht hier.« Sein Mund war noch immer auf ihrem, wenn auch nur noch als Ahnung einer Berührung. »Nimm mich in dein Bett, Ella.« Er knabberte an ihrer Lippe, sog sie zwischen seine Zähne, zupfte daran. Zart. »Ich will es schön für dich. Langsam.« Seine Hand strich über ihren Oberschenkel, ihre Seite hinauf, hinab, zog sie weg vom Tisch, drückte sie gegen ihn. Sie wusste nicht, wohin mit ihren eigenen Händen. »Ich wollte dich das schon so oft fragen. Aber immer … Nie war die richtige Gelegenheit.« Wieder ein Kuss. Tiefer als der zuvor. Lockend. »Lass mich zu dir kommen, Ella …« Sein Mund glitt ihren Hals abwärts, zu ihrer Kehle. Hitze floss in ihrem Inneren zusammen. »Lässt du mich zu dir kommen, Ella?« Wann hatte sie die Finger in seinem Haar vergraben? War der hohe Laut, der gerade aus ihrer Kehle gekommen war, ein »Ja« gewesen? Christian hatte ihn offenbar so verstanden.
Seine Lippen kehrten zu ihren zurück. Wieder ein Kuss. Hungriger diesmal. Hart. Beinah … triumphierend. Er unterbrach ihn nicht eine Sekunde lang, weder als er sie auf die Arme nahm, noch als er sie die Treppe hinauftrug. Die Tür zu ihrem Schlafzimmer aufstieß. Ihre Beine freigab, sie an seinem Körper entlang zu Boden gleiten ließ, sie festhielt,

als sie für einen Moment wankte. Küsste sie immer weiter. Wie fiebrig. Spielte mit ihrer Zunge, bis sie stöhnte und vor Verlangen an seinem Hemd zerrte. Flüsterte ihren Namen an ihrem Mund.

Wieder.

Wieder.

Heiser.

Lockend.

Seine Hände strichen über ihren Rücken, ihre Hüften, ihren Nacken, gruben sich in ihr Haar, lösten es, Nadel für Nadel. Immer wieder glitt er mit den Fingern hinein, bis es frei und schwer ihren Rücken hinabfloss. Und hielt inne. Nahm ihr Gesicht in beide Hände. »Ich will dich sehen, Ella.« Ein kurzer, schneller Kuss, wie ein Versprechen. »Lass mich dich sehen …« Er wartete nicht auf eine Antwort. Eine Handbewegung, und die Lichter waren einfach da. Zwei, drei, fünf. Sie schwebten um sie herum in der Luft, kleine, irisierende, schimmernde Kugeln, fahlblass, die alles in sanftes Dämmern tauchten. Unwirklich, geheimnisvoll.

»Was …?«

Das kaum hörbare Ratschen ihres Reißverschlusses. »Hexenlicht.« Leises Lachen. »Fällt unter ›Basics‹.« Christian streifte mit den Lippen den empfindlichen Punkt unter ihrer Kehle, leckte darüber. »Ich kann dir zeigen, wie man es ruft. – Bei Gelegenheit. – Nicht jetzt.«

»Es ist wunderschön.«

»Nein. *Du* bist wunderschön.« Ein Flüstern direkt neben ihrem Ohr. Er drehte sie zum Spiegel um. »Schau!« Unendlich langsam schob er das Kleid von ihren Schultern, die Arme hinab … und beugte sich zu ihr, küsste jeden Zentimeter Haut, den er freilegte – ihren Nacken, die Schultern, die Schulterblätter, die Kuhle dazwischen, ihre Wirbelsäule abwärts, blies sacht über ihren Rücken und entlockte ihr eine Gänsehaut. Die Hände federleicht auf ihrem Körper, die Finger gespreizt, schob er das Kleid tiefer, über ihre Hüfte, strich über ihre Seiten, ihren Bauch, umfasste ihre Brüste, liebkoste ihre Brustwarzen, bis sie sich zu kleinen, harten Perlen zusammenzogen. Genießerisch schloss Ella die Augen. Wieder ließ er seine Lippen über ihren Nacken gleiten, die Kuhle unter ihrem Ohr, fuhr mit der Zunge an ihrem Ohrläppchen entlang, spielte mit der Spitze um den Verschluss ihres Ohrrings, flüsterte wieder »Wunderschön«, während er Ella an seine Brust zog und sich von hinten gegen sie drängte. Sie spürte den rauen Stoff seiner Jeans auf ihrer nackten Haut und erschauderte bei dem Gefühl. Gemächlich schlang er die Arme um sie, eine Hand noch immer an ihrer Brust, zärtlich, beinah qualvoll, ließ die andere langsam tiefer wandern, strich am Bund ihres Seidenslips entlang. Ein Finger fand seinen Weg unter den Stoff und Ella sank seufzend gegen ihn; genoss die sachte Berührung seiner Hände auf ihrer Haut. Stöhnte leise, als Christians Finger sich weiter vortasteten. Das Kleid lag um ihre Füße. Sie waren nur noch zwei Schatten vor dem Spiegel. Der eine hell, der andere dunkel … Wie oft hatte sie seit jener Nacht in der Gasse hier gestanden … Wie von selbst stahl sich ihre Hand zu den Narben auf ihrem Arm, legte sich darüber …

»Nicht.« Leise. Und doch entschieden. Christian zog ihre Hand zur Seite, verschränkte seine Finger mit ihren. »Du bist wunderschön.« Er küsste ihren Hals, strich mit den Lippen den Bogen ihrer Schulter nach. »Nichts kann daran etwas ändern.« Ihr Kopf sank zur Seite, machte es ihm leichter, die empfindlichen Stellen zu erreichen. »Lass mich dir zeigen, wie wunderschön du bist.« Beschwörend. Zärtlich. Wie zuvor so dicht neben ihrem Ohr, dass sie seinen

Atem spürte. »Lass mich dich lieben, Ella.« Er drehte sie zu sich um, ohne die Hände von ihrer Haut zu nehmen, jede Sekunde der Bewegung eine Liebkosung. »Lass mich dich lieben.«

»Christian ...« Sie wusste nicht, warum sie so hilflos klang. Vielleicht weil jede ihrer Beziehungen irgendwann in die Brüche gegangen war, nachdem sie zum ersten Mal mit dem Mann geschlafen hatte? Weil sie nicht wollte, dass das mit *ihm* genauso in die Brüche ging? Weil sie ihn so sehr wollte, dass es fast weh tat? Weil sie von der warmen Berührung seiner Hände auf ihrer Haut nicht genug bekommen konnte?

»Schsch ... lass mich dich lieben, Ella. Hab' keine Angst.« Wie zur Antwort lehnte sie den Kopf gegen seine Brust. Nicht sicher, was sie sagen sollte. Was sie sagen *konnte.* Und wurde in einer fließenden Bewegung erneut auf seine Arme gehoben.

Schweigend trug Christian sie zum Bett, setzte sie darauf ab, kniete sich halb neben sie, strich an ihrem Bein entlang, hinauf zu ihrer Hüfte, zurück. Seine Handflächen waren rau ... Das erste Hexenlicht erlosch, als er sacht ihren Knöchel küsste. Sie stöhnte, während seine Hände wie zuvor über sie glitten, jeden Zentimeter ihres Körpers streichelten, sein Mund seinen Händen folgte, einen Pfad aus Hitze auf ihre Haut malte ... Quälend langsam küsste und knabberte er sich einen Weg aufwärts, fand mit der Zunge die empfindliche Stelle in ihrer Kniekehle – das zweite Hexenlicht verblasste –, sein Haar streifte die Innenseite ihrer Oberschenkel ... Ella wand sich unter der Berührung, nahm nur verschwommen wahr, dass seine Augen die ganze Zeit über auf ihr waren, ihm keine ihrer Reaktionen auf das, was er tat, zu entgehen schien. Noch immer quälend langsam schob er sich höher, weiter über sie. Ein Raubtier, das über ihr kauerte. Sein Lächeln war pure Gefahr. Er bedeckte ihren Bauch mit Küssen, tauchte die Zunge flüchtig, fast neckend in ihren Bauchnabel. Ella bog den Rücken durch, ließ den Kopf in den Nacken fallen, sog atemlos die Luft ein. Sein Mund erreichte das Tal zwischen ihren Brüsten – das dritte Hexenlicht verging –, wanderte über ihre Kehle, fand ihren Mund, drang in ihn ein. Sie versank in dem Gefühl seiner Lippen und Zunge und Zähnen auf ihrer Haut, streckte sich ihm entgegen, murmelte seinen Namen, stöhnte ihn, wieder und wieder, verlor jedes Gefühl für Zeit …

Unwillig keuchte sie auf, als er sich plötzlich von ihr löste, zurückwich, folgte seinem Körper mit ihrem, versuchte, ihn einen Moment lang festzuhalten, ehe sie wieder atemlos und erhitzt auf ihr Bett zurücksank. Ein seltsames Funkeln war in den Augen. Kaum zu erkennen in dem matten Schimmer des Hexenlichts. Grausam. Den Bruchteil einer Sekunde. – Bevor er ganz langsam begann, sich selbst auszuziehen. Das Hemd abstreifte, es zu Boden fallen ließ. Noch immer, ohne sie auch nur einen Herzschlag aus den Augen zu lassen. Seine Haut glänzte im schwachen Licht. Ihr Atem beschleunigte sich unwillkürlich, während sie ihn beobachtete. Das Spiel seiner Muskeln, als er die Schuhe beiseitetrat, zusammen mit den Shorts seine Hosen abstreifte … und dann reglos dastand, auf sie hinab sah, seine Augen über ihren nackten Körper wandern ließ … Für etwas, das sich wie Ewigkeiten anfühlte. Als würde er auf etwas warten. Worauf? Großer Gott, sie wollte ihn. Jetzt. Er hatte ein Feuer in ihr entfacht, das sie umbrachte. Und das nur mit seinen Küssen, seinen Berührungen. Ella sog die Unterlippe zwischen die Zähne, streckte ihm ungeduldig die Hände entgegen. »Komm. Komm zu mir … Bitte.«

Da war wieder dieses Lächeln. Anders diesmal. Er bewegte sich langsam, geschmeidig, kam wieder zu ihr aufs Bett. Die Art, wie er sich neben sie kniete, sich zu ihr herabbeugte … Noch immer das Raubtier, das sie in den letzten Wochen immer wieder für einen kurzen Moment zu sehen geglaubt hatte. Und es war ihr egal.

Er machte genau da weiter, wo er aufgehört hatte, küsste sie, spielte mit ihrer Zunge, sog sie gierig in seinen Mund, stieß mit seiner in ihren. Hungrig. Und hart zugleich. Wieder und wieder. Sie stöhnte auf, als seine Finger zwischen ihre Beine glitten und mit den Fingerspitzen den Weg nach oben suchten, fuhr mit den Händen über seinen Rücken, seine Oberschenkel, die sich an ihre pressten, hob sich ihm entgegen und grub gleichzeitig die Finger in seine Muskeln, versuchte, ihn vollkommen atemlos noch näher zu sich zu ziehen … Und die ganze Zeit war sein Mund an ihrem, küsste er sie mit dem gleichen Hunger weiter. Ella schob die Hände in sein Haar, ließ sie fahrig über seinen Nacken gleiten, wieder, wieder, zurück in sein Haar, ballte sie darin, zog daran …

Sie rang nach Luft, als er für einen Moment von ihrem Mund abließ. Alles um sie her schien wie in einem dichten Nebel versunken. Einem Nebel aus blankem Verlangen. Wie hatte sie sich nur all die Wochen einreden können, dass sie nichts von ihm wollte? Wie von selbst wanderten ihre Hände zu seiner Brust, strichen darüber, folgten den Linien seiner Muskeln. Sekunden sah er auf sie hinab – wieder dieses Lächeln – und schob sich mit träger Eleganz zwischen ihre Beine. Sie hob ihm ihre Hüften entgegen, als seine Finger unter den Bund ihres Slips glitten, ihn ihr abstreiften, ihn achtlos neben das Bett fallen ließen, sich wieder ihren nackten Oberschenkeln zuwandten. Mit den Fingerspitzen glitt er über die Hitze zwischen ihren Beinen, in sie hinein. Ein Finger, zwei. Zog sie zurück, nur um dann wieder tiefer in sie einzudringen. Ihr Blut schien sich mit jedem Mal mehr in Feuer zu verwandeln. Sie stöhnte, umklammerte seine Arme, seine Schultern. Ein Lachen. Er schob ihre Beine ein Stück weiter auseinander. Sie biss sich auf die Lippe, warf den Kopf zur Seite, hob ihm die Hüften noch mehr entgegen. Keuchte auf. »Christian …«

Wieder ein Lachen, ein dunkel-sinnliches »Langsam, Liebling«, während er sie aufs Bett zurückdrängte, sie dort festhielt …

»Warte …« Sie keuchte, versuchte, ihn genau da zu halten, wo er war, und ihn gleichzeitig wieder zu sich heraufzuziehen, wollte seinen Mund auf ihrem, auf ihren Brüsten, ihrem Bauch. Großer Gott, noch nie hatte ein Mann sie so um den Verstand gebracht. »Wir sollten …«

»Schhhhh, ich kann dich nicht schwängern.« Seine Zunge strich durch ihre Hitze. Ella stöhnte. Sie schaffte es, den Kopf zu heben. Ihn über ihren Körper hinweg anzusehen. Das Glitzern seiner Augen … Ein schneller Zungenschlag ließ sie sich aufbäumen. »Und es gibt nichts, womit ich dich anstecken könnte.« Der Nächste war quälend langsam. »Ich lasse mich regelmäßig testen.«

»So viele Frauen …« Es sollte scherzhaft klingen – und wurde zu einem atemlosen Laut. Sie umklammerte seine Schultern, versuchte, nicht ganz den Verstand zu verlieren, bei dem, was er zwischen ihren Beinen tat.

Leises Lachen. Seltsam hart. Bitter. »Eifersüchtig, Liebling?«

Ella biss sich auf die Lippe, schüttelte den Kopf, wollte es. Und schaffte es nicht. Weil sie stattdessen mit einem Keuchen den Kopf in den Nacken warf, als er erneut mit der Zunge durch ihre Hitze strich und an dem kleinen harten

Punkt an ihrem Ende verharrte, an dem sie zu kochender Lava zusammenzufließen schien, darum- und darüberglitt. Immer wieder. Sie unaufhaltsam in den Wahnsinn trieb. Wieder dieses Lachen. »Musst du nicht. – Ich habe nur eine verdammt hohe Lebensversicherung, die das zur Bedingung macht.« Seine Hände glitten über die Innenseite ihrer Oberschenkel, schoben sie weiter auseinander. »Außerdem ist es so doch viel schöner.« Seine Zunge stieß in ihr Inneres. Ella stöhnte auf, krallte die Hände in sein Haar, ihm ausgeliefert … bis er schließlich mit einem einzigen, langen, qualvoll langsamen Stoß in sie eindrang. Die Arme rechts und links von ihr abgestützt. Der einzige Berührungspunkt zwischen ihnen war dort, wo er in ihrer Hitze versank, sie ganz und gar ausfüllte. Ella wimmerte, grub ihm die Fingernägel in die Schultern, zerkratzte seinen Rücken. Sein Mund war an ihrem Hals. Sie glaubte ihn etwas flüstern zu hören, verstand ihn nicht, hörte sich selbst seinen Namen keuchen, zusammenhanglose Wortfetzen hervorstoßen. Er leckte den Schweiß von ihrer Kehle, ihren Brüsten. Wie von selbst öffnete sie die Schenkel ein Stück weiter, umklammerte seine Hüften mit ihren Beinen, kam ihm entgegen, während ihr ganzes Sein um ihn herum zusammenfloss und sie gleichzeitig versuchte, noch mehr von ihm in sich aufzunehmen. Christian gab ihr nicht die Möglichkeit. Noch immer hing sein Blick auf ihr. Kalt. Hart. Grausam. Das Lächeln auf seinen Lippen war verächtlich. Wieder stieß er zu, hart und schnell diesmal. Ella schrie. Und noch einmal, als sein nächster Stoß noch tiefer ging, sie zu zerreißen schien – und sie über die Klippe schickte. Sie stürzte in ein Meer aus Hitze, Verlangen und Lust, ertrank darin … Und spürte im selben Moment, wie ihre Barriere brach, ihre Gabe aus ihr herausbrandete, ohne dass sie irgendetwas tun konnte – und auf etwas anderes traf.

Wut.
Qual.
Hass.
Trauer.
Ohnmacht.
Sehnsucht.
Und noch mehr Wut und Hass.
Noch mehr Qual.
Dunkelheit.
Grausame, alles verschlingende Dunkelheit.
Die ihr entgegenschwappte, sie unter sich begraben wollte, nur um beinah im gleichen Herzschlag mit aller Macht zurückgerissen zu werden. Von einer Sekunde zur nächsten brandete ihre Gabe nur noch harmlos gegen eine gewaltige Mauer, die all die Dunkelheit, die Wut und den Hass und die Qual eisern hinter sich einschloss. Ein Stoß trieb sie noch weiter zurück, zurück hinter ihre eigene Barriere. Ihre eigene Barriere, die so lächerlich zerbrechlich war. Und dann war da mit einem Mal noch etwas anderes. Etwas … vor dieser Mauer. Schob sich zwischen sie. Streckte sich ihrer Gabe entgegen. Weiblich. Sanft. Traurig. Ein Name, nur ein Wispern, eine Ahnung. *Majte.* Flüchtig. Zu schnell vergangen, als dass sie ihn wirklich festhalten konnte …
Ella riss die Augen auf. Keuchend. Ohne sich bewusst gewesen zu sein, dass sie sie geschlossen hatte … Christian starrte auf sie hinab. Das blanke Entsetzen im Blick. Die Arme noch immer rechts und links von ihr aufgestützt, durchgedrückt. Schweiß glänzte auf seiner Brust, suchte sich in winzigen Perlen seinen Weg abwärts. Seine Muskeln zitterten unter seiner Haut … Er sah sie an. Und schien sie doch nicht zu sehen.
Noch immer halb benommen versuchte sie zu begreifen …
»Christ- …«

»Heiliger Gott, was ...« Ein Schaudern rann durch seinen Körper. »... was hab ich getan.« Er schloss die Augen. Stöhnte gequält. Die Muskeln an Armen und Schultern traten noch mehr hervor, zitterten stärker, die Narben an seinen Handgelenken zeichneten sich fahl auf der Haut ab.
»Christian? Was ... was ist denn? Ist alles in Ordnung?« Erschrocken streckte Ella die Arme nach ihm aus, versuchte, ihn an sich zu ziehen, ihn festzuhalten.
Erst nach Sekunden gab er nach. »Nein. Nein. Ja. Jetzt, ja. Jetzt.« Jedes Wort war noch immer ein Stöhnen. »Heiliger Gott, was ... Verzeih mir! Das ... verzeih mir.« Er ließ sich herabsinken, über sie, nicht genug, dass sie sein Gewicht spürte, aber genug, um ihren Körper mit seinem zu bedecken. Vergrub das Gesicht an ihrem Hals. »Verzeih mir, Ella. – Das ... das wollte ich nicht. Ich ...« Wieder ein Stöhnen. »Heiliger Gott, was bin ich für ein Schwein.«
»Christian, was ...?« Ihre Hände bewegten sich auf seinem Rücken, als hätten sie einen eigenen Willen. Streichelnd, beruhigend.
Sein Kopfschütteln unterbrach sie. »Lass mich dich lieben. Bitte. Richtig! So wie du es verdient hast ...«, flüsterte er, noch immer stöhnend, in ihr Haar, gegen ihre Haut.
Ella blinzelte. Was? »Und ... und als was würdest du das bezeichnen, was du gerade getan hast?« Den Beweis spürte sie noch immer. »Ich meine ... ich ...«
Wieder ein Kopfschütteln. »Vergiss das. Bitte. Vergiss es.« Er nahm das Gesicht aus ihrem Haar, drückte sich ein kleines Stück in die Höhe, sah auf sie hinab. »Das war ...« Er biss die Zähne zusammen. »Vergiss es. Vergiss es einfach.« Seine Augen suchten in ihren. »Gib mir eine zweite Chance, Ella.« Sie spürte seine Fingerspitzen an ihrem Hals, ihrer Schulter. Ganz leicht. »Lass mich dich so lieben, wie du es verdient hast.« Er klang so atemlos, wie sie sich fühlte.

»Eine zweite Chance, Ella.« Noch immer hing sein Blick in ihrem. »Bitte.« Er senkte den Kopf, lehnte die Stirn gegen ihre. »Diesmal wird es anders. Ich verspreche es … Ella …« Sie legte ihm die Finger auf die Lippen, brachte ihn zum Schweigen. »Ja.« Auch wenn sie noch immer nicht verstand, warum er mit einem Mal so verstört war. »Ja.« Sie ließ ihre Fingerspitzen abwärtsgleiten. Über seine Kehle, seine Brust, hob ihm das Gesicht entgegen, küsste ihn zart und fest zugleich.

Dieses kurze, schnelle Lächeln huschte über seine Lippen. Erleichtert. »Danke.« Er kam ihrem Kuss entgegen, nippte federleicht an ihrem Mund. Die Bewegung seiner Hüfte war nicht mehr als ein Anspannen der Muskeln und entlockte ihr trotzdem ein Keuchen. Beim nächsten Mal zog er sich beinah vollständig aus ihr zurück, bevor er sie in einer langsamen Bewegung wieder mit seiner ganzen Härte ausfüllte. Wieder. Und wieder. Als hätte er auf einmal alle Zeit der Welt. Immer wieder beugte er sich zu ihr, um sie zu küssen, tief und langsam, imitierte die Bewegungen seiner Hüfte mit seiner Zunge. Schnell wurden seine Atemzüge mit jedem Mal an ihrem Mund wieder hastiger, keuchender – ebenso hastig und keuchend wie ihre. Sie kam ihm entgegen, versuchte ihm in seinem Rhythmus zu begegnen, küsste ihn atemlos, stöhnend; fuhr mit dem Mund über seine Brust, leckte über seine Haut, seine Brustwarze, und brachte ihn ihrerseits zum Stöhnen, während er die Hand unter ihre Hüfte schob; sie höher hob, näher zu sich heranzog, sie fester an sich presste; ihr half, seine Stöße zu erwidern, ihren Rücken stützte, wenn sie sich aufbäumte, ihre Brustwarze in den Mund sog, sie sich unter seinem Mund winden ließ. Streichelte ihren Körper; mal nur mit den Fingerspitzen, mal mit der ganzen Hand; Hüfte, Schultern, Arme, ihre Brüste, mal quälend langsam, mal hastig

wie im Fieber. Wie beim ersten Mal. Und trotzdem anders. Weicher. Zärtlicher. Sanfter.
Im Licht des letzten Hexenlichts glänzte seine Haut vor Schweiß, sammelten sich winzige Tropfen über seinen Brauen, rannen seine Schläfen hinunter, seine Kehle hinab. Ella drückte schnelle, hungrige Küsse auf seine Brust, die Schultern, folgte mit der Zunge den Konturen seiner Muskeln, schlang die Schenkel um seine Hüften, wand sich unter ihm, strich mit den Händen über seinen Rücken, über seinen Nacken, durch sein Haar – binnen kürzester Zeit ohne wirklich zu wissen, was sie tat.
Hatte er sie davor mit Zunge und Mund in den Wahnsinn getrieben, war es diesmal, als würde er sie mit seinem ganzen Körper lieben. Haut an Haut. Küsste, streichelte …
Als Ella diesmal über die Klippe stürzte, folgte er ihr. Sein Mund traf ihren. Sein Stöhnen mischte sich mit ihrem …
Sie klammerte sich an ihn, sein Kopf sank gegen ihre Schulter, sein Atem schlug keuchend gegen ihren Hals …
Für eine Sekunde lag er mit seinem ganzen Gewicht auf ihr.
Eine zweite.
Dann rollte er sich mit ihr herum und bettete ihren Kopf auf seine Brust. Ella ließ es zu. Sein Herz raste unter ihrer Wange. Ein wildes Pochen, das nicht langsamer werden wollte. Zärtlich strich er ihr die schweißnassen Haare aus der Stirn. Selbst wenn sie gewollt hätte, hätte sie sich nicht bewegen können. Sie wusste nicht, für wie lange. Oder wie lange sie nicht in der Lage war, auch nur einen halbwegs vernünftigen Gedanken zu fassen. Selbst dann nicht, als er sich erneut mit ihr drehte, sie mit dem Rücken an seine Brust drückte und es zugleich irgendwie schaffte, die Decke über sie zu ziehen.

Das Mondlicht fiel durch das offene Fenster und zauberte fahle Schatten auf ihr Bett. Christians Kopf lag in ihrem Schoß, die Decke unter Schläfe und Wange zusammengeschoben. Aber selbst im Schlaf ruhte seine Hand noch zärtlich auf ihrer Hüfte. Ellas Finger glitten durch sein Haar, streichelten seinen Nacken, liebkosten seine Schultern, während sie auf seine Atemzüge lauschte. Ruhig. Tief. Noch immer hing ein Rest Schweiß auf seiner Haut. Auch das letzte Hexenlicht war erloschen. Schon vor einiger Zeit.

Ein Lächeln stahl sich auf ihre Lippen. Und sie hatte tatsächlich geglaubt, er wäre nur ein Freund für sie. Beinah hätte sie den Kopf über sich selbst geschüttelt. Falsch gedacht. Christian Havreux war nicht nur ein Freund. Er war auch nicht nur ein Mann, den sie mehr begehrte, als sie jemals zuvor einen Mann begehrt hatte. Er war der erste Mann, den sie so sehr liebte, dass es weh tat.

28

Das erste Licht des Sonnenaufgangs drang durch das Fenster, während die letzten Schatten der Nacht noch im Zimmer hingen. Noch halb im Schlaf, rollte Ella sich auf die Seite. Und registrierte, dass sie nicht allein war, dass … Christian neben ihr lag. In ihrem Bett. Irgendwann in der Nacht hatte er ihr den Rücken zugedreht. Die Linien seines Tattoos zeichneten sich scharf auf seiner Haut ab – und zugleich … unscharf, verwischt, wie von einer dünnen Schicht Nebel überdeckt. Nebel, der sich über seine Schulter wand. Zu einem Schatten neben dem Bett. Einem Schemen, verwischt und neblig wie das Tattoo selbst. Durchsichtig. Eine Gestalt. Schmal. Zierlich. Ganz dicht neben ihm. Eine Gestalt, die etwas im Arm zu halten schien. Ein Bündel. Wie ein … Kind. Ein … Säugling? Christian regte sich, murmelte etwas im Schlaf, streckte die Hand über den Rand des Bettes, zog sie zurück, seufzte. Und weckte Ella damit endgültig. Sie blinzelte. Nein. Sie musste sich geirrt haben. Da war nur der Vorhang, der sich kaum sichtbar in einem Lufthauch bauschte.

Vorsichtig, um ihn nicht ihrerseits zu wecken, schob Ella sich ein wenig näher an ihn heran. Ohne ihn zu berühren. Sie hatten miteinander geschlafen. Langsam. Lang. Zärtlich. Danach hatte Christian sie im Arm gehalten. Unendlich sanft. Sie hatte seinen Atem an ihrer Schulter gespürt. Immer wieder die sachte Berührung seiner Lippen. Irgendwann musste sie eingeschlafen sein.

Neben ihr streckte sich Christian ein wenig. Die Bettdecke

rutschte ein Stück abwärts, schob sich um seine Mitte. Unter der Haut zogen seine Muskeln sich zusammen, entspannten sich wieder, spielten unter den dunklen Linien seines Tattoos. Sie beobachtete das Heben und Senken seiner Rippen bei jedem Atemzug, sah den Augenblick, in dem er erwachte … Im nächsten wurde er schlagartig starr und drehte sich so abrupt zu ihr um, dass sie vor Schreck zurückfuhr.

Er hatte sich schon halb aufgerichtet, noch ehe er offenbar wirklich wusste, wo er war. Erst dann schien er sie zu erkennen. Und atmete wie erleichtert aus. »Ella.« Er rieb sich übers Gesicht, ließ sich gleichzeitig auf das Kissen zurückfallen und legte den Arm über die Augen. »Entschuldige. Ich war noch nicht ganz da.« Unter dem Ellbogen hindurch lugte er zu ihr her. »Guten Morgen.« Seine Stimme war weich geworden.

»Guten Morgen. – Den Eindruck hatte ich auch.« Das Lächeln hatte sich fast unbemerkt auf ihre Lippen gestohlen. Sie rutschte näher zu ihm heran und stemmte sich auf den Ellbogen, die Decke in einem plötzlichen Anfall von unnötiger Sittsamkeit über die Brust gepresst. »Wachst du immer so auf?«

Christian ließ den Arm über den Kopf und auf das Kissen sinken, sah sie fragend an.

»Na ja, als du auf meiner Couch geschlafen hast, bist du beinah ebenso heftig hochgefahren wie eben, als ich dich geweckt habe …« Ihre Worte klangen nicht ganz so unbeschwert, wie sie beabsichtigte. Er hatte sie mit seinem abrupten Aufwachen erschreckt. Das ließ sich nicht leugnen. Behutsam legte sie ihm die Hand auf die Brust. – Und sah ihn gleich darauf entsetzt an. Herr im Himmel, sein Herz raste. Doch noch bevor sie etwas sagen konnte, hatte er sich ebenfalls wieder in die Höhe gestemmt und küsste sie. Gemächlich und zart. Seine Bartstoppeln kratzten an ihrer Haut. Er knabberte an ihrer Lippe, spielte träge mit ihrer Zunge, während sie unter ihrer Hand spürte, wie sein Herzschlag sich allmählich beruhigte. Und wie er gleichzeitig die Decke beiseiteschob und langsam zum Bettrand glitt. Als er ihn erreicht hatte, nahm er den Mund von ihrem. »Ich muss ins Bad, entschuldige mich einen Moment.«

Ella war zu atemlos, um zu protestieren. Also sah sie ihm einfach nur dabei zu, wie er am Fußende des Bettes vorbeiging und im Bad verschwand. Dann ließ sie sich zurücksinken und legte die Hand neben sich auf das Laken. Christians Wärme hing noch darin. Sie rollte sich auf die Seite, strich mit der Hand darüber, immer wieder.

Als er aus dem Bad zurückkam, hatte er ein Handtuch um die Mitte geschlungen. Sie setzte sich auf, als er auf dem Weg zum Bett seine Sachen aufsammelte. Und sich anzog.

»Ich muss gehen.« Er sagte es, ohne sie anzusehen.

Etwas in Ellas Brust krampfte sich schmerzhaft zusammen.

»Schade. Ich dachte, du bleibst zum Frühstück.« *Schade? Ich dachte, du bleibst zum Frühstück?* Mehr fiel ihr dazu nicht ein? Ganz abgesehen davon, dass ›dachte‹ es nicht ganz traf. Eher ›hatte gehofft‹. Und das auf deutlich mehr.

Christian hatte sich zu ihr umgedreht, das Hemd schon in der Hand. Jetzt ließ er es aufs Bett fallen, stemmte ein Knie auf die Matratze und beugte sich zu ihr herüber, stützte sich mit beiden Händen knapp vor ihr ab, legte wie zuvor zärtlich seine Lippen auf ihre. Als er den Kuss schließlich wieder brach, lehnte er seine Stirn gegen ihre. »Das hier war kein One-Night-Stand. Zumindest, wenn es nach mir geht.« Seine Fingerspitzen strichen federleicht über ihre Schulter. Sie glaubte etwas in seinen Augen zu sehen, dunkel, warm – doch dann war es fort, und sie waren plötzlich

seltsam … hart und … fremd. Distanziert und unnahbar. Für einen Moment streiften seine Lippen erneut ihre, dann richtete er sich wieder auf und zog sich weiter an.
›*Das hier war kein One-Night-Stand. Zumindest, wenn es nach mir geht.*‹ Warum zum Teufel war der Knoten dann immer noch in ihrer Brust?
Christian schloss gerade den Reißverschluss seiner Jeans. Ihr Morgenmantel war zu Boden gerutscht. Sie hob ihn auf, schlüpfte hinein und band den Gürtel. »Du bleibst wirklich nicht zum Frühstück?« Wie enttäuscht sie klang.
»Nein. Leider. Ich muss …« Er verstummte, als sie die Arme um seine Mitte schlang und den Kopf gegen seine Brust sinken ließ. Sehr langsam legte er seinerseits die Arme um sie. Als könnte sie bei der kleinsten Berührung zerbrechen. Ella schloss die Augen. Bis er abermals »Ich muss gehen« sagte.
Sie hob den Kopf. »Sehen wir uns heute Abend wieder?«
»Wenn du willst.« Christian strich ihr eine Haarsträhne hinters Ohr, ehe er sich zu ihr beugte und sie erneut küsste. Im Vergleich zu letzter Nacht geradezu züchtig. Als er die Lippen von ihren nahm, lehnte sie sich in seinem Arm zurück.
»Ich will.« *Ich liebe dich.*
Sie hätte in seinem Lächeln vergehen können. »Dann komme ich wieder.« Für den Bruchteil einer Sekunde schien ein Schatten über seine Züge zu huschen. »Aber jetzt muss ich wirklich gehen.«

29

Kristen wusste nicht, was er tun sollte, während er Stufe um Stufe zu seinem Penthouse hinaufstieg. Fluchen, schreien, sich in eine Ecke verkriechen und den Kopf so lange gegen die Wand schlagen, bis er zu benommen war, um zu denken, zu fühlen; einen Streit mit Lyresha vom Zaun brechen, damit sie mit dem, was sie ihm zur Strafe antat, den anderen Schmerz überdeckte?
Das heute Nacht ... Er hatte darauf hingearbeitet. Alles, jedes Wort, jede Geste, jede Berührung hatte nur dem Zweck gedient, in ihr Bett zu kommen. Der erste Schritt, um sie sich gefügig zu machen. Der erste Schritt, um frei zu sein.
Nach 800 Jahren.
FREI!
Aber *so* hätte es nie passieren dürfen. Nicht *so!* Er hatte in seiner Wut, seiner elenden, ohnmächtigen Wut um sich schlagen wollen. Einmal. Er hatte jemandem weh tun wollen. Körperlich, seelisch. Es war ihm egal gewesen, wem. Er wollte nur den Schmerz, die Wut irgendwie loswerden ... Er war bei Ella gelandet. Und dann ... Es war komplett aus dem Ruder gelaufen. *Ich liebe dich!* Bisher hatte er das nur Majte gesagt. Zuletzt, als sie sich bei ihrem letzten Atemzug an ihn geklammert hatte. *Ich liebe dich.* Wie oft hatte er das heute Nacht zu Ella sagen wollen. *Ich liebe dich.* Unzählige Male. Er hatte es nicht über die Lippen gebracht. Einfach weil er daran erstickt wäre. So wie er jetzt an seinen Gefühlen erstickte. Es musste enden. Mit

jedem Augenblick, den er seine Verbindung zu Ella aufrechterhielt, wurde die Gefahr größer, dass Lyresha es herausfand. Sie kannte ihn zu lange. Mit beiden Händen fuhr er sich durch die Haare. Sie waren nass. Er war im Meer gewesen. Hatte sich Ellas Duft von der Haut gewaschen. Gründlich. Damit niemand sie an ihm wahrnehmen konnte. Wenn Lyresha Verdacht schöpfte ... wenn sie herausfand, dass er im Bett einer anderen Frau gewesen war ... Ohne dass sie es ihm befohlen hatte ... Sie würde zwei und zwei zusammenzählen. Im besten Fall würde sie rasen vor Eifersucht. Im schlimmsten zu dem Schluss kommen, dass Ella ihm etwas bedeutete. So viel, dass sie sie gegen ihn benutzen konnte. Und wenn sie dann auch noch erfuhr, dass Ella die Puppenspielerin war ... Allein der Gedanke zog seine Eingeweide zusammen.
Er würde ihr weh tun. So weh, dass sie ihn hasste. Dass sie nichts mehr mit ihm zu tun haben wollte. Nein, er würde Ella nicht noch mehr in Gefahr bringen. Er hatte schon genug angerichtet. Er musste es beenden. Aber nicht heute. Noch nicht. Nur einmal noch wollte er dieses Gefühl empfinden, wenn er in ihrer Nähe war. Nur einmal noch wollte er diesen Frieden spüren. – Er hatte geglaubt, er würde es hassen, mit ihr zu schlafen. Es genauso hassen, wie er es mit jeder anderen in den letzten 800 Jahren gehasst hatte. Aber es war gut gewesen, schön. Und er wollte es wieder. Wenigstens noch einmal. Ein einziges, letztes Mal. – Diesmal würde er jede Sekunde genießen, bewahren. Damit er etwas hatte, woran er sich erinnern konnte. Danach würde er sich selbst das Herz herausschneiden, wenn es nötig ...
Auf der vorletzten Stufe blieb er abrupt stehen.
Mikah kauerte vor seiner Tür. In den Augen ... Leere. Entsetzen. Ekel. Und dann, als er ihn bemerkte ... Hoffnung. Scham.

Sehr langsam überwand Kristen den Treppenabsatz. Er konnte sich denken, was geschehen war.

Taumelnd richtete der Junge sich auf, sah ihn an, mit einem Ausdruck, als könne er sich nicht entscheiden, ob er davonlaufen oder sich in seine Arme flüchten sollte. Er schreckte zurück, als Kristen nahe genug war, um die Hand nach ihm auszustrecken, presste sich mit aller Kraft gegen die Wand.

Ohne den Jungen anzusehen, holte er die Schlüsselkarte aus der Hosentasche, zog sie durch das Schloss und stieß die Tür auf.

»Komm rein.« Er schob die Karte in die Tasche zurück, ging an Mikah vorbei, hinein. Das Schlimmste, was er jetzt tun konnte, war, den Kleinen zu berühren.

Der Junge brauchte ewig, bis er sich ebenfalls durch die Tür wagte. In Wolfsform wäre seine Rute zwischen die Hinterläufe geklemmt gewesen und er wäre auf dem Bauch gekrochen. Dass er sie hinter sich zudrückte, ohne dass Kristen es ihm sagen musste, war ein gutes Zeichen. – Dass er sie *überhaupt* zumachte und nicht schon bei dem Gedanken, mit einem anderen allein in einem *geschlossenen* Raum zu sein, die Flucht ergriff, war ein gutes Zeichen.

»Das Bad ist oben. Du solltest duschen. Komm mit hoch.« Kristen sah sich nicht nach dem Jungen um, sondern stieg einfach die Treppe hinauf. Diesmal dauerte es noch länger, bis Mikah ihm folgte.

In der Tür blieb er unschlüssig stehen. »Es ging so schnell. Ich konnte die Medizin nicht ... nicht nehmen.« Sein Blick wanderte über die schwarzen Marmorfliesen, glitt viel zu schnell über den in den Boden eingelassenen Jakuzzi hinweg, zur Dusche, huschte zum Waschbecken, blieb dort hängen. »Ich ... ich würde gerne die Zähne putzen.«

Kommentarlos nahm Kristen eine neue Zahnbürste aus

dem Spiegelschrank und legte sie zusammen mit der Zahnpasta auf den Waschbeckenrand. Dann machte er dem Jungen unauffällig Platz. Mikah bewegte sich wie ein alter Mann, als er zum Waschbecken tappte und nach beidem griff. Er drückte fast die halbe Tube auf die Borsten, begann, wie besessen zu schrubben – nur um plötzlich zur Toilette zu stürzen, den Deckel in die Höhe zu reißen und sich würgend und schluchzend zu übergeben. Kristen holte schweigend einen Waschlappen aus dem Schrank, machte ihn nass und gab ihn dem Jungen, als auch keine Galle mehr kam.

»Ich kann meine Gestalt nicht wandeln.« Mit zitternden Händen wischte Mikah sich den Mund ab.

Bewusst langsam kehrte Kristen zum Waschbecken zurück, lehnte sich mit der Hüfte dagegen. »Das kann in deinem Alter schon mal vorkommen, wenn der Stress zu groß ist.« Der Kleine sah ihn mit riesigen Augen an. Kristen hob die Schultern. »Wurde mir mal gesagt.«

»Mein Vater würde sich für mich schämen.«

»Dein Vater wäre stolz auf dich, weil du nicht an dem zerbrichst, was hier geschieht.« *Außerdem würde er deinem Onkel die Kehle herausreißen. Und denjenigen, der dir das angetan hat, an seinen Eingeweiden aufhängen.* »Zu wem hat sie dich geschickt?«

Der Junge krümmte sich zusammen. »Er ... er sagte, sein Name sei Don.«

Beim ersten Mal also auch noch ein Mann. Was hatte er erwartet? Gnade war in diesen Mauern ein Fremdwort. Kristen schluckte die plötzliche Wut hinunter. – Donald Sandrini also. Einer *ihrer* menschlichen ›Geschäftspartner‹. Das passte. In allen Punkten.

»Er meinte, ich sei ... er meinte, er würde wieder ...« Mikahs Stimme versagte.

Betont beiläufig löste Kristen sich wieder vom Rand des Waschbeckens und trat zur Dusche. »Er wird dir nicht mehr zu nahe kommen. Nie wieder. Versprochen.«
Der Junge sagte nichts. Beobachtete nur, wie er sich an den Reglern zu schaffen machte, die Temperatur einstellte. Noch immer auf den Knien. Kristen drehte das Wasser wieder ab, nahm ein paar Handtücher aus dem Schrank bei der Tür und platzierte sie auf der hölzernen Bank neben der Dusche. »Ich besorge dir etwas anderes zum Anziehen.«
Er ließ den Jungen allein, ging in sein Schlafzimmer, öffnete den Kleiderschrank. Im Bad ging die Dusche erneut an. Kristen starrte auf die Reihen Anzüge und Hemden von ›Christian Havreux‹. Alle maßgeschneidert. Edel. Teuer. Dahinter die *anderen* Sachen. Seide und Leder. Schwarz. Er lauschte auf die Geräusche im Bad. Das Wasser rauschte nach wie vor. Gelegentlich unterbrochen von Mikahs Bewegungen. Er konnte nur hoffen, dass der Junge nicht versuchte, sich die Haut vollständig vom Leib zu schrubben. Besser ließ er ihm nicht zu viel Zeit. Das, was er wollte, war ganz hinten in diesem Schrank. Er musste einen Moment suchen, bis er die Sachen gefunden hatte: Flanellhemd, Jogginghose und Boxershorts. Das Unerotischste, was es in seinem Kleiderschrank gab. In der Dusche waren die Geräusche des Wassers zu einem gleichmäßigen Plätschern geworden. Kein gutes Zeichen.
Kristen ging ins Bad zurück. Eine Wolke heißer Dampf schlug ihm entgegen. Mikah kauerte in der Dusche auf den Knien, die Arme um sich geschlungen, direkt unter dem Wasserstrahl, die Haut krebsrot. Rücken, Arme und was er von den Beinen sehen konnte, waren voller blauer Flecke und Striemen, die Handgelenke und Knöchel blutig. Weil der Kleine sich gewehrt hatte. In letzter Sekunde unter-

drückte Kristen den Fluch, legte die Kleider auf die Bank, griff so langsam er konnte über den Jungen hinweg nach dem Regler. Um ein Haar hätte er die Hand vor der Hitze zurückgezogen. Mit zusammengebissenen Zähnen drehte er das Wasser ab, nahm ein Handtuch und hängte es dem Kleinen über. »Ich habe dir frische Sachen hingelegt. Trockne dich ab, zieh dich an und dann komm nach nebenan.«

Er hob Mikahs Kleider vom Boden vor der Dusche auf und ließ den Jungen wieder allein. Die Hälfte seiner Verletzungen müssten wenigstens desinfiziert werden. Aber das hätte im Moment zu viel Intimität bedeutet. Zum Glück lag es in der Natur der Wandler, dass Wunden sich bei ihnen nicht so leicht entzündeten. Und vergleichsweise rasch heilten.

Während er die Treppe hinunterstieg, lauschte er auf das, was aus der Dusche zu hören war. Nichts. Zumindest nichts, bei dem er sich Sorgen gemacht hätte.

Er platzierte die Kleider des Jungen in der Mitte des Kamins, holte das Brenngel und kippte einen guten Schwung davon darüber. Ein Geräusch auf der Galerie ließ ihn sich umdrehen. Mikah stand am Geländer. Hemd und Hose waren ihm zu groß, deshalb hatte er Hosenbeine und Ärmel aufgekrempelt. Am rechten Knöchel trug er einen schwarzen Ring. Er hatte sich schon gefragt, wie sie verhinderte, dass der kleine Wolf ihr davonlief.

»Willst du, oder soll ich?« Beiläufig wies Kristen zum Kamin, als sei es das Normalste der Welt, Kleider zu verbrennen.

Ein Sekunde schien Mikah irritiert. »Da drin?«

Kristen schnaubte. »Was meinst du, wofür das Ding da ist? Weil die Nächte in L.A. so kalt sind?« Er nahm die Schachtel mit den langen Zündhölzern vom Marmorrand, holte eines heraus und hielt es dem Jungen hin, den Kopf fragend geneigt. Mikah setzte sich in Bewegung. Seine bloßen Füße verursachten kaum ein Geräusch auf den Stufen. Wasser lief ihm aus den Haaren. Die Schrammen und Blutergüsse waren endgültig nicht mehr zu übersehen. Kristen sagte nichts. Sandrini bewohnte eine Villa in den Hills. Mit dem Auto eine knappe Dreiviertelstunde entfernt. Als Mikah ihn erreichte, gab er ihm das Zündholz und die Schachtel. »Vorsicht.«

Gleich darauf brüllten die Flammen fast bis zum Abzug hinauf. Wieder hatte der Kleine die Arme um sich geschlungen. Die Art, wie er dastand, erinnerte Kristen an einen Schilfkolben im Sturm. Schwankend. Hilflos. Seine Augen hingen an den Flammen, die seine Kleider nach und nach verschlangen. Kristen konnte sehen, wie die Leere allmählich in sie zurückkehrte.

»Du kannst heute hier schlafen.«

Mikah riss den Blick mit einiger Verzögerung von den Feuerzungen los. Doch anstatt auf Kristen liegen zu bleiben, wanderten seine Augen weiter, zu der Fensterfront hinter ihm. Schorf klebte in seinem Mundwinkel.

»Vergiss es!« Kristen vertrat ihm die Sicht auf den Dachgarten und die gähnende Tiefe dahinter. »Die sind zu.«

Das Stirnrunzeln des Jungen hatte etwas Aufsässiges. »Das ist Glas. Man kann es einschlagen.«

In der Imitation einer wölfischen Warnung hob Kristen die Oberlippe. »Du glaubst ja wohl nicht ernsthaft, dass *ich* nicht Mittel und Wege kenne, dafür zu sorgen, dass man es *nicht* einschlagen kann.« Was durchaus der Wahrheit entsprach. Nur im Bezug auf *diese* Glasfront glatt gelogen war. »Du hast die Wahl zwischen hier unten …«, er nickte zu dem Ledersofa hin, »… und oben in meinem Bett.«

Die plötzliche Panik in Mikahs Blick entlockte Kristen ein Knurren. »Weder hier auf dem Sofa noch in meinem

Bett geschehen solche Dinge.« Und wenn er dafür töten musste.
Röte kroch den Hals des Jungen empor. Eine unschöne Kombination mit dem Violett und Purpur der blauen Flecke. »O-oben.« Er starrte auf seine bloßen Füße. »Wenn ich noch darf.«
Wortlos wies Kristen zur Treppe. Mikah tappte hinauf. Die Arme noch immer um sich selbst geschlungen.
Nach einem Abstecher an die Bar folgte Kristen ihm, ein Glas alten Single-Malt-Whisky in der Hand. Er hatte nicht vor, den Jungen betrunken zu machen. Dazu hätte es deutlich mehr gebraucht als diesen knappen Fingerbreit. Aber vielleicht half er Mikah, sich ein bisschen zu entspannen und schneller in den Schlaf zu finden. Außerdem wollte er dem Kleinen unauffällig genug Zeit geben, um sich zu entscheiden, ob er auf oder unter der Decke liegen wollte.
Offenbar hatte er ihm nicht lange genug gegeben. Mikah stand neben dem Bett und sah ihm unschlüssig entgegen.
Kristen erwiderte den Blick nur gelassen, stellte das Glas auf den Nachttisch und ging in seinen Kleiderschrank, um aus einem der hinteren Regale einen verwaschenen Quilt zu holen. Als er zurückkam, hatte Mikah sich keinen Millimeter gerührt.
Mit einem Kopfschütteln legte Kristen den Quilt mit all seinen ausgebleichten Rottönen aufs Fußende des Bettes, dann wandte er sich Mikah wieder zu. »Du kannst auf oder unter der Decke schlafen, wobei ›auf‹ auf Dauer vielleicht doch etwas kühl werden könnte …« Er wies auf den Teppich vor dem Bett. »Nur auf dem Boden schlafen wirst du nicht. – Deine Entscheidung.«
Abermals kroch Röte in die Wangen des Jungen. Kristen machte ihm Platz, als er sich den Quilt vom Fußende nahm

und sich damit gefährlich nah am Rand des Bettes zusammenrollte. *Auf* der eigentlichen Bettdecke.

Gemächlich nahm Kristen das Glas vom Nachttisch und hielt es Mikah hin. »Trink. Das wird helfen, deine Nerven zu beruhigen.«

Zweifelnd betrachtete der Junge die honiggoldene Flüssigkeit, sah zu Kristen hoch. Er grub sich erst aus der Decke hervor und griff danach, als Kristen es ihm ein weiteres Mal und etwas nachdrücklicher hinstreckte, nahm einen Schluck – und verzog das Gesicht. Als er ihm das Glas zurückgeben wollte, schüttelte Kristen den Kopf. »Austrinken!«

Mit unübersehbarem Widerwillen setzte Mikah den Whisky erneut an die Lippen und kippte ihn diesmal in einem Zug hinunter. Kristen nahm ihm das Glas wortlos aus der Hand und stellte es auf den Nachttisch zurück, bevor er zum Fußende des Bettes ging und sich setzte. Die Ellbogen auf die Knie gestemmt und die Finger ineinander verschlungen, sah er zu, wie Mikah sich nach einem Moment abermals unter der Decke zusammenkauerte.

Ins Leere starrte.

Manchmal überlief ihn ein Zittern. Dann presste er die Lider zusammen und zog die Beine noch weiter an die Brust.

Kristen wartete geduldig, bis die Atemzüge des Jungen schließlich doch gleichmäßig wurden. Und noch etwas länger, um sicherzugehen, dass sie es auch blieben. Dann stand er auf und verließ lautlos das Penthouse.

Das Glitzern der Sonne auf der Oberfläche des Pools war um diese Zeit fast schmerzhaft grell. Die Türen zum Arbeitszimmer standen sperrangelweit offen.

»Wer zum ...?« Donald Sandrini riss die Schublade seines

Schreibtischs auf und zerrte eine Pistole daraus hervor, als Kristen aus dem Licht der Terrasse in die Schatten des Hauses trat. »Wer bist du? Wie zum Teufel bist du an meinen Männern vorbeigekommen?«

»Für jemanden wie mich ist das kein Problem.« Nachlässig hob Kristen die Schultern.

Sandrini musterte ihn über den Lauf der Pistole hinweg mit zusammengekniffenen Augen. Kristen sah das Begreifen in ihnen in dem Moment, als Sandrini klar wurde, was er damit meinte. Der Mann runzelte die Stirn. »Bist du von der anderen Seite? Hat Lyresha dich geschickt?«

»Ich bin ein ganz normaler Mensch. Aber ich gehöre zu ihrem Hof, ja.«

Sandrinis Blick wurde noch schmaler. »Ich habe dich schon einmal gesehen. Wann und wo?« Die Pistole deutete nach wie vor auf seine Brust. Nicht, dass das ein besonderes Problem gewesen wäre. Aber eine Kugel im Körper war nun einmal eine schmerzhafte Angelegenheit – auch wenn der Bannfluch verhinderte, dass er sterben konnte. Ganz abgesehen davon würde das Geräusch eines Schusses einerseits Sandrinis Sicherheitspersonal auf den Plan rufen, und andererseits würde er *ihr* die Schusswunde erklären müssen.

Mit einem neuerlichen Schulterzucken schob Kristen die Hände in die Hosentaschen. »Ich war Lyreshas Begleitung, bei der … Party«, ›schwarze Orgie‹ traf es deutlich besser, »die Sie vor zwei Jahren ihr zu … Ehren veranstaltet haben.«

Sandrini riss die Augen auf. »Die Hure.«

Kristen lächelte. Lyreshas Lieblinge kannten dieses Lächeln. Wenn die meisten auch nur vom Hörensagen. Jede, die nur halbwegs bei Verstand war, hätte jetzt eiligst jegliche Pläne, die ihn betrafen, über Bord geworfen und sich

schlagartig an dringend zu erledigende Dinge erinnert, die ihr in näherer Zukunft jedwede Vergnügungen mit ihm unmöglich machten. Sandrini hingegen ließ den Blick an ihm auf und ab wandern. Dann senkte er die Pistole langsam.
»Warum hat sie dich hergeschickt?«
»Ich bin wegen des Jungen hier.«
Sandrini runzelte die Stirn. »Dem Wolfsbengel?«
»Ja.« Gemächlich trat Kristen an den Schreibtisch heran. Blieb erst stehen, als er mit der Hüfte gegen die Kante der Platte stieß. »Er hat ›Nein‹ gesagt, nicht wahr? Und sich gewehrt.«
»Das tun sie alle.« Sandrini schnaubte, sicherte die Waffe wieder und legte sie zurück in die Schublade. »Genau das macht es ja erst interessant.« Er schob seinen Sessel ein Stück nach hinten, lehnte sich darin zurück. »Aber ich muss zugeben, der Bengel ist mir ab einem gewissen Punkt damit auf die Nerven gegangen.«
Kristen stützte sich mit beiden Händen auf die Schreibtischplatte, neigte sich näher heran, vertiefte sein Lächeln. »Ich bin hier zur … Wiedergutmachung.«
Im ersten Moment fiel Sandrini die Kinnlade herunter. Im nächsten erschien unverhohlene Gier auf seinem Gesicht. Wieder wanderte sein Blick über Kristen. Angespannt beugte er sich vor. »Sie hat dich zu mir geschickt? Wie den Jungen?« Mit einem Mal klang die Stimme des Mannes heiser. »Wie lange überlässt sie dich mir?«
»So lange es dauert.«
Sandrini schluckte ein paar Mal. Dann stand er abrupt auf. »Komm mit!«, befahl er, während er an Kristen vorbei zur Tür marschierte. Beinah hätte der gelacht, als er ihm aus dem Arbeitszimmer folgte. Menschen wie Sandrini waren so herrlich berechenbar.
Es ging in den ersten Stock der Villa. Vorbei an schmalen,

hohen Fenstern und moderner Kunst an den hell getünchten Wänden. Außer ihnen war weit und breit niemand zu sehen.

Im hinteren Teil des Hauses stieß Sandrini schließlich eine Tür auf, schnappte noch einmal »Komm mit!« und betrat den Raum dahinter. Kristen blieb im Rahmen stehen. Keine Fenster. Rechts und links Bücherregale hinter Glas. Dazwischen ein Dalí und ein weiterer Surrealist, den er nicht auf Anhieb erkannte. Ein schwerer Ledersessel vor einem marmoreingefassten Kamin. Alles ... harmlos – auf den ersten Blick. Nur die Wand gegenüber der Tür und der Boden direkt davor passten nicht ins Bild: weiße Fliesen und zwei senkrechte Stahlträger, in die in regelmäßigen Abständen Löcher gebohrt waren. Ein weißer Plastikvorhang verbarg den Rest der ›Einrichtung‹. Zumindest von hier aus.

Die Laibung der Tür war deutlich dicker als der Standard. Kristen musste sich ein Lächeln verbeißen. Sehr schön.

»Der Raum ist schalldicht, nicht wahr?«

Sandrini drehte sich zu ihm um, leckte sich die Lippen. »Ja. Du kannst hier schreien, so viel du willst.«

»Ich?« In geheuchelter Überraschung hob Kristen eine Braue, während er die Tür hinter sich ins Schloss drückte.

Als er gute eineinhalb Stunden später in den Havreux Tower zurückkehrte, hatte Lyresha bereits zwei Mal nach ihm gerufen. Er schaffte es gerade bis in den ersten Stock, als zwei ihrer Wandler-Wachen ihn auf der Treppe abfingen. Und ihn in Lyreshas Garten eskortierten. Nicht, dass ›Garten‹ es tatsächlich getroffen hätte. So exotisch und faszinierend die ›Gewächse‹ in ihm waren – es gab keines unter ihnen, das nicht wenigstens giftig gewesen wäre.

»Bei den Sphinxen«, war die Anweisung des größeren der

beiden Wandler, als sie am Anfang des Weges zurückblieben, der in den ›Garten‹ hineinführte. Es war nicht nötig, dass sie ihn bei ihr ablieferten. Eine Chance auf Entkommen gab es hier nicht. Davon kündeten mehr als genug Knochen zwischen den Wurzeln. Zumindest musste er nicht allzu tief in ihn hinein. Dieser ›Garten‹ hatte etwas von einem Vampir: Je weiter man in ihn hineingeriet – und je länger man sich in ihm aufhielt –, umso mehr stahl er einem die Magie und damit das Leben. Um es dann bereitwillig an seine Herrin abzugeben, wenn sie dies wünschte. Die Stille um ihn her war trügerisch. Wenn er die Wahl gehabt hätte, hätte er ihr das Zischeln und Stöhnen vorgezogen, das normalerweise hier herrschte.

Er fand Lyresha, wie der Wandler gesagt hatte, bei den Sphinxen. Drei der menschenköpfigen Löwenkörper-Kreaturen kauerten an den Ecken eines perfekten Dreiecks aus hellrotem Sand. Zwei männlich, eine weiblich. Im Gegensatz zu ihren Schwestern vor dem Eingang des Havreux Tower waren diese hier tatsächlich aus Stein. Auch wenn Kristen über all die Jahre hinweg das Gefühl nicht losgeworden war, dass sie im Inneren dieser grauen Haut nach wie vor lebendig waren. Neben der einen lag eine blauseidene Robe auf der Sockelplatte.

Kristen blieb außerhalb des Dreiecks stehen. Wartete, bis *sie* geruhte, ihm zu zeigen, dass sie seine Anwesenheit zur Kenntnis genommen hatte. Der Bannfluch regte sich rastlos auf seiner Haut. Schon seit dem Augenblick, in dem er den ersten Schritt in diesen elenden ›Garten‹ hinein getan hatte. Der Boden unter Lyreshas Füßen bewegte sich, tat Dinge, die er von den Naturgesetzen her nicht tun sollte. Ein fahler Schleier hing über ihm, stieg aus ihm auf, wand sich um sie, tanzte mit ihr, streichelte ihre helle Haut. Eine andere Art von ›Liebhaber‹ in dieser Welt. Ihr Haar wogte bei jeder Bewegung um ihren Körper, schien das wenige, trübe Licht, das auf dieser Seite herrschte, aufzusaugen wie ein Schwarzes Loch Materie. Mahagoni auf makellosem Alabaster. Und auch wenn sie in dieser Gestalt schön *war:* Er hätte sie mit Freuden jedem anderen Mann überlassen, und das Millionenvermögen von ›Christian Havreux‹ noch als ›Brautgabe‹ dazu.

Irgendwann drehte sie sich zu ihm um. »Zwei Mal.« Ihr Tonfall war gelangweit. Kristen wusste es besser, als sich davon täuschen zu lassen. Was auch immer er jetzt sagen würde, wäre falsch. Also hielt er den Mund.

Ohne Hast trat sie aus dem Dreieck heraus, auf ihn zu, legte ihm die Hand in den Nacken. Dass ihre Krallen nur Millimeter davon entfernt sein mussten, seine Haut zu berühren, war ihm nur zu bewusst. Ebenso, dass sie sie schneller in ihn hineinbohren konnte, als er in der Lage wäre, sich ihr zu entziehen.

Ihre nächsten Worte hätten um ein Haar sein Herz zum Stocken gebracht.

»Wo warst du letzte Nacht?«

Nur durch pure Willensanstrengung gelang es ihm, es gleichmäßig weiterschlagen zu lassen. »Hier und dort. – Hattest du nach mir gerufen?« Nicht, dass er es nicht gemerkt hätte, wenn sie es getan hätte.

»Hurst du herum, Kristen?« Sie nahm die Hand von seinem Nacken, begann um ihn herumzugehen. Geschmeidig. Ohne Hast. Lauernd.

»Nicht mehr, als du es mir befiehlst.« Er starrte ungerührt geradeaus, während sie weiter um ihn herumstrich.

Ihre Krallen glitten über seine Haut. »Wenn du nicht so geschickt mit der Zunge wärst, hätte ich sie dir schon längst herausgerissen.« Er konnte sie gefährlich dicht hinter sich spüren. Die Worte waren ein Schnurren.

»Ich Glücklicher.«
Es ging blitzschnell. Von einer Sekunde zur nächsten lag er auf den Knien, ihre eine Hand in seinem Haar, die seinen Kopf in den Nacken zerrte, damit er sie ansah, die andere an seiner Kehle, ihre Fingernägel direkt auf seiner Halsschlagader. Er hatte ihren Tritt nicht kommen sehen.
Sie beugte sich über ihn, sah ihm mit einem eisigen Lächeln in die Augen. »Legst du es darauf an, mich zu ärgern?«
»Du würdest dich langweilen, wenn es nicht so wäre.« Er erwiderte ihren Blick mit einem ebensolchen Lächeln.
Eine halbe Ewigkeit rührte sie sich nicht. Bis sie ihn mit einem Auflachen abrupt losließ und zurücktrat.
Nach einem weiteren Moment stand Kristen ebenfalls auf. – Und rechnete beinah mit dem Befehl, wieder auf die Knie gehen zu müssen. Als er nicht kam, hob er die Robe vom Boden auf, drehte sich zu Lyresha um und hielt sie ihr hin, damit sie hineinschlüpfen konnte. Sie ließ sich von ihm hineinhelfen, als hätte sie ihn nicht eine Sekunde zuvor auf die Knie geschickt, und wandte sich dem Ausgang des Gartens zu. Kristen folgte ihr.
»Du wirst heute Nacht eine äußerst vielversprechende junge Hexe für mich einbrechen«, teilte sie ihm über die Schulter mit. Um ein Haar wäre ein Stöhnen über seine Lippen gekommen. Nur mit Mühe schaffte er es, dass seine Miene gleichgültig blieb. »Die beiden Hexen, die sie mir gebracht haben, werden dabei sein. Ihre ›Freundin‹ hat zwar Priorität, aber davor und danach wirst du ihnen ebenfalls zu Diensten sein.« Sie blieb stehen und wandte sich ihm zu. »Nimm den Wandlerbengel mit, damit er etwas von dir lernt. Außerdem kann er die beiden anderen unterhalten, wenn du mit der Neuen beschäftigt bist.«
»Vielleicht wäre es besser, dem Bengel noch etwas mehr Zeit zu geben …«

Lyresha setzte ihm die Krallen auf die Brust. »Er wird dich begleiten, und er wird ein ebenso williges Spielzeug sein wie du.«

Kristen biss die Zähne zusammen, während er widerstrebend nickte.

»Höre ich Klagen – auch was ihn angeht –, wirst du es bereuen.« Mit einem Ruck drehte sie sich um und ließ ihn stehen. Diesmal folgte er ihr nicht. Zumindest nicht sofort. Und auch auf dem Weg nach oben in sein Penthouse ließ er sich Zeit.

Erst in der relativen Sicherheit dort erlaubte er der gelassen-kalten Maske auf seinen Zügen zu zerbrechen, ließ sich von innen gegen die Tür sinken und schloss die Augen. *Hurst du herum?* War er unvorsichtig gewesen? Wann? Wo? Beinah hätte er aufgelacht. Vermutlich war die Frage vielmehr: Wie oft? Das Beste wäre, jetzt sofort jegliche Brücken zu Ella abzubrechen. Sein Mund war trocken. In seinem Magen saß ein würgendes Zittern. Er zwang sich, dagegen anzuatmen.

Ein.

Aus.

Ein.

Es musste sein. Er hatte keine andere Wahl. Nur: Wie? Am besten wie geplant heute Abend zu ihr gehen und es hart und schmerzhaft für sie zu Ende bringen?

Bitter verzog er den Mund. Ja, natürlich. Es war ja nicht so, dass er heute Abend nicht schon drei Hexen unterhalten musste. Und wenn er jetzt zu Ella ging? Sie hatte seit einer guten halben Stunde Dienstschluss. Viel Zeit hätte er nicht, aber … Nein! Die Gefahr war zu groß, dass *sie* noch misstrauischer wurde, als sie es ohnehin schon war, wenn er den Tower noch einmal verließ.

Den Gedanken, einen Schatten zu ihr zu schicken, verwarf

er sofort wieder. Er würde sich nicht gleichzeitig auf die drei Hexen, Mikah, auf den Schatten und durch ihn noch auf Ella konzentrieren können. Abgesehen davon ... brachte er es nicht über sich, sie so zu täuschen. Auch wenn es darum ging, ihr so weh zu tun, dass er sie damit für immer aus seinem Leben jagte. – Sah man einmal davon ab, dass allein die Vorstellung, ihr bei ihrer letzten Begegnung nur durch ein elendes Abbild seiner Selbst nahe sein zu können, für ihn unerträglich war.

Es gab noch eine andere Möglichkeit. Vielleicht war es sogar am besten, wenn er die Beziehung zu ihr auf *diese* Weise beendete. Dann würde es eben keine ›letzte Begegnung‹ mit ihr mehr geben.

Kristen warf einen raschen Blick zur Galerie hinauf, während er das Handy aus der Hosentasche zerrte. Soweit er es von hier beurteilen konnte, schlief Mikah noch. Gut. Je länger, desto besser. Er musste ihm noch früh genug sagen, was von ihm heute Abend erwartet wurde. Kristen tippte Ellas Handynummer ein. Außerdem musste der Kleine *das hier* nicht mitbekommen.

Beinah wünschte er sich, er könnte das, was er ihr sagen wollte, einfach auf ihrer Mailbox hinterlassen.

Sie ging nach dem dritten Klingeln ran. »Thorens?« Er glaubte, ihre Schritte zu hören.

»Hi, Ella, ich bin's, Christian.«

Ihr Tonfall änderte sich schlagartig. »Christian! Hi. Wie schön. Ich habe gerade überlegt, ob ich uns heute Abend etwas kochen soll und was. Hast du Lust auf irgendetwas Bestimmtes?« Es klang, als würde sie das Handy von einem Ohr an das andere wechseln. War das ein unterdrückter Fluch gewesen? Unwillkürlich spannte er sich an.

»Alles klar?«

»Was? Oh ja. Der Paketdienst hat nur intelligenterweise

ein Paket für J. J. bei *mir* abgeliefert. Ich bin gerade auf dem Weg zu ihr, um es ihr zu bringen. Und ich habe zu spät gemerkt, dass das Ding leckt. Jetzt habe ich Flecken von was-auch-immer auf dem Rock. – Also: Was möchtest du heute Abend essen? Oder kommst du schon heute Mittag? Wir könnten …«

»Ich …« *Es war nett mit dir, aber ich bin zu dem Schluss gekommen, dass wir nicht zusammenpassen. Wir werden uns nicht mehr sehen.* »… mir ist ein geschäftlicher Termin dazwischengekommen. Ich muss arbeiten. Und voraussichtlich wird es spät werden. Ich kann heute Abend nicht zu dir kommen.«

Stille, dann: »Schade.« Leise. Traurig.

»Ja.« Kristen schloss die Augen.

»Dann morgen?«

Er schluckte. *Nein. Es ist aus zwischen uns.* »Ich tue mein Möglichstes.« Havebeeg, du elender Feigling!

»Bis morgen dann.« Er glaubte, sie lächeln zu hören. »Ich freu mich.«

»Ich mich auch.« *Nein. Wir werden uns nicht wiedersehen.*

»Bis morgen.« Feigling!

»Christian?«

»Hm?«

»Alles in Ordnung bei dir? – Du klingst seltsam.«

Ich liebe dich. »Nein. Alles in Ordnung!« Elender. Feigling. »Bis morgen.« Er drückte sie weg, ehe sie noch etwas sagen konnte, ließ den Kopf nach hinten gegen die Tür fallen, während er zugleich das Handy mit beiden Händen umklammerte.

Heiliger Gott, was hatte er getan?

30

Der dritte Club. Dabei war es noch nicht einmal acht. J. J. hatte die Energie eines Teenagers, wenn es darum ging, sie von einer Tanzfläche zur nächsten zu schleppen. Und das nur, um sie davon abzulenken, dass Christian heute mal wieder arbeiten musste.

Gerade steuerte sie auf die Neuste zu. Direkt von der Treppe aus. Ellas Hand unnachgiebig in ihrer. Sie kam sich vor wie die Spielzeugpuppe eines kleinen Mädchens, das geradewegs auf den Süßigkeitenstand zuhielt.

»Können wir nicht wenigstens zuerst an der Bar etwas trinken?« Ella brüllte gegen die Beats an. Vor ihr verhinderte J. J. in letzter Sekunde die Kollision mit einem Pärchen, das offenbar die gleichen Pläne hatte, und drehte sich zu ihr um. Keinen Meter hinter ihr begann die Tanzfläche. Das Wort ›Sandwich‹ bekam bei dem Trio direkt am Rand eine ganz neue Bedeutung. Die beiden Frauen bewegten sich so lasziv an dem Mann zwischen ihnen ... Halleluja. Ein bisschen mehr, und sie hatten mit ihm Sex auf der Tanzfläche. Zwei Frauen? Nein, drei. Der Kerl hatte einen regelrechten Harem. Schade, dass sie sein Gesicht nicht sehen konnte.

»Klar! Können wir!« J. J.s Stimme lenkte Ellas Aufmerksamkeit auf ihre Freundin zurück. Sie machte einen Schritt zur Seite, um einem jungen Mann auszuweichen, der mit den Händen voller Gläser auf den Kerl mit dem Harem zuhielt. Nein, wohl eher noch ein halber Teenager! Und er sah aus, als müsste er sich jede Sekunde übergeben.

Der Mann auf der Tanzfläche drehte sich um. Fassungslos starrte Ella ihn an. Christian! Als hätte er ihren Blick gespürt, sah er zu ihr herüber. Eine Sekunde schien er zu erstarren. Doch schon in der nächsten wandte er sich ab, als würde er sie nicht kennen, nahm dem Jungen zwei Gläser ab und reichte sie an die beiden Frauen hinter ihm weiter. Eine von ihnen, eine geradezu feenhafte Dunkelblonde, schaute ebenfalls zu Ella, trat dann ganz dicht an Christian heran, legte ihm den Arm von hinten um die Hüfte und schmiegte sich an ihn. Was sie sagte, konnte Ella nicht verstehen, doch die Frau nickte in ihre Richtung. Zwischen ihnen sah J.J. fassungslos von ihr zu Christian und zurück. Immer wieder. Auch Christian blickte erneut zu ihr, schüttelte den Kopf. Und drehte sich wieder zu den anderen um, als die Ältere der drei die Hand unter das Hemd des Jungen schob, sagte etwas zu ihr. Die Feenhafte schaute abermals zu Ella. Ihre Hand rieb an der Seite von Christians Oberschenkel auf und ab, während ihre Freundin sich lachend von dem Jungen löste, Christians Nacken umschlang und ihn vor aller Augen schamlos küsste.
Ella machte kehrt, drängte sich rücksichtslos zwischen den anderen Gästen hindurch, entschuldigte sich nicht bei dem Mann, in den sie auf der Hälfte der Treppe hineinrannte, und floh aus dem Club. Und glaubte die ganze Zeit, Christians Blick in ihrem Rücken zu spüren.
Sie bekam keine Luft mehr, als J.J. sie fast zwei Straßen weiter am Arm packte und zu sich herumriss.
»Du … du kennst den Kerl?« Auch J.J. keuchte.
Mit einem Ruck machte Ella sich von ihr frei. »Offenbar doch nicht.« Ihre Stimme brach. »So viel zu: Er muss heute Abend arbeiten.« Erst jetzt wurde ihr bewusst, dass ihr Tränen übers Gesicht rannen. Brüsk wandte sie sich ab, wischte sie mit einer zornigen Bewegung weg.

Abermals ergriff J.J. sie am Arm, zog sie zu sich herum. »Du meinst, das war …«

»Ja. Das war Christian.« Ella lachte bitter auf, ließ den Kopf in den Nacken fallen. »Christian Havreux. Der Mistkerl, der letzte Nacht noch mit mir geschlafen hat und der mir heute erzählt, er muss arbeiten, während er sich stattdessen mit gleich drei Frauen trifft. Drei!«

»Das heißt …« J.J. warf einen hastigen Blick zum Club zurück, sah Ella wieder an. »Aber das ist …« Schlagartig war sie leichenblass. »Das heißt … *er* hat dir auch beigebracht, deine Gabe zu beherrschen?«

»Ja!« Es war nicht fair, J.J. so anzufahren, aber sie konnte nicht anders. Heute Morgen war er noch neben ihr aufgewacht. Hatte ihr gesagt, dass ihre gemeinsame Nacht kein One-Night-Stand war. Zumindest, wenn es nach ihm ging. Und jetzt? Oh, ja, natürlich. Das, was sich da zwischen ihm und diesen Weibern auf der Tanzfläche abgespielt hatte, hatte eindeutig nach ›Arbeit‹ ausgesehen … Mit einem Moment Verzögerung sickerte die Bedeutung von J.J.s Worten in ihren Verstand. Schreck grub sich in ihren Magen. »Ich … Woher weißt du von meiner Gabe?«

J.J. stieß ein Schnauben aus. »Du warst nicht gerade unauffällig.«

»Was? Ich … ich habe keine Ahnung, wovon …«

Wieder ein Schnauben. Ein Ruck an ihrem Arm ließ sie gegen J.J. stolpern. »Glaubst du wirklich, es fällt niemandem auf, wenn schwerkranke Patienten plötzlich auf wundersame Weise wieder gesund werden? Einer nach dem anderen?« Ihre Freundin wartete nicht auf eine Antwort, sondern zerrte Ella einfach nur weiter hinter sich her zu ihrem Auto zurück. »Komm mit!«

»Nein! Ich … Wohin?« Sie stemmte sich gegen J.J.s Zerren. »Lass mich los …«

Deren Griff lockerte sich keinen Millimeter. Sie schleifte Ella einfach nur weiter stur hinter sich her. »Es gibt da ein paar Dinge, die du über deinen Freund *Christian Havreux* erfahren musst.« J.J.s Stimme schwankte. »Aber nicht hier. Und nicht von mir.«

»Von wem dann? Was soll das, J.J.? Was ... was gibt es da noch zu erfahren? Dass er ein elendes Arschloch ist, das behauptet, es will mehr, während es schon mit der Nächsten – nein, *den* Nächsten – herummacht?« Ella lachte bitter auf. »Danke. *Das* weiß ich inzwischen. – Gott, wie konnte ich nur so blöd sein! Zu denken, jemand wie er würde sich tatsächlich für eine einfache Ärztin wie mich interessieren ...«

J.J. war stehen geblieben, drehte sich um und sah sie an. Mitleidig. Und zugleich ... unsicher. »Glaub mir, Süße, wenn's nur das wäre ... Aber ich fürchte, *das* ist nur die Spitze des Eisbergs.«

31

Das sind Markus Danner«, J. J. wies auf einen dunkelblonden Mann, der sich rittlings auf einen Stuhl gesetzt hatte und jetzt grinsend mit zwei Fingern schneidig salutierte. »David Monroe.« Der schwarzhaarige Mann hatte sich neben Danner seitlich auf dem Tisch niedergelassen und nickte ihr zu. »Und Alec MacCannan.« J. J.s Handbewegung galt dem Mann, der mit der Schulter an einem der Stahlträger lehnte, die die Decke des Loft trugen. Der Mann, den sie immer wieder im Krankenhaus gesehen hatte.

»Dr. Thorens.« Er neigte den Kopf.

Ella machte einen Schritt rückwärts. *»Schlaf! …«* Der Mann, an dessen Stimme sie sich erinnerte. Ihr Mund war wie ausgedörrt. Nur aus Reflex erwiderte sie die Geste. Niemand schien es zu bemerken.

»Ich fürchte, ich muss dir etwas gestehen, Ella.« Als J. J. sich ihr wieder zuwandte, war ihre Miene schuldbewusst. »Ich bin eine echte Hexe. – Nicht jemand, der gar nicht wirklich über die Gabe verfügt, wie ich dich habe glauben lassen.« Einen Moment sog sie die Unterlippe zwischen die Zähne. »Es tut mir leid, dass ich es dir nicht früher gesagt habe, aber ich … na ja … Es tut mir leid.« Sie drehte sich abermals zu den Männern um. »Ich weiß jetzt, wer Ellas Lehrer ist: Havebeeg.« Die Stille, die auf J. J.s Worte folgte, hatte etwas Unwirkliches. Die drei sahen zuerst J. J. an, dann gingen ihre Blicke nahezu gleichzeitig zu Ella.

Unwillkürlich machte sie einen weiteren Schritt rückwärts, schüttelte den Kopf. Erst dann wurde ihr bewusst, was J. J.s Worte noch bedeuteten. *Ich weiß jetzt, wer Ellas Lehrer ist …* Das alles war ein abgekartetes Spiel gewesen. Sie hatte sie nicht nur belogen, sondern auch ausspioniert. Ella biss die Zähne zusammen. Erst Christian, jetzt J. J. Konnte die Nacht eigentlich noch schlimmer werden? »Das ist ein Irrtum. Sein Name ist Christian Havreux. Aber ich wüsste nicht, was das irgendjemanden außer ihm und mir angeht.«

David Monroe lehnte sich vor. »Wie in ›Havreux Enterprises‹?«

»Ja. – Was zum Teufel soll das hier eigentlich?«

Auch J. J. schüttelte den Kopf. »Ich habe ihn gesehen«, beharrte ihre vermeintliche ›Freundin‹. Bedauern klang in ihrer Stimme mit. »Es war Havebeeg. Ich irre mich nicht.«

»Das lässt sich ganz leicht klären.« MacCannan stieß sich von dem Stahlträger ab und ging zu dem Bücherregal, das die gesamte Wand zwischen zwei großen Fenstern einnahm. Als er zurückkam, hatte er ein vergilbtes Fotoalbum in den Händen. Er legte es auf den Tisch, blätterte einen Moment darin und winkte Ella dann zu sich. »Ist das der Mann, der Ihnen beigebracht hat, Ihre Gabe zu beherrschen?« Mit dem Finger tippte er auf ein altes Schwarzweißfoto, als sie widerstrebend neben ihn trat. Sie wollte nur eins: hier weg. Nach Hause. Etwas gegen die Wand werfen. Weinen. Allein! Trotzdem sah sie auf das Bild. Das Foto war unscharf. Mehrere Männer waren darauf zu erkennen. Ein paar trugen dunkle – schwarze? – Uniformen; die übrigen irgendwie altmodisch wirkende Mäntel. Anscheinend war es kalt. Im Hintergrund erhob sich ein weißes, dreistöckiges Gebäude, vielleicht ein altes Herrenhaus oder eine Villa …

Im ersten Moment wollte Ella ›Nein‹ sagen, doch dann ... Sie betrachtete das Bild genauer. Die Haare waren anders geschnitten. Der rote Stein in seinem Ohrläppchen fehlte. Er schien zu Tode gelangweilt, wie er da zwischen den anderen Männern stand, eine Zigarette in der Hand, den Blick auf irgendeinen weit entfernten Punkt gerichtet, aber davon abgesehen war das ...

»Ja, das ... könnte Christian sein.« Ihre Stimme klang plötzlich schwach. Sie verstand selbst nicht, warum.

»Dieses Bild wurde im Januar 1942 in Deutschland aufgenommen, Dr. Thorens.« MacCannan legte die Hand auf die Fotografie. »Dieser Mann ist Kristen Havebeeg.«

Es dauerte eine Sekunde, bis die Bedeutung seiner Worte einen Sinn machte. Beziehungsweise, bis ihr ihre Unmöglichkeit klar wurde.

»Das kann nicht sein. Der Mann, den ich kenne, ist nicht älter als Mitte dreißig. Wenn dieses Bild 1942 entstanden ist, müsste er heute mindestens hundert sein. Das ist biologisch schlicht nicht möglich. Vielleicht ist Christian sein Enkel ...«

»Wenn man einen Pakt mit einer Dämonenfürstin schließt, ist so etwas durchaus möglich, Dr. Thorens. Und in Wahrheit ist dieser Mann noch viel älter.«

»Das ...« *Immerhin bringt ein solcher Pakt ihnen mehr Macht und in der Regel ein langes Leben in ziemlichem Luxus. – Und ganz nebenbei auch noch ewige Jugend und Schönheit.* Sie unterbrach sich selbst, schüttelte entschieden den Kopf. »Nein!«

»Doch, Dr. Thorens. Kristen Havebeeg ist ein äußerst mächtiger Hexer, der vor ungefähr 800 Jahren einen Pakt mit der Dämonenfürstin Lyresha geschlossen hat.« MacCannan schob das Album ein Stück zur Seite.

Mächtig? Christian hatte nie etwas getan, was ihr besonders

›mächtig‹ erschienen wäre. »Warum sollte ich Ihnen glauben? Christian hat mir gesagt, dass meine Gabe Begehrlichkeiten wecken würde. Er hat mich gewarnt, dass ich vorsichtig sein soll, dass ich niemandem vertrauen darf …«
»Was er nur aus einem Grund getan hat: Damit Sie denen, die Ihnen die Augen über ihn öffnen können, nicht glauben, falls es tatsächlich so weit kommen sollte.«
»Nein, das … Nein!« Sie ballte die Fäuste. »Dieses Bild muss eine Montage sein. Das alles ist … Nein!«
MacCannan neigte den Kopf. »Also gut. Dann lassen Sie mich Ihnen eine Frage stellen, Dr. Thorens: Was ist der Grund, dass Sie ihm so sehr vertrauen? – Abgesehen von dem Umstand, dass er vor uns an Sie herangetreten ist und Sie ihn deshalb länger kennen?«
Weil ich ihn liebe! »Ich habe ihm das Leben gerettet. Er sagte, er … steht in meiner Schuld.«
MacCannan lehnte sich ein klein wenig zurück. »In dieser Gasse? Als Ihre Gabe sich zum ersten Mal gezeigt hat?«
»Schlaf! …« Sie sah von einem zum anderen. »Woher wissen Sie das?«
In einer kaum sichtbaren Bewegung hob MacCannan die Schultern. »Weil ich es war, der Sie damals in der Nähe dieses Abbruchgeländes in South Central gefunden hat. Sterbend.«
Ella schnappte nach Luft. »Dann haben *Sie* mich ins Krankenhaus gebracht?«
»Ja. Allerdings mit einem kleinen … Umweg.«
»Ich verstehe nicht …«
»Sie waren so gut wie tot, Dr. Thorens. Kein Arzt der Welt hätte Sie mehr retten können.«
Ella starrte ihn an. »Aber …«
»Ich habe Sie mit zu uns genommen. Wir …«, seine Handbewegung schloss die beiden Männer ebenso ein wie

J.J., »... haben Sie zusammen mit einem weiteren Mitglied unseres Zirkels so weit von der Schwelle zurückgeholt, wie wir konnten. Weit genug, dass Sie die Verletzungen überleben und man Ihnen im Krankenhaus weiterhelfen konnte.«

Stimmen. Ein dunkler Raum. Schmerz. Ein Kreis auf dem Boden. Um sie herum. Ella runzelte die Stirn. »Da waren ...«, sie rieb sich die Schläfe, »... bunte Fenster. In einem Raum mit ... sieben Ecken.« *»Schlaf ...«*

Danner gab ein erstauntes Keuchen von sich.

»Dieser Raum befindet sich ein Stockwerk über uns. Ich kann ihn Ihnen gerne zeigen.« MacCannan hob die Brauen. »Allerdings hätte ich nicht gedacht, dass Sie etwas von dem mitbekommen haben, was um Sie herum vorgegangen ist. Geschweige denn, dass Sie sich erinnern würden.«

»Es sind nur Bruchstücke ...«

»Auch nicht an Bruchstücke.«

»Aber Sie haben mich ins Krankenhaus gebracht.« Wo sie beinah doch noch gestorben wäre.

»Ja.«

»Warum?«

»Unsere Möglichkeiten waren letztlich begrenzt. Keiner aus unserem Zirkel ist ein echter Heiler ...«

»Und warum sind Sie dann nicht im Krankenhaus geblieben? In der Notaufnahme hat man mir gesagt, ein Mann hätte mich hergebracht. Aber bevor sie dort nach seinem Namen fragen konnten, war er schon wieder verschwunden. – Keine Nachricht. Nicht ein Hinweis. Warum? Selbst als ich aus dem Krankenhaus entlassen wurde. Nichts. Dafür tauchen Sie immer wieder auf meiner Station auf, dass ich denke, irgendein wahnsinniger Stalker ist hinter mir her ... Warum, verdammt?«

Eine unwillige Falte erschien auf MacCannans Stirn. »Wir

waren uns nicht sicher, ob Sie tatsächlich die … ›Quelle‹ dessen waren, was für einen kurzen Moment zu spüren gewesen war. Hätten Sie die Gabe nicht in sich getragen, wäre das unser einziges Zusammentreffen geblieben. Zu allem Überfluss kann man jemanden wie Sie nur dann spüren, wenn er seine Gabe über … sagen wir, über einen gewissen Level hinaus benutzt. Aber das hat Havebeeg Ihnen sicherlich erklärt, nicht wahr? – Vermutlich war er es auch, der dafür gesorgt hat, dass Sie Ihre Gabe im *California Medical* einsetzen konnten, ohne dass auch nur einer von uns es gespürt hat.« Im letzten Moment konnte Ella verhindern, dass ihre Hand sich zu dem Bernstein an ihrem Hals stahl. Doch selbst das schien ihm nicht zu entgehen. »Dass so viele Ihrer Patienten wieder gesund wurden, obwohl jeder sie eigentlich schon aufgegeben hatte, hat meinen Verdacht bestätigt. Aber der letzte Beweis, dass Sie tatsächlich über die Gabe verfügen, ist der Umstand, dass Sie *Kristen Havebeeg* kennen.« MacCannan blickte für einen Moment zu dem Fotoalbum, sah sie dann wieder an. »Und nachdem die Karten jetzt alle auf dem Tisch liegen, sagen Sie mir noch einmal, aus welchem Grund Sie diesem Mann so viel mehr vertrauen als uns?«

Weil ich ihn liebe! Beinah gegen ihren Willen gingen ihre Augen ebenfalls zu dem Foto.

»Ella, er hat dich auch bezüglich heute Abend angelogen. Wer weiß, wie oft er das schon zuvor getan hat …« J. J. legte ihr die Hand auf den Arm. »Dein ›Christian Havreux‹ ist kein anderer als ›Kristen Havebeeg‹. Siehst du es denn nicht? Sogar die Namen klingen ähnlich. – Ella, er hat dich die ganze Zeit getäuscht.«

»Du auch.«

»Ich weiß.« J. J. seufzte. »Und ich hoffe, du verzeihst mir.«

Ella sah weiter auf das Bild, berührte es mit den Fingerspitzen. So unscharf es auch sein mochte … Nein. Keine Montage konnte so gut sein. Kein Enkel seinem Großvater so ähnlich sehen. Der Mann auf dem Foto *war* Christian. Oder Kristen. Ihr Inneres fühlte sich mit einem Mal seltsam taub an. Aber er konnte sie doch nicht wirklich die ganze Zeit belogen haben? So … dumm konnte sie doch nicht gewesen sein, dass sie so gar nichts gemerkt hatte. Wochenlang …

»Es tut mir so leid, Süße.« Behutsam strich J.J. ihr über den Arm.

Sie hatte sich in ihn verliebt.

Das konnte nicht sein!

Und dabei hatte sie sich beim letzten Mal geschworen, nie wieder auf so einen Mistkerl reinzufallen.

Der Stuhl stand plötzlich hinter ihr. Sie sank darauf. Schaffte es nicht, den Blick von dem Foto zu lösen. »Wer ist er?« Sie hasste sich für das Zittern in ihrer Stimme. »Wer ist dieser ›Kristen Havebeeg‹?« Als ihr nur Schweigen antwortete, sah sie endlich doch auf. »Wer ist er?«

Danner und Monroe räusperten sich, sagten aber nichts, sondern blickten zu MacCannan. Der zog sich einen anderen Stuhl heran. Auch J.J. setzte sich. Neben Ella. Die Hand nach wie vor an ihrem Arm.

»Die Havebeegs waren eine der ältesten Hexerdynastien. Nach allem, was bekannt ist, hatte Kristen Havebeeg einen älteren Bruder, Peer, und eine jüngere Schwester, Line. Die Mutter muss relativ früh gestorben sein. Der Vater, Swend, war damals wohl einer der mächtigsten Hexer seiner Zeit. Allerdings muss ziemlich früh klar gewesen sein, dass Kristen ihn übertrumpfen würde. Die Familie lebte auf Helgoland und hatte das, was man heute ein Handelsimperium nennen würde. Mit weitreichenden Kontakten und Beziehungen in die allerhöchsten Kreise dieser Zeit.

Havebeeg war ungefähr Mitte dreißig, als er aus heiterem Himmel den Pakt mit der Dämonenfürstin Lyresha geschlossen hat. Bis dahin galt er offenbar als absolut integer und immun gegenüber den Verlockungen der Dämonen. – Seitdem ist er Lyreshas Statthalter in unserer Welt.

Das Leben seiner Frau Majte und seines neugeborenen Sohnes waren der Blutpreis, den er für den Pakt gezahlt hat. Anschließend hat er noch den Rest seiner Familie ausgelöscht. Inklusive des gesamten Gesindes.«

Kristen hatte gesagt, dass er Witwer war. Und dass er keine Familie mehr hatte. *Es ist schon sehr lange her.* Weil er sie alle selbst umgebracht hatte. – Das konnte er doch nicht wirklich getan haben?

MacCannan war noch nicht fertig. »Danach ist er für sehr lange Zeit spurlos verschwunden.

Und als er wieder aufgetaucht ist, hat er geholfen, Hexen und Hexer aufzuspüren und sie der Inquisition ans Messer zu liefern. Nur um kurz darauf wieder zu verschwinden. Genauso spurlos wie zuvor.

So ist das jedes Mal: Er taucht auf, hinterlässt unzählige Leichen und ist dann mit einem Schlag wieder von der Bildfläche verschwunden. So, als würde er überhaupt nicht mehr existieren. Teilweise jahre-, manchmal jahrzehntelang. Seine Magie ist inzwischen so vergiftet, dass es selbst dem besten Tracker nicht gelingt, ihn aufzuspüren. Weder in dieser Welt noch in den Schatten.« Wie zuvor wies MacCannan auf das Fotoalbum. »Wenn überhaupt gibt es nur eine Handvoll Bilder von ihm. Er hält sich immer im Hintergrund. Und trotzdem zieht sich sein phasenweises Wieder-in-Erscheinung-Treten wie ein blutiger Faden durch die Geschichte.«

Er legte den Ellbogen auf die Tischkante und ließ die Hand herabhängen, die Finger mit denen der anderen verschränkt. »Havebeeg ist eiskalt. Berechnend und vollkommen skrupellos. Er weiß, was er kann, und leistet sich den Luxus einer gewissen Arroganz.«

Das war nicht der Mann, den sie kennengelernt hatte. Ella schloss für eine Sekunde die Augen. Christian war ... sanft. Freundlich. Warmherzig. Zurückhaltend, beinah ... scheu. Zugegeben, zu Anfang war er manchmal verwirrend ... verschlossen gewesen, geradezu ... steif. Aber dann ... Es war ihr fast vorgekommen, als würde er sich mit jedem Tag in ihrer Gegenwart mehr ... entspannen. Sie schüttelte innerlich den Kopf. Da war nichts *Eiskaltes* oder *Arrogantes* gewesen. Im Gegenteil. Sie presste die Lider fester aufeinander. Das konnte doch nicht sein?

Als sie die Augen wieder öffnete, begegnete sie MacCannans. Anscheinend hatte er sie die ganze Zeit beobachtet. Jetzt sprach er weiter. »Gnade ist für diesen Mann ein Fremdwort, Dr. Thorens. Er ist gefährlich. Wer sich ihm in den Weg stellt, wird beseitigt. Und dabei ist er äußerst effektiv.«

»›Effektiv‹. So kann man das auch ausdrücken.« Monroe stieß ein bitteres Schnauben aus. »Der Dreckskerl steht Lyresha an Bösartigkeit in absolut nichts nach. Und sie hat selbst in den Schatten den Ruf, ein krankes Miststück zu sein.«

MacCannan warf ihm einen schnellen Blick über die Schulter zu und nickte, ehe er Ella wieder ansah. »Dabei macht das, was er tut, nicht immer Sinn. Er hat schon Hexer umgebracht, die mit Lyresha verbündet waren. Einfach so. Und im selben Atemzug andere verschont, die zu unserer Seite gehörten.« Die Stirn gerunzelt, musterte MacCannan den Mann auf dem Bild zwischen ihnen. »Es gibt Stimmen, die behaupten, dass er inzwischen mehr Dämon als Mensch ist. – Seine Magie ist es auf jeden Fall.«

Auch Ellas Blick ging einmal mehr zu dem Fotoalbum. »Woher … weiß man das alles über ihn?« Es konnte doch nicht sein, dass ein solcher Mann und der Christian Havreux, den sie kannte, ein und derselbe waren.
»Berichte von alten Hexern, Protokolle aus Hexenprozessen …« MacCannan zuckte die Schultern. »Er wechselt immer wieder seinen Namen. Ab und an taucht die ein oder andere brauchbare Beschreibung auf. Konkret genug, um sie immer demselben Mann zuordnen zu können. Aber letztlich doch nie *so* konkret, dass man ihn darüber aufspüren könnte. – Bis jetzt.« MacCannan beugte sich vor. »Bisher ist ihm noch nie jemand so nah gekommen wie Sie, Dr. Thorens – oder so lange –, und hat es überlebt.« Er beugte sich noch ein Stück weiter zu ihr. »Was nur eins bedeuten kann: Er will etwas von Ihnen, Dr. Thorens. Irgendwie passen Sie mit Ihrer Gabe in seine Pläne. Wie auch immer die dieses Mal aussehen mögen.«
Seltsam hilflos schüttelte Ella den Kopf. »Er hat nie etwas gesagt …«
»Das muss er auch gar nicht, Dr. Thorens. Nicht explizit. Havebeeg ist ein Meister der Manipulation. Und wenn er mit seinen Opfern fertig ist, tun sie die Dinge, die er von ihnen will, aus eigenem Antrieb. Selbst wenn das bedeutet, dem eigenen Kind die Kehle durchzuschneiden. – Er muss dann gar nichts mehr sagen.« Er lehnte sich auf dem Stuhl zurück und verschränkte die Arme vor der Brust. »Es kann gut sein, dass er Sie noch nicht da hat, wo er Sie haben will. Er lehrt Sie, Ihre Gabe zu gebrauchen. Auf seine Weise. Vielleicht reicht das ja schon für seine Zwecke. Oder er lässt sich einfach nur Zeit. Genießt es, mit Ihnen zu spielen.«
Das Lachen, das Ellas Kehle hinaufkroch, war gefährlich nah an einer Mischung aus Verzweiflung und Hysterie. Sie

würgte es hinunter. Christian konnte nicht dieser *andere* Mann sein. »Falls Sie recht haben – falls! –, was könnte er von mir wollen?«

»Seit kurzem geht etwas in den Schatten vor. Etwas Großes. Und es ist schwer vorstellbar, dass ausgerechnet Havebeeg da nicht involviert sein sollte. Immerhin ist anzunehmen, dass genau das der Grund ist, warum er ausgerechnet jetzt wieder aus seinem Loch hervorgekrochen ist. – Aber wie Sie da hineinpassen könnten ...«, bedauernd breitete MacCannan die Hände aus, »... ich weiß es nicht. Zumindest nicht mit Sicherheit. Es könnte etwas damit zu tun haben, dass Sie eine Heilerin sind, Dr. Thorens.« Er neigte den Kopf. »Oder besser: Mit dem, was eine Heilerin anrichten kann, wenn sie ihre Gabe umkehrt.«

»Umkehrt?« Verwirrt sah Ella ihn an. »Ich ... verstehe nicht ...«

Es war J. J., die ihr antwortete. »Wenn du jemanden mit deiner Gabe heilst, dann ... fügst du zum Beispiel zerrissenes Gewebe wieder zusammen, bringst kranke Zellen dazu, nicht mehr als bösartiges Geschwür zu wuchern, sondern sich wie ihre gesunden Nachbarn zu benehmen. Aber wenn man diese Gabe umkehrt ...«

»... dann können Sie damit töten, Dr. Thorens«, beendete MacCannan J. J.s Erklärung. »Nur durch Ihre Berührung. Aber schneller und effektiver als eine Pistolenkugel oder bösartige Krankheit.« Er zögerte eine Sekunde, bevor er weitersprach. »Und da ist noch etwas, Dr. Thorens. – Und ich fürchte fast, das ist der Grund, warum er eigentlich an Ihnen interessiert ist: Sie sind eine Puppenspielerin.«

»Eine ... Puppenspielerin? – Was soll das sein?«

»Jemand, der die Seelen der Toten beeinflussen kann. Und beherrschen.«

»Was?«

»Puppenspieler können die Seelen der Toten zu einem Dasein als Geist verdammen. Sie können sie an Gegenstände binden oder an Flüche und …«

Abwehrend hob Ella die Hände, schüttelte heftig den Kopf. »Hören Sie auf! Ich will es nicht wissen. Es ist mir egal. Ich will nichts damit zu tun haben. Alles, was ich will, ist, als Ärztin zu arbeiten …«

»Wenn Sie das wollen, wird Sie niemand zu etwas anderem zwingen, aber, Dr. Thorens, seit Havebeeg diesen Pakt mit Lyresha geschlossen hat, versucht der Rat der Hexer, versucht jeder Zirkel wie der unsere, ihn unschädlich zu machen. Nur ist bis heute noch nie jemand nahe genug an ihn herangekommen, um auch nur den Hauch einer Chance …«

»Nein!« Ella sprang so abrupt auf, dass der Stuhl mit einem Krachen umkippte. »Sie erwarten von mir, dass ich Ihnen helfe … was zu tun? Ihn in eine Falle zu locken? Ihn umzubringen?«

»Hören Sie, Dr. Thorens …«

»Nein.«

»Er hat Sie belogen. Sie getäuscht. Mit Ihnen gespielt.«

»Ja. Vielleicht hat er das. Aber … vielleicht ja auch nicht.«

»Ella, du hast doch gesehen …«

»Ganz egal, was zwischen ihm und mir vorgefallen ist: Das alles geht Sie nichts an. Ich werde für Sie nicht …« Sie schüttelte den Kopf. »Ich bin Ärztin. Ich habe einen Eid geleistet. Ich werde Ihnen nicht helfen, ihn … unschädlich zu machen.«

»Dr. Thorens, dieser Mann hat …«

»Und was ist, wenn er gar nicht ›dieser Mann‹ ist? Was, wenn das Ganze wirklich eine Verwechslung ist? Wenn Christian Havreux tatsächlich nur Christian Havreux ist und nicht dieser Kristen Havebeeg?«

»Dr. Thorens, bitte. Falls tatsächlich eine Verwechslung vorliegt, wird Ihrem … Freund nichts geschehen. Mein Ehrenwort darauf. Aber wenn er tatsächlich Havebeeg ist … Wie können Sie es mit Ihrem Eid vereinbaren, dass er weiter sein Unwesen treibt? Weiter tötet?« MacCannan war ebenfalls aufgestanden. »Nur ein Anruf, Dr. Thorens. Verabreden Sie sich mit ihm. Und den Rest überlassen Sie uns. Ich schwöre Ihnen, wenn Christian Havreux nicht Havebeeg ist, wird ihm nichts geschehen. Aber wenn er es ist, müssen Sie uns die Möglichkeit geben, ihn zur Verantwortung zu ziehen.«
Ella schnappte fassungslos nach Luft. »Sie erwarten wahrhaftig, dass ich ihn verrate«, flüsterte sie atemlos.

32

Kristen wartete, bis Mikah die Tür zu dem kleinen Apartment hinter sich geschlossen hatte, bevor er das letzte Stockwerk in Angriff nahm. Damit musste er sich zumindest für den Moment keine Gedanken mehr um den Kleinen machen. Oder seinen Blick ertragen.

Er war müde. Nein, nicht müde. Ausgebrannt. Nicht mehr als eine leere Hülle. Seine Hand auf dem gedrechselten Geländer schien Zentner zu wiegen, während er Stufe um Stufe hinaufstieg. Schleppend. Warum wurde er das Gefühl nicht los, dass diesmal eine heiße Dusche nicht ausreichen würde, um sich wieder sauber zu fühlen? Halbwegs wenigstens.

Es war nicht das erste Mal, dass er drei Hexen gleichzeitig bedient hatte. Beileibe nicht. Aber es war das erste Mal, dass er alles getan hatte, um ihre Aufmerksamkeit auf sich zu ziehen. Um sie den Jungen vergessen zu lassen. Und dass er dabei in einem fort hatte schreien wollen.

Am Anfang hatte er noch darüber nachgedacht, ob es eine Möglichkeit gab, die junge Hexe davonkommen zu lassen. Das erste Mal in all den Jahrhunderten. Sie war zurückhaltend gewesen. Hatte im Vergleich zu ihren ›Freundinnen‹ beinah verletzlich gewirkt. Zuerst. Aber dann hatte sie sich Mikah zugewandt … Als er ihr Interesse endgültig von dem Kleinen weg, auf sich gelenkt hatte, hatte sie ihm gezeigt, dass sie keinerlei Mitleid verdient hatte. Ihr machte Spaß, was sie tat. Ebenso wie den anderen beiden Weibern.

Ihre Hände auf seiner Haut, ihre Lippen, Berührungen, Keuchen, Stöhnen, wie sie sich an ihm gerieben, unter ihm aufgebäumt hatten ... Diesmal war es ekelerregender als jemals zuvor gewesen.
Die letzten Stufen. Er schloss die Augen.
800 Jahre. Kälte. Keine Gefühle.
Wenige Wochen. Eine einzige Nacht. Vorbei war es mit der Mauer aus Zynismus und Grausamkeit, die ihn diese unendlich lange Zeit hatte überleben lassen.
Egal, was er getan hatte, er hatte immer nur eins vor Augen gehabt: Den Ausdruck auf Ellas Gesicht, als sie ihn mit diesen drei Weibern auf der Tanzfläche gesehen hatte.
Fassungslosigkeit.
Schmerz.
Trauer.
Und dann hatte sie sich umgedreht und war ... geflohen. Ein anderes Wort gab es nicht dafür.
Er hatte ihr nachlaufen wollen. Ihr alles erklären wollen. Ihr gestehen wollen, was für ein Spiel er mit ihr spielte. Gespielt hatte. Und vor allem: Wie viel mehr für ihn daraus geworden war. Er hatte es nicht getan. Weil er sie damit noch viel mehr in Gefahr gebracht hätte, als er es ohnehin schon getan hatte; als es dieser kurze Augenblick in diesem elenden Club getan hatte. Zu sehen, wie sie davongelaufen war ... Ein Messer in die Eingeweide wäre gnädiger gewesen.
Die letzte Stufe.
War es nicht das, was er gewollt hatte? Ihr so weh zu tun, dass sie nichts mehr mit ihm zu tun haben wollte? Nach dem Schmerz auf ihren Zügen, in ihren Augen zu schließen, hatte er es geschafft. Wenn er Glück hatte, würde sie einfach auflegen, wenn er versuchte, sie noch einmal anzurufen. Bitter verzog er den Mund. *Wenn er Glück hatte ...*

Glück … Glück war relativ. Sie wusste, was sie wissen musste, um wieder als Ärztin zu arbeiten und nicht entdeckt zu werden, wenn sie ihre Gabe einsetzte. Sie musste sich nur aus den Schatten fernhalten. Alles, was er noch tun musste, war, dafür zu sorgen, dass sie L.A. verließ, bevor das Pentagramm sich schloss, und an eine Klinik an der Ostküste ging. Oder gleich an eine in Europa. Nicht direkt. Nur indirekt. Wenn sie so wütend auf ihn war, wie er hoffte, durfte sie nie auch nur argwöhnen, dass er etwas damit zu tun haben könnte. Er zog die Schlüsselkarte aus der Hosentasche. Zumindest nicht, bis sie L.A. endgültig hinter sich gelassen und sich an einem anderen Ort weit entfernt ein neues Leben aufgebaut …
Abrupt blieb er stehen, die Hand schon nach dem Schloss ausgestreckt. Die Tür war nur angelehnt. Das war nicht möglich! Es sei denn … Er zwang sein Herz, ruhig und gleichmäßig zu schlagen, biss die Zähne zusammen und stieß die Tür auf.
Grelles Licht.
Stille.
Lyresha saß an seinem Schreibtisch, spielte gelangweilt mit dem Brieföffner.
Er wollte schreien.
Etwas zerschlagen.
Seine … Zuflucht. Dahin. Von einem Moment auf den nächsten fühlte sich dieser Ort ebenso … besudelt an wie der Rest des Havreux Tower.
Schnell und unauffällig sah er sich im Raum um, während er zugleich scheinbar nachlässig die Schlüsselkarte in die Hosentasche zurückschob. Zumindest auf den ersten Blick war alles wie immer. – Was nichts heißen musste.
Langsam ging er auf sie zu. Die Leere in seinem Innern hatte sich schlagartig in etwas anderes verwandelt: Hass!

Abgrundtiefen Hass. Den gleichen Hass, den er empfunden hatte, als er begriffen hatte, was Lyresha mit Majtes Tod zu tun hatte. Und mit dem seines Sohnes. Der Bannfluch regte sich unruhig auf seiner Haut.

An der Schreibtischkante blieb er stehen, lehnte sich mit der Hüfte dagegen. »Was verschafft mir die Ehre deines Besuches?«

Die Krallen auf den Lehnen gespreizt, drückte sie sich aus dem Sessel heraus. »Maja sagt, du hättest ihnen den Kleinen vorenthalten.« Maja, die Älteste der drei Hexen. Die eine Vorliebe dafür hatte, mit ihren Fingernägeln Blut zu ziehen. »Wo waren meine Befehle nicht eindeutig?« Sie legte ihm die Hand auf die Brust. Flüchtig nur. Ging um ihn herum. Die Krallen die ganze Zeit auf seinem Körper.

»Er ist noch nicht so weit.« Kristen rührte sich nicht, wandte nur den Kopf, um sie zumindest aus dem Augenwinkel sehen zu können.

Sie schmiegte sich an seinen Rücken. Ihr Bein rieb an seinem Oberschenkel auf und ab. »Das zu entscheiden, ist nicht an dir.« Mit einem Ruck zog sie ihn zu sich herum.

Kristen sah auf sie hinab. »Dann hättest du ihn nicht Sandrini überlassen sollen.« Eiskalt. Gelangweilt.

»Der danach einen bedauerlichen Unfall in seinem kleinen Spielzimmer hatte, wie ich hörte.« Abermals legte sie ihm die Hand auf die Brust, schob ihn rückwärts, drückte ihn in den Schreibtischsessel.

Setzte sich rittlings auf seinen Schoß.

Stützte sich mit beiden Händen an der Rückenlehne ab.

Ihr Kleid klaffte auf der einen Seite bis zur Hüfte auseinander. Den Kopf zur Seite geneigt, musterte sie ihn. Lange. Nachdenklich. Sah ihm in die Augen. Löste irgendwann eine Hand von der Lehne, legte ihm den Daumen auf die Lippen, rieb darüber. Schob ihn dazwischen. Er wusste, was von ihm erwartet wurde. Also kam er ihr in der Bewegung ein klein wenig entgegen. Bis sie ihren Daumen durch ihre Zunge ersetzte und ihn küsste. Tief. Gleichgültig. Er ließ es geschehen. Ihr Haar fiel schwer auf seine Schulter.

Irgendwann hatte sie genug, stemmte ihm die Hände auf die Brust und schob sich von ihm fort, bis sie wieder aufrecht auf seinem Schoß saß. Sie leckte sich die Lippen, sah ihm erneut in die Augen. »Hurst du herum, Kristen?«

Sein Herz verpasste einen Schlag. Er nahm den Kopf zurück, stieß an die Rückenlehne. »Das hast du mich gestern schon gefragt.«

»Das ist keine Antwort. Also?« Sie lehnte sich wieder ein Stück weiter zu ihm. Ganz nah. »Hurst du herum?« Ihr Atem strich über sein Gesicht.

»Nicht mehr, als du es mir befiehlst.« Ruhig!

»Lügner.« Mit dem Fingernagel fuhr sie über seine Unterlippe. Hin und her. Ein wenig mehr Druck, und es würde Blut fließen. »Joanne hat mir von der Kleinen aus dem Club erzählt.« Die zierliche Dunkelblonde. Verdammt.

»Ich weiß nicht, wovon du sprichst. Und ganz nebenbei: Das mit dem Club war nicht meine Idee.«

»Die Kleine kannte dich. Und sie war mit einer Zirkelschlampe zusammen.« Heiliger Gott. »Aaron war auch da.« Heiliger. Gott. »Er hat sie auch gesehen.« Nein. »Und wie sie dich angesehen hat.« Nein! »Und du sie.« NEIN! »Sie ist in ihn hineingelaufen.« Heiliger Gott, bitte, nein! »Sie ist die kleine Puppenspielerin, die du mir bringen solltest.« Bitte, NEIN! Ihr Fingernagel schnitt in seine Unterlippe. »Möchtest du mir etwas sagen, Kristen?« Blut rann über sein Kinn, abwärts.

Er schwieg.

»Vielleicht ihren Namen?«

Niemals!
Sie beugte sich vor und leckte das Blut von seinem Hals. »Vielleicht, dass du sie mir als Geschenk bringen wolltest? Als kleine Überraschung? Ein Beweis deiner Loyalität zu deiner Fürstin?«
Sie wusste so gut wie er, dass er das zu keiner Sekunde vorgehabt hatte.
Ihre Zähne fuhren über seine Kehle. Sie richtete sich wieder auf, rutschte auf seinem Schoß ein kleines Stück rückwärts. »Nun?« Diesmal setzte sie ihre Fingerspitze in die Kuhle unterhalb seiner Kehle.
Kristen schwieg weiter.
»Nein?« Ihre Kralle bohrte sich in seine Haut. Gemächlich zog sie sie abwärts. Er verbiss sich das scharfe Luftholen. Am obersten Knopf seines Hemds stoppte sie, hob die Hand, betrachtete sein Blut an ihrem Fingernagel. Sekundenlang. Wischte es an seiner Wange ab. »Nein?« Sie stemmte die Unterarme auf seine Schultern, strich mit den Lippen über seinen Kiefer, sog sein Ohrläppchen zwischen die Zähne. »Sicher?«
Noch immer schweigend schob er die Hände zwischen sie, knöpfte langsam sein Hemd auf.
Zog es aus dem Bund. Der Stoff klaffte auseinander.
Er löste den Gürtel.
Den Knopf seiner Hose.
Griff nach dem Reißverschluss.
»Wie du willst.« Nur ein Hauch, direkt an seinem Ohr. Er konnte das Lächeln in ihrer Stimme hören.
Das, was von dieser Nacht übrig war, würde sehr schmerzhaft werden.
Und sie würde keine Gnade kennen.

33

Der Wind war eiskalt. Riss mit mörderischer Kraft an seinen Haaren, seinen Kleidern. Tief unter ihm gischtete das Meer am Fuß des Witte Kliff. Im Dorf brannte das Haus seines Vaters noch immer.

Tot.

Alle tot.

Line.

Peer.

Der Vater.

Das ganze Gesinde.

Alle.

Alle tot.

Und es war seine Schuld!

Seine allein!

Ein Schritt. Ein einziger Schritt über die Kante. Er spürte das Zerren des Bannfluchs auf seiner Haut. Den Schmerz, der ihn auf dem Weg hierher immer wieder in die Knie gezwungen hatte. Der ihn in den letzten Tagen wieder und wieder vor ihr *in die Knie gezwungen hatte. Der ihn gezwungen hatte, Meter um Meter hierher auf Händen und Knien zurückzulegen. Der ihn zurückzerren wollte. Zu* ihr. *Wie einen Hund an der Kette. Schmerz. Jenseits des Erträglichen. – Und er spürte Majte. Ihre Berührung. Sein Kind. Glaubte, sie weinen zu hören. Seinen Namen flüstern zu hören.*

Nur seinetwegen hatten sie sterben müssen.

»Verzeih mir! Heiliger Gott, verzeih mir, liebstes Herz!«

Der Wind riss die Worte von seinen Lippen. Er würde nicht sein, was sie *aus ihm machen wollte. Niemals! Auch wenn er dafür in der Hölle brannte: Majte und sein Kind würden frei sein!*
Unter ihm donnerte die Brandung gegen das Kliff.
Ein einziger Schritt über die Kante.
Er fiel ohne einen Laut.

Scharfer Wind. Beißend.
…
Eine Betonwand neben seiner Schulter. Unter seiner Wange … Kies.
…
Seine Hände waren klebrig. Wie der Rest von ihm.
Ihm war kalt.
Kalt.
…
…
Seine Augen waren offen. Wie lange schon? Er starrte stumpf auf reinweiße Kiesel. Wie lange schon? Sein Gehirn verweigerte die Antwort. Die Steine drückten sich in seine Wange. Seltsamerweise spürte er sie nicht. Oder nur vage. Im Moment war da nichts als dumpfe Benommenheit.
Sollte er dankbar dafür sein?
Gut möglich.
Über ihm stand die Sonne am Himmel. Einem höhnisch blauen Himmel.
Er zitterte am ganzen Körper. Unkontrolliert. Wie lange schon? Auch darauf: keine Antwort. Der Teil seines Verstandes, der wenigstens noch rudimentär funktionierte, mutmaßte, dass es nichts oder zumindest nicht nur mit dem scharf-beißenden Wind zu tun hatte, der immer wieder über ihn hinwegfegte. Sondern mit … der Lache aus

Blut, in der er lag. Seinem eigenen, zweifellos. Anscheinend hatte er einen Schock. Das würde auch erklären, warum er nichts spürte.

Wollte er wissen, was unter der Benommenheit lag?

Nein.

Er würde es früh genug herausfinden.

Mühsam hob er die Wange von den Kieseln, wandte den Kopf. Ein kleines Stück. Die Sonne gleißte in einer Fensterfront ein paar Meter entfernt. Der Fensterfront, die zu seinem Penthouse gehörte. Im obersten Stock des Havreux Tower. Sein Magen krampfte sich zusammen. Er war draußen, auf dem Dachgarten. Direkt an der steinernen Brüstung, hinter der es in die Tiefe ging. Schlagartig brach ihm der kalte Schweiß aus.

Er hatte keine Ahnung, wie er hierhergekommen war.

Das Letzte, woran er sich erinnerte, war … Nein, er wollte sich nicht erinnern! Diesmal nicht. Nicht *daran.* Schlagartig füllte Galle seinen Mund, zu schnell, als dass er sie noch einmal hätte herunterschlucken können. Er schloss die Augen, nachdem sie zwischen den Steinen versickert war. Öffnete sie nach einer schieren Ewigkeit wieder. Vielleicht war ihm die Tiefe nach den Stunden unter Lyreshas Klauen irgendwann wie ein Ausweg erschienen. Für einen kurzen Augenblick zumindest. – Sie war es damals nicht gewesen und würde es auch heute nicht sein.

Der Schmerz kam, als er sich schwerfällig an der Mauer entlang in die Höhe kämpfte. Mit einem Laut, mehr Winseln als Keuchen, taumelte er vornüber, wäre fast direkt wieder in die Knie gebrochen, fing sich gerade noch und richtete sich endgültig auf. Abermals war Galle in seinen Mund gestiegen. Diesmal schaffte er es, sie zurückzuwürgen. Ihm war übel und schwindlig.

Ohne einen Blick hinter sich zu werfen, stolperte er auf die

Glasfront zu, die sperrangelweit offen stehende Tür in ihr. Für diesen kurzen Moment wollte er nur eins: runter von der Terrasse! Sofort! Nur nicht mehr den gähnenden Abgrund im Nacken haben. Er wusste nicht, wie er seine Beine dazu brachte, seinem Willen zu gehorchen und sich zu bewegen. Die weißen Kiesel gruben sich in seine nackten Fußsohlen.

Seine Kleider klebten ihm auf dem Körper. Blut verbacken mit der Haut, den Wunden darin. Er konnte sich nicht erinnern, sich wieder angezogen zu haben. Danach. Aber er tat es immer. Weil er sich an einen letzten Rest von Stolz klammerte. Jedes Mal. Wenn *sie* mit ihm fertig war, zog er sich wieder an. Egal, wie viel von seinen Sachen noch übrig war. Punkt. So einfach war das. Also hatte er es wohl auch diesmal getan. Aus reiner Gewohnheit.

Am Türrahmen hing Blut, ebenso an der Scheibe, war auf den Bodenfliesen, dem Teppich. Er nahm es nur flüchtig wahr, während er durch den Raum wankte, zur Treppe, ins Bad; auf den Stufen immer wieder stolperte und auf die Knie fiel. Sich am Geländer immer wieder hochzog, nahezu blind vor Schmerz. Wenn er liegen blieb, würde er in absehbarer Zeit weder die Kraft noch den Willen haben, aufzustehen. Blut rann ihm unter dem Hemd über Brust und Rücken. Und das Letzte, was er wollte, war, dass ihn irgendjemand *so* fand.

Am Ende *sie*.

Er sah nicht in den Spiegel, taumelte einfach nur in die Dusche und drehte das Wasser auf. Machte sich nicht die Mühe, sich vorher auszuziehen. Wenn er Glück hatte, weichte das Wasser das getrocknete Blut auf. So weit, dass er die Krallenwunden nicht noch weiter aufriss, als er es in den letzten Minuten ohnehin schon getan hatte, wenn er sich irgendwann dann doch auszog. Das Zittern wollte

nicht nachlassen. Oder aufhören. Er schob den Regler weiter nach links. So weit, wie er es gerade noch ertragen konnte. Das Wasser, das um seine Füße plätscherte und in den Abfluss gurgelte, war rot. Wieder füllte Galle seinen Mund. Er spuckte sie aus.
Seine Hände bebten noch immer, als er sich endlich dazu durchrang, das Hemd aufzuknöpfen. Loch für Loch. Erst beim Letzten fiel ihm auf, dass es falsch zugeknöpft gewesen war. Er brauchte noch einmal Sekunden, ehe er sich dazu überwinden konnte, sich weiter aus seinem Hemd zu schälen. Langsam. Millimeter für Millimeter. Trotzdem musste er immer wieder innehalten und keuchend zu Atem kommen, weil sich das getrocknete Blut noch nicht genug gelöst hatte.
Der Laut, der über seine Lippen kam, als er es endlich neben sich auf den Boden fallen ließ, klang selbst für ihn wie ein Schluchzen.
Ebenso mühsam streifte er die Hosen ab – über Gesäß und Oberschenkel klebte der Stoff genauso an den Wunden, wie das Hemd es an Schultern und Rücken getan hatte – und trat sie von sich. Seine Knie waren weich.
Nach wie vor zitternd stemmte er die Hände gegen die schwarzen Fliesen. Natürlich waren die Linien des Bannfluchs unversehrt. Obwohl die Haut darunter es nicht war. Das Wasser, das ihm in den Mund rann, schmeckte salzig. Kristen schloss die Augen und ließ den Kopf zwischen die Arme sinken. In 800 Jahren hatte sie ihn mit all ihren Quälereien und Spielchen nicht zerbrechen können. Warum fühlte es sich dann jetzt so an, als sei er nur noch einen Atemzug davon entfernt? Warum? Seine Fingernägel kratzten über die Fliesen, als er die Hände zu Fäusten schloss. Weil er gehofft hatte, sich endlich befreien zu können? Das konnte es doch nicht sein. Nicht nur. Was dann? Was war

letzte Nacht geschehen? Er wollte sich nicht erinnern. Zumindest nicht an das, was gekommen war, nachdem *sie* damit fertig war, ihm das Blut von der Brust zu lecken, und ihn aus dem Schreibtischsessel gezogen hatte. Beinah … spielerisch. – Als er es doch versuchte, waren da nur Bilder, Gefühle … Kurz. Grell aufflammend wie unter einem Blitzlicht. … Die kühlen Fensterscheiben unter seinen Handflächen … Der Flor des Teppichs an seinem Rücken, zwischen seinen Fingern … Der Nachthimmel jenseits des Glases … Und Schmerz. Über dem Rest lag noch gnädige Schwärze.

Aber warum glaubte er, irgendwo zwischen alldem Ellas Stimme zu hören? Wahrscheinlich nichts anderes als Wunschdenken. Kristen ballte die Fäuste fester. Er hatte Lyresha Ellas Namen nicht genannt. Er hatte es nicht! Zumindest daran würde er sich erinnern! Er hatte Ella nicht …

Ein Scharren, ein scharfer Atemzug.

Er fuhr herum. Mikah stand hinter ihm. Die weit aufgerissenen Augen des Jungen glitten über ihn. Kristen wusste, was er sah. Es war lange her, dass sie ihm die Haut so gründlich in Fetzen geschnitten hatte. Sehr lange. Nur ein bisschen mehr, und sie hätte ihn bei lebendigem Leibe gehäutet.

Als der Blick des Jungen seinen traf, wollte er sich weiter aufrichten. Störrisch das Kinn vorschieben. Ihn anschreien, dass er nicht so gaffen, sich zum Teufel scheren sollte. – Doch unter dem Ausdruck in den goldenen Augen des Jungen zerbrach etwas in ihm. Er sank in die Knie. Ohne es verhindern zu können. Senkte den Kopf, krümmte die Schultern. Stützte sich mit einer Hand auf den schwarzen Fliesen am Boden, mit der anderen an der Wand ab. Schloss die Augen. Das nasse Haar fiel ihm ins Gesicht.

Nur das Prasseln der Dusche war zu hören.

Ansonsten: Stille.
Schweigen.
Geh!
Lass mich!
Ich will dich nicht! Ich will nicht, dass du mich so siehst. Ich kann es nicht ertragen.
Die Worte hingen in seiner Kehle fest. Er hatte es bei Line nicht über sich gebracht, sie auszusprechen. Er brachte es auch bei Mikah nicht über sich.
Die Stille, das Schweigen dauerten an.
Kristen hob den Kopf nicht, als Mikah sich irgendwann räusperte. Auch nicht, als der Junge nach einem weiteren Moment zu ihm in die Dusche trat und über ihn hinweglangte, um das Wasser abzustellen.
Wieder Schweigen. Verlegen. Geradezu … hilflos.
Schließlich kauerte Mikah sich vor ihn. Der Junge räusperte sich abermals. »*Sie* hat mich hergeschickt.« Jetzt hob er den Kopf zumindest weit genug, um den Kleinen ansehen zu können. »Damit.« Er hielt ihm einen flachen Tontiegel hin. Kristen wusste, was darin war. Die blassrote Paste würde sich im ersten Moment anfühlen wie glühendes Eisen auf rohem Fleisch. Aber nach ein paar Minuten Hölle würde sie jeden Schmerz für die nächsten vier oder fünf Stunden betäuben. Und die Spuren ihrer Krallen schneller heilen lassen. – Ohne Narben.
Kristen verzog die Lippen zu einem düsteren Lächeln. »Lass mich raten: *Sie* will etwas von mir?«
Dass sie ihn nicht einfach in diesem Zustand zu sich befahl, hatte nichts mit Mitleid zu tun. Sie brauchte ihn ›intakt‹. Das war alles. Er fragte sich nicht, wofür. Oder warum. Es interessierte ihn nicht. Letztlich würde er es früh genug erfahren.
Mikah nickte.

Kristen ließ den Kopf zwischen die Arme zurückfallen. Sein gequälter Atemzug wurde zu leisem Gelächter. Hart. Bitter. Und böse. Eine Hand nach wie vor an den Fliesen, stemmte er sich schwerfällig vom Boden hoch. »Dann sollte ich sie wohl nicht warten lassen, was?« Ein wenig unsicher auf den Beinen, schob er sich an Mikah vorbei aus der Dusche. Der Junge folgte ihm. Kristen stützte sich mit beiden Händen auf den Rand des Waschbeckens und musterte sich im Spiegel ... Offensichtlich war sie ziemlich wütend gewesen. Vor Erleichterung schloss er eine Sekunde die Augen. Also hatte er ihr nicht gesagt, was sie wissen wollte. Wenigstens ein Lichtblick. Was nichts daran änderte, dass er Ella aus L.A. fortschaffen musste. So schnell wie möglich.

Ein leises Scharren ließ ihn die Augen wieder öffnen. Mikah hatte den Tiegel neben ihn auf den Waschbeckenrand gestellt. Und griff eben nach einem Handtuch. So als wollte er ...

Kristen stieß ein Knurren aus. »Gib her. Ich kann mich allein abtrocknen.« Unwirsch streckte er die Hand aus. Wenn auch mehr als hölzern.

Mikah hielt das Handtuch nur noch fester. Zog es sogar ein kleines Stück weiter aus seiner Reichweite. »Ja, klar.«

Er zischte unwillig. »Du bist entschieden zu aufsässig, Kleiner.«

Der Junge schob das Kinn vor. »Muss ich mir bei irgendwem abgeschaut haben.«

»Dann solltest du es dir ganz schnell wieder abgewöhnen. Die falschen Vorbilder können ungesund sein. – Dann behalte es meinetwegen.« Ob nasse oder – leidlich – trockene Haut, war bei der Paste gleichgültig. Kristen tauchte die Finger in den Tiegel, tupfte die Paste vorsichtig auf die Schnitte, die über Arme und Schultern, seine Brust und

seinen Bauch – und ein Stück tiefer – liefen. In den meisten stand bereits wieder Blut. Aus einigen hatte es sogar schon wieder begonnen abwärtszurinnen.
Das Brennen begann sofort. Unwillkürlich zog Kristen die Schultern hoch und biss die Zähne zusammen, machte aber weiter. Im Spiegel begegnete er Mikahs Blick. Ärger stand in den goldenen Wandleraugen. Und etwas, das beinah ... Sorge sein konnte. Kristen umklammerte den Waschbeckenrand fester. Er musste nicht nur zusehen, dass Ella aus L.A. verschwand, sondern auch Mikah.
»Soll ich ...«, der Junge gestikulierte, »... den Rücken?«
Natürlich. Der Kleine hatte ja direkte Sicht auf die Schäden, die sie dort angerichtet hatte. Und einen großen Teil der Krallenschnitte dort hinten würde er beim besten Willen nicht erreichen können. Mit einem knappen Nicken schob er den Tiegel ein wenig in Mikahs Richtung und machte ihm ein bisschen Platz, vorsichtig darauf bedacht, seinen Halt am Waschbecken nicht zu verlieren. Ohne ihn würden seine Beine ihn vermutlich keine Sekunde länger tragen. Die Stellen, an denen er die Paste bereits aufgetragen hatte, fühlten sich jetzt schon an, als würde jemand ein weißglühendes Folterwerkzeug hineindrücken.
Mikah legte das Handtuch auf die Bank zurück, tunkte seinerseits die Finger in die Paste und trat hinter Kristen.
»Nur ganz dünn.« Bei einer dickeren Schicht würde er sich binnen Sekunden schreiend am Boden krümmen.
Der Junge nickte steif.
Trotzdem ließ der erste Kontakt ihn keuchen und unwillkürlich in die Knie gehen. Hatte sie ihm den Rücken bis auf die Knochen aufgeschnitten? Seine Finger umklammerten den Waschbeckenrand härter, während er versuchte, gegen den Schmerz zu atmen. Nur mit Mühe unterdrückte er den gequälten Laut, der in seiner Kehle emporstieg.

Hinter ihm murmelte Mikah eine Entschuldigung. Kristen schüttelte den Kopf. »Mach weiter.«

Bei der nächsten Berührung konnte er spüren, wie die Hand des Jungen zitterte. Er vermied es, noch einmal in den Spiegel zu sehen, während er selbst ein weiteres Mal von der Paste nahm und sich einem Schnitt an seinem Oberschenkel zuwandte.

Er zählte nicht, wie oft er in den nächsten Minuten immer wieder abrupt den Rücken durchbog, wenn seine Selbstbeherrschung für eine Sekunde versagte, weil sein Körper dem Schmerz nur noch entkommen wollte, und Mikah erschrocken innehielt und eine weitere Entschuldigung murmelte. Doch auch als es endlich vorbei war, brauchte er eine gefühlte Ewigkeit, bis er wieder halbwegs vernünftig atmen konnte. Und es dauerte noch länger, bis er schließlich den Waschbeckenrand loslassen konnte und einen Schritt zurücktrat.

»Danke.« Kristen wies auf den Wasserhahn. »Wasch dir das Zeug von den Händen. Du willst es nicht in irgendwelchen Kratzern haben. Oder es dir versehentlich in die Augen reiben.«

Mikah nickte wortlos. Erst als er das Wasser wieder abgedreht hatte, sah er Kristen erneut an – und räusperte sich. »Alexander wartet unten.« Der Junge klang, als wäre dieser Umstand seine Schuld.

»Aha.« Kristen griff nur scheinbar gelassen nach einem Handtuch, um sich seinerseits die Hände abzutrocknen. »Weißt du, was er will?«

»Nein.« Mikah schüttelte den Kopf. »Aber er war schon bei *ihr,* als sie mich zu sich gerufen hat. *Sie* hat ihn mit mir hergeschickt.« Der Junge wischte übertrieben gründlich einen Wassertropfen vom Waschbeckenrand.

Kristen nahm es mit einem Nicken zur Kenntnis. Das

bedeutete, *Aaron* wusste mit ziemlicher Sicherheit, was Lyresha von ihm wollte. In geheucheltem Spott hob er eine Braue. »Dann wäre es unhöflich, wenn wir den guten Aaron noch länger warten lassen, nicht wahr?« Mit einer kleinen Kopfbewegung wies er zur Badezimmertür. »Vielleicht ist es besser, wenn du jetzt gehst.«
Der Junge zögerte, rieb sein Ohrläppchen zwischen den Fingern. »Soll ich nicht doch noch bleiben? Vielleicht … ich meine … vielleicht kann ich ja noch etwas tun?«
Kristen verbiss sich das bittere Auflachen in letzter Sekunde.
»Du musst mich nicht vor Aaron beschützen.« Eine knappe Geste verhinderte Mikahs Protest. Er musterte den Jungen eindringlich, während er nach einem frischen Handtuch griff und es sich um die Hüfte schlang. »Aber du kannst etwas anderes tun.« Die Paste begann zu wirken. Die Bewegungen schmerzten kaum noch. In ein paar Minuten würde er gar nichts mehr spüren. »Sollte die Macht, mit der sie dich zum Bleiben zwingt, jemals auch nur eine Sekunde nachlassen, dann zerbrich den Ring an deinem Knöchel und verschwinde von hier, so schnell du kannst. – Und komm niemals wieder auch nur in die Nähe dieses Ortes.«
Der Kleine riss die Augen auf. »Aber …«
»In Ontario gibt es ein starkes Rudel, bei dem jegliche Verbindung zu Dämonen oder ihren Verbündeten bei Todesstrafe verboten ist. Ein Rudel in Europa, in einer Stadt namens ›Trier‹, hält es genauso.«
»Ich …«
Kristen unterbrach den Jungen mit einer raschen Geste. »Wie gut kannst du dir Zahlen merken?« War er noch bei Verstand? Andererseits: Was hatte er noch großartig zu verlieren?

»G-ganz gut.«

»Dann merk dir Folgendes: Bei der First National Bank Alaska gibt es ein Konto mit der Nummer 7584905. Das Passwort ist ›Omaha‹. Solltest du tatsächlich jemals von hier wegkommen, nimm dir von dem Geld, so viel du brauchst, um irgendwo ohne Not neu anzufangen.«

»A-aber …« Mikah schaffte es erst im zweiten Anlauf, den Mund wieder zu schließen. Hatte der Kleine tatsächlich geglaubt, es gäbe nur die ›offiziellen‹ Konten von ›Christian Havreux‹, mit denen hier alles finanziert wurde? Er hatte Jahrhunderte Zeit gehabt, ein Vermögen beiseitezuschaffen. Das Konto bei der First National Bank Alaska war nur eines von Dutzenden. Ganz zu schweigen von all den Schließfächern.

»Kein Aber. Merk es dir einfach.« Er schob den Jungen unsanft Richtung Badezimmertür. »Und jetzt geh.«

Mikah stolperte zwei Schritte vorwärts. Blieb wieder stehen. Kristen stieß ein ungeduldiges Knurren aus. »Geh schon!« Erst nach einem weiteren Zögern gehorchte der Kleine.

Kristen wartete, bis er die Tür des Penthouse zuschlagen hörte, dann ging er zu seinem Kleiderschrank und zog sich an. Leder und schwarze Seide. Auch wenn er für einen Moment darüber nachdachte, doch zu einem der Maßanzüge von ›Christian Havreux‹ zu greifen. Er ließ es. Und wählte stattdessen ein Hemd aus, das ebenso gut unter ein modernes Sakko gepasst hätte. Die Paste wirkte inzwischen endgültig. Wie es sich anfühlen würde, wenn sie es in ein paar Stunden nicht mehr tat … eine Kostprobe davon hatte er ja schon bekommen. Zumindest hatte sie für den Moment dafür gesorgt, dass die Spuren von Lyreshas Krallen nicht mehr länger bluteten.

Während er die Treppe zum Wohnzimmer hinunterstieg, zupfte er die Manschetten zurecht. Aaron lehnte lässig in der Ecke des Sofas, ein schweres Whisky-Glas in der Hand, und ließ die goldene Flüssigkeit gelangweilt darin kreisen.

Kristen verzog die Lippen zu einem Lächeln. Herablassend. Arrogant. »Fühl dich ganz wie zu Hause, Alexander«, spöttelte er, während er weiter die Stufen hinabging und dabei möglichst unauffällig den Spuren der letzten Nacht ein wenig mehr Aufmerksamkeit gönnte. Das weiße Leder der Couch wies zu der Fensterfront hin rote Flecken auf. Natürlich hatte Aaron sich weit genug davon niedergelassen, um sich nicht den Anzug zu besudeln. Der Boden hinter dem Schreibtisch war eine einzige, getrocknet-rote Lache. Auf dem weißen Teppich war ein Abdruck, bei dem er unwillkürlich an das Turiner Grabtuch denken musste. Teppich und Couch gingen binnen der nächsten zwölf Stunden in den Sperrmüll.

Aaron hob das Glas in einem nicht minder höhnischen Salut. »Kleines Schlachtfest gehabt, was?«

Kristen blieb auf der Mitte der Treppe stehen, lehnte sich ans Geländer. »Was verschafft mir das unendliche Vergnügen deines Besuchs?«

Auf dem Glastisch vor der Couch lag sein Handy. Hatte es gestern Abend schon dort gelegen? Musste es wohl. Auch wenn er sich nicht daran erinnern konnte, es vor seinem Zusammenstoß mit Lyresha überhaupt aus der Hosentasche genommen zu haben.

»Du hast eine Verabredung, Havebeeg.«

»Habe ich das? Dann kennst du meinen Terminkalender besser als ich.«

Aaron betrachtete die Flüssigkeit in seinem Glas, nahm einen Schluck, sah Kristen wieder an. »Während du … indisponiert warst, hattest du einen Anruf.« Er nickte zu Kristens Handy auf dem Tisch. »Ich war so frei, für dich ranzugehen.«

Sein Herz verpasste einen Schlag. »Wie zuvorkommend von dir. Aber unnötig. Es gibt die Erfindung der Mailbox.« Wobei seine nicht aktiviert war. Die falsche Nachricht von der falschen Person in den falschen Händen konnte ihn noch tiefer in Teufels Küche bringen. Deshalb gab er sein Handy gewöhnlich nie aus der Hand.
Nachlässig winkte Aaron ab, nahm einen weiteren Schluck. »Wie auch immer: Die Kleine aus dem Club war dran.« Von einem Atemzug zum nächsten war Kristens Magen ein Klumpen aus Eis. *Nein!* »Du weißt schon, die, die davongelaufen ist, als sie dich mit Joanne, Maja und der Neuen gesehen hat. Ella. Sie will sich mit dir treffen. In ...«, er warf einen flüchtigen Blick auf die Uhr an seinem Handgelenk, »... einer knappen Stunde. Im Heisler Park.« Diesmal leerte er das Glas endgültig und stellte es neben Kristens Handy auf den Couchtisch. »Du wirst dich mit ihr treffen und die kleine Puppenspielerin für Lyresha einbrechen.« *Heiliger Gott, nein!* Unfähig, sich zu rühren, sah Kristen zu, wie Aaron sich mit einem liebenswürdigen Lächeln aus dem Sofa in die Höhe drückte. »Lyresha und ich werden dabei sein – zur Sicherheit.« Er strich sein helles Sportjackett glatt. »Deine weiteren Befehle bekommst du unterwegs.« Noch immer lächelnd nickte er zur Tür des Penthouse. »Wollen wir? Es wäre doch äußerst unhöflich, eine so begabte junge Hexe warten zu lassen ...«

34

Sie hatte es getan. Sie hatte zugestimmt. Zugestimmt, sich mit Christian – oder Kristen, wenn J. J. und ihre Freunde von diesem Zirkel recht hatten – zu treffen.

Und ihm eine Falle zu stellen.

Ella strich sich eine der Strähnen zurück, die ihr der Wind immer wieder ins Gesicht blies. Von hier aus, dem Park schräg gegenüber *Len Wood's Indian Territory Gallery* auf der anderen Seite des Cliff Drive, hatte sie freie Sicht quer über die kleine Bucht auf die Spitze des Heisler Parks. Ohne von dort auf den ersten Blick gesehen werden zu können. Ihre Hände waren eiskalt. Die halbrunde Mauer, die den Park zum Meer hin einfasste und die sie ihm als Treffpunkt genannt hatte, lag verlassen da. Darunter spülte die Brandung gegen die Felsen. Links davon führte ein Betonpfad näher ans Wasser heran. Allerdings würde es nicht sie sein, die ihn dort erwartete. Für eine Sekunde schloss sie die Augen. J. J. und ihre Freunde hätten niemals *zugelassen,* dass sie und Christian aufeinandertrafen. Genau genommen hatten sie ihr noch nicht einmal erlauben wollen, mit hierherzukommen. Im Gegenteil. Es fühlte sich an, als sei sie unvermittelt zur Kronzeugin im Prozess gegen den Chef eines Drogenkartells oder einen gefürchteten Mafiaboss geworden und in etwas wie ein Zeugenschutzprogramm gesteckt worden. Gleichgültig, ob sie das wollte oder nicht. Sie hatten sie nach dieser Unterredung in MacCannans Wohnung noch nicht einmal mehr nach Hause gelassen. J. J. war zusammen mit diesem David Monroe zu ihrem Haus gefahren, hatte ihr ein paar Sachen eingepackt und Sushi eingefangen und mitgebracht. – Ihre äußerst ungehaltene Katze war derzeit im Badezimmer von J. J.s eigentlicher Wohnung eingesperrt: einem eleganten Loft in Brentwood.

Ella hielt den Atem an, als ein Mann drüben, auf der anderen Seite der Bucht, zu der Mauer an der Spitze des Heisler Parks schlenderte. Nur um sich gleich darauf wieder zu entspannen. Es war nicht Christian.

Sie konnte es noch immer nicht wirklich glauben. Sie verriet den Mann, den sie liebte. – Oder den sie bis vor einigen Stunden zu lieben *geglaubt* hatte.

Jenseits der Bucht hatte der Mann dem Meer den Rücken zugekehrt und ging wieder Richtung Straße. Wo er eben noch gestanden hatte, trippelte jetzt eine Möwe über den Mauerrand. Eine andere umrundete die Decke, auf der eine junge Frau mit blaugefärbten Haaren saß, einen Skizzenblock auf den Knien, und den Blick über den Park zeichnete. Scheinbar harmlos. Aber eben nur scheinbar. Yazmin gehörte ebenso wie J. J. zu diesem Zirkel.

Unruhig rieb Ella mit den Händen über den Stamm der Palme, in deren Schatten sie darauf wartete, dass Christian endlich kam. Er war zu spät. Schon fast zehn Minuten. Wobei es sie ohnehin gewundert hatte, dass er so einfach zugestimmt hatte, sich mit ihr hier draußen in Laguna Beach zu treffen. Kurz nach Sonnenaufgang hatte sie ihn angerufen. Es hatte lange gedauert, bis er rangegangen war. So lange, dass sie beinah schon nicht mehr damit gerechnet hatte, dass er überhaupt noch abnehmen würde. Seine Stimme hatte im ersten Moment seltsam geklungen. Gut möglich, dass sie ihn geweckt hatte. Und mehr als einmal hatte sie sich seitdem gefragt, ob er allein gewesen war. Mit J. J. und ihren Freunden von diesem Zirkel im Raum hatte sie sich nichts anmerken lassen. Aber jetzt … Allein der Gedanke, auch nur eine dieser Frauen könnte die Nacht neben ihm in seinem Bett verbracht haben, ließ sie die Hände fester gegen den Stamm der Palme drücken.

Er hatte nicht versucht, irgendetwas zu erklären. Noch nicht einmal ansatzweise. Er hatte einfach nur: »In Ordnung. Ich komme hin«, gesagt, als sie ihm geradezu frostig mitgeteilt hatte, dass sie ihn treffen, mit ihm reden wollte.

Sie versteifte sich und trat noch näher an die Palme heran, als sie eine bekannte Silhouette im Park entdeckte. Christian! Unwillkürlich schickte sie ein Stoßgebet zum Himmel. »Bitte, lass ihn nicht dieser Kristen Havebeeg sein!«

Ein paar Meter von der Mauer entfernt war er stehen geblieben. Die eine Hand in der Hosentasche. Nicht wie sonst in kurz vor dem Auseinanderfallen stehenden Jeans und Hemd, sondern im maßgeschneiderten Anzug. Auch wenn er auf die Krawatte verzichtet hatte, die obersten Hemdknöpfe bequem offen standen und er das Sakko über der Schulter trug. Anscheinend vollkommen gelassen. Und doch schien etwas an seiner Haltung … unnatürlich.

Geradezu träge ließ er den Blick über die Mauer gleiten, den Bereich davor, Yazmin mit ihrem Skizzenblock und den Stiften, die Büsche, den sauber gestutzten Rasen, die Bäume und Palmen. Beinah als … erwartete er gar nicht, dass sie dort war. Er neigte den Kopf ein klein wenig, wie lauschend, zur Seite, wandte sich halb um, als Alec MacCannan und Markus Danner von der Straßenseite, gemächlich und scheinbar komplett in ein Gespräch vertieft, auf ihn zuspazierten. Und dann drehte er sich um und sah quer über die Bucht. Zu Ella. Er ließ das Sakko von seiner Schulter rutschen. Sie glaubte, sein Lächeln selbst über diese Distanz deutlich zu sehen. Arrogant. Kalt.

Hart. … Bitter. Erschrocken machte sie einen Schritt zurück. Er wusste es!
Auch Yazmin war aufgestanden, den Skizzenblock nicht mehr länger in der Hand.
»Hallo, Ella. – Ich darf doch Ella sagen?«
Mit einem halblauten Schrei fuhr sie herum. Der Mann, den sie vor ein paar Minuten im Park an der Mauer gesehen hatte, stand keinen Meter hinter ihr. Mittelgroß, schlank, hellblond, mit verblüffend blauen Augen. »Wer hätte das gedacht. Eine hinterhältige kleine Falle, das da drüben …« Er schnalzte missbilligend mit der Zunge, trat näher an sie heran. »Kein schöner Zug.«
Hastig machte Ella einen Schritt rückwärts. »Wer sind Sie?« Nur aus dem Augenwinkel sah sie, dass MacCannan und Danner sich getrennt hatten; wie Yazmin sich plötzlich krümmte; Christian sich kaum merklich zur Seite bewegte; etwas sagte; die Luft um sie herum zu flimmern schien; wie Danner in die Knie ging, nach seiner Brust krallte …
»Aaron. Sagen wir, … ich bin ein … hm … Kollege von Kristen.« Der Mann lächelte auf eine Art, die ihre Hände schlagartig schweißnass werden ließ. »Mit dem Sie eigentlich gerade dort drüben eine Verabredung haben.« Zwei Pärchen kamen den Weg entlang. Wenn sie schrie, davonlief … »Das werden Sie nicht.« Blitzschnell hatte er ihr Handgelenk gepackt. An der Spitze des Heisler Parks fuhr Christian herum. Sah abermals herüber. Nicht zu ihr. Zu Aaron. Der Ausdruck in seinen Augen … blanker Mord … Die Dunkelheit war da, ehe sie auch nur einen Laut hervorbringen konnte.

»Das ist also die kleine Puppenspielerin.« Eine Frau. Ein paar Meter entfernt. Mühsam kämpfte Ella sich aus der Schwärze heraus. »Sie ist so … gewöhnlich.« Die Stimme

klang wie das Schnurren einer Katze. Und zugleich … Gelangweilt. Lauernd. Giftig. »Ich hätte mehr erwartet.«
Ihr war zum Sterben schlecht. Der Boden schien sich unter ihr zu bewegen. Als wolle er sie abwerfen, wie ein bockendes Pferd. Ehe ihr bewusst wurde, was sie da tat, krallte sie die Finger in ihn hinein. Nicht, dass es den Boden kümmerte. Es fühlte sich an, als hätte ihr jemand Schmirgelpapier falsch herum unter die Haut geschoben.
»Du enttäuschst mich.«
Keine Antwort. Ein Rascheln, ganz nah bei ihr. Das unter ihrer Wange musste Gras sein.
»Sieh an, wer da gerade zu uns zurückkommt.« Diesmal war der Sprecher ein Mann. Beinah direkt neben ihr. Sie erkannte die Stimme: der Kerl aus dem Heisler Park. Der sie so unvermittelt am Handgelenk gepackt hatte. ›Aaron‹. Jemand ergriff sie an der Schulter und drehte sie auf den Rücken. Ein Stein bohrte sich genau zwischen ihren dritten und vierten Lendenwirbel. Fast gleichzeitig traf eine Hand ihre Wange. »Aufwachen, Herzchen. Wir haben lange genug auf dich gewartet. Und wir haben heute alle noch etwas Besseres vor.«
Erst beim dritten Schlag schaffte sie es, die Lider zu heben. Schwerfällig versuchte sie, den nächsten abzuwehren. Sie war zu langsam. Trotzdem kam kein weiterer. Ihre Augen brannten wie nach endlosen Stunden im OP. ›Aaron‹ kniete über ihr. Oder hatte es bis eben, denn gerade richtete er sich auf. »Na also.« Nachlässig klopfte er sich Erde vom Knie, zwinkerte Ella zu. »Sie gehört dir.« Die Worte galten jemandem irgendwo hinter ihr. Wie die Frau zuvor bekam auch er keine Antwort. Ella warf einen hastigen Blick über die Schulter; nicht lang genug, um ihr mehr zu offenbaren als Schatten zwischen ein paar einsamen Bäumen, bevor ihre Augen sofort wieder zu ihm zurückzuckten. Sein

harmlos-aalglattes Lächeln wurde spöttisch, als sie auf die Ellbogen gestemmt rücklings von ihm fortrutschte. Aber er machte keine Anstalten, sie daran zu hindern, auch, dass sie sich langsam und vorsichtig aufsetzte, sich schließlich auf die Füße mühte; obwohl schlagartig ein mörderisches Hämmern hinter ihrer Stirn saß; wachsam, ohne ihn eine Sekunde aus den Augen zu lassen. Während sie gleichzeitig versuchte, auf das zu lauschen, was vielleicht doch hinter ihr sein mochte.

»Was … haben Sie mit mir gemacht?« Ihre Stimme war rau, unsicher. Sosehr sie sich auch bemühte, sie fest klingen zu lassen. Hätte sie gekonnt, hätte sie sich irgendwo festgehalten. Aber da war nichts. Zumindest nicht in ihrer direkten Umgebung. Die Luft schmeckte … bitter. Es war kalt. Das Licht trüb, grau, krank; mehr Dunkelheit als Licht. – Die andere Seite! Sie war auf der anderen Seite. In den Schatten. Sie schob die Hände unter die Arme. Versuchte, sich unauffällig weiter umzusehen. Und ihr Schaudern zu unterdrücken.

Noch immer mit diesem Lächeln hob ›Aaron‹ lässig die Schultern. »Nur dafür gesorgt, dass du uns keine Schwierigkeiten machst, Herzchen. Oder uns am Ende deine Freunde auf den Hals schreist.«

Grabsteine. Das, was da um sie herum aus dem Boden ragte, waren Grabsteine. Ein paar Meter weiter stand eine Engelsstatue auf einem Sockel. Ihr Unterarm fehlte. Sie hatte sie schon einmal gesehen. Auf einem Foto. Irgendwo in einem Bildband … Über die ältesten Friedhöfe von L.A.

»Was wollen Sie von mir?«

Wo war Christian? Oder waren nur dieser Aaron und die Frau, deren Stimme sie zuvor gehört hatte, hier?

Lachend hob Aaron die Hände. »Ich? – Gar nichts.« Mit

einem kleinen Nicken wies er hinter Ella. »Sie?« Sein Lachen wurde zu einem boshaften Grinsen. »Dich.«
Ella drehte sich um – und versuchte gleichzeitig, Aaron nach wie vor nicht aus den Augen zu lassen.
Die Frau war im ersten Moment nur ein Schatten neben einem weiteren Engel. Die Wange hatte sie gegen die steinerne Schulter der Statue gelehnt. So vertraut, als sei der Engel eine Kreatur aus Fleisch und Blut. Ein eleganter Abendoverall schmiegte sich um sie wie schwarzer Rauch. Darunter trug sie – unübersehbar – nichts. Ihr Körper schien so makellos zu sein wie ihr Gesicht. – Ein Gesicht, das bei aller Schönheit auf eine unerklärliche Art … grausam war. In der Dunkelheit konnte Ella beim besten Willen nicht sagen, welche Farbe ihr Haar hatte. Nur, dass es ihr fast bis zur Taille reichte. Zumindest der Teil, der nicht zu einer kunstvollen Frisur hochgesteckt war. Mit den Fingerspitzen strich sie den Arm des Engels auf und ab, während sie Ella betrachtete. Als sei sie ein besonders interessantes Insekt. Auf. Ab. Langsam. Hypnotisierend. Lasziv. Die Dunkelheit schimmerte auf ihren Fingernägeln. Fingernägel? Nein. Eher Krallen. Die aussahen, als könnten sie mit jedem Skalpell mithalten.
Ellas Herz schlug hart in ihrer Kehle. Trotzdem ballte sie die Fäuste. Gab den Blick der Frau mit all der Entschlossenheit zurück, die sie sich in den Jahren in Afrika angeeignet hatte. Auch wenn eine kleine Stimme in ihrem Kopf warnte, dass diese Frau nichts mit den skrupellosen Mördern gemein hatte, denen sie dort immer wieder gegenübergestanden hatte, wenn sie gekommen waren, um eines der Kinder oder einen der jungen Männer, denen sie gerade eine Kugel oder Schrapnellsplitter aus den Körpern operiert hatte, zurück zu ihrer ›Truppe‹ zu holen. Diese Frau war nicht so. Im Gegenteil. Sie war schlimmer.

Und die Stimme in ihrem Kopf flüsterte auch einen Namen …
Ella biss die Zähne zusammen. Sie hatte die Kinder damals nicht herausgegeben, selbst wenn diese Kerle mit ihren Waffen vor ihr herumgefuchtelt hatten, sie würde auch jetzt nicht klein beigeben. Auch wenn ihr vor Angst eiskalt war. »Was wollen Sie von mir?«
Die Frau neigte den Kopf. Ihr Blick wanderte abermals über Ella, während sie sich von der Seite des Engels löste. Auf sie zukam. Aufreizend langsam um sie herumging.
Ella schloss die Fäuste fester, hob sie ein kleines Stück weit, schob das Kinn vor. Drehte sich mit.
»Was wollen Sie von mir?«
Die andere lächelte. Irgendwie mitleidig-amüsiert. Und zugleich spöttisch. »Sie erinnert mich an jemanden.« Sie sprach an Ella vorbei, zu den Bäumen. War da noch jemand? »Wobei … nein. Du wolltest mir beim ersten Mal mit allem, was du hattest, direkt an die Kehle gehen …«
Die Frau hieb ihr den Handrücken so abrupt über den Mund, dass der Schlag Ella zu Boden schleuderte. Die Dunkelheit schien ihren Schrei zu schlucken. Im letzten Moment verhinderte sie, dass sie gänzlich der Länge nach im Gras landete. Kauerte sekundenlang auf Händen und Knien. Das Haar hing ihr ins Gesicht. Ihre Lippe pochte. Sie schmeckte Blut.
Als sie schließlich den Kopf hob, stand Christian zwischen den Bäumen. Reglos. Sah sie an. Er war also MacCannan und seinen Freunden entkommen. Allerdings war sie sich nicht sicher, ob sie deshalb erleichtert oder beunruhigt sein sollte. Der maßgeschneiderte Anzug war verschwunden. Schwarze Lederhosen lagen hauteng an seinen Beinen. Nur das Hemd aus schwarzer Seide schien noch dasselbe zu sein. Gerade ging die Frau zu ihm hinüber, katzenhaft; strich

hinter ihm vorbei. Ließ ihre Fingerspitzen seinen Arm hinaufgleiten, an seinem Nacken vorbei, über seine Schultern, den anderen Arm wieder hinab. Genauso, wie sie es gerade bei dem Engel getan hatte. »Erinnerst du dich?« Ihr Lächeln und ihr Blick galten nach wie vor nur Ella. Beides sagte: *Er gehört mir.* Christian schenkte ihr keinerlei Beachtung. Auch *seine* Augen hingen unverwandt auf Ella. Die Hand der Frau kehrte in seinen Nacken zurück, grub sich in sein Haar. Er hätte ebenso gut aus Stein sein können. Der Ausdruck auf seinem Gesicht ließ Ella schaudern. Eiskalt. Gelangweilt. Arrogant.

Abrupt ließ die Frau mit einem Fauchen von ihm ab und trat zurück. »Tu es.« Die Worte klangen, als würde sie einen Hund von der Kette lassen.

Sekundenlang rührte Christian sich noch immer nicht, wandte nur kaum merklich den Kopf zu der Frau. Beinah … nachdenklich. Ohne dass sein Gesichtsausdruck sich auch nur eine Winzigkeit änderte.

Trotzdem machte Ella einen Schritt rückwärts.

Und wich noch weiter vor ihm zurück, als er sich dann doch in Bewegung setzte. Träge. Und grazil zugleich. Wie ein Raubtier. Dessen Beute nicht den Hauch einer Chance hatte.

»Christian …« Angst kroch in ihren Magen. Beinah hektisch sah sie immer wieder hinter sich, während sie Schritt um Schritt weiter rückwärtsstolperte. Es war der Sockel des amputierten Engels, der sie stoppte. Abwehrend hob sie die Hände. »Was soll das hier?«

Er blieb erst stehen, als sie keine andere Wahl mehr hatte, als sich mit dem Rücken gegen den Stein zu pressen. So dicht, dass seine Hüfte gegen ihre stieß. Fast beiläufig drückte er ihre Arme zur Seite. Schob ihr eine Haarsträhne hinters Ohr. Eine schiere Ewigkeit sah er sie einfach nur an.

»Christian …«
Ganz langsam lehnte er sich ein Stück weiter vor, zwang sie, sich noch fester gegen den Stein zu pressen. Seine Fingerspitzen strichen von ihrer Wange abwärts, über ihren Hals. Fuhren den Ausschnitt ihrer Bluse nach.
»Christian, was soll das?« Ihre Stimme bebte.
Im nächsten Moment hatte er sie an der Kehle gepackt. Sie keuchte erschrocken auf. »Du hast dich also mit MacCannans Zirkel zusammengetan.« Seine Finger gruben sich hart in ihre Haut. »Nicht sehr nett.«
»Ich habe mich mit niemandem zusammengetan.« Ella stemmte sich gegen seine Brust, wollte ihn von sich wegdrücken, zerrte gleichzeitig mit einer Hand an seinem Arm, keuchte: »Lass mich los.« Keine Reaktion. »Christian …«
»Kristen. Mein Name ist Kristen. Nicht ›Christian‹.« Er stieß ihren Kopf so hart gegen die Sockelkante, dass der Schmerz ihr die Tränen in die Augen trieb. »Haben sie dir das nicht gesagt?« Ein dünnes Lächeln erschien auf seinen Lippen. »Erinnerst du dich, was ich dir über das Einbrechen von jungen Hexen erzählt habe?« Er nickte zu der Frau hin, die wieder ein Stück näher gekommen war. »Ich bin derjenige, der das für sie erledigt.« Gemächlich schob er eine Hand zwischen sie. Dort, wo der Bund seiner Hose war.
Ella keuchte auf. Ja, sie erinnerte sich. Sex und Magie. Und er fragte nicht, ob sie wollte. Er würde sie vergewaltigen. Etwas in ihr war wie erstarrt. Die Finger gespreizt, strich seine Handfläche über ihren Bauch, sanft, wie in jener Nacht … Nur dass sie diesmal nichts als Entsetzen empfand. Und Ekel.
»Nein! Lass mich los.« Verzweifelt stemmte sie sich fester gegen seine Schultern. Sein Mund verzog sich bitter. Seine Hand verschwand. Sein Gelächter war höhnisch.

»Tut mir leid, Schätzchen.« Ohne Vorwarnung rammte er ihr den Oberschenkel zwischen die Beine. Ella keuchte vor Schmerz, schnappte nach Luft. »Du wirst ihr gehören. – So wie ich.« Jetzt lehnte er mit dem ganzen Körper an ihrem. Es war genau so, wie MacCannan und die anderen gesagt hatten. *Er* war genau so.
Sie bekam sein Hemd zu fassen, zerrte daran. »Nein.« Der Stoff riss. Auf seiner Brust waren unzählige rote Linien. »Nein! Niemals!« Sie spürte, wie Magie aus dem Boden emporkroch, über ihre Haut. Dunkel. Brennend. Darunter kratzte etwas an ihrer Barriere. Christian. Sie heulte auf, schlug nach ihm. Und versuchte gleichzeitig, an ihm vorbeizukommen. Ihre Gabe zu wecken. Nicht, um sie zu benutzen. Dazu hätte sie bei ihm keine Chance – selbst wenn sie gewusst hätte, wie sie ihm damit schaden konnte. Nur, damit die anderen sie spüren konnten. MacCannan. J.J. Irgendjemand. – Sie lief gegen eine Mauer, die *er* war. Er blockierte sie. Wieder ein Stoß zwischen ihre Beine. Ihr Rücken schrammte über den Steinsockel. Sie schrie. Mehr vor hilfloser Wut als vor Schmerz. »Hör auf! Lass mich los!« Ein paar Meter hinter ihm strich die Frau hin und her. Unruhig. Wie eine Hyäne, die auf Aas wartete. Alles an ihr war pure Gier. Christian lehnte sich noch weiter vor. Schnitte! Die Linien auf seiner Haut waren Schnitte. Tief. Wie von einem Skalpell. Oder Krallen.
»Du wirst tun, was man dir sagt. Wann man es dir sagt. Egal, was es ist.« Sein Atem strich über ihr Gesicht. »So wie ich.« Er drehte sich ein klein wenig. Kam noch näher. Warf einen Blick aus dem Augenwinkel zu der Frau hinüber. Leckte Ella gemächlich das Blut vom Kinn, der Lippe.
»Nein!« Sie stemmte sich wilder gegen seine Brust, seine Schulter. Rutschte ab, streifte sein Haar. Griff hinein. Zerrte daran. Schaffte es, dass er sich mit dem Oberkörper ein

kleines Stück zurückzog. Seine Augen schienen sich in ihre zu brennen. »Ein ›Nein‹ wird es nach heute Nacht nicht mehr für dich geben.« Seine Hüfte drückte sich härter gegen ihre. »Wie für mich. – Du wirst tun, was man dir sagt.« Er packte ihre Bluse. »So wie ich.« Ein Ruck. Knöpfe rissen ab. Mit einem Schlag stand sie bis zur Hälfte offen.

»Nein. Lass mich los. Hör auf!« Sie zog härter an seinen Haaren, während sie ihre Gabe erneut loszulassen versuchte, sie diesmal gegen ihn richtete. Es schien ihn nicht zu kümmern. Die Magie ballte sich zwischen ihnen zusammen. Flackerte. Waberte. Zerrte an unsichtbaren Fesseln.

»Sich zu wehren ist völlig zwecklos ...« Er beugte sich wieder ganz nah zu ihr. Wie zuvor streifte sein Atem ihr Gesicht. Er würde sie küssen.

Ella drehte den Kopf zur Seite, versuchte ihn von sich wegzudrücken. »Nein! Nimm die Hände weg.«

Er lachte nur, legte die Hand über ihre Brust. Abermals ein Stoß zwischen ihre Beine. Sie schrie erneut. Schlug die Fingernägel in einen der Schnitte an seiner Schulter. Christian zischte vor Schmerz auf. Sie warf ihre Gabe einmal mehr mit aller Kraft gegen seine Mauer ... und brach durch sie hindurch. Weil sie nicht mehr da war.

Es war, als würde sie auf zwei Ebenen das Gleichgewicht verlieren. Unvermittelt waren Christians Hände an ihren Ellbogen, hielt er sie fest, stützte sie, sah ihr in die Augen. Das Lächeln, das plötzlich um seine Lippen spielte, war mit einem Mal ... weich ... triumphierend? Ella starrte ihn an. Für den Bruchteil eines Herzschlags schien die Zeit stehengeblieben zu sein.

Hinter ihm stieß die Frau ein erbostes Fauchen aus. »Du Dummkopf! Sieh zu, dass du es zu Ende bringst!«

Abrupt wurde sein Lächeln böse und kalt. »Du hast es gehört. Bringen wir es zu Ende.« Er zerriss ihre Bluse endgültig, zerrte sie von ihrer Schulter. Der Sockel verhinderte, dass sie ihm ausweichen konnte. Kreischend zog sie ihm die Fingernägel durchs Gesicht. Verfehlte nur knapp sein Auge. Er knurrte, packte ihre Handgelenke. Drückte ihre Arme hinter ihren Rücken. Scherte sich nicht darum, dass er ihr die Knöchel an dem Stein aufschürfte.

»Du verdammter Mistkerl, lass mich los!« Ihre Stimme war schrill vor verzweifelter Wut. Er umfasste ihre Handgelenke mit einer Hand. Rammte ihr mit einem Ruck abermals den Oberschenkel zwischen die Beine, hob sie beinah von den Füßen. Sie schrie auf, warf den Kopf zurück, wand sich, zerrte an seinem Griff. »Nein … Christian, nein! Hör auf! Bitte …«

Er packte sie am Kiefer, drehte ihr Gesicht mit Gewalt zu sich zurück, zwang sie, ihn anzusehen, ihm in die Augen zu sehen. Für eine Sekunde war etwas darin, schien er auf etwas zu lauschen, flammte wilde Befriedigung in ihren Tiefen. Und dann war alles wieder fort. Er verstärkte seinen Griff. »Du wirst tun, was ich dir sage.« Erbarmungslos hielt er ihren Blick mit seinem fest. Ella keuchte. Bog den Rücken durch. Stemmte sich abermals mit aller Kraft gegen ihn …

Wie zuvor presste er sie mit der ganzen Länge seines Körpers gegen den Sockel. Lehnte sich dicht zu ihr. »Du gehörst auf die andere Seite.« Beinah hätte seine Stirn ihre berührt. »Nicht wie ich.« Seine Lippen streiften ihre Wange. Plötzlich waren ihre Hände frei. Seine Finger gruben sich in ihr Haar. Ein Wispern direkt neben ihrem Ohr: »Lauf!« Sein Mund traf ihren. Sie stieß ihn verzweifelt von sich, und plötzlich war sein Gewicht verschwunden. Blindlings schlug sie zu, taumelte von ihm weg und floh. *Lauf!* Ohne nachzudenken. Stolperte zwischen den Grabsteinen entlang, verfolgt von Schreien und wutentbranntem Heulen und wildem Gelächter, das zu einem Brüllen wurde. Hinter ihr explodierte Magie. Trieb sie vor sich her wie eine gigantische Druckwelle. Die Erde schüttelte sich. Die Dunkelheit schrie, bäumte sich auf. Die Schatten duckten sich, krümmten sich. Der Wind kreischte, wimmerte, wirbelte um sich selbst, heulte. Sie stolperte gegen einen Baum, zwischen zwei weiteren hindurch, durch Kälte. Konnte kaum noch atmen, als Hände sie unvermittelt packten, zu Boden zwangen. Markus Danner warf sich über sie. Brüllte Unverständliches. Macht rollte über sie hinweg. Prallte gegen eine zweite. Um sie herum tobten die Schatten. Irgendwo in der Dunkelheit schrie jemand in purer Agonie ... Dann war alles so plötzlich vorbei, wie es gekommen war. Von einer Sekunde zur nächsten erfüllten nur noch Ellas viel zu schnelle Atemzüge die jähe Stille.

Es dauerte lange, bis Danner sich endlich aufrichtete, ihr aufhalf. David Monroe fluchte, streifte hastig das Sakko ab und legte es Ella um die Schultern. »Schweine.«
J. J. drängte sich zwischen den beiden Männern hindurch, nahm sie in die Arme. »Bist du in Ordnung?«
Ella nickte schwach. Sosehr sie sich auch bemühte: Sie konnte nicht aufhören zu zittern. Oder mit den Augen die Dunkelheit abzusuchen. Dort, wo Christian sein musste.
Hinter Monroe starrte Yazmin in die Richtung, aus der Ella gekommen war. »Großer Gott, was war das?«
MacCannan drehte sich zu ihnen um. Die zweite Macht schien noch immer um ihn herum zu irrlichtern. »Havebeeg.« Sein Blick fand Ellas. »Das war Kristen Havebeeg. – Oder zumindest eine kleine Kostprobe seiner Macht.«
Sie sah ihn an. ›*Lauf!*‹ Er hatte ›*Lauf!*‹ gesagt. – Nein. Das konnte nicht sein.

35

Er lag auf den Knien und lachte. Lachte wie wahnsinnig, während ihm Blut aus der Nase rann, aus dem Ohr. Spürte, wie es in seinem Kragen versickerte. Sich mit dem vermischte, was aus den Schnitten lief, die Lyreshas Klauen auf ihm hinterließen. Weil sie kreischend vor Wut auf ihn eindrosch. Im Moment noch, ohne Magie zu Hilfe zu nehmen, um ihn zum Schreien zu bringen. Nicht, dass er über der alles zerfressenden Qual des Bannfluchs noch irgendetwas anderes gespürt hätte. Ab einem gewissen Punkt gab es keine Steigerung von Schmerz mehr.

Bei ihrem nächsten Schlag musste er sich mit der Hand am Boden abfangen. Aaron stand hinter ihr und starrte ihn an. Hatte dieser Schwachkopf tatsächlich geglaubt, dass das, was der Bannfluch ihm von seiner Magie zu zeigen erlaubte, alles war, worüber er gebot? Da war mehr. Sehr viel mehr. Nur hatte er sich in all den Jahrhunderten von der Qual in Schach halten lassen. Weil es nichts gegeben hatte, das ihm genug bedeutete, um den Bannfluch mit all seiner Macht zu wecken. Die Agonie heraufzubeschwören, die dieses Erwachen mit sich brachte; das Gefühl heraufzubeschwören Majte bei sich zu haben, seinen Sohn.

Aber manchmal … manchmal war ein Preis es wert, bezahlt zu werden.

Für einen kurzen Moment hatte er alles auf eine Karte gesetzt. Alles. Ausnahmslos. Und zumindest diese Schlacht gewonnen. Für Ella. Was jetzt kam, war ihm egal. Wenn sie ihn zum Krüppel machte. Wenn sie seinen Verstand zerbrach. Es war ihm egal. Er hatte sie in MacCannans Arme getrieben. Er und sein Zirkel würden sie von jetzt an beschützen. Ella war vor Lyresha sicher. Das war alles, was zählte.

Kristen konnte einfach nicht aufhören zu lachen.

36

Der Kaffee in ihrem Becher war kalt geworden. Ohne dass Ella auch nur einen Schluck davon getrunken hätte. Wie jedes Mal, wenn sie hierherkam. Hierher. Zum Havreux Tower.

Sie wusste selbst nicht, warum es sie hierherzog. Warum sie Stunde um Stunde in dem kleinen Park schräg gegenüber seines Haupteingangs herumlungerte und das Kommen und Gehen auf der anderen Straßenseite beobachtete. Warum sie immer noch hier in L.A. war, obwohl eine renommierte Klinik in Europa ihr ein äußerst verlockendes Jobangebot gemacht hatte. Eines, das sie eigentlich gar nicht ausschlagen *konnte.* Und bei dem sie den Verdacht nicht loswurde, dass Alec MacCannan – Mac – irgendwie etwas damit zu tun hatte. Vor allem, weil er und J.J. beide darauf drängten, dass sie es annahm, damit sie aus »Havebeegs Reichweite« kam. – Dabei erstaunte es sie nach wie vor, dass die Klinikleitung es selbst jetzt noch, obwohl sie so lange gezögert hatte, aufrechthielt. Sie musste nur ›Ja‹ sagen und hätte sofort anfangen können. Sie wusste nicht, warum sie sich zum zweiten Mal Bedenkzeit ausgebeten hatte. Oder doch?

›*Lauf!*‹ Ein Wort, von dem sie noch nicht einmal sicher war, dass sie es tatsächlich gehört hatte.

Die beiden mächtigen Sphinxen auf den massiven Basaltblöcken rechts und links der flachen Stufen zum Eingang spreizten und schlossen unruhig ihre Schwingen. Sogar von hier aus konnte sie die Ketten sehen, die die Kreaturen an die Steine fesselten. Und sogar bis hier war – je nachdem, wie der Wind stand – die Kälte zu spüren, die den Havreux Tower umgab. Ebenso wie die tiefen Schatten, die um das Gebäude herum so viel dunkler waren als an jedem anderen Ort in der Nähe. Und die sich seit einigen Tagen langsam, aber unaufhaltsam die gesamte Glasfront hinauffraßen. 44 Stockwerke, 174 Meter. Senkrecht in die Höhe. Zumindest auf den ersten Blick einer jener modern-eleganten Hochhaustürme, dessen Namen man in einem Atemzug mit dem Eureka Tower, dem Shanghai World Financial Center oder den Petronas Towers nannte. Stahl und Glas. Das eigentlich in der Sonne ebenso hätte spiegeln und glänzen müssen wie die Wassertropfen, die der spiralförmige Springbrunnen in der Mitte des kleinen, halbrunden Platzes vor dem Tower in meterhohen Fontänen in den Himmel spuckte. Es aber nicht tat. Und das nicht, weil die Sonne für heute kaum noch mehr als ein roter Streifen am Horizont war.

Doch auf den zweiten Blick waren da im unteren Drittel schwarzer Stein, unzählige Erker, geschwungene Vorsprünge, Türme und Mauerabsätze, bei denen jeder Statiker geschworen hätte, dass sie nach den Gesetzen der Gravitation schlicht unmöglich waren. Als habe jemand die Fotografien von zwei Gebäuden übereinandermontiert, die nur den Grundriss und die Höhe gemeinsam hatten. Und selbst das noch nicht einmal zu einhundert Prozent. Die Geisterfotografie eines Hochhauses.

Und über allem lagen die Schatten. Nur das Penthouse an der Spitze war von ihnen bisher anscheinend noch verschont geblieben. – Nichts davon schien einem der zahllosen Passanten aufzufallen.

Ella drehte den Kaffeebecher in den Händen. Von dort oben musste man einen grandiosen Blick über L.A. und das Meer haben. Jetzt verstand sie auch, warum er immer zu ihr nach Hause gekommen war und sie nie zu sich – hierher – eingeladen hatte. Oder?

Sie war sich nicht sicher.

Ella nippte an ihrem Kaffee und verzog das Gesicht, als sie zu spät bemerkte, dass er kalt geworden war. Ihre Haare waren jetzt schwarz gefärbt und für ihre Verhältnisse geradezu schmerzhaft kurz geschnitten. – Nicht die einzige Veränderung an ihr. Yaz und J.J. hatten ganze Arbeit geleistet. Vermutlich hätten sie noch ganz andere Dinge getan, wenn sie gewusst hätten, dass es sie seit jenem Tag vor drei Wochen immer wieder *hierher* zog.

Markus hatte ihr ein kleines Apartment in Santa Monica besorgt. Die Sachen, die sie nicht hatte mitnehmen können, waren in einem Lagerhaus untergestellt. Sushi war von ihrem Umzug zuerst alles andere als begeistert gewesen. Doch seit kurzem hatte ein Kater – ein roter Koloss von Katze, in dessen Stammbaum David Monroe einen Puma vermutete, nachdem er ihn einmal aus der Ferne gesehen hatte – in der neuen Nachbarschaft es ihr anscheinend angetan, so dass sie nicht mehr ganz so verstimmt über den Ortswechsel war.

Noch konnte Ella sich nicht damit anfreunden, ihr Haus zu verkaufen. Aber über kurz oder lang – vor allem, wenn sie tatsächlich nach Europa ging – würde sie sich dazu durchringen müssen. Nur eins stand fest: Sie konnte nicht dorthin zurück. Ebenso wenig wie sie in ihr altes Leben zurückkonnte. Und das alles nur seinetwegen.

Mac hatte darauf bestanden, ihre Ausbildung zu Ende zu bringen – und ihr dabei auch die Dinge zu zeigen, die sie wissen musste, um auch ihre Puppenspielerfähigkeiten zu kontrollieren, so dass sie selbst diesen Aspekt ihrer Macht verstand. Er war verblüfft gewesen, was *er* ihr bereits alles beigebracht hatte. ›Basics‹. Pah. Mac – und nicht nur er – hatte sie angestarrt wie ein vom Himmel gefallenes Mondkalb, als sie das Wort im Bezug auf ihren bisherigen Unterricht bei Christian – nein, Kristen. Es fiel ihr nach wie vor schwer, von ihm mit diesem Namen zu denken – gebraucht hatte. Offenbar waren ihre ›Basics‹ auf einem Level, der deutlich über dem lag, was man gewöhnlich mit diesem Wort verband. Ohne dass es ihr auch nur ansatzweise bewusst gewesen wäre. Noch verblüffter war Mac darüber gewesen, dass Kristen sie auf eine Weise unterrichtet hatte, die man nicht von jemandem erwartete, dessen Magie nach Jahrhunderten in den Schatten so vergiftet war, dass sie selbst schon beinah dämonisch war.

Eine der Sphinxen schlug mit den Schwingen und bäumte sich halb auf die Hinterläufe auf, ehe sie wieder auf alle viere zurückfiel.

Manches ergab Sinn. Manches nicht. Wie das *›Lauf!‹* – Von dem Mac der Meinung war, dass sie es sich nur eingebildet hatte.

In den ersten Nächten war sie immer wieder aus der Endlosschleife eines Alptraums aufgeschreckt, der wieder und wieder den gleichen Film abspielte: Christian Havreux vergewaltigte sie am Sockel einer Engelsstatue.

Nur dass da das vage Gefühl gewesen war, dass etwas nicht stimmte.

Sie hatte zwei Tage gebraucht, bis ihr klar geworden war, was es war: Er hatte ihre Bluse zerrissen, aber ihre Hose nicht angerührt. Seine Hand war auf ihrem Bauch gewesen, ja. Aber mehr nicht. Er hatte sie von dem Sockel weggezerrt und in die Richtung gestoßen, in der sie auf Mac und die anderen Mitglieder des Zirkels treffen musste. *›Lauf!‹*

Sie lehnte den Kopf gegen den Stamm der Palme, unter der sie stand. Genau das hatte er getan.

Warum?
Der Ruck, der durch ihren Körper gegangen war, jedes Mal, wenn er seinen Oberschenkel zwischen ihre Beine gerammt hatte … Für jemanden, der dabei zusah, hatte es so aussehen müssen, als *würde* er sie vergewaltigen. – Wenn er es tatsächlich hätte tun wollen, hätte sie ihn nicht daran hindern können. Aber er hatte es nicht.
Warum?
Sie hatte keine Antwort darauf.
Hinter ihr klackte Stein auf Stein. Hastig wandte Ella sich um – und entspannte sich gleich wieder. Der Hund war wieder da. Beobachtete sie vorsichtig aus der Distanz. Wie lange er das schon tat, konnte sie nicht sagen. Zum ersten Mal gezeigt hatte er sich ihr vor vier oder fünf Tagen. Wobei ›Hund‹ es nicht ganz traf. Auf den ersten Blick wirkte er wie ein zu groß geratener Schäferhund. Auf den zweiten Blick … wollte sie nicht wissen, was er wirklich war. Er war riesig. Und mager. Das Fell grauschwarz. Beim Hecheln entblößte er Fänge, die dafür geschaffen waren, einen Arm mit einem Biss abzutrennen. Seine Augen waren von einem hellen Gold. Die Art, wie er sie fixierte, hatte trotz allen unübersehbaren Misstrauens etwas … Nachdenkliches. Schien »Wer bist du?« zu fragen, jedoch so, als erwartete er eine ganz bestimmte Antwort.
Dass er unvermittelt die Ohren spitzte und an ihr vorbei auf die andere Straßenseite blickte, lenkte ihre Aufmerksamkeit zum Eingang des Havreux Tower zurück. Eine elegante schwarze Limousine hatte davor gehalten. Zwei Hünen in dunklen Anzügen – eindeutig Bodyguards – schoben sich zu beiden Seiten des Fonds aus dem Wagen, ein dritter stieg neben dem Fahrer aus. Sie schauten sich nur kurz um, ehe sie sich an den hinteren Türen postierten.

Ein schlanker, blonder Mann im hellen Anzug stieg auf der ihr zugewandten Seite aus. Ella drückte sich hastig tiefer in den Schatten des Palmenstamms: dieser ›Aaron‹.
Inzwischen kannte sie auch seinen Nachnamen: Alexander. Ein ehrgeiziger junger Hexer, von dem Mac und die anderen bis zu dieser Nacht auf dem Friedhof zwar angenommen hatten, dass er sich den Schatten zugewandt hatte, aber nicht im Geringsten vermutet hatten, dass er anscheinend bereits an der Spitze von Lyreshas Dienern stand. Nach Kristen Havebeeg. Der gerade die Limousine auf der dem Tower zugewandten Seite verließ. Der, auf der zwei der Hünen Aufstellung genommen hatten. Plötzlich hatte Ella Herzklopfen. Ohne dass sie erklären konnte, warum.
Der Hüne bei Aaron schloss hastig die Tür und wechselte dann eilig zu seinen Kameraden und Christian hinüber. Von ihrem Platz hinter der Palme beobachtete Ella, wie die drei um ihn herum Stellung bezogen, ihn in die Mitte nahmen, als erwarteten sie jede Sekunde einen Mordanschlag. Wie jedes Mal, wenn sie ihn in den letzten Tagen gesehen hatte. Und wie jedes Mal wurde sie das Gefühl nicht los, dass an alldem etwas nicht stimmte. Die Art, wie sie sich beim Aussteigen nur flüchtig umsahen, bevor sie ihre Aufmerksamkeit rasch zurück auf die Limousine richteten … wie sie jede von Christians Bewegungen angespannt verfolgten …
Aaron sagte offenbar etwas, während er seinerseits langsam um das Heck des Wagens herumging. Christian warf ihm einen gelangweilten Blick zu, gab aber keine Antwort. Beiläufig strichen seine Augen über den kleinen Platz, die Sphinxen, von denen sich eine umgedreht und ihre Schwingen ausgebreitet hatte und mit der Klaue nach Aaron schlug, den Springbrunnen mit seinen Fontänen,

die Schatten und Menschen. Einen Moment hätte Ella sogar beinah geschworen, dass er für den Bruchteil einer Sekunde direkt zu ihr herübersah, doch dann hatte er sich schon gleichgültig abgewandt und stieg die Stufen zum Eingang des Havreux Tower hinauf. Ohne sich weiter um Aaron oder die drei anderen Männer zu kümmern. Die Hände wie so oft nonchalant in den Hosentaschen vergraben. Und trotzdem wirkte etwas an alldem … falsch. Etwas, das nichts damit zu tun hatte, dass sich Christian – nein, Kristen – verändert zu haben schien. Oh, er bewegte sich noch immer mit einer geschmeidigen Eleganz. – Aber darunter war eine seltsame … Steifheit. Seine Züge waren eine erstarrte, gelangweilte Maske; seine Augen wirkten selbst auf diese Distanz … leer. Als sei alles Leben in ihnen erloschen.

Nein, es hatte vielmehr etwas damit zu tun, dass sie ihn seit ihrem ersten ›Besuch‹ hier am Havreux Tower nie allein gesehen hatte. Immer waren mindestens zwei dieser Hünen bei ihm. Und dieser Aaron.

›Lauf!‹

Mit jedem Mal, das sie Christian mit ihnen zusammen sah, bekam das Wort ›Bodyguard‹ mehr die Bedeutung von ›Bewacher‹.

»Sie sind die Puppenspielerin.«

Ella keuchte auf und fuhr so hastig herum, dass ihr der Kaffee über die Hand schwappte. Mehr aus Reflex als bewusst hielt sie den Becher von sich weg, wechselte ihn in die andere Hand, schüttelte sich die kalte, braune Flüssigkeit von den Fingern.

Beinah ebenso hastig hatte der junge Mann, der wie aus dem Nichts hinter ihr stand, beschwichtigend die Hände gehoben und einen Schritt rückwärtsgemacht. »Keine Angst! Ich tue Ihnen nichts!«

Das konnte jeder sagen. Vor allem hier. Allerdings konnte sie es sich ausgerechnet *hier* nicht erlauben, zu viel Aufmerksamkeit auf sich zu ziehen. Zum Beispiel, indem sie vor ihm davonlief. Hinaus auf die Straße. Die vom Havreux Tower aus gut einzusehen war.

Der Hund war spurlos verschwunden. Auch wenn sie nicht sicher sein konnte, dass er tatsächlich ein Verbündeter gewesen wäre, wünschte sie ihn zurück. Vielleicht hätte er sich ja an den Wurstbagel erinnert, den sie ihm gestern mitgebracht hatte …

Der junge Mann hatte sie aufmerksam beobachtet, während sie versuchte, sich von den Kaffeeresten zu befreien. Jetzt blickte er kurz zu der gläsernen Drehtür, hinter der Christian und die anderen gerade verschwunden waren, sah sie wieder an. Er neigte den Kopf zur Seite. »Das stimmt doch? Sie sind Ella, nicht wahr?«

Unwillkürlich wich Ella zurück. »Woher weißt du …« Dann erkannte sie ihn. Der Junge aus dem Club.

»Von *ihm*.« Er nickte zum Tower hinüber, verlagerte das Gewicht. Die schwarzen, verwaschenen Jeans schmiegten sich an seine Beine, seine Hüften. »Ich habe gehört, wie er mit Ihnen telefoniert hat. An dem Tag vor der … Sache in dem Club.« Er verstummte, räusperte sich. »Er dachte, ich würde schlafen. Und ich wollte auch bestimmt nicht lauschen, aber … na ja … Da hab ich gehört, wie er Sie beim Namen genannt hat.« Er rieb sich das Ohrläppchen. Das lose fallende, graue Poloshirt konnte das Spiel seiner Muskeln nicht verbergen. Alles an diesem Jungen war verwirrend sexy. Auch wenn er ganz offensichtlich versuchte, es zu verstecken. Und es erinnerte sie an Christian. »Ich habe Sie an dem Abend in diesem Club gesehen … Ihre Haare waren anders, und auch sonst … Aber … Na ja … Deshalb war ich mir auch zuerst nicht sicher, als Sie dann plötzlich hier aufgetaucht sind. Wegen der Haare und dem Rest eben.« Er schob die Hände in die hinteren Hosentaschen, als wisse er plötzlich nicht mehr, wohin damit. Schaute überallhin, nur ihr nicht in die Augen. »Er wollte das nicht ... Ich meine, das in dem Club. Dass Sie ihn da sehen. Und das, was danach passiert ist ... Er wollte es nicht. Ich ...« Er zog die Schultern hoch. Seine Finger stahlen sich wieder zu seinem Ohrläppchen. »Können wir reden? Ich ... es ist wichtig. Nicht hier. Nur ein paar Meter weiter im Park.« Mit einer kleinen Handbewegung machte er einen zögernden Schritt den Weg entlang. »Bitte. Nur einen Moment. Dann muss ich sowieso zurück. Und Sie sollten dann auch nicht mehr hier sein. Ich meine, wenn die Sonne untergegangen ist.« Noch ein Schritt. »Bitte. Ich tue Ihnen nichts. Versprochen! Aber die Frau, die in dem Club bei Ihnen war, gehört zu dem Zirkel, den selbst *sie* hier in L.A. fürchtet. Vielleicht können die ihm ja helfen. Bevor es ... zu spät ist.«

Ella versteifte sich, plötzlich einen kalten Knoten im Magen. *›Ihm‹*? Christian? Und *›zu spät‹*? »Was ...?«

»Nicht hier.« Ein weiterer Schritt rückwärts. »Kommen Sie. Bitte.«

Ella warf einen raschen Blick über die Schulter zum Havreux Tower, sah wieder zu dem jungen Mann hin, nickte abrupt. »Also gut.«

Etwas wie ... Erleichterung huschte über seine Züge.

Trotzdem blieb das mulmige Gefühl, als sie ihm tiefer in den Park hinein folgte. Angespannt und vorsichtig.

Er ging tatsächlich nur ein paar Meter weit. Vor einer Bank hinter einer Biegung und halb verborgen zwischen drei Palmen blieb er stehen, drehte sich zu ihr um. Auch wenn die Bewegung harmlos wirkte, entging ihr doch nicht, dass seine Augen dabei mit beinah raubtierhafter Wachsamkeit die Umgebung absuchten, ob da nicht vielleicht doch jemand – oder etwas – in der Nähe war, das ihm entgangen war. Die Andeutung eines Nickens, mit der er die Musterung beendete, galt entsprechend auch nicht ihr. Dafür aber die Geste, mit der er auf die Parkbank wies. »Hier. Das ist okay. Falls irgendwer kommt, werde ich ihn rechtzeitig genug wittern. – Warten Sie.« Hastig, wie jemand, dem im letzten Moment seine guten Manieren eingefallen waren, beugte er sich vor, um die Sitzfläche für sie abzuwischen. »So, jetzt.« Er lächelte entschuldigend.

Ella rührte sich nicht. »Wittern?«

Der junge Mann riss die Augen auf. Helle, goldene Augen. Beinah hätte Ella aufgestöhnt. Offenbar dachte sie noch immer zu sehr in den Bahnen der Realität: Seine Augen; sein Haar, schwarz und mit einem Hauch von Grau; die Art, wie er zuvor den Kopf zur Seite geneigt hatte; dass er an genau der gleichen Stelle gestanden hatte wie … »Du warst das? Der …« Hund. Nein, eher der »… Wolf?« Oder noch besser: ›Werwolf‹. Wobei der politisch korrekte Ausdruck wohl ›Wandler‹ war, wie David beharrte.

Seine Augen wurden noch größer. »Ich dachte, Sie wüssten …? Entschuldigung. Natürlich nicht. Wie denn.« Für einen Moment senkte er den Blick zu Boden. »Ja, das war ich. Ich wollte Sie nicht erschrecken. Ehrlich.« Abermals stahl sich seine Hand zu seinem Ohrläppchen. Als er es merkte, schob er sie hastig wieder in die Gesäßtasche. Und die zweite gleich mit. »Ich bin übrigens Mikah. Mikah Grigorijou.« Beinah hoffnungsvoll sah er sie wieder an, neigte den Kopf ein winziges Stück nach rechts.

»Ella.« Ihren Nachnamen schluckte sie in letzter Sekunde hinunter.

»Ich weiß.« Seine Mundwinkel kräuselten sich in der Andeutung eines Lächelns. Er kippte den Kopf ein wenig mehr zur Seite. Tat das ein Hund, wedelte er dabei meistens noch ganz leicht mit dem Schwanz. »Kein Wunder, dass er Sie liebt.«

Ella starrte ihn an. Und fragte sich, warum seine Worte sich wie eine Faust in den Magen und ein elektrischer Schlag gleichzeitig anfühlten. Sie machte einen Schritt rückwärts. Viel zu schnell und viel zu steif. »Was?« ›*Kein Wunder, dass er Sie liebt.*‹

Eine Sekunde wirkte der junge Mann vollkommen verblüfft. Dann rieb er sich wie verlegen den Nacken. Das Lächeln war verschwunden. »Sie wussten es nicht.«

Ella hatte keine Ahnung, was sie sagen sollte. Sie hatte *geglaubt,* dass Christian sie liebte. Christian Havreux. Aber dann war all das andere passiert, hatte sie erfahren, dass es Christian Havreux eigentlich gar nicht gab … Und Kristen Havebeeg … hatte sich als Ungeheuer entpuppt. Ohne es im ersten Moment selbst zu merken, ballte sie die Fäuste. Bis zu jenem Tag in dieser Gasse hatten die Dinge in ihrem Leben einen Sinn ergeben. Und jetzt?

Die Haltung des jungen Mannes änderte sich. Er runzelte die Stirn. »Sie glauben mir nicht.« Wenn es möglich war, wurde seine Verblüffung noch größer.

Es fiel ihr schwer, die Bitterkeit aus ihrer Stimme herauszuhalten. »Ich kenne dich nicht. Wer sagt mir, dass …?«

Er unterbrach sie. »Stimmt. Wir kennen uns nicht. Und er würde mir den Kopf abreißen, wenn er wüsste, dass ich Ihnen das gesagt habe. Weil ich Sie damit in Gefahr bringe. Aber welchen Grund sollte ich haben, Sie anzulügen?« Seine Oberlippe zuckte, hob sich ein winziges Stück. »Sie können mir glauben oder nicht: Er liebt Sie. Warum sonst hätte er sich für Sie von Lyresha in Fetzen schneiden lassen sollen?« Ellas Magen zog sich zusammen. ›*In Fetzen schneiden lassen*‹? Da waren diese Schnitte auf Christians

Brust und Schultern gewesen ... »Ich nehme mal an, er dachte, das beruht auf Gegenseitigkeit.« Ein Kopfschütteln. »Dann kann ich nur hoffen, dass er nie herausfindet, wie sehr er sich geirrt hat.«

»›In Fetzen schneiden lassen‹? Was ...«

»Das kann Ihnen doch egal sein«, fiel er ihr schroff ins Wort. »Vergessen Sie einfach, dass ich das gesagt habe.« Sein Mund hatte sich verzogen. Hart und auf eine kaum verhohlene Art zornig. »Wenn Sie ihm schon nicht helfen wollen, dann sagen Sie Ihren Freunden von diesem Zirkel ...«

Ella stieß ein Zischen aus, machte einen Schritt auf ihn zu. »Ich werde gar nichts vergessen.« Sie hatte die Hände halb erhoben. Selbst nicht sicher, ob sie dazu bereit gewesen wäre, ihn an seinem Shirt zu packen und es notfalls aus ihm herauszuschütteln. »Was soll das heißen, er hat sich von dieser Dämonin *›in Fetzen schneiden lassen‹?* Für mich.«

Er funkelte sie mit seinen hellgoldenen Augen an. »Es war in der Nacht, als sie uns in dem Club mit diesen Weibern gesehen hatten. Nachdem wir ›nach Hause‹«, die Worte klangen, als wären sie irgendetwas Ekelhaftes, »gekommen waren. Am nächsten Morgen, irgendwann am späten Vormittag, hat dieser Mistkerl Alexander mich ins Penthouse hinaufgeschleppt, weil *sie* befohlen hat, dass ich mich um meinen ... Lehrer kümmere.« Er rieb sich über den Mund, als sei ihm plötzlich übel. »Überall war Blut. Regelrechte Lachen.« Der Ärger war aus seinem Ton verschwunden. Er schloss die Augen. »Ich wohne in der Etage unter seinem Penthouse.« Jetzt klang seine Stimme gequält. »Ich habe nichts mitbekommen. Absolut *gar* nichts.«

Ella brauchte einen Moment, bis sie begriff. Sie wusste nicht, was sie sagen sollte. Der junge Mann erwartete das offenbar auch gar nicht. Nach einem gepressten Atemzug öffnete er die Augen wieder und sprach weiter. »Er war oben im Bad. Die Dusche lief. Alexander hat mir einen Tiegel mit einer Salbe in die Hand gedrückt und mir gesagt, ich soll ihm ausrichten, *sie* hätte … Verwendung für ihn.« Er schluckte. »Sie hatte ihm die Haut regelrecht in Fetzen geschnitten. Am ganzen Körper.« Diesmal rammte er die Hände noch tiefer in die Hosentaschen. »Er kniete in der Dusche. Im ersten Moment dachte ich, er kann nicht mal mehr allein aufstehen.« Er sah zur Seite, die Lippen ein schmaler Strich. »Ich wusste zuerst nicht, warum sie das getan hat. Aber dann ging das Gerücht um, dass es etwas mit der Puppenspielerin zu tun hatte, die er ihr bringen sollte. Offenbar hatte Alexander plötzlich Beweise, dass er Lyresha, was diese neue Hexe betraf, hinterging und dass er sehr wohl wusste, wer und wo sie war. Und dass er sie für seine eigenen Zwecke benutzen wollte.«

Ella sank auf die Bank. Plötzlich war ihr so kalt, dass sie keinerlei Gefühl mehr in ihrem Körper hatte. »Sie hat ihn gefoltert, um Antworten zu bekommen«, flüsterte sie entsetzt. *Und dass er sie für seine eigenen Zwecke benutzen wollte* … Die Worte waren wie ein bitterer Nachgeschmack.

Der junge Mann nickte einmal steif.

Sie hatte die Schnitte gesehen. Der Schmerz musste unerträglich gewesen sein. Herr im Himmel. »Und irgendwann hat er ihr alles gesagt.«

Heftig schüttelte er den Kopf. »Nein!«

»Aber … er muss. Wie hätte sie mich sonst finden können …?« Woher hätte dieser Aaron sonst wissen sollen, wer sie war? Und wann und wo sie sich mit ihm hatte treffen wollen?

Er räusperte sich. »Ich habe ihn und Alexander reden gehört. Hinter der Tür. – Alexander sagte, jemand hätte angerufen, während … er … nicht rangehen konnte, und dass *er* deshalb rangegangen wäre.« Die Ahnung war schlagartig da. Ella presste die Hand vor den Mund. »Die Frau, die in diesem Club in ihn hineingelaufen wäre, sei dran gewesen, die Puppenspielerin. Und dass er jetzt eine Verabredung mit ihr hätte. In Laguna Beach.« Er zog die Schultern hoch. »Und dass er sie vor Lyresha und Alexander einbrechen würde.«
Ella holte einfach nur tief Luft. Wenn sie Christian nicht angerufen hätte … »Weiter!« Sie musste auch noch den Rest wissen. *Und dass er sie für seine eigenen Zwecke benutzen wollte …*
Wieder ein Kopfschütteln. »Das ist alles. – Ich habe zugesehen, dass ich verschwinde, damit sie mich nicht erwischen. Gleich darauf sind sie gegangen.« Er ließ die Schultern wieder sinken. »Alexander und *sie* waren einige Stunden später zurück. Sie hat getobt. Alexander sah aus wie jemand, der dem Leibhaftigen begegnet ist.« Wie zuvor blickte er zur Seite. »Irgendwann hieß es, er hätte den Bannfluch bis zum Äußersten geweckt und seine Magie gegen Lyreshas gestellt, um die Puppenspielerin entkommen zu lassen.« Ellas Blick ging zum Havreux Tower. *Lauf!* Also hatte sie es doch gehört. Oh, Herr im Himmel. ›*Und dass er sie für seine eigenen Zwecke benutzen wollte …*‹ Wofür? »So wütend, wie sie war, hat das niemand bezweifelt. Ganz nebenbei hat man die Erschütterung bis in den Tower gespürt.« Mit dem Kinn wies er in Richtung des Gebäudes. »*Er* war eine volle Woche spurlos verschwunden. Und als er wieder aufgetaucht ist …« Er schob die Hände noch ein Stück weiter in die Taschen. »Wissen Sie, dass er Höhenangst hat? Er geht nie hinaus auf den

Dachgarten, der zum Penthouse gehört. Nie. Aber am ersten Tag, als er wieder da war, habe ich ihn draußen gefunden. Er stand auf der Mauer. Auf der Mauer! Mit ausgebreiteten Armen. Ich dachte, er springt.« Seine Stimme schien mit jedem Wort gepresster zu klingen. »Er muss mich gehört haben, denn plötzlich dreht er sich um. Sieht mich an … und fängt an zu lachen.« Er schauderte. »Er hat gelacht wie ein Wahnsinniger.« Elend sah er Ella an. »Seitdem ist er … anders. Er spricht nicht. Oder so gut wie nicht. Mal ist er gleichgültig, apathisch, brütet und starrt nur vor sich hin; im nächsten Moment ist er total überdreht und aggressiv.« Er rieb sich über die Arme, als sei ihm plötzlich kalt. »Und manchmal bricht er aus dem Nichts heraus in dieses fürchterliche Gelächter aus. – Und dann ist er plötzlich wieder ganz ruhig.« Der harte Zug um seinen Mund war wieder da. »Ihre Lieblinge schleichen um ihn herum wie um einen tollwütigen Wolf. Aber sie lassen ihn trotzdem nicht in Ruhe.«

Seitdem ist er … anders. – – Er war eine volle Woche spurlos verschwunden. Ella fragte nicht, ob der Junge wusste, was dieses Monster Christian in dieser Woche angetan hatte. Zu wissen, *dass* sie ihm irgendetwas angetan hatte, war genug. Die Details hätte sie möglicherweise nicht ertragen. Abermals schaute sie zum Havreux Tower. *›Und dass er sie für seine eigenen Zwecke benutzen wollte …‹* Die Sonne war fast untergegangen, tauchte die Fenster des Penthouse in rotes Licht. Sie wirkten wie mit Blut übergossen.

Sie hätte es wissen müssen … diese Leere in seinen Augen … Stattdessen hatte sie nur das Offensichtliche gesehen und all den winzigen Details keine Beachtung geschenkt. *Lauf!* Aber wenn er so mächtig war, dass er seine Magie gegen die einer Dämonenfürstin stellen konnte, um ihr die Flucht zu ermöglichen … Mac hatte gesagt, was sie in jener Nacht gespürt hätte, wäre nur eine kleine Kostprobe von Christians – nein, Kristens – Macht gewesen. Warum hatte er sich dann nicht von Anfang an widersetzt? *Und dass er sie für seine eigenen Zwecke benutzen wollte* … Warum hatte er erst dieses grausame Spiel mit ihr getrieben, nur um sie dann doch entkommen zu …? Sie holte bebend Luft. Er hatte sie damals mit Absicht nicht mehr blockiert. Bis zu genau dem Augenblick, in dem sie sich mit aller Kraft gegen seine Mauer geworfen hatte, hatte er sie regelrecht in ihrem eigenen Kopf eingeschlossen. Aber als ihre Gabe am besten zu spüren gewesen sein musste … Er hatte Mac und den anderen eine Spur gegeben und sie dann in dem Moment gehen lassen, als sie nahe genug waren, dass sie eine Chance hatte, zu ihnen zu flüchten, bevor … Bevor was? Hatte er gewusst, dass die Macht dieser Dämonin seine letztlich doch überstieg? Dieses fürchterliche Heulen, das sie gehört hatte, nachdem seine Magie nicht mehr da gewesen war, war das Christian gewesen? Der Schmerz darin … Schaudernd presste sie die Lider aufeinander. Oh Herr im Himmel.

»Warum geht er nicht fort?«, flüsterte sie nach einem Moment.

Als der junge Mann, Mikah, nicht antwortete, sah sie ihn wieder an. Eine Sekunde lang erwiderte er ihren Blick mit einem Ausdruck, den sie nicht deuten konnte, dann senkte er den Kopf. »Er kann nicht. Er …« Er verlagerte das Gewicht, fixierte die Ecke der Bank neben ihrer Schulter, nickte zum Havreux Tower hin. »Sie sagen, sie hat ihn mit einem Bannfluch belegt, über den sie ihn kontrolliert. Und zu sich rufen kann, wann immer sie will.« Er zog die Schultern hoch. »Oder ihn … bestrafen, wenn er mehr von seiner Macht einsetzt, als sie ihm erlaubt. Oder etwas tut, was ihr nicht passt. – Das war vor 800 Jahren.« Sein Blick huschte zu ihr. Beinah … Verzeihung heischend. »Wenn sie ihm einen Befehl gibt, kann er sich nicht widersetzen, sonst weckt sie den Bannfluch.«

Und wenn er es doch wagte … Sie mochte sich die Konsequenzen nicht vorstellen. Nicht, nachdem sie die Schnitte gesehen hatte. Bedeutete das, Christian war diesem Monster seit 800 Jahren auf diese Weise ausgeliefert? Achthundert Jahre?! Heiliger Himmel.

Ella schloss die Augen. Plötzlich machte so vieles Sinn.

Du wirst tun, was man dir sagt. Wann man es dir sagt. Egal, was es ist. – So wie ich. –– Ein ›Nein‹ wird es nach heute Nacht nicht mehr für dich geben. – Wie für mich. –– Sich zu wehren ist völlig zwecklos … Er hatte versucht, ihr klarzumachen, dass er keine andere Wahl hatte, als ihr das anzutun. Auch wenn sie es damals nicht verstanden hatte.

»Er wollte das auch nicht, mit den drei Weibern.«

Irritiert sah sie ihn an.

»Die drei Hexen in dem Club, mit denen Sie uns gesehen haben. Er sollte die eine einbrechen und auch die anderen beiden unterhalten. Mit mir.«

Ella schüttelte den Kopf. »Ich verstehe nicht …«

In der Andeutung eines Knurrens hob er die Oberlippe. »Er sollte mit ihnen schlafen.«

Sie starrte ihn an.

Für eine Sekunde schienen Scham und Qual über die Züge des Jungen zu huschen. Dann waren sie hart und abweisend. »Wir sind ihre … Huren.«

Ein undefinierbarer Laut kam aus Ellas Kehle. Sie musste sich verhört haben.

»So nennen sie ihn. ›Lyreshas Hure‹.« Der Zug um seinen Mund wurde für eine Sekunde gehässig. »Nicht, dass es eine wagen würde, das laut vor ihm zu sagen. Zumindest nicht, wenn sie nicht lebensmüde ist.« Er schien die Zähne zusammenzubeißen. »*Sie* schickt ihn in die Betten ihrer Dämoninnen oder der anderen Hexen-Miststücke, die ihr dienen, wann immer ihr danach ist. Oder von jedem anderen ihrer ›Verbündeten‹, der die entsprechenden Vorlieben hegt und der ihr gerade passt. Egal, ob er will oder nicht. Der Bannfluch lässt ihm keine andere Wahl.« An seiner Wange zuckte es. »Er hasst es.«

›*Lyreshas Hure*‹. Ihr war übel. Schwach schüttelte sie den Kopf. »Das geht nicht. Wenn ein Mann nicht will, dann ...« Sie verstummte.

Mikah schwieg. Sein Blick war dafür umso beredter. Galle stieg in Ellas Kehle empor. O Himmel. Nach einem Moment schnitt die Hand des jungen Mannes abrupt durch die Luft. »Aber das ist es nicht, was ich Ihnen sagen wollte. – Ganz abgesehen davon, dass er wahrscheinlich nie wollen würde, dass Sie es erfahren.« Ellas Herz zog sich zusammen. Natürlich. Welcher Mann wollte schon, dass irgendjemand davon erfuhr, dass er *so* missbraucht wurde. Seit 800 Jahren. »Sie müssen mit Ihren Freunden von diesem Zirkel reden. *Sie* und Alexander haben irgendetwas vor. Ich weiß nicht genau, was, aber sie sagten etwas von einem letzten Stein, den sie legen müssten, und einem Pentagramm, das sich dann schließen sollte. Und dass sie dann endlich dafür sorgen würde, dass die ganze Hexenbrut, die sich ihr widersetzt, aus L.A. verschwindet.« Für eine Sekunde sah er zum Havreux Tower hinüber, schaute wieder Ella an, die Hände zu Fäusten geballt. »Es hat mit ihm zu tun. Aber was immer es ist: Es kann nichts Gutes sein. Im Gegenteil. Nicht, wenn *sie* zu Alexander sagt, dass er dann endgültig *seine* Stelle als ihr Statthalter einnehmen wird. Und dass sie es bedauert, dass sie sich dann ein

anderes Spielzeug für ihr Bett und die ihrer Lieblinge suchen muss.«
Ungläubig sah Ella ihn an. Das konnte nicht sein. Er musste sich verhört haben. Das würde bedeuten … Nein! Sie konnte ihn doch nicht töten wollen. Plötzlich zitterten ihre Hände. Mikah schien es gar nicht zu bemerken. Er verzog den Mund. »Ja, schön dumm, nicht wahr? Aber wen interessiert schon, ob jemand wie ich zuhört? Wo soll ich schon hingehen? Wem könnte ich von solchen Dingen erzählen? Wer würde mir glauben? Die Menschen hier? Sie würden mich für verrückt halten. Oder mich bei ihr und ihren Lieblingen verpfeifen, wenn sie am Ende sogar zu ihren Handlangern gehören.«
Die Bitterkeit in seiner Stimme weckte zwei Dinge in ihr. Mitleid. Und Wut.
»Warum tust du das? Warum willst du ihm helfen?«
»Ganz abgesehen davon, dass ich es nur zu gern sehen würde, wie ihr jemand einen reinwürgt? – Er hat ein paar Dinge für mich getan, die …« Er schüttelte den Kopf, schob störrisch das Kinn vor. »Er ist da für mich. Das ist alles, was ich wissen muss.«
Ella gab vor, die Schärfe in seinem Ton nicht zu bemerken. ›*Wir sind ihre Huren.*‹ Mikah konnte nicht viel älter sein als siebzehn, allerhöchstens achtzehn. Sie mochte sich gar nicht vorstellen, wie er sich dabei fühlte. Bedeutete das, Christian hielt irgendwie die Hand über diesen Jungen?
»Warum sagst du mir das erst jetzt? Ich meine, wir haben uns schon ein paar Tage lang gesehen?«
Er wich ihrem Blick aus. Wieder stahl seine Hand sich zu seinem Ohrläppchen.
»Du warst nicht sicher, ob du mir trauen kannst.« Er starrte nur noch entschlossener auf den Boden. Natürlich. ›*Wir kennen uns nicht.*‹ Und nach dem, was er ihr erzählt hat-

te … Wie konnte er sich bei *irgendjemandem* sicher sein, dass er ihm vertrauen konnte? Vermutlich war Christian die einzige Ausnahme.
»Und warum traust du mir jetzt?«
Er sah auf. »Ich … ich habe … ich wollte … – *Sie* hat mich geschickt. Mit einer Nachricht.«
Mit einem scharfen Laut fuhr Ella zurück. »Was?«
»Sie hat gespürt, dass Sie in der Nähe sind; die Puppenspielerin. Fragen Sie mich nicht, wie. Sie wusste es.« Das Zucken an seiner Wange war wieder da. Deutlicher diesmal. »Ich soll Ihnen etwas ausrichten.« Er rieb sich über den Mund. »Ich soll Ihnen sagen: Wenn Sie ihr heute Nacht in der Zeit zwischen Mitternacht und Morgengrauen zu Diensten sind, gehört Kristen Ihnen. Ein kleines Geschenk, von Frau zu Frau. Sie gibt Ihnen ihr Wort, wenn Sie getan haben, was sie von Ihnen will, lässt sie Sie unbehelligt wieder gehen und ihn können Sie mitnehmen.«
Ella holte zischend Luft. »Das ist nicht dein Ernst.«
Sein Nicken wirkte gequält. »Sie weiß, dass er Sie liebt. Nach dem, was er getan hat, um Sie vor ihr zu beschützen … Und nachdem Sie in der letzten Zeit immer wieder hierhergekommen sind …« … dachte sie, dass auch Ella ihn liebte. Trotz allem, was er in dieser Nach auf dem Friedhof getan hatte. Ihr Magen war ein Klumpen aus Eis. Sie hatte dieser Dämonin ohne es zu merken in die Hände gespielt … *Thorens, du dumme Kuh! Er hat dich nie hierher mitgenommen. Warum wohl?* Der Junge räusperte sich leise. »Und das soll ich Ihnen auch noch sagen: Keiner der Menschen, die heute seit Sonnenaufgang in den Tower hineingegangen sind, hat ihn seitdem wieder verlassen. Und sie werden das auch nicht mehr tun. Aber sie lässt sie ebenso unbehelligt gehen wie Sie und ihn, wenn Sie

kommen und tun, was sie will. Ansonsten … wird sie jeden Einzelnen töten.«
Sie starrte ihn nur an. Hastig schüttelte er den Kopf. »Sie dürfen ihr nicht glauben! Das ist eine Falle. Ich habe doch gehört, wie sie gesagt hat, dass sie ihn braucht. Sie wird ihn nicht gehen lassen. Selbst wenn Sie zu ihr gehen und tun, was sie will: Sie wird ihn nicht gehen lassen. Und sie wird *Sie* auch umbringen.«
Eine Sekunde sagte Ella nichts, wusste sie nicht, was sie sagen sollte. Dann holte sie einmal tief Luft und stand auf. Was, wenn es keine Falle war …? *Ja, klar Thorens. Du willst tatsächlich dem Wort einer Dämonenfürstin trauen? Natürlich ist es eine Falle. Wofür auch immer sie dich braucht: Sie wird niemanden wieder gehen lassen. Dich nicht, Christian nicht, niemanden.* – Aber wenn es doch keine war? Es gab nur eine Möglichkeit. »Du musst mit mir kommen und das, was du gehört hast, ganz genau Alec MacCannan und den Mitgliedern seines Zirkels erzählen.«
Der junge Mann machte einen Schritt rückwärts. »Ich kann nicht.«
»Warum?«
Er hob das Hosenbein seiner Jeans gerade weit genug, damit Ella den schwarzen Ring an seinem Knöchel sehen konnte. So als sei das Antwort genug.
Verwirrt blickte sie ihn an. »Was ist das?«
»Meine Kette.« Ein bitterer Zug legte sich um seine Lippen. »Allein kann ich mich ohne *ihre* ausdrückliche Erlaubnis nur ein paar hundert Meter vom Tower entfernen.«
»Ihre? Lyreshas?«
Er nickte. Sein Mund verzerrte sich noch mehr.
»Was passiert, wenn du es doch versuchst?«

»Sie merkt es. Und bestraft mich dafür.«
Sein Tonfall verriet, dass er es schon einmal versucht hatte. Vielleicht sogar schon mehr als einmal. Und er sagte ihr auch ganz deutlich, dass sie nicht wissen wollte, wie die Strafe dafür ausgesehen hatte.
Dann musste sie eben Mac und die anderen hierherbringen. Sie würden nicht begeistert sein, wenn sie erfuhren, wo sie sich in den letzten Wochen immer wieder aufgehalten hatte. »Kannst du in zwei Stunden wieder hier sein?«
»Nein. Sie dürfen nicht wiederkommen. Verlassen Sie L.A., solange Sie es noch können. Das ist eine Falle. Sie wird ihn nicht gehen lassen. Niemals. Und die Menschen, die noch im Tower sind, auch nicht. Sie braucht sie als ...«
Er hielt abrupt inne, schloss den Mund hastig wieder, verschluckte den Rest des Satzes.
»Als was?«
Keine Antwort.
»Als. Was.?«
»Futter.« So leise, dass sie ihn kaum verstand.
Großer Gott. Wie viele Menschen befanden sich inzwischen im Havreux Tower? Hunderte? »Und wenn es doch keine Falle ist? Du sagst, sie braucht meine Macht ...«
»Es ist eine. Glauben Sie mir. Garantiert. Sie wird ihn nicht gehen lassen. Niemals. Und Kristen, er ... er würde nicht wollen, dass Sie ... seinetwegen ...«
»Was, wenn doch nicht?« Ella warf einen schnellen Blick zum Havreux Tower hinüber, sah ihn wieder an. »Was, wenn es doch keine Falle ist?« Es war eine. Der Junge hatte recht. Es war eine. Es *konnte* nur eine sein. – Aber sie konnte doch nicht einfach tatenlos dabei zusehen, wie vielleicht Hunderte von Unschuldigen starben. Wie *er* vielleicht starb. – Nein, sie konnte es nicht riskieren, dass es

vielleicht doch keine Falle war; dass sie die Möglichkeit hatte, wusste der Himmel wie viele Menschenleben zu retten – *ihn* zu retten –, und nicht hingehen. Wenn auch nur der Hauch einer Chance bestand, dass diese Dämonin es ernst meinte … Sie musste es zumindest versuchen. Wenn sie es nicht tat … Es würde sich anfühlen, als hätte sie jeden Einzelnen selbst umgebracht. Als hätte sie *Christian* selbst umgebracht. ›*Lauf!*‹ »Du würdest dieses Risiko auch eingehen, wenn du an meiner Stelle wärst.«

Sein Schweigen, wie er die Lippen zusammenpresste und für einen kurzen Moment ebenfalls zum Havreux Tower hinschaute, war Antwort genug.

»Ich rede mit Alec MacCannan. Du hast ja selbst gesagt, dass diese Dämonin Angst vor ihm und seinem Zirkel hat. Er wird mir helfen. Aber du musst ihm das alles auch noch einmal erzählen. Vielleicht kann er sich eher einen Reim auf das Ganze machen und hat eine Idee, wie man ihre Pläne vereiteln kann. – Gib mir zwei Stunden. Dann treffen wir uns wieder hier. Geht das? Kannst du noch einmal hierherkommen, in zwei Stunden?«

Mikah zögerte, nickte schließlich. »Kann ich. – Wieder hier an der Bank. Am Rand des Parks ist es zu gefährlich.« Er machte einen Schritt auf sie zu. »Aber Sie müssen mir versprechen, dass Sie wirklich nicht allein wiederkommen …«

»Okay.« So schäbig sie sich dabei vorkam: Sie hatte nicht vor, dieses Versprechen zu halten, wenn es sein musste.

Das Lächeln war ebenso schnell wieder verschwunden, wie es aufgeblitzt war. Er nickte ihr noch einmal zu, machte kehrt und ging schnell den Weg hinunter, den sie zuvor gekommen waren. Ella sah ihm nach.

›*Lyreshas Hure*‹. Wenn sie an das dachte, was der Junge ihr gerade erzählt hatte, wurde ihr noch immer übel. Es

erklärte vieles. Nur eines nicht: Wie passte sie in all das? *Er liebt Sie.* Verrückterweise glaubte sie ihm das. Aber da gab es noch dieses ›*Dass er sie für seine eigenen Zwecke benutzen wollte …*‹ Was hatte Kristen Havebeeg von ihr gewollt?
Mit einem Kopfschütteln verdrängte sie den Gedanken. Jetzt musste sie Mac und den anderen erst einmal von *ihrer* Nachricht erzählen und sie dazu bringen, ihr zu helfen. Entschlossen ging sie zu ihrem Wagen zurück.

37

Kristen Havebeeg blickte reglos zum Fenster hinaus. Die Hände nachlässig in den Taschen der schwarzen Lederhose vergraben. Scheinbar vollkommen entspannt. Scheinbar. Die Nacht war absolut klar. Der Himmel samtschwarz. Man hätte Sterne zählen können. *Heute Nacht.* Irgendwie schaffte er es, die Geräusche hinter sich auszublenden. Das Gelächter, das Grunzen und Stöhnen – Letzteres nicht immer nur vor Lust –, das Klirren von Glas gegen Glas. Fünf von Lyreshas ›Kleinen‹ beschäftigten sich ganz besonders mit den beiden Dummköpfen, die heute Nacht die Opfer geben würden. Und die immer noch nicht begriffen, warum ihnen diese besondere ›Aufmerksamkeit‹ zuteilwurde. *Heute Nacht.* Aaron hielt sich abseits. Kristen verzog den Mund. Natürlich. Wie immer. Nicht, dass er versehentlich noch Teil dieser Orgie wurde.
Über allem thronte Lyresha. Ohne bisher Hand an ihn gelegt zu haben. Sah man von der ein oder anderen Gelegenheit ab, bei der sie ihm zu Beginn des Abends die Zunge in den Hals gesteckt hatte. Ansonsten hatte sie ihn in Ruhe gelassen. Und ihn anscheinend auch für ihre Kleinen als ›Tabu‹ erklärt. *Heute Nacht.*
Mikah war vor knapp zehn Minuten mit einer jungen Hexe von dieser ›intimen Party‹ verschwunden. Wenn er klug war, vögelte er die kleine Schlampe, bis sie befriedigt einschlief, und genoss dann die letzten Stunden, die L.A. in dieser Form noch blieben, irgendwo im Freien. Vielleicht oben auf der Dachterrasse?

Heute Nacht also. Er hätte den Jungen gerne aus der Stadt gebracht. Irgendwie. Und Ella … Auch heute war seine kleine Ärztin wieder in dem Park auf der anderen Straßenseite gewesen. Warum zum Teufel hatte sie das Jobangebot aus Europa nicht angenommen? Er war eigentlich der Meinung gewesen, dass er dafür gesorgt hatte, dass es mehr als interessant für sie war. Finanziell *und* fachlich. – Nun, dass sie noch immer in L.A. war, ließ sich nicht mehr ändern. Wie so vieles nicht. Kristen verlagerte das Gewicht ein klein wenig. Der hünenhafte Wandler, der ihm am nächsten war, beobachtete ihn sofort noch wachsamer, als er es die ganze Zeit schon getan hatte. Kristen widerstand nur mit Mühe dem Verlangen, ›Buh!‹ zu sagen. Sie hielten ihn seit jener Nacht für verrückt. Und deshalb für noch unberechenbarer und gefährlicher, als sie es schon davor getan hatten. Er war es. Ein Stück weit. Sie hatte etwas zerbrochen. Im Moment mochte es ihm gutgehen. Aber er spürte schon wieder diesen leisen, ziehenden Kopfschmerz, der meistens einen seiner ›Anfälle‹ ankündigte. Es war ihm heute so gleichgültig wie jeden Tag seitdem. Manchmal fühlte es sich geradezu gut an, den Schritt auf diese zerbrochene Seite zu tun. Wegdriften zu können. Ihnen ins Gesicht zu lachen. – Es hatte nichts geändert. Nur, dass er jetzt mehr oder weniger Tag und Nacht in der Gesellschaft seiner drei Aufpasser zubrachte.

Ein Räuspern lenkte seinen Blick vom Fenster weg zu Aaron, der ihm zunickte. Es war also soweit. Für eine Sekunde sah er noch einmal in die Nacht hinaus, ehe er sich endgültig umwandte und am Rand der Orgie entlang zur Tür ging. So viele ihrer ›Kleinen‹ ihn auch begehrlich dabei beobachteten: Keine rührte sich.

An der Tür erwarteten ihn Marish und Aaron bereits. Offenbar würden die beiden Dummköpfe erst später ›zu ihnen

stoßen‹. Lyresha verschwand gerade ein Stück weiter den Korridor entlang hinter den Türen zu ihrem ›Heiligtum‹. Wortlos folgte er ihr.
Die Macht des letzten Steins waberte ihm entgegen. Auch allein noch stark genug, um sich anzufühlen, als hielte ihm jemand eine brennende Fackel direkt über die Haut.
Noch immer schweigend durchquerte er auch diesen Raum, trat wie zuvor ans Fenster und sah in die Nacht hinaus. Für den Moment war er nur Statist.
Lyreshas Spiegelbild erschien neben seinem in der Fensterscheibe. Ohne Eile drehte er sich zu ihr um. Sie hielt ihm einen schmalen Kristallkelch hin, der vage Ähnlichkeit mit einer Sektflöte hatte, zur Hälfte mit etwas gefüllt, das auf den ersten Blick wie Weißwein aussah. Nicht, dass der Inhalt auch nur im Entferntesten etwas mit ›Wein‹ zu tun gehabt hätte.
Heute Nacht.
»Trink!«
Wenn er sich weigerte, würde er das Unvermeidliche nur hinauszögern, nicht aufhalten. Er nahm ihr das Glas ab, ließ die Flüssigkeit darin kreisen. Roch daran. *Sieh an, sieh an.* Mit einem süffisanten Lächeln hielt er es in die Höhe, betrachtete das Funkeln, mit dem das Licht hindurchschien. »Willst du mich jetzt schon vergiften?«
»Wie kommst du nur auf solche Gedanken, Kristen?« Gemächlich schlenderte sie zu dem Lesepult hinüber, auf dem der Zweite Codex lag. *Heute Nacht.* Sie würde ihn brauchen.
Ja, wie nur. – Gut möglich, dass er heute Nacht endlich nahe genug an ihn herankam. Jetzt. Wo es für ihn zu spät war.
»Nicht vergiften, Kristen.« Die Finger wie liebkosend auf dem dunklen Einband, sah sie ihn wieder an. »Nur ein bisschen … zähmen.«

Sein Lächeln wurde spöttisch. »Zähmen. – Natürlich.« Der Bannfluch mochte ihn daran hindern, seine Macht in vollem Umfang zu benutzen – er verhinderte aber auch, dass *sie* an sie herankam. Nur musste sie heute Nacht genau das. Und sie kannte ihn gut genug, um zu wissen, dass er diese eine, letzte Chance nutzen würde, wenn sie ihm die Gelegenheit ließ.

»Trink!« Ihr Ton war unwillig geworden.

»Wie meine Herrin befiehlt.« In einem ironischen Salut hob er das Glas, dann kippte er den Inhalt in einem Zug hinunter.

Die Flüssigkeit grub sich wie ein glühendes Eisen in seine Eingeweide.

Mit einem Keuchen krümmte Kristen sich vornüber, presste die Hände in seinen Magen, fiel auf die Knie.

Glas splitterte.

38

Die Lobby des Havreux Tower glich einem Bienenstock. Und es schien niemandem aufzufallen, dass es jenseits der Türen und Fenster schon lange Nacht war. Hätte sie noch mehr Beweise gebraucht?

Ellas Herz pochte in ihrer Kehle, während sie sich umsah. Natürlich war der Junge, Mikah, nicht mehr da. Weil sie dank Mac und den anderen nicht zum vereinbarten Zeitpunkt zurück war.

»Mikah Grigorijou ist tot. Man hat seine Leiche schon vor fast einem halben Jahr bei San Francisco aus dem Meer gezogen. Der Bursche ist ein Hochstapler. Die ganze Geschichte eine einzige Lüge.« Mac hatte sich geweigert, sie hierher zurückkehren zu lassen. *»Selbst wenn sie Havebeeg gehen lässt. Der Mann ist es nicht wert, dass du dein Leben riskierst. – Vor allem nicht auf ein bloßes ›Vielleicht‹ hin.«* Geschweige denn, dass er bereit gewesen wäre, sie mit den anderen zusammen zu begleiten. *»Ich werde nicht sehenden Auges in eine Falle laufen! – Denn genau das ist es. – Und ich werde auch nicht zulassen, dass du das tust! Ob es dir gefällt oder nicht.«* Oh, er hatte sie vielleicht nicht allein in ein Zimmer gesperrt, aber er hatte ihr trotzdem nicht erlaubt, sein Loft zu verlassen. Auch nicht, um – vorgeblich – in ihr eigenes kleines Apartment zurückzukehren. Sein Lächeln hatte ganz klar gesagt: ›Für wie dumm hältst du mich?‹

Sein Pech war, dass sie sich damals, nach der Zeit mit ihrem Vater, geschworen hatte, sich nie wieder, von niemandem und aus welchen Gründen auch immer, einsperren zu lassen. Und dass die Feuerleiter sich direkt neben dem Fenster seines Badezimmers befand. Er hatte ihr ja kaum verbieten können, zur Toilette zu gehen. Zu ihrer eigenen Verblüffung hatte es ihr nicht wirklich viel Mühe bereitet, den Bann zu brechen, der das Fenster verriegelt hatte. Vielleicht weil er mit ziemlicher Sicherheit eher dazu bestimmt war, ungebetene Besucher *draußen* zu halten?

Ihr war klar gewesen, dass ihr Verschwinden Mac auffallen musste – auch wenn er am Herd stand und letzte Hand an sein Stew legte. Entsprechend hatte sie nicht viel Vorsprung gehabt. Aber genug, um zu ihrem Wagen zu laufen und zum Havreux Tower zurückzufahren. Dabei konnte sie noch nicht einmal sagen, ob er – oder einer der anderen – sie tatsächlich verfolgte. Sie hatte zumindest nichts dergleichen bemerkt.

Natürlich war sie viel zu spät.

Langsam löste sie sich von der Drehtür und durchquerte die Lobby. Keine Spur von ›Mikah‹. – Oh ja, Mac *hatte* es geschafft, Zweifel zu säen. Aber nicht genug. – Wieder erschütterte ein leichtes Beben die Erde. Es war wie eine Bestätigung. Auch wenn es zu schwach war, um jemanden, der schon lange in L.A. lebte, wirklich zu beunruhigen: Es *war* da. Und dennoch schien keiner der Männer und Frauen um sie herum es wahrzunehmen.

Die Hände zu Fäusten geballt, ging sie auf den Empfang zu. Und versuchte, sich ihre Nervosität nicht anmerken zu lassen. Oder war es Angst? Ihr Blick wanderte immer wieder nach links, zu einer ausladenden Freitreppe aus schwarzem Marmor, die offenbar in einen ganz anderen Teil des Gebäudes führte. In den Schatten darum herum waren ... Dinge, die alles zu sein schienen, nur nicht freundlich. Sie wirkten seltsam ... unruhig. Fast ... erwar-

tungsvoll. Und gierig. Wie ein Rudel bösartiger Hunde, das darauf wartete, von der Leine gelassen zu werden. Heute.
Das Beben war stärker geworden, wenn auch noch nicht besorgniserregend. Noch immer schien es niemand zu bemerken. Gerade hob der Boden sich wieder ganz leicht unter ihren Füßen.
Die junge Frau hinter dem Empfang sah von ihrem Computer auf und lächelte. »Was kann ich für Sie tun, Ma'am?«
»Ich habe eine Verabredung mit ... Mikah Grigorijou.«
»Mikah Grigorijou. Einen Moment bitte.« Die Frau gab den Namen ein ... und runzelte die Stirn. »›Grigorijou‹, sagen Sie? G-r-i-g-o-r-i-j-o-u geschrieben?«
»Ich denke, ja.«
Ein Kopfschütteln. »Es tut mir leid, Ma'am, aber hier arbeitet niemand mit diesem Namen. Sind Sie sicher, dass ...«
Die beiden Hünen standen wie aus dem Boden gewachsen rechts und links neben Ella. Sie konnte nicht verhindern, dass sie zusammenzuckte. Schlagartig war der Blick der Empfangsdame leer. So, als hätte Ella von einer Sekunde zur nächsten aufgehört zu existieren.
»Sie sind die Puppenspielerin?« Der Rechte maß sie von oben bis unten.
»Ja.« Sie gab seinen Blick kühl zurück.
Er zögerte, nickte dann. »Sie sind spät. Sie werden schon erwartet.« Eine kurze Geste zum Treppenaufgang. »Wir sollen Sie zur Fürstin bringen. Hier entlang.« Er machte kehrt und marschierte los, vor ihr her. Eine Sekunde überlegte Ella, ob sie sich weigern sollte. Doch dann folgte sie ihm. Was würde es ihr bringen? Nichts. – Trotzdem huschte ihr Blick ganz kurz zu der gläsernen Drehtür zurück.
Der zweite Hüne hinter ihr grinste verächtlich.

Anstatt auf die marmorne Freitreppe hielt der Kerl vor ihr auf das normale Treppenhaus zu, dessen Zugang ebenfalls auf der linken Seite der Halle lag. Genauso wie die Fahrstühle. Wieder zitterte der Boden kaum merklich. Im Gegensatz zu allen anderen schienen ihre beiden Begleiter es allerdings zu spüren. Auch wenn sie dennoch einfach weitergingen.

Mit jedem Schritt klopfte Ellas Herz heftiger in ihrer Kehle, wurde ihr Mund trockener. *Eine Falle. Das hier ist eine Falle. Eine elende Falle …* Sie brachte die zischelnde Stimme in ihrem Kopf zum Schweigen. Gut möglich, dass es eine war … Sehr wahrscheinlich sogar. Aber konnte sie das Risiko eingehen, dass es vielleicht doch keine war?

Der Hüne vor ihr stieß die Tür auf und bedeutete ihr mit einem Kopfnicken, hindurchzugehen, wobei er offenbar darauf achtete, dass sie ihm nicht zu nahe kam. Als hätte er Angst, dass sie ihn berühren könnte. Und sei es auch nur versehentlich.

Im ersten Moment war die zweite Treppe neben den Betonstufen des normalen Treppenaufgangs nur verschwommen zu sehen. Doch als Ella darauf zuging, wurden ihre Konturen mit jedem Schritt schärfer. Senkrecht schien sie in die Wand hinein und steil nach unten zu ragen. Das Licht war trüb. Fahl. Die Luft, die ihr entgegenschlug, schmeckte auf seltsame Art … bitter. Etwas wie … Moos kroch zu beiden Seiten der Stufen über die Wände, bedeckte die äußeren Ränder der Tritte. Moos, das sich … bewegte, aus den Rissen zu quellen schien, die sich durch die Mauer fraßen. Und immer mehr wurden. Allein der Anblick weckte einen unerklärlichen Ekel in ihr.

Der Hüne schob sich an ihr vorbei … Und Ella sog mit einem scharfen Laut den Atem ein. Er war kein Mensch, sondern ein … Werwolf. Ebenso wie der Zweite. Aber diese beiden sahen nicht aus wie der Junge im Park in der Gestalt eines zu groß geratenen Wolfs. *Sie* ähnelten diesen Hybridkreaturen, wie sie in Horrorfilmen ihr Unwesen trieben. *Sie* hatten einen Wolfsschädel auf einem fellbedeckten Menschenkörper. Mit Klauen statt Händen. Und mörderischen Reißzähnen. Die der vor ihr gerade in einem höhnischen Grinsen entblößte. Bevor er sich umdrehte und einfach weiterging, die Stufen hinunter.

Ella hatte keine andere Wahl, als ihm zu folgen. Vorsichtig darauf bedacht, dem ›Moos‹ nicht zu nahe zu kommen. Stufe um Stufe um Stufe, Stockwerk um Stockwerk. Und mit jedem Schritt schien der bittere Geschmack in der Luft schärfer zu werden, schien das Licht an Kraft zu verlieren – während die Schatten immer massiger in den Ecken hingen.

Doch nichts hatte sie auf das vorbereitet, was ihr am Ende der Stufen entgegenschlug, sie sich beinah krümmen ließ, ihr ein Würgen in die Kehle trieb, das sie kaum beherrschen konnte. Es war, als wäre sie in eine Mauer aus zähem Eis gelaufen. Jede Faser ihres Körpers zog sich in dem jähen Schmerz zusammen. Sie spürte, wie sie taumelte, weiter hinein in die Kälte, im ersten Moment unfähig zu atmen, fing sich im letzten Augenblick, ehe sie gegen die mit Schatten und Wabern überzogene Betonwand dahinter stolperte, schluckte hinunter, was den Weg von ihrem Magen zurück in ihren Mund gefunden hatte, und kam wankend zum Stehen. Keuchend. Mit wild rasendem Herzen. Einer ihrer beiden ›Begleiter‹ wies nach links. Das, was sich da hinter dem geradezu lächerlich normal wirkenden Rahmen einer Feuerschutztür erstreckte, erinnerte sie an eine mächtige Felshöhle. Deren Decke weit höher zu liegen schien, als die Treppen oder die Eingangshalle des Havreux Tower sich auch nur ansatzweise über ihr

befinden konnten. Mit Stalagmiten und Stalaktiten, die aus dem Boden ragten und von der Decke hingen und die teilweise sogar zusammengewachsen waren. Die gewaltigen Stahlträger und Betonsäulen dazwischen wirkten vollkommen fehl am Platz.
Metall und Beton waren an manchen Stellen wie mit Stein überwuchert. Als hätte die Kaverne sie – ebenso wie die Wände? – nach und nach unter sich begraben. Schatten und Schwärze wuchsen von der Decke, den Stalaktiten, rannen daran entlang, tropften herab wie zähes, dunkles Blut. Sammelten sich auf dem an manchen Stellen überraschend glatten Boden zu Pfützen, flossen zu kleinen und großen Lachen zusammen, liefen in Rinnsalen und Strömen auf die Spalte zu, die den Höhlenboden der Länge nach teilte. Einige schnell, geradezu reißend, andere träge, wie in Zeitlupe. Vermischten sich mit den Lachen, in denen die reglosen Körper von zwei jungen Männern lagen, versickerten an ihrem Rand … Ein Rand, schwarz, grau, der sich bewegte, Wellen schlug und wieder in sich zurückfiel. Und sich dabei immer weiter in den Boden hineinfraß, sich ausbreitete, den Stein brüchig werden ließ, wie Rost, der Metall zerfraß – im Zeitraffer. Ein Krebsgeschwür, das sich unaufhaltsam ausbreitete.
Neben einem der Pfeiler kauerte ein Wolf, Mikah, die Ohren flach nach hinten gelegt, die Rute irgendwo zwischen den Hinterbeinen, starrte sie mit weit aufgerissenen Augen an, einen Maulkorb über der Schnauze, angekettet …
Zu beiden Seiten der Spalte standen *sie* und dieser Aaron. Nahezu reglos. Er hatte den Kopf in den Nacken gelegt, bewegte die Lippen in einem lautlosen Murmeln, die Hände wie im Gebet halb erhoben. Und sie … Ihr Lächeln hatte etwas Grausames, Zufriedenes. Mit den Fingerspitzen ihrer Linken fuhr sie immer wieder über die Seiten eines alter-

tümlichen Folianten, den sie aufgeschlagen in der Rechten hielt. Ihre Augen waren unverwandt auf die Spalte gerichtet, auf einen Betonpfeiler, der wie eine Brücke zwischen ihr und Aaron über die immer weiterwuchernde Schwärze lag, und auf dem ... – Christian. Sein Oberkörper war nackt. Rote Linien zogen sich über seine Haut. Über seiner Hüfte kniete eine platinblonde Schönheit, fuhr mit den Händen über seine Rippen, die Flanken; rieb sich an ihm, bäumte sich auf ihm auf, strich sich über ihre Brüste, die Kehle ... während er vollkommen reglos blieb. Seine Arme waren zu beiden Seiten ausgestreckt, ragten über die Ränder des Pfeilers, hingen ins Leere. Blut rann darüber, tropfte von seinen Handgelenken und Fingern in die Tiefe. Erst als die Frau sich wieder aufrichtete, sah Ella das Messer in ihren Händen ... Sie zog es ihm mit einer schnellen Bewegung über die Brust. Ella schrie auf. Keine Linien, Schnitte! Christian zuckte in die Höhe, wie von unsichtbaren Fäden emporgerissen, wie jemand, dessen Herz man mit einem Elektroschock wieder zum Schlagen bringen wollte. Fiel zurück. Sein Kopf rollte zur Seite, die Augen einen Spaltbreit geöffnet ... Selbst von hier aus wirkten sie leer, leblos. Großer Gott, was hatten sie mit ihm getan? Sie hatte einen Schritt vorwärtsgemacht, ehe sie es selbst merkte. Und blieb wieder stehen, als ihr die Bewegung bewusst wurde.
Bei ihrem Aufschrei hatte die Dämonenfürstin sich umgedreht. Jetzt hob sie die Hand, winkte sie nur mit einem kaum sichtbaren Krümmen der Fingerspitzen heran. Wieder bebte die Erde. Ein Riss erschien an der Decke über ihnen. Einer der beiden Werwölfe warf einen hastigen Blick nach oben, legte die Ohren zurück, duckte sich, ließ einen Laut hören, der beinah wie ein Winseln klang. Der Zweite packte sie am Arm, zog sie vorwärts – noch immer darauf bedacht, nicht ihre bloße Haut zu berühren –,

versetzte ihr einen kleinen Stoß, damit sie weiterging. Und er sie wieder loslassen konnte.

Sie hatte sich ihr gänzlich zugewandt. Schlug jetzt das altertümliche Buch zu. »Sieh an, sieh an. Die Puppenspielerin.« Geradezu gelangweilt glitten ihre Augen über Ella.

»Christian ...« Sie konnte den Blick nur mit Mühe von ihm und der blonden Hexe losreißen. »Was ... was habt ihr mit ihm gemacht?«

»Oh, nichts Schlimmes. Er ist am Leben, oder? Noch zumindest. Ich habe nur dafür gesorgt, dass er mir seine Macht überlässt, ohne mir dabei ins Handwerk zu pfuschen.« Ein kaum sichtbares Kopfschütteln, geheuchelt bedauernd. »Du kommst spät, meine Liebe. – Zu spät.«

Ella schluckte. Drückte den Rücken durch. Nahm die Schultern zurück. Noch nie in ihrem Leben war es ihr so schwer gefallen. »Ich wurde aufgehalten. Aber jetzt bin ich hier. – Sag ihr, sie soll aufhören, und lass ihn gehen. Und die Menschen oben im Havreux Tower auch.«

»Ja, das sehe ich. Und wie ich sehe, allein. Wie schade. – Aber wie *du* siehst, haben wir schon angefangen.«

»Wir hatten eine Abmachung!« Ihr Magen war ein harter, brennender Klumpen.

»Hatten wir das? Nun, ich würde sagen, nachdem du zu spät bist, gilt sie nicht mehr. Wie bedauerlich für dich.«

»Man kann jedes Ritual abbrechen, wenn man will.«

Ein abfälliges Schnalzen. »Ich will aber nicht. Und vor allem: Warum sollte ich? Deinetwegen?«

»Ich dachte, du wolltest meine Macht?«

Die Dämonin lachte. »Die unbedeutende Macht einer kleinen Puppenspielerin? Ich bitte dich. Sie ist nichts im Vergleich zu dem, was in Kristen schlummert.« Also war es tatsächlich so, wie Mac gesagt, wie der Junge gesagt hatte: eine Falle. Gemächlich kam sie auf Ella zugeschlendert, das Buch nachlässig unter dem Arm. Die blonde Schönheit kauerte über Christian, die Hände auf seine Brust gestemmt, sah zu ihnen her, so als wartete sie auf ein Zeichen, weiterzumachen. Ihr Haar floss bis auf den Stein unter ihm. »Deine Macht ist für mich absolut uninteressant.« Ein Lächeln erschien auf ihren Lippen. »Dein Blut – vielleicht. Eine nette kleine – wie sagt ihr Menschen? Ach ja: eine nette kleine Zugabe. Ein … Snack. Aber mehr auch nicht.« Ebenso gemächlich begann sie um Ella herumzuschreiten. »Nein. Du bist aus einem anderen Grund hier.« Die beiden Werwölfe wichen zurück, machten ihr hastig Platz. »Niemand nimmt mir weg, was mein ist. Niemand.« Ihre Fingernägel strichen über Ellas Schulter. »Und schon gar keine dahergelaufene kleine Menschenschlampe.« Die Berührung wanderte über ihre Schulterblätter, weiter zur anderen Schulter, auf ihre andere Seite.

»Er gehört dir nicht.« Entschieden wandte sie sich um, trat ihr in der Bewegung entgegen.

»Ach? Bist du dir da so sicher?« In geheuchelter Überraschung riss sie die Augen auf. »Und warum tut er dann, was immer ich von ihm verlange? Vögelt jede Frau, zu der ich ihn schicke. Und jeden Mann. Oder lässt sich vögeln.«

›*Wir sind ihre Huren.*‹ *Großer Gott.* Sie gluckste leise. »Oh nein, Puppenspielerin. Er gehört mir. Mir ganz allein. Seit 800 Jahren. Ich kann mit ihm machen, was ich will.« Ihr Blick wurde schmal. »Aber deinetwegen hat Kristen sich gegen mich gestellt. Nur deinetwegen. Und dafür wirst du bezahlen, Puppenspielerin.« Wieder ein Lächeln. »Nur deshalb bist du hier.« Die Bewegung, mit der sie den Kopf schief legte, hatte beinah etwas Unschuldiges. »Und vielleicht als Köder für deine Hexer-Freunde.«

»Sie werden nicht kommen.« *Herr im Himmel, bitte, mach, dass Mac und die anderen nicht hierherkommen!*

»Bedauerlich. – Aber was dich angeht, letztlich auch ohne Bedeutung.« Ein kurzes Nicken zu den Werwölfen hinter ihr. »Aaron wird sich um dich kümmern. Wir haben deinetwegen schon genug Zeit verloren.« Der Schlag ins Gesicht kam so plötzlich, dass Ella keine Chance mehr hatte auszuweichen. Beförderte sie rücklings in die Arme der Werwölfe. Sie würgte vor Schmerz. Spürte Blut unter ihrer Nase. Taumelte im ersten Moment blindlings vorwärts, als die beiden Hünen sie mit sich zerrten, stemmte sich erst nach zwei, drei unsicheren Schritten gegen sie, trat nach ihnen, versuchte sich loszureißen. »Nein …« Einer der beiden lockerte seinen Griff, schien zurückweichen zu wollen. Etwas schlang sich um ihre Handgelenke, riss sie zusammen, presste sie gegeneinander, schnitt in ihre Haut. Qual explodierte hinter ihrer Stirn, fraß sich in ihren Geist, ihre Gabe, ließ sie abermals aufschreien, in die Knie gehen.

»Dummköpfe! Sie wird ihre Gabe nicht gegen euch einsetzen. Dazu hat sie zu viele Skrupel.« *Ihre* Stimme klang wie durch Watte gedämpft. Der Schmerz hing noch immer in ihrem Inneren, ihrem Verstand. Betäubend, lähmte sie. Ella keuchte, wand sich in den unsichtbaren Fesseln … sie zogen sich nur noch härter zusammen, gruben sich tiefer. *Ihr* Tonfall wurde spöttisch. »Selbst wenn sie das jetzt noch könnte. – Und jetzt schafft sie endlich zu Aaron.«

Die beiden Werwölfe kümmerten sich nicht mehr um Ellas Gegenwehr, schleiften sie über den Boden, um das Ende der Spalte herum, keine fünf, allerhöchstens sechs Meter an Christian vorbei. Die blonde Hexe hatte sich tiefer über ihn gelehnt. Mit der Zunge strich sie ihm über die Brust, leckte ihm das Blut von der Haut, langsam, genüsslich, beobachtete Ella dabei aus dem Augenwinkel heraus, lächelnd, herausfordernd. Glitt mit der Zunge um seine

Brustwarze, saugte daran. Sein Kopf fiel ein Stück weiter in den Nacken. Ella glaubte, ihn stöhnen zu hören, während die andere weiter über seine Brust leckte, aufwärts bis zu seiner Kehle, gemächlich, noch immer lächelnd, noch immer Ella im Blick. Eine Hand zwischen ihm und ihr, dort, wo ihre Körper sich berührten; offenbar streichelte, rieb. Wieder ein Stöhnen. Sie wollte wegsehen – und konnte es nicht. Ein Stoß warf Ella auf die Knie. Direkt in eine Lache aus Blut. Sie versuchte sich abzustützen. Ihre Hände fassten in Stoff, noch mehr Blut ... eine der beiden Männerleichen. Mit einem entsetzten Ächzen fuhr sie zurück, prallte gegen jemanden, der plötzlich neben ihr war. Die blonde Hexe fasste Christian am Kinn, drehte seinen Kopf herum, so dass er zu ihr herübersah, beugte sich ganz dicht zu ihm, sagte etwas in sein Ohr. Keine Reaktion. Seine Augen waren noch genauso leer. Der Blick der Hexe ging zurück zu Ella. Mit demselben herausfordernden Lächeln wie zuvor leckte sie über seine Wange. Und zog ihm dabei die Spitze ihres Messers ganz langsam über den Oberarm abwärts bis zur Ellenbeuge. Ein Schaudern lief durch seinen Körper.
Ekel zog Ellas Magen zusammen. »Christian! Christian, bitte ... Wach auf, verdammt!«
»Er hört dich nicht.« Ihr Kopf flog zu der Stimme herum. Dieser ›Aaron‹ stand direkt vor ihr. »Und er kann dir auch nicht helfen. Der gute Kristen ist im Moment genauso hilflos wie du. Dabei kriegt er es noch nicht einmal mit. Was ich sehr schade finde.« Er beugte sich zu ihr herab, lächelte. »Hallo, Herzchen.« Die Bewegung mit dem Dolch war blitzschnell. Mehr aus Reflex riss sie die Arme in die Höhe. Die Klinge war scharf wie ein Rasiermesser, schnitt in ihre Handflächen. Ella schrie. Von dem Wolf kam ein Aufheulen. Das zu einem Jaulen wurde. Der Boden hob und

senkte sich. Nur halb sah Ella die Bewegung der blonden Hexe, wie Christian erneut von dem Betonpfeiler hochzuckte. Die beiden Werwölfe waren zurückgewichen. Weg von der Spalte, weg von dem Blut. »Du hast aber nicht wirklich geglaubt, dass sie dir einen Handel anbietet, oder? Ihn dir überlässt? *Ihn.* Dachtest du wirklich, sie gibt ihr Lieblingsspielzeug her? Einfach so? Sie hat noch heute den gleichen Narren an ihm gefressen wie damals. Außerdem braucht sie ihn doch hierfür. Das war schon immer der Plan. Und er hat es gewusst. Die ganze Zeit.« Ein weiterer Schnitt. Diesmal quer über die Schulter. Wieder schrie sie. Der Laut endete in einem Schluchzen. »Christian, bitte …« Sie konnte nicht anders. Auch wenn es sinnlos war. »Wach auf. Bitte …« Er rührte sich nicht. Obwohl sein Blick immer noch auf ihr hing. Er war der Einzige, der ihr hätte helfen können. Aber er konnte es nicht. Aaron griff in ihr Haar, zog ihren Kopf in die Höhe und in den Nacken. Das Messer glitt über ihren Kiefer, ihren Hals abwärts. Nicht tief genug, um Schaden anzurichten. Trotzdem wimmerte sie. Wieder bewegte sich der Boden. *Sie* stand auf der anderen Seite, beobachtete sie, Aaron. Wie zuvor lag ihre Hand auf den Seiten des Buches. Über Ella murmelte Aaron etwas, Worte, die sie nicht verstand. Das Blut um sie herum schlug Wellen. Der nächste Schnitt zerteilte ihre Bluse. Sie schrie erneut, krümmte sich, stützte sich mit den Händen irgendwo ab, wieder Stoff, wieder der Körper des Toten, rutschte ab, tauchte in Blut. »Schade um dich, Puppenspielerin.« Wie zuvor zog Aaron ihren Kopf an den Haaren nach hinten, sah ihr in die Augen. »Wenn er dich für sie eingebrochen hätte, hätte sie dich vielleicht sogar an seiner Stelle behalten. Mit jemandem wie dir lässt sich vieles leichter regeln …« Er setzte das Messer unter ihrem Ohr an. Es war das Lächeln in seinen Mundwinkeln, das

ihren Verstand aussetzen ließ. – Oder sie vielleicht auch zur Besinnung brachte. »Wie gesagt: Schade …« Sie riss den Arm hoch, stieß ihm den Ellbogen so hart sie konnte in den Schritt. Der Winkel war schlecht. Sie erwischte ihn nicht richtig. Und trotzdem genug, um ihn in die Knie gehen zu lassen. Würgend und keuchend. Hastig kroch sie von ihm weg. Er ächzte Unverständliches … Etwas drückte Ella auf den Boden, nahm ihr den Atem. Spöttisches Gelächter klingelte in ihren Ohren. Die Blonde. Christian sah noch immer zu ihr. Eine feine Linie zwischen den Brauen.
»Christian …« Sie stöhnte seinen Namen nur. Zu mehr hatte sie keine Luft. Die Linie vertiefte sich …
»Dreckige kleine Schlampe!« Aarons Tritt ließ sie sich krümmen. Sie wollte schreien und brachte keinen Ton heraus. »Miststück.«
»Aaron.« *Sie.* »Bring es zu Ende. Oder hast du vergessen, weshalb du eigentlich hier bist?«
Er stieß ein Knurren aus, zerrte Ella an den Handgelenken in die Höhe. Ließ ihr nicht den Hauch einer Chance, sich zu wehren. Die Klinge des Dolches in seiner Hand zielte direkt auf ihre Kehle. Irgendwie schaffte sie es jetzt doch zu schreien … Der Dolch klatschte vor ihr in die Lache aus Blut. Von einer Sekunde zur nächsten war sein Griff verschwunden. Sie hörte Aaron röcheln, spürte, wie er rückwärtstaumelte, warf sich herum, wollte von ihm wegkriechen – und erstarrte. In seiner Seite steckte ein Messer …
»Lauf! Raus hier, Ella!« Ein Brüllen.
Sie fuhr herum. Christian. Auf Händen und Knien kauerte er auf dem umgestürzten Betonpfeiler, schüttelte den Kopf wie jemand, der versuchte, zu sich zu kommen, presste die Lider aufeinander … Hinter ihm lag die blonde Hexe, beide Hände auf ihren Bauch gepresst, die Wunde darin …

»Chris-…«
»Raus hie-…« Das Wort endete in einem gequälten Aufschrei. Christian verkrampfte sich, krümmte sich vornüber. Sein würgendes Husten drang bis zu Ella.
»Auch wenn ich den Bannfluch gelockert habe, gehörst du immer noch mir, Kristen.« Lyresha. Auf ihren Zügen stand blanke Wut. Die Augen schmale Schlitze, sah sie ihn hasserfüllt an. Die freie Hand halb erhoben, die Finger zur Klaue gekrümmt. »Und du wirst nicht zunichtemachen, worauf ich seit Jahrhunderten hinarbeite.« Mit einem neuerlichen Schrei krümmte Christian sich noch weiter zusammen.
»Nein!« Ella versuchte, auf die Füße zu kommen, auf ihn zuzuwanken. Der Boden unter ihr verhinderte es, in dem er sich einmal mehr hob. Heftiger als zuvor.
»Lauf, Ella!« Wie gegen Zentnergewichte hob Christian den Kopf. »Verschwinde!« Er legte die Hand in eine Lache seines Blutes.
»Nein!« Hilflos schüttelte sie den Kopf.
Er bleckte die Zähne. »Verschwinde, sag ich!« Sein Gesicht war vor Schmerz und Hass, vor Anstrengung und Ärger verzerrt.
Die Augen weit aufgerissen, schüttelte sie abermals den Kopf. Selbst wenn sie gewollt hätte, sie hätte sich nicht rühren können. Wieder erzitterte die Erde.
»Geh!« Er spreizte die Finger, krümmte sich in der gleichen Sekunde ein weiteres Mal, schrie. Flammen schlugen aus dem Blut, schwarz und weiß zugleich. Rasten an ihm entlang wie Feuer auf Öl, fraßen sich in den Boden, hinein in das Schwarz und Grau … Irgendwie schaffte Ella es, aus der Blutlache herauszustolpern, fiel direkt wieder auf die Knie. Lyresha kreischte vor Zorn. Die Spalte bebte, stöhnte. Kristen warf den Kopf in den Nacken, schrie erneut auf –

und begann zu lachen. Leise zuerst. Dann immer lauter. Stand langsam auf. Unübersehbar verkrampft vor Schmerz. Zitternd. Die Hände zu Fäusten geballt. Und lachte. Der Laut zog Ellas Magen zusammen.
Ein Zischen von Lyresha. Christian zuckte zusammen, taumelte, stolperte von der Betonsäule herunter, ging halb in die Knie, richtete sich wieder auf. Die Flammen schlugen höher, brüllten. Der Boden hob und senkte sich jetzt in Wellen. Risse fraßen sich durch ihn hindurch, die Stahlträger knarrten und ächzten. Stalaktiten krachten von der Decke herab. Das Gelächter wollte nicht enden.
»Elender Bastard!« Lyresha fauchte wie eine Katze, stieß die Fingernägel in die Seiten des Buches. Die blonde Hexe war zu ihr hingekrochen, kniete wimmernd neben ihr. Die Hände noch immer auf ihrem Bauch. Blutüberströmt. Der Rand der Spalte brach weg.
Christians Lachen endete abrupt. »Nicht, solange ich lebe.« Wieder spreizte er die Finger.
»Nein!« Lyreshas Heulen übertönte die Geräusche, die aus dem Boden drangen. Sie taumelte. Die blonde Hexe duckte sich neben ihr. Betonbrocken hagelten von der Decke. Ella riss die Arme über den Kopf. Plötzlich waren ihre Hände frei.
Die Dolchspitze war unvermittelt unter ihrem Kinn. Sie keuchte vor Schreck. Eine Hand in ihrem Haar zerrte sie in die Höhe.
»Hör auf oder deine Puppenspielerin stirbt.« Aaron. Seine Stimme war nur ein Krächzen. Und trotzdem laut genug. Christian fuhr herum. Die Zähne wie zuvor gebleckt … und dann irrte sein Blick zu etwas hinter Ella, hinter Aaron. Der Dolch verschwand. Ein Ruck an Ellas Haar, sie schrie, folgte dem Ruck abwärts und halb herum … »Mac!«

Eben zog der seinen eigenen Dolch aus Aarons Nacken. »Niemand vergreift sich an einem Mitglied meines Zirkels …« Hinter ihm nagelte David einen der beiden Werwölfe gegen einen Stahlpfeiler. Von dem Zweiten fehlte jede Spur. Markus war damit beschäftigt, Mikah von der Kette zu befreien. Mac warf ihr einen bösen Blick zu, packte sie am Arm und zerrte sie auf die Füße. »… auch wenn sie es eigentlich nicht besser verdient hat.«

»Mac, ich …« Ein Aufschrei ließ Ella erneut herumfahren. Christian lag auf den Knien, die Arme um sich geschlungen, zitternd, wie von Krämpfen geschüttelt, den Kopf im Nacken. Der Schrei wurde gellender, ein Laut nackter Qual. Er krümmte sich vornüber, seine Stirn berührte den Boden.

»Christian …« Ein paar Meter neben ihm zersplitterte ein Stalagmit. Lyresha ging auf ihn zu. Lächelnd. Macs Griff an ihrem Arm wurde fester. Erschrocken schaute sie ihn an. »Was …?«

»Lass die beiden das untereinander ausmachen. Wenn wir Glück haben, machen sie sich gegenseitig den Garaus.«

Sie musste sich verhört haben. In einem der Betonpfeiler war plötzlich ein Spalt. »Was? Aber …« Die Qual wurde zur Agonie.

»Glaub mir, der Mistkerl hat es nicht besser verdient.«

Ella machte einen Schritt rückwärts, starrte ihn in unverhohlenem Entsetzen an. »Das ist nicht dein Ernst. Das … Nein!« Sie versuchte, sich aus seinem Griff zu winden.

Er zog sie näher an sich heran. Die Erde bebte immer heftiger. Ein Stahlpfeiler verbog sich. »Sei vernünftig …« Christians Schrei wollte nicht enden. »David bringt dich hier raus. Um den Rest kümmere ich …«

»Nein!« Mit einem Ruck machte sie sich frei, stolperte hastig aus seiner Reichweite.

»Ella, das …« Er versuchte, nach ihr zu greifen.

»Nein!« Sie wich weiter zurück, drehte sich um und rannte zu Christian hinüber. Der Boden bockte unter ihren Füßen, ließ sie taumeln, beinah stürzen. Mac brüllte ihren Namen. Krachend brach ein Stück der Spalte weg. Schwärze leckte aus ihr empor. »Christian …«
Er riss den Kopf in die Höhe. Seine Augen weiteten sich. »Nein! Lau-…« Das Wort endete in einem neuerlichen Schrei. Wieder krümmte er sich. Ella fiel neben ihm auf die Knie, wollte nach ihm greifen. Er schlug ihre Hand weg. »Geh!« Er keuchte, stöhnte, schrie erneut, am ganzen Körper zitternd. Blut rann ihm aus der Nase, über Kinn und Hals, vermischte sich mit dem auf seiner Brust. »Geh …«
Leises Gelächter ließ sie aufschauen. *Sie* stand nur ein paar Meter entfernt. Sah zu ihnen her. Noch immer lächelnd. »Ich habe dir gesagt, er gehört mir.« Mit einer Mischung aus Stöhnen und Ächzen krümmte Christian sich noch weiter vornüber. »Und daran wird sich auch nie etwas ändern. – Komm zu mir, Kristen!« Sie schnippte mit den Fingernägeln gegen das altertümliche Buch, das sie immer noch in den Händen hielt.
Er schüttelte den Kopf. Krächzte etwas, das Ella nicht verstand. Unwillen zuckte um Lyreshas Lippen. Der Laut, der diesmal aus seiner Kehle kam, war kaum noch menschlich. »Nein …« Wie zuvor explodierte der Schmerz hinter Ellas Stirn, sie schrie, hörte einen zweiten Schrei, sah Christian auf die Beine taumeln, nach Lyresha greifen, ihre Hand auf seiner Brust, sein Gesicht, das sich verzerrte, wie er zurück auf die Knie fiel, ihre Fingernägel in seiner Haut, direkt über dem Herzen, Blut … Blut … Sie sah ihre eigene Hand, ihre Finger, an Lyreshas Handgelenk. Nackte Haut auf nackter Haut. Sie zerrte sie von Christian weg. Weckte ihre Gabe. Anders als sonst. Da war ein Teil von ihr, der es nicht wollte. Der andere Teil tat es. Es war nicht schwer.

Der Boden schüttelte sich und stöhnte. Lyresha riss den Kopf herum, starrte sie an. Es fühlte sich falsch an und zugleich richtig. Und dabei hatte sie ihre Gabe niemals auf diese Art einsetzen wollen. Lyresha heulte, zerrte an ihrer Hand. Jemand brüllte ihren Namen ... Zerrte ... zerrte ... kreischte ... Sie ließ los ...

... alles geschah gleichzeitig. Ella bekam einen Stoß und wurde im gleichen Moment zurückgerissen. Der Boden bäumte sich heulend auf, brach. Sie sah Lyresha fallen, sah, wie Christian sich nach vorne warf, als wollte er sie festhalten. Hörte seinen Schrei. Betonbrocken lösten sich aus der Decke. Stalaktiten zersplitterten um sie herum. Dann war er über ihr, drückte sie mit seinem ganzen Körper zu Boden. Nur um sie in der nächsten Sekunde wieder in die Höhe zu zerren und gegen Mac zu stoßen, der sich eben seinerseits aufrappelte.

»Schaff sie hier raus!«, brüllte er über das Krachen und Ächzen des Fundamentes über ihren Köpfen, die Hand auf die Brust gepresst.

Macs Hand schloss sich um Ellas Arm, sein Blick ging an Christian vorbei, zu der Spalte im Boden. Wieder brach ein Stück in die Tiefe, die Schwärze fraß sich über ihren Rand. Immer weiter. Unaufhaltsam.

»Das kannst du nicht allein, Havebeeg«, schrie er in derselben Lautstärke dagegen.

»Was ich kann und was nicht, lass meine Sache sein, MacCannan.« Mit einem Fluch riss Kristen einen Arm über den Kopf, duckte sich vor einer Kaskade aus Staub und Betonbrocken, wich zurück, stolperte, ging in die Knie, fing sich im letzten Moment. Ein Eisenträger krachte zwischen ihnen hinab. Ella schrie auf. Mac packte sie am Arm, zerrte sie zurück. »Schaff sie aus dem Gebäude! Und nimm den Jungen mit!« Noch mehr Beton und Stahl von oben zwangen Christian dazu, weiter zurückzuweichen, den Arm immer noch halb über dem Kopf. »JETZT!«

Verzweifelt stemmte Ella sich gegen Macs Griff. »Christian, nein!«

Er schüttelte den Kopf, wies mit einer brüsken Bewegung zum Ausgang der Kaverne. »Geh!«

Mac ließ ihr diesmal gar keine andere Wahl, als genau das zu tun. Sosehr sie sich auch dagegen sträubte. Er schleifte sie einfach vorwärts. Vorbei an ganzen Bruchstücken des Fundaments. Zwischen denen verdreht die Leiche der blonden Hexe lag. Und ein Stück weiter Aarons.

David hatte Mikah im Genick und schob ihn vor sich her. Ohne sich darum zu kümmern, dass er sich wild wehrte. Die Zähne gebleckt. Aus einer Platzwunde lief ihm Blut übers Gesicht.

Abermals stemmte Ella sich gegen Macs Griff, warf einen hilflosen Blick zurück. Christian stand neben der Spalte, die Hände halb erhoben, die Finger zu Klauen gekrümmt, starrte in die Tiefe. Ein Ruck. Sie taumelte gegen Mac, prallte gegen seine Brust. »Lass mich …« Ihre Stimme kippte.

»Vergiss es! Komm schon!«

Mac zerrte sie aus der Höhle und die Treppe hinauf. Risse fraßen sich unaufhaltsam durch den Beton um sie her. Klafften immer weiter auseinander.

39

Der Havreux Tower war mit der Präzision einer professionellen Sprengung senkrecht in sich zusammengestürzt.

Nach Annahme der Feuerwehrleute mussten die beiden riesigen ›Stein‹-Sphinxen vor dem Eingang unter der Druckwelle regelrecht pulverisiert worden sein. Zumindest fehlte von ihnen jede Spur.

Umso mehr erschien es wie ein Wunder, dass die umliegenden Gebäude nicht weiter in Mitleidenschaft gezogen worden waren. Sah man einmal von der schwarz-zähen, fast schmierigen Staubschicht ab, die alles in weitem Umkreis bedeckte, oder der ein oder anderen durch umherfliegende Trümmerbrocken zerschmetterten Scheibe.

Worte wie ›Nine-Eleven‹ und ›Terroranschlag‹ geisterten von Mund zu Mund und tauchten immer wieder in den Live-Berichterstattungen der unzähligen Reporter auf, die sich mit ihren Kamerateams außerhalb der Absperrung herumdrückten.

Es war wahrscheinlich pures Glück gewesen, dass der Büroturm erst in dem Moment endgültig eingestürzt war, als auch der Letzte der Angestellten von Havreux Enterprises es ins Freie geschafft hatte – wobei keiner von ihnen wirklich sagen konnte, was sie mitten in der Nacht überhaupt noch dort gewollt hatten.

Es gab Schocks und Leichtverletzte, aber keine Toten. Und keine Vermissten.

Mit einer Ausnahme.

Aber obwohl Ella dank Mikahs Unterstützung dem Einsatzleiter anhand der eiligst herbeigeschafften Baupläne des Havreux Tower ziemlich genau sagen konnte, wo sie Christian Havreux zuletzt gesehen hatten, kamen die Rettungsmannschaften – denen sich auch Markus, David und Mac irgendwann angeschlossen hatten – nur quälend langsam voran. Immer wieder rutschten Schutt und Trümmer ohne Vorwarnung an einer gerade mühsam freigelegten Stelle nach, drohten die Männer unter sich zu begraben. Und jedes Mal waren es J.J. und Mikah, die Ella zurückhielten, wenn sie selbst zu der Stelle stürzen wollte, als könnte sie so verhindern, dass alles noch ein Stück mehr in sich zusammenfiel und Christian noch tiefer unter sich einschloss.

Die Versuche des Notarztes, Lukas Sandler, einem ihrer Ex-Kollegen, sie dazu zu überreden, sich wie all die anderen Überlebenden dieser Katastrophe ins Krankenhaus fahren und gründlich untersuchen zu lassen, beantwortete sie wieder und wieder mit einem Kopfschütteln. Sie würde nicht gehen. Gleichgültig, wie lange es dauerte. Irgendwann gab er auf. Eine Decke um die Schultern und die Schnitte auf Brust, Schultern und Armen verbunden, saß sie im Heck des Rettungswagens und sah den Männern dabei zu, wie sie gegen Schutt und Trümmer kämpften. J.J. neben sich. Ein paar Meter weiter tigerte Mikah ruhelos auf und ab, Stunde um Stunde.

Es dämmerte bereits, als der Ruf »Wir haben ihn!« Ella ebenso auf die Beine holte wie den Notarzt und seine Assistenten. Doch im Gegensatz zu ihnen ließen zwei Polizisten *sie* mit einem angespannten »Da kann jederzeit alles in sich zusammenfallen« nur bis zum Rand der Trümmer. Mikah erging es ebenso.

Als die Polizei kurze Zeit später begann, hastig die Schaulustigen mehrere Meter weit zurückzudrängen, wurde Ellas Kehle eng. Ihr Magen zog sich endgültig zu einem harten Knoten zusammen, als der Rettungshubschrauber landete.

Trotzdem dauerte es noch fast eine halbe Stunde, bis die Männer die Trage mit Kristen vorsichtig über die Schuttberge balancierten. Direkt zum Hubschrauber, dessen Rotoren sich eben wieder zu drehen begannen.

Ella sah nur Staub und Blut; den steifen Kragen, der die Halswirbelsäule fixieren und stabilisieren sollte, die durchsichtige Atemmaske über Mund und Nase, die Infusionen …

Lukas Sandler fing sie ab, noch bevor sie ihn erreichte. Brachte sie, die Hände an ihren Schultern, zum Stehen. »Er will dich nicht!«

»Was?« Entsetzt starrte sie ihn an.

»Das ist das, was mir die Jungs gesagt haben: ›Er will nicht, dass eine gewisse Dr. Ella Thorens in seine Nähe kommt.‹«

»Aber … Was? … Wieso?«

»Ich habe keine Ahnung.« Mit langen Schritten hielt er auf den Helikopter zu. Ella hastete neben ihm her. Mikah direkt hinter ihr. »Nachdem sie ihn gefunden haben, war er ein paar Mal kurz bei Bewusstsein und hat offenbar mehrfach darauf bestanden, dass sie dafür sorgen, dass du ihm nicht zu nahe kommst.« Knapp außerhalb der Reichweite der Rotorblätter blieb er noch einmal stehen. Verhinderte, dass auch Ella weiterging. Hinter ihm schoben Rettungsassistenten und Feuerwehrleute die Trage gerade ins Innere der Maschine. »Hör zu: Ich will dir nichts vormachen. Er ist zwar im Moment stabil, aber er hat anscheinend ziemlich viel Blut verloren. Verdacht auf ein stumpfes Bauchtrauma. Mehrere gebrochene Rippen auf

der rechten Seite. Dazu eine Gehirnerschütterung, Prellungen und Abschürfungen, ein paar Quetschungen und ziemlich hässliche Schnittwunden. Dr. Jacobs ist bereits informiert. Außerdem hat er eine üble Knieverletzung. Cindy weiß auch schon Bescheid. Sie warten beide auf ihn. Cindy und Dr. Jacobs. Sie werden tun, was sie können, Ella.« Einer der Rettungsassistenten rief seinen Namen. Lukas hob die Hand, signalisierte ›Ich komme!‹, wandte sich ihr wieder zu, während er sich schon duckte und rückwärts auf den Helikopter zueilte. »Verstehst du? Zwei der besten Ärzte L.A.s warten auf ihn. Sie werden für ihn tun, was sie können. Du musst dir keine Sorgen machen, Ella!«
›Er hat anscheinend ziemlich viel Blut verloren. Verdacht auf ein stumpfes Bauchtrauma.‹ Sie nickte. Und war gleichzeitig wie gelähmt. *›Er will dich nicht.‹* Sie widersprach noch nicht einmal, als der Helikopter ohne sie abhob. Im Gegensatz zu Mikah, der in ein regelrechtes Protestgeheul ausbrach. Bis die Polizisten sie in einen ihrer Wagen komplimentierten und zum *California Medical* fuhren.
Als sie endlich dort ankamen, war Christian Havreux bereits im OP. Für die nächsten acht Stunden.

Während der OP war sein Zustand offenbar mehrmals kritisch gewesen, doch jetzt, nachdem alles vorbei war, ging es ›Christian Havreux‹ laut Dr. Jacobs ›den Umständen entsprechend zufriedenstellend‹. Das stumpfe Bauchtrauma hatte sich als Leberquetschung zusammen mit einem Milzriss erwiesen. Zusätzlich zu seinen inneren Verletzungen hatte er es geschafft, sich einen Eisenstab durchs Knie zu rammen. Wie, konnte keiner genau sagen. Nach Meinung des Einsatzleiters war das allerdings der Grund dafür, warum er es nicht mehr rechtzeitig aus dem Havreux Tower geschafft hatte. Wobei er nicht der Einzige war, der sich offensichtlich fragte, was *Christian Havreux* um *diese* Uhrzeit im *untersten Kellergeschoss* des Gebäudes zu suchen gehabt hatte. Und wie er sich obendrein die Schnittverletzungen auf Brust und Bauch zugezogen hatte. Cindy Abrams, die Chefchirurgin der Orthopädie, hatte Ella versichert, dass er wieder in Ordnung kommen würde, wenn er sich genau an ihre Anweisungen hielt und später auch in der Reha entsprechend mitarbeitete. Alles würde heilen. Aber es würde Zeit brauchen.

Auch als er schließlich von der Aufwach- auf die Intensivstation verlegt wurde, war sein Zustand unverändert – und etwas anderes hatte sich ebenfalls nicht geändert: Nach wie vor wollte er Ella nicht in seiner Nähe haben. Ausdrücklich. Genauso wenig wie Mikah. Die Klinikleitung hatte einen ihrer eigenen Sicherheitsleute abgestellt, um irgendwelche Skandalreporter davon abzuhalten, sich in Christian Havreux' Zimmer zu schleichen. Ella gleich mit auf die Liste der unerwünschten Personen zu setzen, war da ein Leichtes gewesen.

Also blieb ihr nur, ihn Stunde um Stunde durch den Lamellenvorhang zu beobachten und immer wieder einen Blick in seine Krankenakte zu werfen. – Seine Werte waren nicht die besten, gerade noch innerhalb der Parameter. Aber trotzdem eigentlich zu schlecht. Einen Grund dafür schien es nicht zu geben. Christian hatte den Ärzten allerdings auch keine Chance gelassen, ihn zu finden: Nachdem er wieder aus der Narkose aufgewacht war, hatte er jeden weiteren Test untersagt. So, als schien er ganz genau zu wissen, was los war.

Beinah im gleichen Atemzug hatte er ein Telefon verlangt. Und dass jemand eine ›Lauren Murphys‹ auftrieb und zu ihm schickte. Seine persönliche Sekretärin, wie sich herausstellte, als Dr. Jacobs endlich erlaubte, dass Mrs. Murphys ihn besuchte. Eine schlanke, mittelgroße Frau, die offensichtlich kein Problem damit hatte, ihrem Boss höflich, aber deutlich zu sagen, was sie davon hielt, dass er jetzt schon wieder arbeitete, nachdem er »gerade erst um ein Haar bei lebendigem Leib begraben worden wäre«. Doch dann hatte sie sich seinen Anweisungen offenbar gefügt und schien neben mehreren Diktaten alles Mögliche für ihn in die Wege zu leiten.

Nach über drei Stunden war sie wieder gegangen. Kurze Zeit später hatte er zu Ellas Erschrecken und Cindy Abrams' Verblüffung um ein stärkeres Schmerzmittel gebeten. Seitdem schlief er.

Die nächsten vier Tage folgten dem gleichen Rhythmus: Christian Havreux schlief die meiste Zeit. In den wenigen Stunden, in denen er zwischendurch wach war, starrte er reglos an die Decke.

Irgendwann ließ Ella sich von Cindy und der Oberschwester dazu überreden, nach Hause zu fahren, um wenigstens ein bisschen zu schlafen. Christian Havreux ging es den Umständen entsprechend. Er wurde allerbestens betreut. Es gab keinen Grund, dass sie nicht wenigstens ein paar Stunden an sich selbst dachte. Vor allem, da er sie nach wie vor nicht in seiner Nähe haben wollte. Sie hatten sie sogar mehr oder weniger eigenhändig in ein Taxi gesetzt.

Gut sechs Stunden später war sie zurück. Entschlossen, ihn zur Rede zu stellen, sobald er das nächste Mal aufwachte. Was auch immer der Grund war, weshalb er sie nicht sehen wollte: Er sollte ihn ihr verdammt noch mal persönlich sagen.

Als sie aus dem Aufzug trat, hörte sie sofort Mikahs Stimme. Heftig. Beinah wütend. Und irgendwie … verzweifelt.

Sie hatte nicht rennen wollen. Trotzdem tat sie es. In der Tür zu Christians Zimmer blieb sie abrupt stehen. Ihr Herz verpasste einen Schlag. Leer! Das Bett war schon wieder neu bezogen ... Das konnte doch nicht sein. Er war stabil gewesen ...
Mikah trat neben sie. »Ich war nur ganz kurz draußen, mir einen Moment die Beine vertreten. Als ich zurückkam, war er weg.«
Sie drehte sich zu dem Jungen um. Er hatte die Hände zu Fäusten geballt. Das Begreifen sickerte nur langsam in ihren Verstand. Ella holte einmal tief Luft und biss die Zähne zusammen, während sie langsam nickte. Dieser elende Mistkerl.

40

Du hast dich also selbst entlassen?« Offenbar hielt er es nicht für nötig, die Tür weiter als diesen lächerlichen Spalt zu öffnen. Geschweige denn, sie hereinzubitten.
Dass Schuldbewusstsein bei ihren Worten über sein Gesicht huschte, war nur eine geringe Befriedigung, wenn sie an den Schrecken dachte, in ein leeres Krankenzimmer gekommen zu sein. Es dauerte allerdings nur einen Sekundenbruchteil, dann war seine Miene wieder kühl und beherrscht. Und ... abweisend.
»Ja. – Wie hast du mich gefunden?«
Mikah. »Ich habe meine Quellen.« Es hatte selbst mit seinen ›Kontakten‹ zwei Tage gedauert, ihn aufzustöbern. Ella drückte die Tür weit genug auf, um sich an ihm vorbei in die Hotelsuite drängen zu können. Nicht, dass der Concierge am Empfang bereit gewesen war zuzugeben, dass er einen Gast mit dem Namen ›Christian Havreux‹ hatte. Geschweige denn, dass er in einer der Penthousesuiten wohnte. Auch als sie es ihm auf den Kopf zugesagt hatte. Vielleicht hatte ›Kristen Havebeeg‹ aber auch einfach wieder einen Namen abgelegt und einen anderen angenommen. Wie lange Mikah und seine beiden ... Begleiter den Mann wohl davon abhalten konnten, ihr nachzulaufen?
»Möchtest du nicht reinkommen?« Spöttisch verzog er den Mund. »Lass mich raten: Der Wandlerbengel.« Sein Gesicht wirkte schmaler als noch vor zwei Tagen, die Wangenknochen schienen schärfer hervorzustehen.

»Er hat einen Namen«, beschied sie ihm über die Schulter, während sie einfach weiterging. Dabei war sie sich nicht mal sicher, mit welchem sie *ihn* ansprechen sollte. Christian? Kristen?
»Das weiß ich.« Auf eine Krücke gestützt, hinkte er hinter ihr her ins Wohnzimmer der Suite. Seine Schritte waren mehr als mühsam.
Bei seinem zynischen Ton ballte sie die Fäuste. Fest. »Ohne ihn wäre ich wahrscheinlich nicht hier. Und du auch nicht.« Der Ausblick war atemberaubend.
»Auch das weiß ich.« Nichts an seinem Tonfall änderte sich. Mit jedem seiner Worte wuchs in ihr mehr der Wunsch, ihn anzuschreien, etwas zu zerschlagen. »Nachdem du schon mal da bist und ich nicht den Eindruck habe, als würdest du mir den Gefallen tun und gleich wieder gehen: Willst du etwas trinken?« Höhnisch.
»Nein danke. Und wenn du nur die Hälfte der Schmerzmittel nimmst, die sie dir im Krankenhaus mitgegeben haben, solltest du es auch nicht.«
»Die Frau Doktor spricht.« Noch höhnischer als zuvor, geradezu ätzend. Mit jeder Sekunde fiel es ihr schwerer, sich zu beherrschen. Sie schaffte es nur, weil sie sich selbst daran erinnerte, dass er auch anders sein konnte. Und dass sie ihr Herz an diese andere Seite verloren hatte. Irgendwann. Ohne es zu Anfang wirklich zu merken. Vermutlich sogar vom ersten Augenblick an. Sie hörte das leise Gluckern einer Flüssigkeit und drehte sich um.
»Macht das eigentlich Spaß?«
»Was?« Er stellte die Whisky-Flasche zurück auf die Bar und griff nach dem Glas.
»Das Arschloch zu spielen.«
Mit einem Schulterzucken prostete er ihr zu. »Scheint so, als könnte ich das ganz gut.« Dass er vor Schmerz kurz

zusammenzuckte, ließ die Geste nicht halb so nonchalant wirken, wie er es vermutlich beabsichtigte. »Was willst du hier, Ella?«
»Mit dir reden? Antworten?«
Auf seine so spöttische Art verzog er den Mund. »Hätte ich ja auch selbst drauf kommen können.« Er nippte an seinem Drink.
»Warum hast du dich selbst entlassen?«
Wieder ein Schulterzucken. Sehr viel vorsichtiger diesmal. »Ich hatte genug davon, die Decke anzustarren. Das Fernsehprogramm war auch nicht nach meinem Geschmack. Ebenso wenig wie die Gesellschaft.«
Ella biss die Zähne zusammen. Zählte bis zehn. Und noch mal. »Lass mich die Frage anders formulieren: Warum bist du davongelaufen?«
»Ich bin nicht ›davongelaufen‹.« Das Glas vorsichtig vor sich her balancierend, hinkte er auf sie zu. Nur um im letzten Moment die Richtung zu wechseln und auf das andere Ende des Sofas zuzuhalten.
»Ach? Nein? Und wie nennst du es dann, entgegen dem Rat jeden Arztes im *California Medical* auf deine Entlassung zu bestehen? Noch nicht mal eine Adresse – oder, Gott bewahre, auch nur eine Telefonnummer – zu hinterlassen, unter der man dich erreichen kann. Einfach alle Brücken hinter dir abbrichst?« Selbst die Handynummer, die er ihr gegeben hatte, existierte nicht mehr.
Er nahm einen weiteren Schluck, während er sich etwas umständlich und steif gegen die Sofalehne lehnte, die Krücke neben sich. »Ich bin nicht davongelaufen!« Seine Augen schienen dunkler als gewöhnlich. Schatten hingen darunter.
»Und deshalb hast du auch genau den Moment abgepasst, als weder Mikah noch ich in der Nähe waren, was?«

»Wenn du meinst.« Lässig ließ er die Hand mit dem Glas auf das Rückenpolster sinken. »Du langweilst mich. Komm zum Punkt – oder verschwinde!«
Mit einem Zischen sog Ella die Luft ein. »Du …« Sie schluckte den Rest hinunter.
»… Mistkerl? Bastard?« Er lachte leise – und verzog für den Bruchteil einer Sekunde das Gesicht, als seine Rippen dagegen protestierten. »Tu dir keinen Zwang an. Es gibt vermutlich keine Beleidigung, mit der man mich nicht schon bedacht hat.«
Verrückterweise tat es ihr weh, ihn so reden zu hören. 800 Jahre … »Du kannst dich nicht ewig hier verstecken.«
Wieder ein leises Auflachen. Seltsam bitter diesmal. »Das habe ich auch gar nicht vor.« Er hob das Glas, sah sie über seinen Rand hinweg an. »Du hast gesagt, du willst Antworten. Also stell deine Fragen. Ich gebe dir fünf Minuten. Danach gehst du. Ob freiwillig oder nicht, ist mir dann egal.« Er setzte das Glas an die Lippen, trank, ließ es wieder sinken, zog eine Braue in die Höhe, als sie nichts sagte. »Deine Zeit läuft, Liebling.«
Das Wort war wie ein Schlag ins Gesicht. »Nenn' mich nicht so!«
»Warum nicht? Was stört dich daran? Ist es dir zu sentimental? Oder einfach nur zu abgedroschen, … *Liebling?*«
»Weil du die Hexen an ihrem Hof so genannt hast.«
Schlagartig war seine Miene eisig. »Woher …?«
»Von Mikah.«
»Der Wolfsbengel neigt zur Geschwätzigkeit.« Auf einen Zug kippte er den Rest seines Drinks hinunter, griff nach seiner Krücke und machte sich wieder auf den Weg zur Bar hinüber. Jeder Schritt unübersehbar mühsamer als der vorherige.
Ella folgte ihm. »Er vergöttert dich.«

»Der Himmel beschütze mich vor Welpenverehrung. – Er soll sich einen anderen Helden suchen. Ich tauge dafür nicht.«

»Mikah ist da anderer Meinung.«

»Ach? Tatsächlich? Und welche Referenzen bringt ein Wandlerbalg mit, dass es das beurteilen kann, obwohl es noch nicht mal richtig trocken hinter den Ohren ist?« Er stellte das Glas so hart auf das goldene Holz der Bar, dass es knallte.

»Er hat mir das mit dem Fläschchen erzählt. Und was du in der Nacht getan hast, nachdem ich euch in … dem Club gesehen hatte. Obwohl du andere Befehle hattest. Und welche Konsequenzen das für dich hatte.« An Christians Kiefer zuckte es. »Und noch einige andere … Dinge.« Schweigen. »Ich weiß von dem Bannfluch. – Und … Lyreshas Hure.«

Seine Züge schienen schlagartig zu versteinern. Mit einer Hand kippte er Whisky in das Glas. Fast bis zum Rand. Wies dann mit der Flasche in Richtung einer Tür zu ihrer Rechten. »Wenn du schon da bist, mach dich nützlich und hol mir die Tabletten vom Nachttisch, ja. Das orange Fläschchen.«

Ella sah ihn an. Er gab ihren Blick zurück. Hart. Eiskalt. Sekundenlang.

Schließlich stieß sie ein Zischen aus. »Soll ich dir auch noch ein Glas Wasser aus dem Bad mitbringen?«, erkundigte sie sich steif. Soweit sie erkennen konnte, gab es in diesem Raum nichts, das nicht hochprozentig gewesen wäre.

Wieder dieses zynische Lächeln. Die Kälte blieb. »Ich hatte eigentlich vor, sie hiermit«, er schwenkte die Whiskyflasche, »zu nehmen.«

»Nein.«

»Was ›Nein‹? ›Nein, ich hole sie dir nicht‹ oder ›Nein, ich hole sie dir nicht, weil du sie mit Whisky nehmen willst‹?«

»Ich hole sie dir nicht, weil du sie mit Whisky nehmen willst.«

»Ach, das ›Nein‹«, verächtlich schnalzte er mit der Zunge. »Kommt hierher, lässt die Frau Doktor raushängen und ist noch nicht mal bereit, mir ein paar beschissene Tabletten zu holen. Nur weil ich mich nicht von ihr gängeln lasse.« Mit einer unwilligen Bewegung stellte er die Flasche ab, packte seine Krücke fester und schickte sich an, ins Schlafzimmer zu hinken. »Dann geh ich eben selbst. – Denk dran, deine Zeit läuft, … *Liebling.*« Seine Schritte schienen mit jeder Sekunde noch qualvoller zu werden.

»Warum lässt du mich dir nicht helfen?« Sie vertrat ihm den Weg, streckte die Hand nach ihm aus. Die Kälte in ihrer Stimme stand der in seiner keinen Hauch nach.

»Nein!« Hart. Heftig. Beinah … panisch. Er riss den Arm aus ihrer Reichweite, als stünde sie in Flammen. Und war nicht schnell genug.

Es sprang auf sie über, bohrte sich durch ihre Barriere, zerrte an ihrer Gabe, verkrallte sich in sie. Dunkel. Reißend … Schmerz. Nein, kein Schmerz mehr … Qual. Und … und …

Es war ebenso schnell wieder vergangen, wie ihre Hand Christians Handgelenk gestreift hatte. Nackte Haut auf nackte Haut … Für nicht einmal den Bruchteil eines Augenblicks …

Ella stolperte rückwärts, stieß gegen das Sofa. Erwischte im allerletzten Moment die Lehne. Auch Christian wankte zurück, taumelte gegen die Bar, hielt sich daran fest. Die Krücke klapperte zu Boden. Eine Sekunde starrten sie einander an.

Zwei.

Drei.

Seine Augen huschten über sie, forschend, wie … besorgt. Im nächsten Moment war der Ausdruck in ihnen wieder hart und kalt. Wie zuvor zuckte es an seinem Kiefer. »Ich will, dass du gehst, Ella! Jetzt!« Heftig. Atemlos.
Sie rührte sich nicht. Starrte ihn weiter an. Rang noch immer nach Luft.
»Geh, Ella!«, verlangte er erneut. Schärfer diesmal. Gepresster.
Sie schüttelte den Kopf. Fassungslos. »Du …« Sie konnte es nicht aussprechen. Und tat es dann doch. »Du … stirbst.«
Von einem Herzschlag zum nächsten schien er sich schwerer auf die Bar zu stützen. »Geh, Ella!«
»Ich …«
Er sah zur Seite. »Geh einfach!« Noch heftiger als gerade eben.
»Ich … ich dachte, ein Bannfluch ist gebrochen, wenn der, der ihn gewoben hat, stirbt.« Abermals schüttelte sie den Kopf.
Christian verzog den Mund. »Der Bannfluch selbst ist auch gebrochen. In gewisser Weise. Es gibt zumindest niemand mehr, der ihn kontrolliert. Von daher kann man vermutlich schon sagen, dass er gebrochen ist. – Das hier ist … ihr Abschiedsgeschenk.« Jedes Wort klang bitter. Er sah noch immer zur Seite. »Geh, Ella.«
Ella löste sich vom Sofa, machte einen Schritt auf ihn zu, wie … benommen. »Du hast es gewusst. Von Anfang an.« Sein Blick ließ sie stehen bleiben. »Wolltest du … wolltest du deshalb nicht, dass ich dir zu nahe komme?«
»Geh. Jetzt.«
»Das ist nicht dein Ernst. – Lass mich …«
»Mein vollster. Und nein, ich lasse mir nicht von dir ›helfen‹.« Ein leises, freudloses Lachen. »Ich habe den Level aus

Schmerzmitteln und Alkohol gefunden, in dem das Ganze erträglich ist. Alles in Ordnung. Ich komme klar. Du kannst also gehen.«

»Christ- …«

Er explodierte. »Verdammt noch mal, ich brauche dich hier nicht und ich will dich hier nicht. Es war alles in Ordnung, bis du in mein Leben geplatzt bist. – Soweit es das eben sein konnte.«

Ella schnappte mit einem Ächzen nach Luft. »*Ich* bin in dein Leben geplatzt?« Ihr Auflachen hatte etwas Verzweifeltes. »Das warst ja wohl eher *du,* der in *mein* Leben geplatzt ist.«

»Dann bin *ich* eben in *dein* Leben geplatzt. – Es ist vollkommen egal. Geh jetzt endlich!«

»Das ist …«

»Himmelherrgott, verschwinde endlich und lass mich in Frieden sterben!« Das Glas krachte gegen die Wand und zersplitterte. Whisky spritzte in alle Richtungen. Christian hielt sich mühsam an der Bar aufrecht.

Ella presste die Lippen zu einem Strich zusammen. Den Teufel würde sie tun. »Beweg deinen Hintern zum Sofa und setz dich hin.«

Beinah übertrieben langsam wandte er den Kopf. Sein Blick war mörderisch. »Die letzte Frau, die mir Befehle erteilt hat, habe ich umgebracht.« Er sagte es kaum hörbar, drohend.

Ella stieß ein Schnauben aus. »Du machst mir keine Angst, Christian.«

»Kristen. Mein Name ist ›Kristen‹. Nicht ›Christian‹. Ich wäre dir dankbar, wenn du dir das merken würdest.« Im selben Tonfall wie zuvor.

»Meinetwegen, ›Kristen‹. Und jetzt setz dich hin, bevor du zusammenbrichst.« Er rührte sich nicht. Mit einem unwilligen Zischen schüttelte Ella den Kopf. »Wenn es dir Spaß macht, auf dem Boden zu kriechen ...« Sie hätte nicht gedacht, dass es möglich war, aber der Ausdruck in seinen Augen wurde noch mörderischer. Sie gab seinen Blick eiskalt zurück. »Ich hole dir die Schmerztabletten und ein Glas Wasser.« Damit ließ sie ihn einfach stehen und ging ins Schlafzimmer hinüber. Erst als sie sicher war, dass er sie nicht mehr sehen konnte, erlaubte sie sich, zusammenzubrechen. Christian starb. Das, was sich für nur diesen einen Sekundenbruchteil durch ihre Barriere gefressen hatte, fraß sich auch durch seinen Körper. Offenbar schon die ganze Zeit. Unaufhaltsam. Sie sank auf den Bettrand, nahm das orange Tablettenfläschchen vom Nachttisch, legte beide Hände darum, als könnte sie sich daran festhalten. Er starb. Und hatte diesen Umstand anscheinend auch noch akzeptiert ... Sie schloss die Finger fester um das Fläschchen. Das konnte nicht sein. Er konnte es doch nicht so einfach hinnehmen ... Nach 800 Jahren endlich frei sein und dann ... sterben. Sie sah zur Tür, hinüber ins Wohnzimmer. Jetzt ergab sein Verhalten auch einen Sinn. Ella rieb sich über die Stirn. Christian starb ... Sie warf einen Blick auf die Tabletten. *Ich habe den Level aus Schmerzmitteln und Alkohol gefunden, in dem das Ganze erträglich ist.* Mit dem Zeug? Lieber Himmel. Einen Moment schloss sie die Augen. Dann holte sie einmal tief Luft, stand auf und ging ins Bad – genauso modern-elegant eingerichtet wie das Schlafzimmer und der ganze Rest der Suite –, füllte das Zahnputzglas mit Wasser und kehrte dann ins Wohnzimmer zurück.

Christian hatte sich tatsächlich auf dem Sofa niedergelassen. Sein Kopf war in den Nacken gesunken. Die Krücke lehnte neben ihm. Ein neues Glas stand vor ihm auf dem Tisch aus Chrom und Stein. Zusammen mit der Whisky-Flasche. Er sah auf, als Ella vor ihn trat. Wortlos schraubte sie ihm das Tablettenfläschchen auf, hielt es ihm zusammen mit dem Zahnputzglas hin. Er nahm es ihr ab, schüttete drei auf seine Handfläche. Sie biss sich auf die Zunge: Zwei waren das Höchste bei einer Einzeldosis, sechs das Maximum der Tagesdosis. Gab es ihr zurück, griff mit einem zynischen Lächeln nach dem Wasser und schluckte sie mit einer abrupten Bewegung. Noch immer schweigend nahm Ella ihm auch das Glas wieder ab und stellte es auf den Tisch, schob dabei den Whisky aus seiner Reichweite. Sein Lächeln wurde noch ein Stück zynischer. Und verächtlicher. »Danke, Sie können dann jetzt gehen, Frau Doktor.«

Ella schaute ungerührt auf ihn hinab. »Es klappt nicht.«

Eine unwillige Linie erschien zwischen seinen Brauen. »Was?«

»Mich dazu zu bringen, dass ich nichts mehr mit dir zu tun haben will, indem du dich wie das letzte Ekel aufführst.« Sie setzte sich auf den Rand des Couchtischs. Ein kleines Stück näher, und ihre Knie hätten seine berührt. Er schwieg. »Wenn diese Spielchen bei anderen funktionieren, bitte. Bei mir klappt es nicht.«

Wie zuvor sah er zur Seite, den Mund verzogen. Noch immer hart. Aber jetzt ohne jeden Spott oder Zynismus. »Würdest du gehen, wenn ich dich darum bitte?«

Sie verschränkte die Hände auf ihren Beinen. »Nein.«

Sein Mundwinkel hob sich für den Bruchteil einer Sekunde. Ein dünner Schweißfilm stand auf seiner Stirn. »Warum hab ich mir das nur gedacht?«

»Ja, warum nur?«

»Und wenn ich an dein Mitgefühl appelliere und dich bitte, zu gehen, um mir wenigstens ein bisschen Würde in den letzten Stunden zu lassen.«

... den letzten Stunden? Ihre Brust krampfte sich zusam-

men. Irgendwie schaffte sie es, nicht erstickt zu klingen. »Du meinst, dass ich es zulasse, dass du dich wie ein Tier zum Sterben in einem Loch verkriechst?«

Er zog eine Braue in die Höhe, ließ den Blick beredt durch die Suite wandern. »Nettes Loch.«

»Hör auf damit.«

Seine Augen begegneten ihren. »Lass es gut sein, Ella.« Plötzlich war seine Stimme sehr, sehr sanft. »Ich habe 800 Jahre gelebt. Meine Zeit ist um. Das war sie schon vor langer Zeit. Es ist okay, wie es ist.« Er lachte leise, verkrampfte sich kaum merklich. »Wenn ich nicht so ein elender Feigling wäre, hätte ich dem Ganzen schon selbst ein Ende gesetzt. Früher hatte ich bei solchen Dingen keine Skrupel.« Ellas Blick zuckte zu seinen Armen. »Es ist in Ordnung.« Christian legte die Rechte über sein linkes Handgelenk, verbarg so die tiefere der beiden Narben. »Wenn es mit mir vorbei ist ... Majte und mein Sohn werden endlich frei sein. Der Preis ist es wert, findest du nicht?«

Um ein Haar hätten seine Worte ihr die Tränen in die Augen getrieben. Sie konnte nur den Kopf schütteln. »Lass es mich wenigstens versuchen ...«

Christian schüttelte seinerseits den Kopf. »Nein. Es ist absolut unkontrollierbar, mächtig und bösartig. Ich werde nicht riskieren, dass es am Ende auch auf dich übergreift.« Schweiß perlte seine Schläfe abwärts. Er wischte ihn weg. Scheinbar ohne sich dessen bewusst zu sein. »Ich habe einmal eine Frau, die ich ...« Er stockte, presste die Lippen zu einem Strich zusammen, setzte erneut an. »Ich habe meine Frau einmal mit ins Verderben gerissen. So etwas wird nicht noch einmal passieren.« Er schluckte, hart und trocken. Das zynische Lächeln war wieder da, als er zum Tisch nickte. »Ich wäre dir dankbar, wenn du mir die

Whisky-Flasche zurückgeben würdest. Von diesen elenden Tabletten wird mir jedes Mal schlecht. Und dann gehst.«

Ella rührte sich nicht. Sah ihn einfach nur an. Sekundenlang. Den Kopf geneigt. »War das Ganze zwischen uns nur ein Spiel? Etwas, womit du dir ein bisschen die Zeit vertrieben hast? Ein bisschen Abwechslung in 800 Jahren Eintönigkeit?«

»Nein.« Schnell. Heftig. »Nein. Garantiert nicht. Ella …«

»Warum dann? Warum bist du nach dem, was in dieser Gasse passiert ist, nicht einfach verschwunden? Niemand hätte eine Verbindung zu dir hergestellt. Warum bist du stattdessen zu mir gekommen? Du hast dich regelrecht in mein Leben gestohlen. Mit jedem Treffen ein bisschen mehr. Warum? Warum hast du mir beigebracht, wie ich meine Gabe benutzen kann? – Wobei du laut Mac«, bei Macs Namen zuckte es um seine Lippen, »eine ziemlich seltsame Vorstellung davon zu haben scheinst, was ›Basics‹ sind. Was wolltest du von mir? Warum bist du dieses Risiko eingegangen, obwohl du mich eigentlich deiner … dieser Dämonin bringen solltest? Für welche ›eigenen Zwecke‹ wolltest du mich … ›benutzen‹?«

Christian verzog das Gesicht. »Das hast du von Mikah, nicht war?«

Ella nickte.

Ein Zischen. »Geschwätziges Wolfsbalg.«

»Warum, Christian? Verzeihung – Kristen.«

Christian rieb sich mit dem Handrücken über den Mund. »Okay, Deal: Du gibst mir den Whisky, und ich beantworte deine Fragen.«

Für einen Moment blickte sie auf die Flasche neben sich, dann schob sie sie ein Stück weiter weg. »Nicht zu diesen Tabletten.«

»Du bist herzlos.«

»Whisky wird deinen Magen nicht beruhigen.«
»Wenn der Alkoholpegel stimmt, wird das Ganze erträglicher. Außerdem kann ich mir dann einbilden, dass ich wegen dem einen Whisky zu viel kotze. Also lass mir meine Illusionen.«
Wortlos hielt sie ihm das noch halbgefüllte Zahnputzglas hin.
Er schnitt eine Grimasse, griff dann aber doch danach. Seine Hand zitterte. Ihr Herz zog sich zusammen. Und noch ein bisschen mehr, als er das Glas nach einem zögernden Schluck auf sein Bein sinken ließ, als sei es zu schwer.
»Du gibst nicht auf, was?«
»Du kennst mich doch inzwischen.«
Dieses kurze, schnelle Lächeln huschte über seine Lippen. »Oh ja.« Es war ebenso schnell wieder verblasst. Sein Blick ging an Ella vorbei, zum Fenster. Über die Skyline von L.A. hinweg. Ins Leere. Eine schiere Ewigkeit. Um seinen Mund lag ein seltsamer Zug. Irgendwie hilflos saß sie da, wartete, wagte es nicht, sich zu rühren. Aus Gründen, die sie selbst nicht verstand. Bis sie es nicht mehr ertrug. »Christian …« Im gleichen Moment setzte er ebenfalls an, »Also gut. Antworten.« Sie schluckte hinunter, was sie gerade noch hatte sagen wollen. Seine Augen kehrten zu ihr zurück. »Um die Art Bannfluch, mit der Lyresha mich … an sich gebunden hatte, effektiv und endgültig zu brechen, brauchte ich eine Puppenspielerin. Eine, die mehr konnte, als ein bisschen Séance-Hokuspokus. Eine, die über echte Macht verfügte.« Er hob das Glas in einem angedeuteten Salut, nur um es direkt wieder auf seinen Oberschenkel sinken zu lassen. »In der Nacht in dieser Gasse bekam ich einen ziemlich deutlichen Eindruck von dem, was da in dir schlummerte. So kurz er auch war.« Ein Schulterzucken. »Du warst genau das, was ich brauchte. Und obendrein

auch noch ohne irgendwelche Bindungen an einen Zirkel oder einen anderen Hexer. Nicht die Spur einer Ausbildung. Du wusstest ganz offensichtlich noch nicht einmal, dass du über die Gabe verfügst, geschweige denn, über welche. Und du hattest außerdem anscheinend keinerlei Ahnung, dass es die andere Seite, die ›Schatten‹, tatsächlich gibt. Das bedeutete, ich konnte dich genau so formen, wie ich dich brauchte. Ein regelrechter Rohdiamant.« Für einen Moment drückte er die Hand gegen die Stirn, wischte sich Schweißperlen von der Schläfe. »Also habe ich dich dazu gebracht, dich von mir ausbilden zu lassen. – Und ich musste dafür sorgen, dass du mir vertraust. Bedingungslos nach Möglichkeit ... Deswegen habe ich herausgefunden, wie dein Traummann sein muss.«
Mit einem scharfen Laut holte Ella Luft. »Wie bitte?«
Wieder ein Schulterzucken. »Erstens kann man eine Puppenspielerin nicht dazu zwingen, ihre Gabe so zu gebrauchen, wie man das will, und zweitens wirkt Magie deutlich stärker, wenn sie freiwillig eingesetzt wird.« Er rieb sich über den Mund. »Und drittens machen Gefühle Menschen unglaublich manipulierbar. Jeden Menschen.« Plötzlich war ein saurer Geschmack auf Ellas Zunge. Sie schluckte ihn hinunter. »Als ich dich aus dem Krankenhaus abgeholt und nach Hause gebracht habe, habe ich eines deiner Holztierchen aus Afrika ... ausgeborgt und bin damit zu einem kleinen Scharlatan gegangen, der gut darin war, sichtbar zu machen, was die Figur ›gesehen‹ hatte ... Wie zum Beispiel die Männer, mit denen du eine Beziehung hattest, und was mit ihnen wie abgelaufen ist.« Fassungslos starrte sie ihn an. Der Hauch eines Zögerns. »Und danach ... Mit 800 Jahren Erfahrung in diesem Spiel aus Sex und Intrigen warst du leichte Beute für mich.«
Leichte Beute. Sie schloss die Finger fester um das Tabletten-

fläschchen, schluckte abermals gegen den sauren Geschmack an, bemühte sich, den Schmerz aus ihrer Stimme herauszuhalten. »Dann war alles wirklich nur eine Täuschung? Du wolltest mich benutzen und mehr … war da nicht? Alles Berechnung? Keine Gefühle?«

»Ja.«

Ella sog den Atem ein. Wenigstens war er ehrlich. Sie wandte den Kopf ab, damit er nicht sah, wie weh es tat. Bis er wieder sprach. Sehr, sehr leise.

»Am Anfang zumindest.«

Unvermittelt saß ein Zittern in ihrem Innern.

»Dann ist alles aus dem Ruder gelaufen.« Schwerfällig lehnte er sich ein kleines Stück vor, stützte die Ellbogen auf die Knie. »Ich wollte dich in mich verliebt machen, dafür sorgen, dass du mir aus der Hand frisst. Dir geben, was die anderen Idioten dir nicht gegeben haben … und irgendwann hätte ich dir eine herzerweichende Geschichte über den Bannfluch und Lyresha erzählt.« Ein kurzes, irgendwie … bitteres Lächeln glitt über seine Lippen. »Das genaue Gegenteil ist passiert. *Ich* habe mich in *dich* verliebt. Und es im ersten Moment gar nicht bemerkt. Erst als es zu spät war.« Er sah sie an, erneut spielte dieses bitter-bedauernd-spöttische Lächeln um seinen Mund. »Ironie des Schicksals, was?«

»Und dann?« Die Worte klangen seltsam schwach. *Das genaue Gegenteil ist passiert.* Ich *habe mich in* dich *verliebt. Und es im ersten Moment gar nicht bemerkt.*

»Seit du damals zum ersten Mal in die Schatten gewechselt bist, wusste Lyresha, dass eine Puppenspielerin in der Stadt war. Ich sollte sie ihr bringen. Allerdings hatte ich ja meine eigenen Pläne mit dir. Also habe ich sie hingehalten. Und dann war das alles plötzlich absolut keine Option mehr. Als wir miteinander geschlafen haben … an dem Morgen

ist mir so einiges klar geworden. Ich habe dich damals angerufen, um mit dir Schluss zu machen. Etwas Besseres ist mir nicht eingefallen, um dich aus der Schusslinie zu bekommen. Ich hab's nicht geschafft.« Er blickte auf das Glas in seiner Hand. »Den Rest kennst du.«
Ella nickte. Oh ja. Zumindest das, was Mikah ihr erzählt hatte. Und mehr ... ›Details‹ ...? – Nein. Sie wollte nicht mehr von dem erfahren, was dieses Weib ihm noch angetan hatte, außer ihm *›die Haut in Fetzen geschnitten‹* zu haben – geschweige denn von dem, was sie in den Tagen nach der Sache auf dem Friedhof mit ihm gemacht hatte. Zumindest nicht jetzt. Für den Moment hatte sie andere Prioritäten. Auch wenn die nach wie vor mit ›Christian Havreux‹ zu tun hatten.
»Und jetzt gibst du so einfach auf.«
Er rieb sich übers Gesicht, drückte wie zuvor ganz kurz die Hand gegen die Stirn, bevor er sie wieder sinken ließ. »Das hat nichts mit Aufgeben zu tun.« Als er sie diesmal ansah, bemerkte sie den seltsamen Glanz in seinen Augen. Fieber. Natürlich. Das Einzige, womit sein Körper sich gegen das wehren konnte, was mit ihm geschah. Anscheinend lief ihm die Zeit immer schneller davon. Und damit auch ihr.
»Mit was dann? Es gibt niemanden mehr, der dich daran hindern könnte, diesen Bannfluch, oder was von ihm übrig ist, endgültig zu brechen. Hier sitzt eine Puppenspielerin, die durchaus bereit wäre, dir dabei zu helfen ... Aber du verkriechst dich hier und wartest auf ... das Ende. Gottergeben. Wie ein Lamm auf der Schlachtbank. *Der* Mann, vor dem so ziemlich *jeder,* der auch nur irgendwie mit ›echter‹ Magie zu tun hat, eine Wahnsinnsangst hat ...«
»Ella ...«
Sie schüttelte den Kopf. »Ich versteh's nicht. Erklär's mir!«

»Du hast den alten Codex gesehen, aus dem Lyresha rezitiert hat, als sie versucht hat, die Schatten in unsere Welt herüberzuholen?«

»Ja.« Natürlich.

Er nickte leicht. »Der so genannte Zweite Codex. Eine Sammlung von Formeln, Traktaten und Bannflüchen. Teilweise uralt. Das Original hat ein übereifriger Vollidiot irgendwann einmal als ›Manifest der schwarzen Magie‹ vernichtet. Aber es gab davon drei Abschriften, denen nachweislich die ursprüngliche Macht innewohnte. Eine gehörte meinem Vater. Die hast du gesehen. Die Zweite wurde 1666 beim Großen Brand von London zerstört. Das haben mir vier der damals mächtigsten Hexer unabhängig voneinander … – sagen wir … bestätigt. Die Dritte war die letzten 600 Jahre verschollen. Es ging sogar das Gerücht, sie sei ebenfalls zerstört worden.« Für einen Moment hob er den Kopf ein winziges Stück, als würde er auf etwas lauschen, doch dann sprach er weiter. »Vor ungefähr achtzig Jahren ist sie wieder aufgetaucht. In den Händen eines ziemlich mächtigen Hexers: Alesdair Darach MacChahan – heute besser bekannt als Alec MacCannan …« Ellas verwirrter Blick entlockte ihm ein leises Lachen. »Du hast richtig gehört. Glaub mir, dein Freund Mac ist deutlich älter als die dreißig, höchstens fünfunddreißig Jahre, auf die man ihn schätzen würde. Und man legt sich besser nicht mit ihm an, wenn man an seinem Leben hängt. – Wie auch immer: Nur in diesem Codex sind auch *die* Formeln verzeichnet, die man braucht, um das hier«, mit einer fast gleichgültigen Bewegung wies er auf seine Brust, »zu brechen.« Seine Hand fiel auf seinen Oberschenkel zurück. »Die Abschrift meines Vaters ist in der Spalte zerstört worden.« Er legte die Handflächen gegen das Glas, spreizte die Finger. »Ohne den Zweiten

Codex kann mir auch eine Puppenspielerin nicht mehr helfen. Und sei sie auch noch so begabt.«

»Und was ist mit Macs Exemplar?«

In mildem Spott sah er sie an. »Wer sagt, dass ich nicht schon versucht habe dranzukommen? Wenn auch erst kürzlich. Genau genommen, nachdem du aufgetaucht bist.« Er rollte das Glas zwischen den Händen. »Lyresha hat mich nicht mal in die Nähe ›ihres‹ Exemplars gelassen. Ein Schritt zu viel in seine Richtung und ... der Bannfluch ist mit seiner vollen Wucht erwacht. – Für das, was ich vorhatte, musste es von Anfang an MacCannans Exemplar sein.«

»Und?«

»Damals, als die dritte Abschrift wieder aufgetaucht ist, dachte ich, dass sie bei ihm gut aufgehoben wäre. Dass jemand wie Alec MacCannan in der Lage wäre, darauf aufzupassen und sie vor allem um keinen Preis aus den Händen geben würde. – Wie es scheint, habe ich mich geirrt. Als ich sie mir holen wollte, hatte er sie nicht mehr.«

»Konnte er dir nicht sagen, wem er sie gegeben hat?«

Christian lachte. Und drückte hastig die Hand auf seine Rippen. »Erstens würde Alec MacCannan *mir* niemals bei irgendetwas helfen. Und zweitens: Du glaubst jetzt aber nicht ernsthaft, dass ich zu ihm gegangen bin und ihn höflich gefragt habe, ob er mir den Zweiten Codex mal eben ausborgen würde?«

»Du wolltest ...« Ella holte Luft. »Du wolltest ihn stehlen.«

»Natürlich.«

Natürlich. – Wie konnte sie auch nur so dumm fragen?

»Alec MacCannan und ich sind nicht wirklich Freunde. Dafür haben wir zu lange auf unterschiedlichen Seiten gestanden – und jetzt ist es zu spät.«

»Und du bist sicher, dass er ihn nicht mehr hat?«
»Ich habe alles abgesucht. Gründlich. Er hat ihn nicht.«
»Was seine Bücher angeht ... Mac ist da etwas ... paranoid ...«
Ein kurzes Grinsen. »Ich weiß.«
Ella verdrehte die Augen, dann holte sie ihr Handy aus der Hosentasche.
Christian hatte sich wieder gegen die Rückenlehne sinken lassen, beobachtete sie dabei. »Was wird das?«
»Damals hast du ihn nicht fragen können, wem er diesen Codex gegeben hat. Jetzt kannst du es.« Sie suchte Macs Nummer in ihren Kontakten und rief ihn an.
»Er wird es mir nicht sagen.«
»Dann frage *ich* ihn.« Mit halbem Ohr lauschte sie auf den Dreiklang, der verkündete, dass Macs Handy klingelte.
»Vergiss es. Er wird nichts tun, womit er mir helfen könnte. Und er lässt sich von dir auch garantiert nicht täuschen.«
»Ich habe auch nicht vor, ihn zu täu- ...« Macs dunkle Stimme, die sich mit »MacCannan«, meldete, unterbrach sie.
»Ella hier.« Sie ging auf Lautsprecher und ließ das Handy auf ihre Knie sinken. »Ich brauche deine Hilfe.«
Einen Moment herrschte Stille, dann: »Du bist bei *ihm?*«
»Ja. Ja, ich bin bei Christian – Kristen.«
»Aha. – Ich nehme an, er hört mit?«
Ihr »Ja« kam gleichzeitig mit Christians.
»Havebeeg.« Seine Stimme wurde kühl und distanziert. Sie glaubte beinah zu sehen, wie Mac den Kopf neigte.
»MacCannan.«
»Was kann ich für dich tun, Ella?« Sein Tonfall war wieder dunkel und weich. Wie immer, wenn er mit ihr sprach.

»Der ›Zweite Codex‹ sagt dir etwas, nicht war?«
»Ja.«
»Hast du ihn noch?«
»Wer will das wissen? Du oder er?«
»Ich. Also?«
Stille.
Christian formte mit den Lippen lautlos: »Was hab ich gesagt?« Unwillig hob Ella die Hand, um ihn zum Schweigen zu bringen.
»Wofür brauchst du ihn?« Bei Macs Frage erschien auf Christians Stirn eine scharfe Falte.
Von einer Sekunde zur nächsten hatte sie Herzklopfen. Er hatte nicht ›Nein‹ gesagt. »Ich will einen Bannfluch brechen.«
»Havebeegs?«
»Ja.«
Wieder Stille, dann: »Ein Bannfluch bricht gewöhnlich, wenn der, der ihn gewoben hat, stirbt.«
»Dieser hier anscheinend nicht. Den Beweis dafür habe ich direkt vor mir.« Christian zischte, schüttelte heftig den Kopf. Ganz offensichtlich war es ihm alles andere als recht, dass sie Mac irgendetwas über seinen Zustand verriet. Abermals bedeutete sie ihm mit einer knappen Bewegung, still zu sein. »Also?«
»Heißt das, es war dein Freund, der vor ein paar Wochen bei mir eingebrochen ist?«
»Ja.« Christian antwortete an ihrer Stelle. Die Art, wie es um seine Lippen zuckte, verriet, dass er damit gerechnet hatte, dass MacCannan seinen ›Besuch‹ bemerkt hatte.
»Natürlich. Wer sonst.« Die Worte kamen so trocken, dass Ella fast einen Hauch von Sarkasmus darin zu hören glaubte. »Ärgerlich, dass Sie ihn nicht gefunden haben, Havebeeg, was?«

»Das heißt, du hast diesen Codex?« Sie hatte es nicht für möglich gehalten, aber ihr Herzschlag beschleunigte sich noch ein bisschen mehr.

»Ja. Natürlich.«

Ellas Blick begegnete Christians. Er wirkte ... verblüfft, sah von ihr zu ihrem Handy, starrte darauf, schüttelte ungläubig den Kopf. »Wo zum Teufel war das Ding ...?«

Leises Gelächter.

Diesmal war es Ella, die zischte. »Lässt du mich ihn benutzen?«

Das Gelächter verstummte. Abermals: Stille.

»Mac, bitte.«

Das Schweigen dauerte an, bis ... »In Ordnung.«

Erleichtert stieß Ella die Luft aus. »Danke. Wir kommen in den Club ...«

Sein »Nein« schnitt ihr den Satz ab.

»Aber ...«, setzte sie unsicher an, doch Mac sprach schon weiter. »Nicht hier. Weißt du, wo die alte römisch-katholische Kirche ist, die downtown vor zwei Jahren abgerissen werden sollte?«

Fragend sah Ella zu Christian. Der nickte.

»Ja.«

»Wir treffen uns dort. In einer halben Stunde. Reicht euch das?«

Kristen nickte wieder.

»Ja.«

»Gut. Bis ...«

»Moment, MacCannan!«

»Havebeeg?«

»Ich will, dass jemand Ella sichert, wenn sie versucht, den Bannfluch zu brechen. Sind Sie dazu bereit? Sie und Ihr Zirkel?«

»Sie verlangen nicht gerade wenig, Havebeeg.«

»Ja oder nein? Bei Nein lassen wir das Ganze sein.«
Fassungslos starrte Ella Christian an. »Das ist ja noch immer meine ...« Seine brüske Geste brachte sie zum Schweigen.
»So übel?«
»Lyresha war gut.«
»Besser als gut, wenn stimmt, was man gehört hat.«
»Ja oder nein? Ich werde Ella das Ganze nicht tun lassen, wenn ich nicht genau weiß, dass jemand da ist, der im Notfall verhindert, dass ich sie mitziehe.«
Für eine Sekunde herrschte abermals Stille. Ella hielt den Atem an. Etwas schien sich in Macs Stimme verändert zu haben, als er schließlich sprach. »Ich kann nur für mich sprechen: Ich bin bereit, Ella zu sichern. Und ich werde auch die anderen fragen. Reicht das?«
Christian nickte. »Mehr kann ich nicht verlangen, MacCannan.«
»Wir sehen uns in einer halben Stunde.« Damit hatte Mac aufgelegt.
»Ist das nicht meine Sache?«
»Was?« Umständlich beugte Christian sich vor, um das Glas auf den Tisch zu stellen.
Ella nahm es ihm ab, tat es an seiner Stelle. Der Ärger in ihrer Bewegung konnte ihm gar nicht entgehen. »Ob ich dieses Risiko eingehe und versuche, Lyreshas Bannfluch zu brechen oder nicht? Allein oder nicht.«
»Auf die Gefahr hin, mich zu wiederholen: Ich habe schon einmal meine Frau mit ins Verderben gerissen. Noch mal passiert mir das nicht. Nicht, wenn ich die Möglichkeit habe, es zu verhindern.«
Meine Frau ... Für eine Sekunde konnte Ella sich nicht rühren, beobachtete nur, wie er sich mühsam an der Krücke in die Höhe zog.

»Rufst du uns ein Taxi, oder soll ich das vom Concierge erledigen lassen?«
Sie blinzelte ihn an. *Meine Frau …*
»Ella …?« Er hatte sich zur Seite gelehnt, um nach der zweiten Krücke zu angeln, hielt jetzt aber inne und wandte sich ihr wieder ganz zu, sah auf sie hinab. Fragend. Nachdenklich.
Noch immer irgendwie … benommen stand sie vom Tischrand auf. *Meine Frau …*
Sein Blick fand ihren, hielt ihn fest. Plötzlich kühl und verschlossen. »Du musst das nicht tun. Du kannst dich umdrehen und zu dieser Tür hinausgehen. In spätestens 24 Stunden bin ich nur noch eine schlechte Erinnerung. Ein sauberer Schnitt … Du könntest sogar in dein altes Leben zurückkehren …«
Wie bitte? Hatte er geglaubt, ihr Zögern …? Sie starrte ihn an, öffnete den Mund, um ihm zu sagen, wie absurd das war – kein Ton kam über ihre Lippen.
»Sie hat in 800 Jahren ein Monster aus mir gemacht …«
»Hör auf damit!« Es brach einfach aus ihr heraus. Wütend. Heftig. »Hör auf damit, dich selbst zu zerfleischen. Du bist kein Monster!«
Er zischte. »Ach? Und was war auf diesem vermaledeiten Friedhof? Ich hätte dich fast vergewaltigt.«
»Vergewaltigt. Ja, klar. Erzähl den Schwachsinn jemand anderem.« Sie ballte die Fäuste. »Du hättest mir nie … – Du hast vorgegeben, das zu tun, was ich dir niemals verziehen hätte, weil du *wolltest,* dass ich dich hasse; weil du keine andere *Wahl* hattest.« Ihr Schnauben war hart. »Okay. Ich hatte Angst. In dem Moment. Du warst verdammt überzeugend. Zufrieden?« Sie biss die Zähne zusammen, funkelte ihn an. »Du bist kein Monster, Kristen Havebeeg. *Sie* war das Monster. *Du* bist nur ein riesiger … Esel!«

»Esel? Ein Esel, ja?«
»Ja, ein elender, dummer Esel. Der sich obendrein in Selbstmitleid suhlt.«
Sekundenlang starrten sie einander an. – Dann begann er, leise zu lachen. »800 Jahre, und *sie* hat mich nicht durchschaut. Keine zehn Wochen, und ich bin für dich ein offenes Buch.« Sein Gesicht hatte sich vor Schmerz verzogen. Er presste die Hand auf die Seite. »Das hat bisher nur eine geschafft.«
Ella holte langsam Atem. »Wer?« Sie ahnte die Antwort auf ihre Frage.
»Majte.«
Ihr Herz zog sich zusammen. Seine erste Frau. Seine große Liebe.
»Sie sagte manchmal: ›Lass es sein, Havebeeg‹, noch bevor ich überhaupt den Mund aufmachen konnte.« Er machte einen Schritt auf sie zu, blieb direkt vor ihr stehen. Sah ihr in die Augen, Sekunde um Sekunde, hob die Hand, ließ sie wieder sinken, schüttelte dabei in einer kleinen Bewegung den Kopf. »Ich würde alles dafür geben, um dich küssen zu können, Ella. Oder dich wenigstens berühren. Alles. Absolut«, sagte er dann kaum hörbar.
»Christian …«
»Kristen, Dr. Thorens. Kristen.« Ganz kurz geisterte jenes nur zu vertraute Lächeln um seine Lippen. Im nächsten Moment war es fort und er trat zurück. »Ich will, dass du mir etwas versprichst, Ella: Egal, was passiert, du wirst mich nicht anfassen. Aus keinem Grund. Festhalten, stützen. Nichts dergleichen.«
»Und wenn ich dich anfassen muss, um diesen Bannfluch zu brechen?«
»Darüber reden wir dann. Aber bis dahin will ich, dass du es mir versprichst! Keine Berührung zwischen uns.«

Sie presste die Lippen zusammen, nickte schließlich. Unwillig. Knapp. Wenn sie es nicht tat, würde er sich wahrscheinlich weigern, die Suite überhaupt zu verlassen. »Versprochen.«

»Danke. – Vielleicht solltest du den Wandlerbengel hereinlassen, bevor er noch irgendwelchen Blödsinn da draußen macht.«

Verblüfft sah sie zur Tür. »Mikah …«

»… steht schon eine ganze Weile vor der Tür. Er weiß vermutlich nur nicht, wie er es anstellen soll, dass ich aufmache. Die Masche mit dem ›Zimmerservice‹ wäre ja wohl eine Beleidigung.«

»Woher …?« Die Stirn gerunzelt, ging sie hinüber.

»Schon vergessen?« Er stützte den Ellbogen auf den Armbügel der Krücke und drehte die Handfläche nach oben. »Es gibt niemanden mehr, der ihn kontrolliert.« Die Flamme, die daraus emporschoss, schlug fast bis zur Decke. Nur um sofort wieder zu vergehen. Kein Vergleich zu dem ›Flämmchen‹, das er damals heraufbeschworen hatte, um ihr zu zeigen, dass es Magie tatsächlich gab. »Hexerei, ein gutes Gehör«, er packte den Handgriff wieder und kam ihr nachgehinkt, »und 800 Jahre Zeit, ein Gespür dafür zu entwickeln, wann jemand vor meiner Tür steht.«

Ella öffnete – und sah sich tatsächlich Mikah gegenüber. Der anscheinend eben die Hand gehoben hatte, um anzuklopfen. Hinter ihm standen die beiden Wandler, die ihm schon eine ganze Weile folgten. Sie waren irgendwann im *California Medical* aufgetaucht, als Kristen noch auf der Intensivstation gelegen hatte, und wichen ihm seitdem nicht mehr von der Seite.

Offenbar hatten sie es geschafft, den Concierge des Hotels loszuwerden. Zumindest war außer ihnen niemand auf dem Korridor.

»Hi.« Mikah ließ die Hand sinken, räusperte sich. Und trat hastig zurück, um Christian vorbeizulassen.
Der blieb auf gleicher Höhe mit ihm stehen. »Wir beide unterhalten uns noch. Waschweib.«
Mikah zeigte ihm die Zähne. Christian hob nur eine Braue, während er schon weiterhinkte, zwischen den beiden Hünen hindurch. Der Blick, den der Junge Ella zuwarf, als Christian an ihm vorbei war, war eindeutig hilflos.

Die alte Kirche lag in einer schmalen Seitengasse, die so eng war, dass sie eher die Bezeichnung ›Durchgang‹ verdient hätte. Eingezwängt zwischen Wohnhäusern und verborgen hinter einem metallenen Bauzaun, auf dem die Schilder diverser Baufirmen prangten, die sich auch mit ›Abriss‹ und ›Schuttentsorgung‹ auskannten. Zwei Glockentürme und ein rundes Fenster aus buntem Glas über dem Eingang ließen sie aussehen wie die Kopie einer alten, gotischen Kathedrale in klein. Und in einem ziemlich desolaten Zustand. Der Platz zwischen Treppe und Zaun war übersät mit alten Zeitungen, die der Wind dorthin getrieben haben musste, großen und kleinen Beton- und Steinbrocken, Brettern und Eisenteilen. An unzähligen Stellen waren die Bodenplatten zerbrochen und die Bruchstücke standen schief, teilweise sogar fast senkrecht in die Höhe. In den Ritzen wucherten Grasbüschel. Die Kette, die wohl gewöhnlich verhinderte, dass sich jemand zwischen den beiden Hälften des Bauzauns hindurchschob, baumelte lose auf der einen Seite.
Ella ging voran. Und sah sich dabei immer wieder nach Christian um, der ihr deutlich langsamer folgte. Anscheinend ließ die Wirkung von Whisky und Schmerztabletten allmählich nach. Schon im Taxi hatte er sich unübersehbar müde in die Ecke gelehnt. Inzwischen hatte ein permanen-

tes, leises Zittern ihn fest im Griff. Mikah war dicht hinter ihm, bereit, jederzeit zuzufassen – was ihm schon mehr als einen bösen Blick und ein unwilliges Zischen eingebracht hatte.

Der Junge hatte darauf bestanden, mitzukommen. Nein, genau genommen hatte er Christian schlicht erpresst: »Ich kann alleine bei euch mitfahren, oder wir folgen euch. Alle *drei!*« Etwas, von dem Mac sicherlich nicht begeistert gewesen wäre.

Am Fuß der Treppe blieb Ella stehen und wartete, bis die beiden zu ihr aufgeschlossen hatten. Schweiß stand auf Christians Stirn, perlte in feinen Rinnsalen seinen Hals abwärts und verschwand im Kragen seines Hemdes. Ihren Blick beantwortete er mit einem Kopfschütteln, nickte zur Tür am Ende der fünf Stufen hin, die ausgetreten und steil zu dem halbrunden Absatz vor ihr hinaufführten. »Geh weiter.«

Sie sah zu Mikah, der mit zu einem harten Strich zusammengepressten Lippen hinter Christian stehen geblieben war, wandte sich um und stieg die Treppe hinauf, hörte Mikahs fragendes Murmeln und Christians bissige Antwort, als sie ihr folgten.

Die Tür stand einen Spaltbreit offen. Sie öffnete sich weiter, als sie den Absatz erreichte. Eine Schar Tauben flatterte von dem kleinen Vordach darüber auf. Markus begrüßte Ella mit einem »Hi, Süße« und nickte Christian und Mikah knapp zu. »Mac wartet drinnen.« Er trat beiseite, um sie vorbeizulassen.

Im Inneren empfing sie Kälte. Unwillkürlich zog Ella die Schultern hoch, während sie weiterging. Ein paar alte Lampen an den Säulen, die das Dachgewölbe über ihnen trugen, sorgten für etwas Licht. Trotzdem nisteten die Schatten viel zu dunkel in den Ecken und Nischen. Über dem Altar hing ein blutig-detailreicher Christus am Kreuz, selbst kaum mehr als ein Schatten. Ihre Schritte hallten auf dem Steinboden.

J.J. hatte sich in den ersten Reihen auf einer der alten Sitzbänke zusammengekauert, die Arme um die Beine geschlungen, die Jacke fest um sich gezogen. Sie drehte sich um, als Markus die Tür hinter ihnen wieder schloss. Neben ihr stieß David sich gerade von der Bank ab, an der er gelehnt hatte. Mac kam ihr den Mittelgang entlang entgegen. Ohne Hast und trotzdem entschieden. Er nickte ihr mit einem kurzen Lächeln zu, dann ging sein Blick an ihr vorbei. Wieder ein Nicken. »Prinz Grigorijou.«

Prinz Grigorijou? Ella sah ihn erstaunt an. Mikah wurde rot. Macs Augen wanderten weiter. »Havebeeg.«

»MacCannan.« Christians Stimme klang vollkommen gelassen und normal. Ganz so, als sei alles mit ihm in bester Ordnung. Ella drehte sich zu ihm um. »Ein geniales Versteck. Alter geweihter Boden und gleichzeitig nahe genug an einem Übergang in die Schatten, so dass seine Anwesenheit hier überdeckt wird. Kompliment.«

Mac neigte den Kopf und wies hinter sich. »Wir müssen in die Krypta hinunter. Ich denke, es ist alles soweit vorbereitet. Ella muss sich nur noch mit dem entsprechenden Ritual vertraut machen.« Er schaute sie an. »Yazmin kommt auch noch.« Entschuldigend hob er die Hand. »Eigentlich wollte sie pünktlich sein. Aber du kennst ja Yazmin. – Ich denke, wir gehen trotzdem schon hinunter.« Er nickte zu Mikah. »Prinz Grigorijou kann ihr sagen, wo wir sind.«

»Ich komme mit.« Die Art, wie der Junge einen Schritt vor machte, seine geballten Fäuste, die kaum sichtbar gehobene Oberlippe … alles wirkte aufsässig.

Christian warf ihm einen Blick über die Schulter zu. »Ich

brauche keinen Leibwächter. Du bleibst hier oben. Was da unten passiert, ist nichts für dich.«

»Ich …«

»Nein!« Auch Christian bleckte jetzt andeutungsweise die Zähne. »Du bleibst hier oben und schickst diese Hexe in die Krypta, sobald sie auftaucht. Und du unterstehst dich, auch dort unten aufzutauchen, wenn du es nicht drauf anlegst, dass ich deinen Hintern persönlich wieder hier heraufbefördere.«

Mikah schob das Kinn vor, sagte aber nichts mehr. Christian wandte sich wieder Mac zu. »Gehen wir.«

Die Stufen in die Krypta hinunter lagen halb verborgen in einer Nische hinter einer der Säulen. Schmal und steil führten sie in die Tiefe. Für Christian mit den Krücken kaum zu bewältigen. Dass sie ausgetreten und schief waren, machte es nicht besser. Im Gegenteil. Mehr als einmal hielt Ella den Atem an, weil sie fürchtete, er könnte in der nächsten Sekunde das Gleichgewicht verlieren. Jetzt war ihr auch klar, warum er darauf bestanden hatte, dass sie hinter ihm ging. So würde er sie nicht berühren, falls er wirklich stürzte. Als er unten war, klebte ihm das Hemd an Rücken und Schultern.

Auf der letzten Stufe schlug Ella eisige Kälte entgegen. Es schien, als hätte sie eine unsichtbare Grenze überschritten. Eine einzige Grabplatte war ungefähr in der Mitte in den Boden eingelassen. Auf zwei Vorsprüngen in der Nähe der Treppe brannten Kerzen dicht an dicht. Ihr Licht reichte mühelos bis in die Ecken. – Alle, bis auf eine: die am gegenüberliegenden Ende der Krypta. Mac musste den Kopf einziehen, um nicht an die Decke zu stoßen. Christian ging es nicht viel besser. Alles in allem maß der Raum vielleicht gerade sechs auf sechs Meter. In einer Nische in der gegenüberliegenden Wand lag der Codex. Wie hypnotisiert hinkte Christian darauf zu. Auf dem Boden daneben stand eine Marienstatue, wahrscheinlich die eigentliche Bewohnerin der Nische.

Mit einem Mal unübersehbar angespannt und wachsam, folgte Mac ihm. So als würde es ihm mehr als widerstreben, Kristen Havebeeg auch nur in die Nähe des alten, ledergebundenen Folianten zu lassen. Christians Haltung verriet, dass er sich dessen nur zu bewusst war – und dazu bereit, sich seinen Weg zu diesem Buch notfalls auch mit Gewalt zu ebnen. Als Christian schließlich die Hand danach ausstreckte, ballte Mac die Fäuste, als könnte er sich nur so selbst daran hindern, den anderen am Arm zu packen und zurückzureißen.

Ella war ihnen gefolgt, trat nun zwischen die beiden Männer. Nicht, dass sie vermutlich irgendetwas gegen auch nur einen von ihnen ausrichten konnte, sollten sie tatsächlich beschließen, sich gegenseitig an die Kehle zu gehen. Aber sie vertraute darauf, dass keiner von ihnen sie in Gefahr bringen würde.

Markus, David und J. J. waren bei der Treppe geblieben. So, als wollten sie dem alten Buch nicht zu nahe kommen, sofern es nicht absolut notwendig war.

Christian schien genau zu wissen, wo er nach dem Spruch suchen musste, der ihn von seinem Bannfluch befreien würde – und sein Leben retten konnte. Er blätterte nur kurz, bis er die richtige Stelle gefunden hatte. Sie konnte das kaum merkliche Zittern sehen, mit dem er die Hand flach auf die Seite legte, die Finger gespreizt, als wollte er den ganzen Text damit abdecken. Einen Moment lang schloss er die Augen. Sein Atem trieb in einer fahlen Nebelwolke davon, als er ihn nach einer Sekunde irgendwie bebend langsam wieder ausstieß.

Dann nahm er die Hand weg und beugte sich vor, folgte

mit den Fingerspitzen den Zeilen. Ella spähte an ihm vorbei. Die Schrift war verschnörkelt und kaum zu entziffern. Christian schien damit keinerlei Probleme zu haben.
»Wir brauchen eine Schale. Und jemand wird ihr seinen Dolch leihen müssen.« Die Worte galten niemandem Bestimmten. Dabei klangen sie seltsam hastig, abgehackt, fast, als würde ihm die Luft zum Sprechen fehlen. Neben ihr nickte Mac schweigend.
Das ungute Gefühl war schlagartig da. Zusammen mit den Bildern. *Die platinblonde Dämonen-Hexe, die Christian einen Dolch quer über die Brust zog, wie er hochzuckte, wieder zurückfiel, Blut, das über seine Rippen abwärtsrann …* »Wieso wird mir jemand seinen Dolch leihen müssen?« Sie würde ihm so etwas nicht antun. Und wenn sie keine Wahl hatte? Wenn dieses Ritual sie dazu zwang?
»Weil wir etwas von deinem Blut mit meinem mischen müssen. Und weil du diejenige sein musst, die es fließen lässt.« Er sah sie an. Ellas Magen krampfte sich zusammen.
»Wie viel …?« Sie schluckte den bitteren Geschmack hinunter, der plötzlich auf ihrer Zunge war.
»Nicht viel. Von dir. Zwei, drei Tropfen. Ein Schnitt in den Finger. Mehr nicht.«
»Und von dir?«
»Genug, um die Linien des Bannfluchs damit nachzeichnen zu können.« Er schnitt eine Grimasse. »Sieht so aus, als müsstest du mich doch berühren.«
Unwillkürlich schüttelte sie den Kopf. Sein Zustand war schlecht genug. Sie würde ihn nicht auch noch … zur Ader lassen.
Sein Mund verzog sich. »Ich fürchte, du hast keine andere Wahl. – Es sei denn, du willst das Ganze hier beenden …«
»Nein!« Heftig. Hart. Wie konnte er auch nur eine Sekunde

annehmen, sie würde es überhaupt in Erwägung ziehen, ›das Ganze hier zu *beenden*‹? »Nein. Ich werde es tun …«

»Dann wäre es vielleicht am besten, wenn du dich mit dem Ritual selbst vertraut machst.« Christian trat einen Schritt zurück. »Kannst du das les-…?« Der Hustenanfall kam so plötzlich, dass er ihn mitten im Wort unterbrach. Er presste die Hand auf die Lippen, krümmte die Schultern, hustete weiter, rang dazwischen immer wieder nach Luft. Dass Ella erschrocken die Hand nach ihm ausstreckte, beantwortete er mit einem gekeuchten »Nein!« und einem heftigen Kopfschütteln.

Es schien eine Ewigkeit zu dauern, bis es vorbei war. Noch immer atemlos ließ Christian die Hand sinken, warf einen kurzen Blick darauf, während er sich schwer gegen die Wand neben der Nische lehnte, wischte sie wie beiläufig an seinen Jeans ab, nickte zu dem Folianten hin, räusperte sich. »Kannst du das lesen?«

Ella starrte ihn an. Blut. Sie hatte es genau gesehen. Auf seiner Handfläche war Blut gewesen. Wieder verzog er den Mund. »Scheint so, als würde mir die Zeit ein bisschen davonlaufen. – Also: Kannst du das lesen?« Blut … Nur mit Mühe schaffte sie es, den Blick von ihm loszureißen, sich dem Buch zuzuwenden … Für eine Sekunde schienen die verschnörkelten Buchstaben zu verschwimmen … sie blinzelte heftig, bis sie wieder klar sehen konnte … »Ja. Ja, ich kann es lesen.«

»Dann lies es dir in Ruhe durch und präg es dir ein. Ich kümmere mich derweil um alles andere.« Mühsam stieß er sich wieder von der Wand ab. »Auf ein Wort, MacCannan?«

Mac nickte, folgte ihm ein Stück, weg von Ella.

Sie wusste, sie sollte nicht lauschen – trotzdem tat sie es. Was Christian sagte, verstand sie nicht. Nur Macs Antwort:

»So hätte ich ohnehin entschieden.« Was entschieden? Sie versuchte, sich auf die verschnörkelten Buchstaben zu konzentrieren. Hinter ihr hustete Christian erneut. Diesmal schien es länger zu dauern, bis er wieder besser Luft bekam.
»Wie sieht es mit dem Dolch und der Schale aus?« Seine Stimme klang so rau und atemlos, dass die Buchstaben erneut verschwammen. Sie wischte sich mit den Handballen über die Augen. Hastig. Heftig.
»Wahrscheinlich ist es am besten, wenn sie meinen Dolch nimmt.« J. J.
Christian murmelte etwas.
»Natürlich.« Wieder J. J. Seltsam ... angespannt.
Sie presste die Lider aufeinander, fixierte die Zeilen, bemühte sich, die Stimmen hinter sich auszublenden, zu begreifen, was da stand, es sich zu merken ...
»Bist du bereit?« Sie zuckte zusammen, als er die Frage stellte. Jetzt direkt neben ihr. Sie wollte ›Nein‹ sagen. Stattdessen nickte sie. Es würde nicht besser werden, wenn sie noch Stunden auf das Blatt starrte. Was da stand, klang so einfach ... ›*so sollst du die Bande trennen, die die Seelen an den/die Lebenden fesseln*‹. Aber es würde es nicht sein. Nicht nach dem, was sie gespürt hatte, als sie Christian vorhin in der Hotelsuite diesen Sekundenbruchteil berührt hatte. Sie drehte sich zu ihm um. Mit dem Ellbogen auf die Krücke gestützt, hielt er ihr eine kleine Schale entgegen. J. J.s Ritualdolch lag darin. Mit dem Griff zu ihr. Vorsichtig nahm Ella ihm beides ab. Seine Haut war grau.
Wortlos drehte Christian den Arm, streckte ihn ihr hin, die Unterseite nach oben. »Ein Schnitt in die Handfläche gibt nicht genug her.« Seine Worte schnürten ihr die Kehle zusammen. Trotzdem zog sie die Klinge über seinen Unterarm und hielt die Schale darunter, beobachtete, wie sein Blut hineinlief.

Zwei Mal setzte sie dazu an, ihm zu sagen, dass es genug war. Jedes Mal schüttelte er den Kopf. Erst beim dritten Mal nickte er – und ließ es wieder nicht zu, dass sie ihn berührte, um wenigstens den Schnitt zu schließen. Stattdessen zerrte er ein Taschentuch hervor und presste es darauf.

Ella biss die Zähne zusammen und schwieg, während sie die Dolchspitze in ihre Fingerkuppe drückte. Zwei, drei Tropfen hatte er gesagt. Sie ließ sie zu seinem Blut in die Schale fallen. Presste dann den Daumen auf den Schnitt, damit es schneller aufhörte zu bluten. Sie würde ihn berühren müssen. Das Ritual verlangte, dass sie ihr Blut auf den Bannfluch strich. Den *gesamten* Bannfluch.

Ella legte die Finger fester um die Schale. »Ich fürchte, du wirst dich ausziehen müssen. Ganz.«

Ein bitter-zynisches Lächeln zuckte um seinen Mund. »Ist ja nicht so, dass es das erste Mal vor Zuschauern wäre.«

Seine Worte zogen etwas in ihrem Inneren zusammen. Taten weh. »Hör auf damit.«

Er sagte nichts. Begann einfach nur, das Hemd aufzuknöpfen. Umständlich mit einer Hand. Streifte es ab, während er gleichzeitig die Schuhe von den Füßen trat. Schälte sich mühsam aus den Jeans, den Socken. Stützte sich dabei schwer auf seine Krücken. Wo die Kälte auf nackte Haut traf, bekam er sofort eine Gänsehaut. Nacheinander zog er die Mullpflaster ab, unter denen sich die Schnitte verbargen, die dieses blonde Miststück ihm zugefügt hatte. Und über denen die Linien des Bannfluchs vollkommen unversehrt waren. Genau wie über der OP-Narbe unter seinem Brustbein. Mac und die anderen rührten sich nicht. Zuletzt die Shorts. Um den Bannfluch war die Haut feuerrot und geschwollen. Sein ganzer Körper glänzte vor Schweiß. Auch wenn er es versucht hätte, hätte er das Zittern nicht mehr verbergen können. Sie wusste nicht, ob vor Fieber oder vor Schmerz. Die Tabletten und der Whisky mussten ihre Wirkung schon vor einer ganzen Weile endgültig verloren haben.

»Ja, ja, ich weiß, ich bin zu … Heiliger Himalaja.« Yazmin stoppte mitten auf der Treppe. Mit einem bewundernden Pfiff ließ sie den Blick an Christian auf und ab wandern. Schlagartig stand er stocksteif. »Erst dieser knuddelige Wolf da oben und jetzt *das*. Warum sagt ihr mir nicht, dass ihr hier Orgien feiert …«

Ella sah den Moment, in dem etwas in ihm umschlug, die Sekunde, in der seine Augen seltsam … glasig wurden, ein träges, gefährliches Lächeln auf seinen Lippen erschien …

Er drehte sich um. »Willst du an dieser *Orgie* teilnehmen, Liebling?«

Seine Stimme jagte Ella einen Schauer den Rücken hinunter.

J. J. schnappte nach Luft, während David gleichzeitig einen Schritt vorwärtsmachte. Ebenso wie Markus und Mac.

Yazmins Plappern endete abrupt. »Scheiße, Havebeeg.« Sie stolperte zurück.

Ohne nachzudenken, trat Ella um Christian herum, stellte sich zwischen ihn und Yazmin. Und war sich nicht sicher, was sie eigentlich damit bezweckte: *Ihn* vor ihren Blicken zu verbergen oder *sie* vor ihm zu beschützen. »Lass ihn in Ruhe.« Erst jetzt merkte sie, dass sie das Heft von J. J.s Dolch so fest umklammerte, dass ihre Finger schmerzten. Sie musste sich zwingen, ihren Griff zu lockern.

»Wenn du das sagst …« Yazmins Lachen klang gezwungen. »Warum kriegen eigentlich immer die anderen Mädels die heißen Typen. – Kann ich dann wenigstens den

Wolf oben …?« Ein scharfer Laut von Mac. Abwehrend hob sie die Hände. »Schon gut, schon gut.« Schmollend zog sie das schreiend bunte Batiktuch fester um ihre Schultern. »Man wird ja wohl noch fragen dürfen. Er ist nun mal süß.«

Ella hatte sich zu Christian umgedreht. Seine Augen hingen nach wie vor auf Yazmin. Und auch dieses entsetzliche Lächeln war noch auf seinen Lippen. »Christian.« Sie sah es in seinen Augen. Das, von dem Mikah in dem Park gegenüber dem Havreux Tower gesprochen hatte, das, was in seinem Verstand zerbrochen war … »Christian. Schau mich an. Hörst du mich? Christian?« Keine Reaktion. »Kristen, bitte. Schau mich an. Wir sind hier, um diesen Bannfluch zu brechen. Erinnerst du dich? Schau mich an.« Noch immer: nichts. Als würde sie nicht existieren. Sie leckte sich die Lippen und schickte ein Stoßgebet zum Himmel, dass sie damit nicht noch größeren Schaden anrichtete. »Lass es sein, Havebeeg.«

Er blinzelte. Wieder. Und wieder. Seine Augen senkten sich zu ihr. Wieder ein Blinzeln, das Glasige verging, dann ein langsamer Atemzug. Der in einem Hustenanfall endete. Christian drückte die Faust auf die Brust, als könnte er so dem Schmerz begegnen. Es war vorbei.

»Lass uns anfangen.« Sie sagte es, so sanft sie konnte. Obwohl sie in diesem Moment diesem elenden Dämonenweib alle Qualen der Hölle an den Hals wünschte.

Christian nickte. Noch immer atemlos. Das »Danke« war so leise, dass nur sie es verstehen konnte. »Da drüben!« Mit dem Kinn wies er in die hintere Ecke der Krypta. Dort, wo die Schatten trotz all der Kerzen noch immer zu dunkel waren. Ella folgte ihm schweigend, die Schale mit dem Blut fest in den Händen, die Augen unverwandt auf seinem Rücken.

Schließlich blieb er stehen, drehte sich wieder zu ihr um, reichte David wortlos die Krücken, versuchte, möglichst wenig Gewicht auf sein verletztes Bein zu verlagern, ohne dabei gänzlich nur auf dem gesunden zu stehen. Und sah ihr in die Augen. Das Grau seiner Iris war dunkel, trüb, die grünen und goldenen Sprengsel darin nur noch schmutzigverwaschene Flecken.

Es war Mac, der den Kreis um sie zog. Zum Schutz. Und um zugleich die Schatten ein Stück weit in ihre Welt zu ziehen. Ein Kreis, der in seinem Inneren das Reich einer Puppenspielerin beherbergte. Das Ende der Kreide berührte den Anfang, und die Luft wurde mit einem Schlag noch eisiger, während das Licht im selben Moment fahl wurde. Schwer. Erstickend. Sie hatte das hier schon ein, zwei Mal am eigenen Leib erfahren, als Mac ihr gezeigt hatte, wie sie ihre zweite Gabe benutzen konnte, den Schritt hinüber tun konnte. Aber immer nur kurz. Geschützt von seiner Macht. Es war nur ein flüchtiger Blick in eine andere Welt gewesen. Nichts, was man mit dem hier vergleichen konnte. Nichts, von dem das Leben eines Menschen abgehangen hätte. Eines Menschen, den sie liebte. Ihr Magen war ein würgender Knoten direkt in ihrer Kehle. Nur am Rande nahm sie wahr, dass Mac, J. J., David, Markus und Yazmin sich um den Kreis herumgekniet hatten. Jeder eine Hand auf dem Steinboden, die andere am Kreis.

Christian sah sie immer noch an. Schluckte hart, murmelte: »Fang an«, und schloss die Augen. Die Hände an den Seiten zu Fäusten geschlossen.

Sie trat weiter auf ihn zu, tauchte die Fingerspitzen in das Blut. Das blasse Licht raunte, flüsterte, kicherte. ›*Puppenspielerin.*‹ Langsam ging sie in die Knie. Von außen nach innen. Vom Ende zum Anfang. Vom entferntesten Punkt zum Herzen.

Es war wie zuvor, kaum, dass sie die Spitze des Echsenschwanzes berührte, als der sich die Linien des Tattoos um seinen rechten Knöchel schlangen. Schmerz. Der nach ihr schlug. Sich durch ihre Barriere fressen wollte. Und obwohl sie damit gerechnet hatte, traf es sie beinah ebenso unvermutet wie zuvor. – In der gleichen Sekunde erwachte der Bannfluch. Christian keuchte erstickt, wankte, fing sich wieder, die Finger jetzt zu Klauen gekrümmt, jeder Muskel von einem Herzschlag zum nächsten zum Zerreißen gespannt. Der Schmerz fauchte durch ihre andere Gabe bis zu ihr, den Bruchteil einer Sekunde. Dann hatte er seine eigene Macht wieder unter Kontrolle, verbarg die Qual vor ihr. Sie biss die Zähne zusammen, ließ ihre Fingerspitzen den Linien folgen. Schwarz. Rötlich ockern. Die sich unter ihrer Berührung, dem Blut wanden. Schatten und Schattierungen. Die sich ihr zu entziehen versuchten. Auf grausame Art lebendig. Nur dazu geschaffen, zu kontrollieren, zu beherrschen, Schmerz zuzufügen.
Sein Bein hinauf.
Oberschenkel.
Hüfte.
Das andere Bein.
Die Klauen, direkt über seinem Geschlecht. Unter den Krallenspitzen perlte Blut. Vermischte sich mit dem, was sie auf die Linien strich.
Bauch, Rippen.
Die Seite.
Der Rücken. Die Klauen öffneten und schlossen sich, zogen noch mehr Blut. Stöhnend ließ er den Kopf in den Nacken fallen, das Gesicht vor Schmerz verzerrt. Die Sehnen an seinen Schultern, seinem Hals, dem Nacken traten hervor. Das fahle Licht zog sich mehr und mehr um sie zusammen. Wisperte ihren Namen. Seinen. Raunte ›*Puppenspielerin*‹.

Wieder und wieder. Sie merkte kaum, dass sie um ihn herumging. Zentimeter für Zentimeter. Immer wieder die Fingerspitzen in das Blut in ihrer Schale tauchte.

Die Schultern, die Arme.

Da war noch etwas anderes, jenseits der Linien und zugleich Teil von ihnen. Seelen. Zwei. Seine Atemzüge wurden kürzer, flacher, abgehackter. Mit jedem Mal mehr. Weiße Wolken in der Kälte.

Nach vorne, die rechte Seite seiner Brust. Er taumelte unvermittelt, krümmte sich vornüber, sekundenlang. Keuchend. Und richtete sich wieder auf, zitternd, am ganzen Körper, nach Atem ringend. Richtete sich auf, damit sie weitermachen konnte. Nahm die Schultern zurück. Die Lider mit aller Gewalt aufeinandergepresst. Die Hände noch immer zu Fäusten geschlossen. Seine Rippen hoben und senkten sich viel zu schnell. Schweiß rann in Strömen über seine Haut. Vermischte sich mit dem Blut. Wurde zu Reif.

Die linke Seite … Er schrie auf, als sie das Zentrum des Tattoos erreichte, die Stelle genau über dem Herzen, brach in die Knie, stürzte auf die Seite, schaffte es im letzten Moment, sich abzufangen, mit beiden Händen auf dem Boden abzustützen, das verletzte Bein ungeschickt zur Seite gestreckt. Sein Atem flog, jedes einzelne Luftholen fast ein Schrei. Ella spürte Tränen in ihren Augen. Trotzdem machte sie weiter. Stellte die Schale auf den Boden, kniete sich neben ihn, eine Hand auf seiner Brust, die andere auf dem Rücken. Der Kreis schloss sich endgültig. Ihr Blut mit seinem vermischt. Ihre Haut auf seiner. Das Licht zog sich noch weiter um sie. Sein Herz raste unter ihrer Hand. Der Bannfluch heulte in ihrem Geist. Christian krümmte sich vornüber. Riss den Mund zu einem gequälten Schrei auf, ohne einen Laut hervorzubringen.

Ella schloss die Augen. Versuchte zu vergessen, was um sie war, die Kälte, die keuchenden Atemzüge, der rasende Herzschlag unter ihrer Hand. Der Schmerz, der sich durch ihre Barriere fraß, in ihren Geist wollte. Versuchte, mit der Gabe der Puppenspielerin zu sehen. Den Bannfluch auf seiner Haut, der sich wand, sich aufbäumte, sich in seinen Körper fraß, den letzten Befehl seiner Herrin ausführte: Töte! Versuchte, seine Macht zu sehen; feine, winzige Fäden, Lage um Lage, wie ein Kokon. Ein Kokon, der brannte und waberte. Sich wie lebendige Schatten auf der Haut wand und räkelte. Dunkel. Böse. Voller Hass. Glitt mit ihrer Gabe tiefer, strich durch den Pfad aus ihrem und seinem Blut, bis zu seinem Zentrum. Und fand die Quelle. Das, was ihm so viel Macht über diesen einen Hexer gab. Körper und Geist. Fand die Verbindung von Seele zu Seele. Klar und rein. Mächtig. Ein Name. Wie ein Flüstern.

Majte.

»Ich liebe dich …« Worte, jahrhundertealt. Gegen ihn benutzt. Zum Verhängnis geworden. Grund für einen viel zu frühen Tod. *Majte.* Darunter: eine zweite Quelle. Klein. Und in ihrer Unschuld umso mächtiger. *Sein Sohn.*

Sie spürte Tränen auf ihren Wangen. So viel Elend und Leid, nur wegen der Bosheit und Machtgier einer einzigen Kreatur. Majte und sein Kind. Ermordet, um Kristen durch seine Liebe für sie zu binden. Ellas Stimme erstickte fast in ihrem Geist, als sie sie rief.

Die Seelen antworteten.

Weinten.

Flüsterten.

Traurig.

Sanft.

Zärtlich.

Liebevoll.

Streckten sich ihr und ihrer Gabe entgegen. Christian schrie, sackte weiter vornüber. Erschrocken drückte Ella die Hand fester gegen seine Brust, spürte das harte, hilflose Schluchzen darin. Etwas zerrte an ihr, eine andere Macht. Mac. *Sicherheit* ... Sie stieß ihn zurück. Weigerte sich, nachzulassen in dem, was sie tat. Die Seelen entglitten ihr. Nein! Der Bannfluch brüllte, jagte noch mehr Schmerz durch seinen Körper, nahm ihm noch mehr den Atem, ließ ihm noch nicht einmal genug, um erneut zu schreien.
Jemand anders schrie an seiner Stelle. Wütend. Wild. Ihre eigene Stimme. »Seid gesehen. Seid befreit.« Die Worte aus dem Zweiten Codex. Hart. Zornig. Diesmal streckte sie sich den Seelen entgegen. Eine Berührung. Federleicht. Ein Lachen. ... Zärtlich. Der Bannfluch tobte. Sie schlug mit ihrer Gabe nach ihm. Trieb ihre eigenen, unsichtbaren Krallen in ihn hinein. Ein Spalt klaffte, zwischen ihm und den Seelen. Haarfein. Nur einen Hauch breit. Christian krümmte sich weiter zusammen. Wieder eine Berührung. Anders diesmal. Kälte fraß sich in ihre Lungen. Sie riss die Augen auf. Ein Schatten waberte über Christians Schulter, verdichtete sich, verblasste wieder. Nein! »Seid gesehen. Seid befreit.« Sie griff nach J. J.s Dolch, tauchte die Spitze in die Schale mit Blut und zog sie Christian quer über die linke Brust. Direkt über dem Herzen. Ein Aufkreischen in ihrem Geist. Christian schrie auf, presste die Hände gegen die Brust, würgte, hustete ... Schlagartig war es still.
Sie stand vollkommen reglos. Auf der anderen Seite des Kreises. Ihren Sohn im Arm. Sah auf den Mann hinab, der zu ihren Füßen kauerte, noch immer zwischen Husten und Schluchzen nach Atem rang. Wunderschön. Ein Schatten und doch nicht. Lächelte zärtlich auf ihn hinab. Ihr Haar bewegte sich in einem nicht existierenden Wind. Lang. Schimmernd wie gesponnene Seide. Das Kleid bis zum Bo-

den. Es spielte um ihre Beine. Majte Havebeeg. Eine Ewigkeit stand sie da. Ohne sich zu bewegen. Bis sie sich vorbeugte. Ihm über die Wange strich. Abrupt hob Kristen den Kopf. Starrte sie an. Ohne sie zu sehen. Sie zog die Hand zurück, plötzlich wieder Trauer im Blick. Und dann sah sie Ella an. Das Lächeln kam zurück. Sie sagte etwas. Leise. Sanft. Zwei Worte nur: *»Liebe ihn.«*

»Das werde ich.« Ihre Hand streckte sich wie von selbst aus, verwischte den Kreis, brach ihn. – Und sie war mit Christian allein in seinem Inneren.

Das Blut rauschte in ihren Ohren. Christian schien ein Stück weiter vornübergesunken zu sein. Sein Herz schlug noch immer viel zu schnell unter ihrer Handfläche. Aber darüber hinaus spürte sie … nichts. Gar nichts. Der Bannfluch war … tot. Seine Linien nichts anderes mehr als eine kunstvolle Tätowierung.

Mac beugte sich über sie. »Ich hätte nicht gedacht, dass du es schaffst.« Kein Wort darüber, dass sie seine Macht zurückgestoßen hatte. »Kannst du aufstehen?«

Zögernd nahm sie die Hand von Christians Brust, versuchte ein Nicken. Ihre Beine waren anderer Meinung. Mac zog sie behutsam vom Boden hoch. Neben ihr klimperten Yazmins Armreifen, als sie ihr Batiktuch über Christian breitete. Die Farben erschienen Ella viel zu grell. J. J. tauchte an ihrer anderen Seite auf, legte den Arm um ihre Schultern. »Komm, du musst dich jetzt erst einmal ausruhen.« David beugte sich zu Christian, wollte ihm ebenfalls aufhelfen. Sein scharfes Luftholen ließ sie herumfahren. Eben sank Christian langsam auf die Seite. Blut hing unter seiner Nase, suchte sich als roter Faden einen Weg über seine Wange abwärts zum Ohr …

»Nein!« Mit einem Schrei stieß sie David beiseite … Ihre Hände berührten seine Brust. Seine Haut war eiskalt …

Es war wie damals in der Gasse. Ihre Gabe erwachte mit aller Macht ... Zu schnell, um sie noch zu kontrollieren ... Dunkelheit begrub ihren Verstand.

Unter Ellas Wange war ein Kissen. Im ersten Moment spürte sie nichts anderes. Mühsam öffnete sie die Augen ... lange Beine in abgewetzten Jeans. Der Knöchel entspannt auf dem Knie, eine Hand locker darum. Augen, die sie beobachteten. Grau. Kühl. Schweigend. Ein Raubtier auf der Lauer ... Ella schoss senkrecht in die Höhe. Der Schmerz erwachte schlagartig hinter ihrer Stirn. Sie presste die Hand dagegen ...

»Christian ...«

»Kristen.« Geschmeidig erhob er sich aus dem Sessel gegenüber dem Sofa, auf dem sie lag, griff eine Tasse von dem Tischchen neben sich, kam damit zu ihr herüber. Macs Sofa. »Du lernst es nicht mehr, nicht wahr? Oder spielst du einfach nur gerne russisches Roulette mit deinem Leben?« Er hielt ihr die Tasse hin, die Miene unbewegt. »Das soll ich dir von MacCannan geben. Gegen die Kopfschmerzen.« Ebenso geschmeidig, wie er aus dem Sessel aufgestanden war, kniete er sich neben das Sofa. »Er ist anscheinend verdammt gut in solchen Sachen.«

»Du ...« Das Grau seiner Iris hatte die Trübe verloren. Schlagartig klopfte ihr Herz in ihrer Kehle. »Du ...« Anstatt ihm die Tasse aus den Händen zu nehmen, legte sie ihre gegen seine Wange. »Es geht dir gut?« Wie immer prallte sie gegen eine Mauer.

Von einem Augenblick zum nächsten war die Kühle verschwunden. Dieses kurze, nur zu vertraute Lächeln huschte über seine Lippen. »Dank dir.« Er zog ihre Hand von seiner Wange, küsste ihre Knöchel. Sacht. Zärtlich. Stellte in der gleichen Bewegung die Tasse vor sich auf den Boden.

»Es ... Es ist also vorbei.« Ihre Stimme klang belegt. Wenn es nicht so wäre, hätte er nicht zugelassen, dass sie ihn berührte. Wenn es nicht so wäre, dann ... hätte sie dann nicht zumindest den Bannfluch gespürt?
»Ja.«
›Ja.‹ Ganz einfach. Mehr nicht. Plötzlich hatte sie Angst. Ohne zu wissen, wovor genau. Davor, dass er einfach gehen würde? Immerhin war er jetzt frei. Er brauchte sie nicht mehr. *›Liebe ihn.‹*
»Und ... was wird jetzt?« Sie räusperte sich. »Kannst du ... kannst du bitte aufstehen. Ich will das nicht.«
Ein kurzes Schulterzucken. »Es ist nicht mehr von Bedeutung.« Trotzdem wechselte er vom Boden neben sie auf den Rand des Sofas. Sein Daumen strich über ihren Handrücken. »Ich weiß es nicht.« Er sah auf ihre Hände. »Ich habe mit deinem Freund MacCannan gesprochen. Er hat mir den Schutz seines Zirkels angeboten. Und Immunität. Im Austausch für Informationen darüber, was in L.A. so in den Schatten geschieht. Offenbar hat er vor, Lyreshas Brut auszuheben. Und nachdem ich jeden noch so kleinen Hof hier und in der Umgebung sozusagen aus erster Hand kenne und ihr so lange als Statthalter gedient habe ... Ich habe ihre Spiele 800 Jahre gespielt. Wer sollte besser über das Ganze Bescheid wissen, wenn nicht ich?« Wieder zuckte er die Schulter. »Und niemand erfährt, dass Christian Havreux und Kristen Havebeeg ein und derselbe sind. – Das Angebot könnte schlechter sein.«
›Liebe ihn.‹
»Das heißt, du bleibst in L.A.?«
»Vorerst zumindest. – Wo sollte ich auch sonst hingehen?«
›Liebe ihn.‹
›Das werde ich.‹

Ella holte langsam Atem. »Wir sind ein gutes Team, meinst du nicht?«
»Ein gutes Team?« Er neigte den Kopf. Hob fragend eine Braue.
»Ja. Ein gutes Team. – Sieht man einmal von der ein oder anderen Unstimmigkeit ab. Aber so etwas gibt es in jeder Beziehung.«
»Beziehung?«
»Beziehung.« Das Wort sollte fest klingen. Nur tat es das nicht. Zumindest nicht in ihren Ohren.
Seine Augen wirkten seltsam dunkel, während sie wie schon so oft in ihren forschten. Sekundenlang. Eine Ewigkeit. »Du willst mich also wirklich in deinem Leben? Trotz allem?«
Schlagartig war Ellas Kehle ausgedörrt. Sie nickte. »Ja.«
Er beugte sich über sie. Zeichnete federleicht mit den Fingerspitzen ihre Brauen nach, glitt über ihre Schläfe, in ihr Haar. »Genug, um meine Frau zu werden?«
Sie vergaß, wie man atmete. Starrte ihn an. Brachte das eine Wort dann doch heraus. »Ja.« Dass er ihr Krächzen hörte, war ein Wunder. Dass er es richtig verstanden hatte, bewies ihr sein Kuss. Langsam. Tief. Träge. Und unendlich zart. Als er den Mund von ihrem nahm, musste sie sich an seinen Schultern festhalten. Er lächelte, strich mit dem Daumen über die Linie ihrer Lippen, die Finger noch immer in ihrem Haar vergraben. »Dann, Dr. Thorens, gehöre ich ganz dir.«

Vier Wochen später

Schaudernd zog Ella die Schultern in die Höhe und stellte den Kragen ihrer Jacke auf. Der Wind war eiskalt. Tief unter ihr gischtete die See gegen die Klippen. Kristen stand nur ein paar Meter weiter, gefährlich nah an der Kante und starrte hinab. Angstbewältigung extrem. Helgoland. Hier war er vor Jahrhunderten zu Hause gewesen. Verheiratet. Er hatte einen Sohn gehabt. Wenn auch nur für kurze Zeit.
Ihr Handy vibrierte in ihrer Jackentasche. Sie zog es heraus, ging ran. Kristen hatte sich zu ihr umgedreht. Seit damals in dieser alten Kirche hatte sie ihre Puppenspieler-Gabe nicht wieder benutzt. Wenn es nach ihr ging, würde sie es auch nie wieder tun. »Thorens.«
»Du musst etwas tun! Das kannst du nicht zulassen. Er hat mich auf dieser … bescheuerten Schule angemeldet … Die Unterlagen waren heute in der Post … Ich dachte, er macht Witze …«
»Mikah?« Irritiert sah Ella zu Kristen hinüber. Beim Namen des jungen Wandlers – nein, Wandler-Prinzen – schien er sich im letzten Moment ein Lächeln zu verbeißen. So, als hätte er mit einem solchen Anruf gerechnet. Er löste sich vom Rand der Klippen, kam auf sie zu.
»Ja. – Sag ihm, dass ich da nicht hingehen werde.«
»Wohin wirst du nicht gehen? Von welcher ›Schule‹ sprichst du?«
»Stanford!«
»Stanford?« Ella riss die Augen auf. »Er hat dir so kurzfristig einen Platz in Stanford besorgt?«
Ein Schnauben. »Ja, aber ich will …«

»Gib ihn mir.« Kristen war neben ihr stehen geblieben, streckte die Hand nach dem Handy aus. Sie überließ es ihm, neigte sich aber so nah zu ihm, dass sie mithören konnte. Und schob ihm dabei ganz unauffällig den Arm um die Mitte. Unter dem Mantel. »Was ist dein Problem, Kleiner? Wir hatten das geklärt.« Ein kurzer, spöttischer-belustigter Blick aus dem Augenwinkel, dann nahm er das Handy in die andere Hand, legte seinerseits den Arm um sie und zog sie noch enger an sich heran.

Es klang, als würde Mikah mit einem Stöhnen die Augen verdrehen. »Ich will aber nicht nach Stanford. Ich will in L.A. bleiben. Die Uni hier ist auch gut.«

»Das ist alles mit deiner Urgroßmutter abgesprochen, Welpe. – Und falls du es vergessen hast: Du warst da schon einmal eingeschrieben. Meinen Informationen zufolge hattest du dich sogar selbst dort beworben.«

»Ich habe meine Meinung geändert.« Mit jedem Wort wurde Mikahs Tonfall aufsässiger – und zugleich irgendwie immer … hilfloser. »Ich werde da nicht hingehen.«

Kristen räusperte sich leicht. »Du erinnerst dich, was passiert ist, als du das letzte Mal so einen Ton mir gegenüber draufhattest?«

Grummeln.

»Wie bitte?«

»Ja.«

»Dann ist es gut.«

»Das ändert nichts daran: Ich bleibe in L.A. Du kannst mich nicht einfach nach Stanford schicken.«

»Ich enttäusche dich ungern, Kleiner, aber: Ich kann. Bis du einundzwanzig bist. Schon vergessen?«

Wieder ein Grummeln.

Ella lehnte sich ein klein wenig zur Seite. »Der Antrag auf Vormundschaft ist durch?«

Kristen nickte. »Deine Urgroßmutter war übrigens sehr angetan, dass du dort studieren wirst.«
»Dann soll SIE doch hingehen.«
»Möchtest du ihr das persönlich sagen?« Es war unglaublich, wie harmlos und unschuldig Kristen manchmal klingen konnte.
Stille. Dann: »Nein.« Was Ella sehr gut verstehen konnte. Sie hatte Mikahs Urgroßmutter einmal getroffen, als Kristen sie besucht hatte, um mit ihr *›gewisse Dinge bezüglich ihres Enkels und ihres Urenkels‹* zu besprechen. Ersteres war nicht nötig gewesen. Ein paar Stunden zuvor hatte man Mikahs Onkel, Yevgenij Alexejou, tot in seiner Villa gefunden. Herzinfarkt. Offiziell zumindest. *»Ein bedauerlicher Verlust. Ja, ja. Dass er seinem Bruder so schnell gefolgt ist … Sehr bedauerlich. Aber nein, wir werden nicht trauern. Es war sein Schicksal, so früh zu gehen.«*
Die Beerdingung zwei Tage später war eher einem Verscharren gleichgekommen.
Und was den ›Urenkel‹ anging: Kristen hatte Mikah beinah am Kragen in das Stadthaus seiner Urgroßmutter schleifen müssen. Der Junge war davon überzeugt, dass ihm nach seiner Zeit an Lyreshas Hof jeder im Rudel nur noch mit Verachtung begegnen würde. Allen voran seine Großmutter.
Sie waren von einer Art Haushofmeister in einen Raum geführt worden, der dem Empfangszimmer einer Zarin alle Ehre gemacht hätte und in dem ein knappes halbes Dutzend elegant gekleidete Männer und Frauen versammelt waren. Dass sie Mikah erkannten, verriet ihr überraschtes, beinah bestürztes Murmeln. Der arme Mann war schier daran erstickt, dass er ›Kristen Havebeeg‹ ankündigte. Jeder der anwesenden Männer – und auch einige der Frauen – hatten von einer Sekunde zur anderen mehr als angespannt gewirkt. Als sei jeder Einzelne von ihnen

bereit, sich bei der kleinsten falschen Bewegung seinerseits auf ihn zu stürzen.
Mikahs Urgroßmutter hatte sich davon nicht beeindrucken lassen. Auch nicht von Kristens kühlem: »Ich war Lyreshas Hure.« Mikah hingegen wäre seinem Stöhnen nach am liebsten im Erdboden versunken. Sie hatte in dem pikierten Schweigen, das auf Kristens Vorstellung gefolgt war, erst einmal gar nichts gesagt. Sondern hatte einfach nur ihren Urenkel zu sich gewunken. Und Kristen.
Anastasia Alexejewna war eine alte Frau mit allen Zipperlein einer Fünfundachtzigjährigen. Schmal, feingliedrig. Geradezu zerbrechlich. Die Haut runzlig und voller Altersflecken. Schlohweißes Haar, das sie modisch kurz geschnitten trug; ein bisschen schwerhörig – wenn sie es sein wollte –; einen schwarzen Gehstock – in dem sich laut Kristen und Mikah ein kurzes, aber rasiermesserscharfes Stilett verbarg – senkrecht vor sich, dessen silbernen Griff sie mit beiden Händen umklammerte; einem leicht russischen Akzent und einer Vorliebe für süßen Chai-Tee. Und dem Willen und der Unnachgiebigkeit eines Dragonergenerals. – Und sie war einhundertsechsundfünfzig Jahre alt. Was Ella allerdings erst am Ende ihres Besuchs erfahren hatte.
Mikah war vor ihr in die Knie gegangen, den Blick stur auf ihren Rocksaum gerichtet, während Kristen einen knappen Meter hinter ihm stehen geblieben war. Die Hände nachlässig in den Hosentaschen seines maßgeschneiderten Anzugs vergraben.
Die Art, wie er die Männer und Frauen um sich herum kühl und herablassend ansah – vor allem die Männer –, sagte eindeutig: Na los, kommt schon! Tut es.
Anastasia Alexejewna packte ihren Enkel mit ihren gichtkrummen Fingern am Kinn und hob sein Gesicht, damit er sie anschaute. Sekundenlang musterte sie ihn, drehte

seinen Kopf erst auf die eine, dann auf die andere Seite, schnalzte schließlich mit der Zunge.
»Der Junge ist dein Zögling?« Die Worte galten Kristen. Ohne dass sie Mikah losgelassen hätte.
»Ja.«
Mikah ächzte.
Seine Urgroßmutter nickte langsam, wie nachdenklich.
»War er ein guter Schüler?«
Mikah wurde stocksteif.
»Nicht in allen Dingen. Aber in vielen.«
Wieder dieses Nicken.
»Bist du zufrieden mit ihm?« Sie hatte seinen Kiefer noch immer fest im Griff.
»Abgesehen davon, dass er seit kurzem zur Bockigkeit neigt und zuweilen Dinge tut, die er ausdrücklich *nicht* soll? – Ja.«
Abermals ein Schnalzen, gefolgt von einem neuerlichen Nicken. »Wie sein Vater.«
»Ich habe seinen Verlust bedauert, als ich davon gehört habe.« Kristens Worte klangen, als seien sie Teil irgendeines Protokolls.
Die alte Frau neigte gnädig den Kopf. Eine Bewegung, die an einen Königshof gepasst hätte. »Mein Enkel braucht eine strenge Hand, die ihn führt. Dann kann einmal ein guter Wolf aus ihm werden.« Murmeln erklang. Es verstummte sofort, als sie den Kopf nur eine Winzigkeit hob. »Wie aus seinem Vater.«
Erst jetzt ließ sie Mikahs Kinn los, tätschelte seine Wange. Die Wandlerin, die ihr am nächsten war, hastete auf ein anscheinend für Außenstehende unsichtbares Zeichen vor, um ihr den Stock abzunehmen. Mit beiden Händen griff die alte Dame ihren Urenkel bei den Schultern, beugte sich vor, während sie ihn gleichzeitig noch näher zu sich heranzog,

küsste ihn rechts und links auf die Wangen, bevor sie dann die Arme um ihn schlang. »Ich bin froh, dass ich wenigstens dich wiederhabe, Mikschah.« Plötzlich klang ihre Stimme zittrig. Die anwesenden Wandler verneigten sich wie ein Mann. In dem Moment war Ella klar geworden, dass es einzig die Entscheidung der alten Frau gewesen war, ob Mikah in Ehren wieder ins Rudel zurückkehren durfte, oder ob er einfach davongejagt werden würde. – Und ob er auch seinen alten Platz in ihm wieder einnehmen würde.
Mit einem kurzen Wink hatte die alte Dame dann ihren anwesenden Hofstaat fortgeschickt und »Tee!« befohlen, nur um im gleichen Atemzug »Setzen Sie sich!« zu nicken und Mikah neben sich auf das Sofa zu ziehen. Seine Hand fest in ihren dünnen, krummen Fingern. Den ganzen Rest des Besuches waren keine fünf Minuten vergangen, in denen sie ihm nicht die Wange tätschelte, über den Kopf strich oder seine Hand in ihre genommen hätte. Wie eine einfache alte Frau, die überglücklich ist, dass ihr totgeglaubter Enkel doch noch am Leben ist.
Als sie schließlich gegangen waren, hatten Anastasia Alexejewna und Kristen zwei Dinge vereinbart: Kristen würde die Vormundschaft für Mikah beantragen und ihn auch weiter unter seine Fittiche nehmen, bis er einundzwanzig war. Und bis zu diesem Tag würde Anastasia Alexejewna an seiner Stelle das Rudel als Wolf führen. Erst da war Ella klar geworden, dass in den letzten beiden Stunden Politik gemacht worden war. Werwolf- *und* Hexer-Politik.
»Du gehst nach Stanford, Kleiner. Ende der Diskussion.«
»Hab ich dir's nicht gesagt, dass er sich nicht umstimmen lässt? – Zieh nicht so ein Gesicht. Du wirst sehen, Stanford wird absolut co-ol. Ich bin ja dabei.«
Beim Klang der weiblichen Stimme starrte Ella verblüfft auf das Handy. »Yazmin?«

»Lass das!« Mikah.
»Was denn? Du siehst immer so verwuschelt aus, wenn du das machst. – Yuhu, Ella. Ich soll dir Grüße von Sushi bestellen. – Sag mal Miau, Sushi! Nein?« Ella sah Kristen an, der offensichtlich mit Gelächter kämpfte. »Es geht ihr gut. Es geht uns allen gut. Und sie vermisst dich fast ga-ar nicht. Alles in Ordnung hier. Dein Gästezimmer ist absolut kla-sse. Wir sind eine richtig coole WG. Ich werde …«
»… die Klappe halten! Was ich mit Kristen zu besprechen habe, geht dich überhaupt nichts an.« Mikah. »Gib das Handy her, Yaz!« Quietschen und Kichern. In der Tonlage zu hoch, als dass es von Mikah kommen könnte. Geräusche wie von einer Rangelei. Abgesehen von dem Zucken um seinen Mund war Kristens Miene wieder absolut unbewegt. Erneutes Quietschen und Kichern. Grummeln und Knurren, das diesmal eindeutig von Mikah stammte, dann seine Stimme: »Kristen, ich …«
»Sie hat recht, weißt du. Ich lasse mich nicht umstimmen.«
»Kristen …«
»Muss ich zurückkommen und dir persönlich beim Packen helfen, Kleiner?«
»Nein, das mach ich schon!« Wieder Yazmin. »Genießt ihr eure Flitterwochen in Europa und habt Spa-aß.« Quieken. Was auch immer Mikah hatte sagen wollen, war nicht mehr zu verstehen. Yazmin hatte zu schnell aufgelegt.
Ella starrte noch immer auf das Handy. »Wusstest du davon? Ich meine, dass sie zu ihm in unsere Wohnung gezogen ist?« 250 Quadratmeter. Eine ›Übergangslösung‹, bis sie etwas ›Richtiges‹ gefunden hatten. Wenn es nach Kristen ging, ein altes Weingut irgendwo im Napa Valley. Er würde sich aber auch zu einem kleinen Anwesen am Rande von L.A. überreden lassen. Damit sie weiter im Krankenhaus arbeiten konnte, wenn sie darauf bestand.

»Sie hat mich angerufen, da waren wir noch nicht mal gestartet, und hat gefragt, ob es okay ist, wenn sie sich im Gästezimmer einquartiert.« Das war also das Telefonat gewesen, das er auf der Rollbahn geführt hatte. »Man könnte doch – ich zitiere! – ›den Wolf und die Katze nicht so lange so vollkommen sich selbst überlassen. Das gibt eine Ka-ta-stro-phe.‹ – Und wegen der fehlenden Streicheleinheiten.«

»Streicheleinheiten?« Noch immer verdattert, schüttelte Ella den Kopf.

»Streicheleinheiten.« Kristen gab ihr das Handy zurück. »Für die Katze. – Und den Wolf.«

»Und sie geht mit nach Stanford?«

»Sie geht mit nach Stanford.«

»Darf ich fragen, wessen Idee das war?« Sie ließ es wieder in ihre Tasche gleiten.

»Ihre.«

»Ihre. – Aha.« Ella legte den Kopf in den Nacken, schaute einen Moment in den nahezu wolkenlosen Himmel hinauf, bevor sie Kristen wieder ansah. »Hab ich was verpasst? – Was läuft da zwischen den beiden?« Nicht, dass sie sich ernsthaft vorstellen konnte, dass da tatsächlich etwas zwischen Yazmin und Mikah war.

»Noch nichts. – Betonung auf ›noch‹.« Er schob die Hände in die Manteltaschen.

»Muss ich das verstehen?«

»*Sie* will *ihn*.« Diesmal konnte er das Grinsen nicht ganz unterdrücken. »Er hat es nur noch nicht gemerkt.«

»Sicher? Du weißt, wie Mikah immer noch auf alles reagiert, was weiblich ist und auch nur ansatzweise ein sexuelles Interesse an ihm haben könnte. Spätestens in dem Moment, wenn er es merkt …«

»… ergreift er die Flucht?« Halb nachdenklich und halb spöttisch verzog er den Mund. »Wenn du mich fragst, hat

Yazmin eine gute Chance, dass er das nicht tun wird. Einfach aus dem Grund, weil sie …« Eine Sekunde schien er nach Worten zu suchen, hob dann die Schultern. »Es gibt keinen Filter zwischen Yazmins Gehirn und ihrem Mundwerk. Die meiste Zeit zumindest anscheinend nicht und vor allem dann nicht, wenn es um Sex und Beziehungen geht. Deshalb wird er bei ihr immer wissen, woran er ist. Keine Spielchen, keine Intrigen.« Er lachte leise. »Und wenn es soweit ist, lässt sie ihm garantiert keine Zeit zurückzuzucken. – Weil sie selbst keine Sekunde nachdenken wird.« Ein amüsierter Blick aus dem Augenwinkel. »Seine Urgroßmutter wird absolut nicht begeistert sein.«
»Du meinst, sie wird dir die Hölle heißmachen?« Ella gab den Blick zurück. Diesmal ihrerseits vollkommen unschuldig.
»Darauf kannst du wetten. – Ihr Urenkel, der nächste Wolf, und ausgerechnet *diese* Hexe. Ich möchte nicht in der Nähe sein, wenn sie es erfährt. Oder Yazmin zum ersten Mal zu Gesicht bekommt. – Jemand sollte Mikah sagen, dass er dann dafür sorgt, dass sie wenigstens den Kaugummi aus dem Mund genommen hat.« Er trat ganz dicht vor Ella, legte die Arme um ihre Mitte und zog sie an sich. Die Stirn gerunzelt, schaute er auf sie hinab. Sekundenlang.
»Was ist?« Ella lehnte sich in seinen Armen ein wenig zurück.
»Warum reden wir eigentlich über Mikah und Yazmin?«
»Keine Ahnung.« Sie konnte sich das Lächeln nicht verbeißen. »Sag du's mir.«
»Ich weiß es auch nicht.« In seinen Augen saß ein gefährliches Glitzern. »Themenwechsel?« Er beugte sich vor, ganz nah.
Von einer Sekunde zur nächsten hatte sie Herzklopfen. »Was schwebt dir vor?« Sie sah ihm dabei zu, wie er ihre

Hand an seine Lippen hob, den Finger mit dem Ring küsste. Schmal. Weißgolden. In den ein kleiner Diamant eingelassen war. Absolut dezent. Und vollkommen lupenrein. In einer kleinen Kirche in Santa Monica hatte er ihn ihr angesteckt. Mit einem jungen Pärchen als Trauzeugen, das er einfach auf der Straße gefragt hatte. Nur sie beide.

Er ließ ihre Hand sinken, legte sie gegen seine Brust. Das Grau seiner Augen schien heller, das Braun und Grün der Sprengsel darin intensiver. Der Rubin war aus seinem Ohrläppchen verschwunden. Maßgeschneiderte Anzüge und Seidenhemden Jeans und Leinenhemden gewichen. Die Nächte, in denen er sich immer noch stöhnend und keuchend im Bett herumwarf, mit einem unterdrückten Schrei aus dem Schlaf aufschreckte, oder sie aufwachte, weil er sich am ganzen Körper zitternd und schweißgebadet an sie presste, wurden weniger. Ganz allmählich. Sie glaubte seinen Herzschlag durch den Pullover hindurch zu spüren. Gleichmäßig und ruhig und fest.

»Oh, mir fällt da schon was ein …« Seine Stimme war zu einem Murmeln herabgesunken. »Es gibt da eine Stelle in den Dünen, die ich dir schon den ganzen Tag zeigen will.« Behutsam strich er mit den Lippen über ihre.

»Es ist kalt.« Wie von selbst fanden Ellas Hände den Weg wieder unter seinen Mantel. Er krempelte ihr Leben nicht um, aber er verschob es ein Stück weit. So weit, dass darin Platz für ihn war. Und dabei war er noch immer genau der Mann, in den sie sich verliebt hatte: Christian Havreux – Kristen Havebeeg.

Dieses nur zu vertraute, kurze Lächeln spielte für den Bruchteil einer Sekunde um seinen Mund. »Keine Angst. Ich sorge dafür, dass du nicht frierst.«

Sein Kuss ließ daran nicht den Hauch eines Zweifels.

Gefährlich, abenteuerlich und romantisch!

LISA HENDRIX

Band 1:

Nachtkrieger

Unsterbliche Liebe

Band 2:

Nachtkrieger

Ewige Begierde

Vor langer Zeit wurden neun nordische Krieger zu ewigem Leben verflucht und müssen seitdem ein trostloses Dasein, abgeschnitten von jeder Gesellschaft, fristen. Denn mit dem Kommen und Gehen der Nacht verwandelt sich jeder von ihnen in ein Tier, das kaum noch menschliches Bewusstsein kennt. Ihre einzige Hoffnung ist es, die wahre Liebe zu finden, denn nur durch sie kann der Fluch aufgehoben werden …